永夜君王 卷壹

在永夜与黎明之间

烟雨江南 著

长江出版社

永・夜・君・王

这里是永夜大陆,
『明天』在这里是一个太过奢侈的词,
没有人会去想明天。

第十一章 酒吧生涯 122

第十二章 格斗赌局 141

第十三章 不速之客 157

第十四章 联手制敌 169

第十五章 朋友走好 188

第十六章 击杀齐岳 207

第十七章 极限逃亡 218

第十八章 猎入之家 229

第十九章 组队出击 240

第二十章 狼穴得手 259

第二十一章 无故结仇 271

第二十二章 引蛇出洞 283

目录 MU LU

第一章 遗弃之地 1

第二章 黄泉训练 15

第三章 以狠制暴 28

第四章 禁忌之术 39

第五章 口蜜腹剑 52

第六章 破釜沉舟 59

第七章 通过考核 68

第八章 红蝎军团 78

第九章 是非对错 94

第十章 新的血族 110

第一章　遗弃之地

永夜大陆大部分时间都是暮色昏沉，特别是到了暗季，上层大陆的运行轨道遮挡住阳光，白昼只有短短的几个小时。

今夜双子阿尔法星转入近地轨道，是个难得的有月亮的晚上。

一轮巨大的圆月几乎占据了小半个天空，仿佛下一刻就会砸到头上。就算是没有能力的普通人，也能清晰地看到月面上的巨大盆地和雄伟山脉，但是还没有入睡的人们却感到惶恐不安。

圆月竟是猩红色的，月光如薄纱般从天空垂落，宛若活物在崎岖起伏的大地上蔓延。圆月把大片大片的灰黑色剪影渲染上浓郁的红，仿佛一道道巨大的伤口，不时闪烁着金属的寒光。

远方不时传来长长的狼嚎和不知名的兽吼，久久回荡着，充满了暴虐气息。

在永夜大陆的传说中，绯月是不祥之兆，一旦出现就意味着混乱和痛苦。每当圆月被血色浸透时，黑暗世界的大君们就会打开灾祸之门，把狂暴和灾难撒向大地。

传说并不是没有来由的，因为在血色月光下，所有生物都会不由自主地变得无比暴躁、嗜血以及好斗。

绯红的夜幕下，忽然出现一个小小的黑点。它从天外飞来，缓缓横移过天空，变得越来越大，那赫然是一艘长达数千米的浮空飞艇！

它已经极为破旧，巨大的气囊上打满了补丁，金属构件锈迹斑斑，拼接的地方多处翘起，让人担心会不会突然断裂。

仿佛印证了人们的担忧，飞艇突然剧烈震动几下，上面居然崩落了不少零件，包括一个长十余米的大型金属构件。

金属构件坠向大地，激起一声轰鸣。

飞艇艰难地挣扎着，外壁那些成排的铜管都在震颤，从尾部机械舱中喷出大团蒸汽。后方八组螺旋桨发出生涩的"嘎吱"声，它不断地疯狂旋转着，才勉强把艇身稳住。

飞艇下方凌乱地垂着数十根粗大的缆绳，吊着同样锈迹斑斑的巨大货舱。透过没有关严的舱门，可以看到里面装满了垃圾。

锈蚀老旧的飞艇如同垂暮之年的巨兽，艰难地挪过最后一段路程，终于飞到了目的地。在下方方圆百米的大地上，赫然是一个极为广大的飞艇坟场！

此时有数以万计的人正从各个藏身处蜂拥而出，他们早就把对绯月的恐惧抛在脑后，对着浮空艇使劲儿挥手，不断发出亢奋的欢呼！

在这片几乎被帝国遗忘的大地上，他们是最底层的蝼蚁，每天都在为了生存而挣扎。

这里是那些曾经辉煌过的庞然大物的埋骨之所，从上层大陆飞来的报废飞艇通常会携带大量垃圾，时间长了，此处就变成了一个什么都有的垃圾场。而寄居在飞艇坟场的人们，就依靠上层大陆抛下来的这些垃圾而生存。

一旦长时间没有运送垃圾的浮空艇到来，就会有大量的人饿死。对他们来说，上层大陆的垃圾就是全部的希望，而明天……明天在这里是一个太过奢侈的词，没有人会去想明天。

已经对准了坐标的浮空艇发出痛苦的呻吟，螺旋桨渐渐停止了转动。庞大的艇身突然剧烈一震，在空中上下弹跳了足有数十米，然后左前方的外壁裂开，分离出一艘小型飞艇。

小型飞艇的外表看起来光洁得多，它绕着垃圾场飞了一圈儿，就转头爬升，逐渐向天外飞去。而空中的飞艇则失去动力，开始不断震动，突然一歪，缓缓向大地坠落！

它越坠越快，终于撞上大地，在轰鸣声中解体。无数垃圾、废料和金属构件四下纷飞，在飞艇坟场上空下起一场垃圾雨。

狂欢开始了！

寄居者们号叫着冲向飞艇坠落的地方，有些人甚至像野兽一般四肢着地奔行着。

空中不时有巨大的金属构件坠落，许多人躲闪不及，直接被数吨重的构件砸成肉酱。可是他们身边的同伴却对危险视而不见，依旧拼命向前冲，只求先一步到达能够抢到垃

请见二维码
更多精彩内容

圾的地方。

人群中有男人，有女人，还有老人和孩子。然而性别和年龄在这里毫无意义，体型和力量才是划分地盘的唯一标准。

能够冲到飞艇残骸下方的都是整个坟场中最强壮有力的男人，然后是弱些的男人和强壮的女人……最外圈儿则是老人和孩子。人们就这样以坠落的浮空艇为圆心，构成一个个同心圆。每层之间，似乎都有着无形且不容逾越的界线。

一层层同心圆的最外缘，数以百计的孩子们正在这一片垃圾堆中不断翻找着那几乎不存在的食物。其中有一个瘦小的男孩，看上去格外卖力。

他大约七八岁，小脸黑乎乎的，根本看不出本来面目，身上穿的成人衬衣破得不成样子，仅余几片布条胡乱缠在身上。

他的小手上全是割破的伤口，许多地方甚至已经溃烂，可是他好像感觉不到疼痛一般，拼命扒着眼前大堆分辨不出形状的垃圾。

他已经三天没吃过东西了，如果今天还找不到吃的，那么他绝对坚持不到下一次浮空艇到来。但是无论他如何努力，却始终一无所获。

这片区域早已被人翻过无数遍，才会丢给这群十岁以下的孩子。他们是这片垃圾场上最弱的人，而当强壮的人们实在找不到吃食的时候，他们饥饿的目光就会……盯上老人和孩子。

这里是遗弃之地，这里是飞艇坟场。

这里的人们看似活着，实则与野兽无异。不，就连强大的野兽都活得比他们有尊严！

生存的渴望让小男孩不肯放弃，他不断翻着垃圾，身上许多伤口也因为过于用力而再次裂开，渗出血水，可他却浑然不觉。

又是一片垃圾雨洒落，一个大一点儿的垃圾包落在他身边。

垃圾包外壳破碎，各种无用的垃圾中滚出一个油纸包，牢牢吸引了他的目光。

纸包上竟然渗着油花儿！

他忽然如野猫般敏捷地扑了上去，把油纸包紧紧抓在手里。他根本不打开确认里面的东西，而是一把将其掖进衣服里，同时警惕万分地转头看看左右，然后小心翼翼地向外围爬去。

在这群孩子之间，也同样存在着竞争、抢夺，甚至还有杀戮！残酷程度一点儿也不亚于大人的世界。

小男孩很瘦小，在这片垃圾场中属于偏弱的，一旦被强壮的大孩子发现他找到了食物且想私藏，那么挨一顿毒打算是最轻的。

很幸运，他避开了所有大孩子的视线，成功逃离了这片区域。他似乎有着与生俱来的敏锐，总能先一步避开那些比猛兽还要可怕的大孩子们。

远离浮空艇残骸后，他连忙撒腿狂奔，一路跑到另一座垃圾山后面，钻进一个空的铁桶里。

这里就是他的小窝，是躲避风雨的栖息地。在他心目中，这块才一个多立方米的小空间就是人间乐土。

他小心翼翼地拿出油纸包，屏住呼吸，带着朝圣般的神情，缓缓打开它。

纸包里居然是一个面包！一个仅仅咬了一口的面包！

看到它的第一眼，他就知道这个东西叫面包。他在垃圾场上从未见过这么完整的食物，但是却完全想不起来是在什么地方什么时候知道面包这种东西的。

实际上，那只是一块普通的圆面包，在上层大陆，就连最底层的草芥之民都有可能咬一口就将它扔掉。但是在这片垃圾场中，它却值好几条人命。

小男孩凑近些，闻着那淡淡的属于谷物的气味，只觉全身的伤痛都已不翼而飞。他小心翼翼地捧着这块面包，难以置信自己竟然能够找到这样的宝藏。

这是梦吗？

一滴血珠从他手上的伤口中渗出，滚落在面包上。他失声叫了起来，急忙把手用力在身上擦着，试图把所有的血渍和汗渍都擦干。他哭丧着小脸，再回头看这块面包时，难过得就像心中的圣物被亵渎了一样。

这时，他的肚子突然"咕咕"叫了起来，他的胃用抽搐般的剧痛表达着自己的渴望。于是他把面包上染血的那块地方撕了下来，终于下定决心，准备大快朵颐。可是他的手忽然停在了半空，只见铁桶外，不知何时出现一个小女孩。

她才四五岁的样子，小脸上黑一道灰一道的，完全掩盖了本来的肤色，但那轮廓分明的线条，却勾勒出了一个未来绝色少女的雏形。而她那双闪亮的大眼睛异常美丽，神采流转，正直直地盯着自己手中的面包。

小男孩腾地坐起，左手悄悄抓住一根一端磨尖的铁棒。这是在垃圾场里生活的人最本能的反应，当一个人手中的食物被其他人觊觎的时候，往往就是一场你死我活的厮杀。

小女孩没有逃，她两只眼睛盯着面包，一动也不动。

小男孩慢慢放下手中的铁棍，犹豫了许久才下定决心，颤抖着把面包撕成两半儿，然后将其中半个递向小女孩。他额头上是密密的汗珠，胃和身上全部的伤口都在用最激烈的痛苦表达着抗议。

可面包还是到了小女孩手上。

小女孩似乎不敢相信自己的眼睛，她一手牢牢地抓着面包，一手用力地擦了擦眼睛，这才确认不是在做梦。

她忽然拼命把面包往嘴里塞去，那半个比她拳头大一圈儿的圆面包，居然几下就消失在那张小小的嘴里，甚至没有超过三秒！

她吃光面包，舔干净双手上的残渣儿，这才抬起头，把目光集中到小男孩脸上，仔细看了看，就飞一般地跑掉了。

小男孩有些茫然，不知道自己为什么会这样做，只能颓然坐下。或许是小女孩那纯净的眼睛触动了他心底深处的某种情绪吧！但是，情绪又是什么奇怪的东西？

他靠在桶壁上，小心翼翼地撕下指甲盖大小的一片面包，放进嘴里，没有马上下咽，只是含着，用舌尖感受谷物的清香。

就在这时，小窝外忽然传来一个稚嫩的女声："他手上有好吃的，你们答应了要分我一半的！"

小男孩的心一下子沉到谷底，他看到，外面站了好几个大孩子。

毫无悬念地，小男孩被人从小窝里拖了出来，剩下的半块儿面包也没能幸免，被抢走送到最强壮的那个大孩子手里。这些大孩子都已超过十岁，领头的那个已经十二岁了。

为首的大孩子深深吸了一口面包的香气，毫不犹豫地抓下一大块儿塞进嘴里，一口就吞了下去，旁边的大孩子们看得狂咽口水。

一口面包并未平息大孩子的怒气，反而让他红了眼睛："居然敢私藏吃的！还有半块儿呢？你藏哪儿去了？不说？给我打！"

小男孩被一脚踹倒在地，一众大孩子们围着他拳打脚踢，每一下都出了全力，他就像一个破布口袋一样，被打得滚来滚去。

小女孩脸上露出惊慌的表情，悄悄向后挪了两步。她知道如果小男孩说出另外半块儿面包的下落，那么她多半会被当场打死。但是小男孩的嘴就像被铁汁封住了，一句话也不说，甚至连呻吟都没有发出一声，就那样沉默地忍受着毒打。

终于，大孩子们打累了，慢慢停了手。他们也搜过小男孩的小窝，同样一无所获。

"看来那半块儿被他吃了!"一个大孩子嫉恨地说。

"剖开他的肚子,看谁还敢私藏吃的!"另一个干瘦黝黑的大孩子凶狠地号叫着。

为首的大孩子狠狠踢了小男孩一脚,喝道:"另外半块儿去哪儿了?如果是你吃了,那就去死吧!"

小女孩的脸瞬间变得惨白。

小男孩没有说话,慢慢挣扎着站了起来。他嘴巴动了动,好像在说什么,却没有人听清楚。

为首的大孩子不由自主地凑向小男孩,想要听清他说的是什么。

小男孩右手突然握拳,狠狠一拳砸在他的脸上!

大孩子惨叫一声,猛地捂住鲜血淋漓的脸,踉跄着向后退去。原来,小男孩在挨打翻滚时悄悄抓了一块金属片,那锋锐的边缘从指缝中透出,狠狠划伤了大孩子的脸。

"打!打死他!"为首的大孩子捂着受伤的脸,像疯了一样大叫着。

小男孩拼死迎战,但转眼间又被打倒了。他咬紧牙关,团身护住要害,既没有求饶,也不曾呻吟。

大孩子们打累了,手上缓了下来。

为首的大孩子却不甘心,一把将小男孩从地上提起来,刚想说什么,不料小男孩不知从哪里来的力气,忽然跃起,一头撞在他受伤的脸上!

他的鼻子顿时塌了下去。

他捂着脸惨叫,其余的大孩子们看着小男孩,居然有了些发自心底的畏惧。若是他们受了这么重的伤肯定撑不住,而这个小男孩却还能站起来!

这一次不用吩咐,他们一拥而上,再次把小男孩推倒,又是一顿毒打。等他们打累了,小男孩居然动了动,又摇晃着站了起来。

这是一个无比倔强的孩子,就是死,也要站着死。

"杀……杀了他吧!"一个大孩子提议,他的声音竟有些颤抖。

如果不杀了小男孩,他觉得自己以后睡觉都不会安稳。

没有人附和他的提议,但小男孩又被打倒了。这一次他们下手却轻了很多,一是本能地有些害怕,二是实在是累了。今天他们的收获很少,体力也有限,如果不是因为想要宣泄绯月带来的狂躁,或许他们在抢到面包后就会扬长而去。

就在他们打得腰酸腿软、纷纷停手的时候,一个小小的身影突然出现在他们身边。

只见小女孩吃力地搬起一块对她来说相当巨大的石头，挤了过来。

大孩子们都吃惊地看着她，那张美丽的小脸上透着坚定与疯狂，她摇晃着把石头高高举过头顶，然后用力向小男孩砸去！

"砰"的一声，小男孩终于不动了，一摊鲜血在他脑袋下面出现，然后迅速扩大。

周围响起一片倒吸冷气的声音，大孩子们竟下意识地挪了两步，远离了那个一脚就能将其踹倒的小女孩。

小女孩又跑到那块滚到一边的石头旁，再次吃力地将它抱了起来。石头上染了血，血渍已蹭到她身上和脸上。当她那小小的身影蹒跚着走向小男孩时，就连为首的大孩子也心生寒意。

就在这时，垃圾场中忽然掠过一阵微风，卷起了一些纸屑。本就颇凉的夜晚一下子变得异常寒冷，所有还在翻找食物的人都不由得打了个寒战。他们并不知道，一道无形的力场已悄然覆盖了整个垃圾场。

绝大多数人茫然无知，在短暂的寒意过去后，又开始在垃圾堆中翻找。少数人则觉得身体内部似乎有什么东西跳跃了几下，可是这种感觉淡得就像错觉，很快便消失了，他们自然不以为意，继续为今天的生存寻找食物。

也有极个别的人呆在原地，愕然看着自己的双手。他们的双手不知何时开始散发出淡淡的光芒，在夜幕下显得格外醒目。不光双手，就连整个人都在发光，身体内竟出现了一种神秘的新力量。

如果从高空俯视，就可以看到辽阔的飞艇坟场上有许多光点在闪耀，恍如星河坠落大地。

小女孩身上同样发出光芒，她感觉自己的力气突然大了不少，然而这并没有影响她的行动，她加快速度走到小男孩身边，用力将石头向他的脑袋砸去！

所有大孩子都在等着小男孩血肉模糊的那一刻，有的感觉不太舒服，目光偏向一旁，下意识地不愿再看。

就在这时，小男孩身上也绽放出明亮的光芒，一道红色光柱直直冲向十几米的高空，在夜幕下无比醒目！光柱周围还有数道光环显现，沿着玄奥的轨迹运动。

沉重的石块砸在光芒上，好像被无形的力量阻挡，竟反弹了出去。这下异变震惊了所有的大孩子，有的跳了起来，却茫然不知所措。

第一章 遗弃之地

夜空中，那轮巨大绯色圆月的下半部，有一艘数十米长的浮舟飞过。

它被做成老式轻舟的模样，桅杆、船楼、甲板一应俱全。整体是青灰色的涂装，船首的锻铜浮雕是一尊怒目金刚，面容威武，双手持杵。

它左右舷侧各伸出一翼，装着螺旋桨，两边转速时缓时急，以此调整浮舟前进的方向。它并没有浮空气囊，也看不到其他动力装置，不知是如何做到飘浮不坠的。

它的线条优雅流畅，看上去并不华丽，但无论是桅帆的拼接，还是舷侧栏杆的雕纹，每一处细节的做工都无比精致，透出一种并不张扬的奢华。

此刻浮舟内，一个满头银发的男人正站在窗边，俯视着下方的飞艇坟场。

他的面容并不苍老，应该正值壮年，目光清澈深邃，下巴扬起一个坚毅、优雅的弧度。一身立领黑色制服，是帝国军服的标准样式，上面没有军衔标记，只有两排银质扣子以及扣子上面的长剑烈火图案，凸显出他的身份非比寻常。

他只是随意地站在那里，却锋芒毕露，就像一柄出鞘的利剑。

房间中还坐着一个年近五旬的男人，面容和善，生得方头大耳，身材已有些发福。他死盯着面前的棋盘，手里持着一颗用最上等暖玉制成的白子，却无论如何也落不下去。

盘面上的棋局快到收官阶段，白棋一条大龙正在苦苦挣扎求存。

思考良久，他终于长叹一声，把白子投入棋盘，就此认输。

"熙棠兄，七年不见，你的棋艺还是和以前一样厉害啊！"胖大中年人站了起来，走到舷窗前，和银发男人并肩站在一起，往下方望去。

透过舷窗，可以看到这片占地近一百平方公里的巨大飞艇坟场中，处处闪动着微弱的光芒，恍若点点星火。

看到这幕景象，胖大中年人痛心疾首地说："熙棠兄，你这个毛病真要改改了。大衍天机诀确实在激发和引导原力潜质上独树一帜，但也用不着着整个飞艇坟场施放吧？莫非你的原力已经多到用不完了？那还不如给我来个灌顶，让我也享受享受你的好处！"

林熙棠微笑着说："拓海兄还是那么心直口快。你看下面这些人，可都是有潜质修炼原力的。"

顾拓海却不以为然："那又怎样？有潜质的人多了去了。你不直接回帝都，专门跑到这个鬼地方兜圈子，不会就是为了让我见识一下你大衍天机诀的造诣吧？"

林熙棠笑了几声，向舷窗外指了指，说："我可没那么无聊。你看，如果只算拥有修炼潜质的比例，这个飞艇坟场中的人已经不比帝国平民阶层低了。你也知道，当初帝国迁往上层大陆时，一同前往的都是具备修炼潜质的家族。现在八百多年过去了，帝国平民中具有修炼潜质的人数比例，竟还没有这个坟场里的来得高。看来，是帝国的人好日子过得太久了。"

顾拓海摇头说道："有没有潜质是一回事儿，能够修炼到什么程度则是另一回事儿。当年跟随帝国前往上层大陆的家族都有某一方面的特殊天赋，一旦激发出修炼资质，最差也能晋阶到三四级。而下面这些人先天不足，心性扭曲，绝大多数修炼到一级也就不错了。"

林熙棠从容说道："但是在绝境中更容易激发潜力，会出现更多有潜质的人，这是不争的事实。"

顾拓海重重"哼"了一声，说："又是你那套物竞天择的理论！这么多年，你就没有看穿过！"

"既然我是对的，又何必要看穿呢？你看下方那点点星火，就是帝国传承之光，亦是人族未来的希望。想我林氏先祖当年也是从这样的地方起步，百年来斩杀无数黑暗种族，建功立勋，从遗弃之地的最底层直到封官拜爵。至我林熙棠这一代，蒙陛下信任，将重任交到我手中，自当为帝国鞠躬尽瘁，死而后已！只要是有益于帝国的事情，我就会去做！小小非议，我并不在乎。"

顾拓海顿足，气呼呼地说："只是小小非议吗？就知道和你这个顽固的家伙说不明白！唉，我顾拓海也是一时糊涂，才会答应你再给帝国效力十年。反正我这次去就干点儿分内之事，别指望我承担什么大任。另外，美女、好酒一样也不能少！"

顾拓海见林熙棠只是淡笑不语，不由微怒，指着舷窗外，声音稍稍提高了："你看到的是点点繁星，我看到的却是生灵涂炭！当年要不是帝国放弃了永夜大陆，这里又怎么会变成遗弃之地？你看看，这种倒霉地方，会出现什么真正有资质的人？要是有，那就是见鬼了！"

突然，就在他手指的方向，出现了一根细细的红色光柱！光柱虽然微弱，却无比醒目，连铺满天地的血月光华也无法掩盖。

他顿时目瞪口呆，喃喃地说："这……难道真的见鬼了？"

林熙棠的大衍天机诀奥妙无穷，功效之一便是可以激发人族的修炼潜质。一些真正有卓绝天赋的人，往往会在大衍天机诀的引导下产生异象。

这些异象分为五等。垃圾场上星星点点的光芒是最末一等，表明有潜质修炼出原力；第一等天资会出现各色光柱，并且光柱旁有异象环绕，是为众星捧月之意，而异象也预示着此人的天赋和未来的方向；二等天资则只有光柱而无异象；三等天资光芒炽热，如烈焰奔腾；四等天资光芒闪耀，甚为明亮。

其实在一等之上，还有超等之说。那才是真正天资横溢的大才，出现的异象或是山川大河，或是珍禽异兽，皆栩栩如生。

夜幕下那道光柱呈红色，属于一等中最末流的天资，然而就算如此，在帝国无数修炼者中，拥有一等天资的也是十万人中无一。因此每出现一个，都值得帝国精心培养，未来将会成为军方的中流砥柱。

这道红色光柱就如一记耳光，扇得顾拓海脸上火辣辣的。

"过去看看！"林熙棠不等飞舟转向，就出了舱室，直接从数百米高空跳落。

飞舟上十余个全副武装的卫队卫士也跟着跃下，紧随林熙棠而去。顾拓海则恨恨地拍了一下窗棂，最终还是跟了过去。

小男孩身上的异变明显吓到了那些大孩子，但小女孩只是呆了呆，就又奔向另一块更大的石头，吃力地将它拖了过来。

小男孩迷迷糊糊地呻吟一声，翻了个身。在他身边，忽然出现了一双麂皮厚底军靴。

军靴并未真正落地，而是浮在离地数厘米的空中，一道无形的力场悄然扩散，把所有尘埃、泥土和垃圾都远远推开。

小女孩骇然停步，看着不知何时出现的银发男人，她睁大美丽而无辜的眼睛，露出天真无害的表情，同时迅速将手中的石头悄悄扔下。她身上有光芒透体而出，连她自己都没注意到，原本满手心的汗已经彻底蒸干了。

不过，林熙棠并没看她，而是皱眉看着小男孩身上的累累伤痕，有几处怕是已经波及内脏，伤势比预想的还要重。他伸手一挥，空中出现一片光雾，从中洒落点点青色雨滴。

这些雨滴含有庞大的原力，小男孩身上的伤立刻以肉眼可见的速度开始愈合，他呻吟一声，慢慢睁开眼睛，完全清醒过来。他第一眼看到的，就是银发男人那张威严坚毅的脸。

他一时没有弄明白究竟发生了什么，但本能使得他不愿脆弱地躺在地上，于是又一次挣扎着站了起来。他向左右一望，看到了那些大孩子，顿时想起前事，脸色随之大变。

林熙棠顺着他的目光望去，看着周围的大孩子们，以及地上残留的油纸包装，已经明白他为什么会伤成这个样子。在垃圾场里，这是再平常不过的事儿了。

林熙棠微微敛目，俯身向他伸出手，温和地说："过来，把手给我。你叫什么名字？"

小男孩有些畏缩，好不容易才鼓足勇气，轻声说："千……千夜。"

他的小手伸到一半，却不敢再往前递了。

那只小手脏兮兮的，上面全是泥污。虽然伤口在光雨的滋养下已经不再流血，但是血泥和污渍都还在。

无论如何，他也不敢把手放到银发男人那只一尘不染的大手中去。虽然在他眼中，那只摊放在面前的大手，此刻是世上唯一能够让他感觉到温暖的东西。

林熙棠笑了笑，鼓励道："没关系，把手给我。"

顾拓海这时也从天上飞落，他平素多以和善面目示人，看到千夜满身是伤的模样，却明显怒意外露，忍不住重重地"哼"了一声，冷冷地横了一眼周围的大孩子们。

旁边慢慢聚拢并挤作一团儿的大孩子们现出恐惧的神色，但是十多名卫队卫士锁住了这片区域所有的通路，他们连逃跑也不敢。

林熙棠微弯着腰，伸出手，耐心地等待着。在他清澈平静的目光下，千夜终于有了勇气，把手放进那只温暖、干燥、有力的大手中。

林熙棠轻轻捏住还不到他一半大的小手，闭上眼睛，默默感知着。

顾拓海看着千夜，忽然皱紧了双眉，若有所思。

林熙棠"咦"了一声，张开双眼，上下打量了一下千夜，然后伸手撩开他上身的布片，目光顿时凝住了。

在他瘦骨嶙峋的胸膛上，有一道巨大的伤疤，从心房下半寸直开到肚脐。这里，竟是一道开膛破肚的恐怖伤口！他才多大？又是怎么活下来的？

怔了一刻，林熙棠起身说道："拓海兄，你精通医道，来帮我看看。"

顾拓海一言不发，来到千夜身前，顾不得肮脏，伸手在他全身上下摸了一遍。他一双大手所到之处，似有根根烧红的钢针刺入身体。可是千夜咬紧了牙，硬是一声都没有吭。

他眼中闪过惊讶，赞道："小小年纪居然这么有种，有点儿意思！"

他站了起来，对林熙棠说："这孩子确实是一等天资，但是这里伤得太狠，直接毁了根本。不仅如此，我还怀疑，这孩子体内原本可能有一块原力结晶。"

林熙棠立刻想到一个禁忌的词——原力掠夺！他微微眯了眯眼睛，森然道："你是说……"

顾拓海表情凝重地说:"不,我只是猜测。你也知道,这种事是大忌。不过他这伤已经有好几年了,受伤的时候应该还不到三岁。至于现在,你也看到了,他的根基受到重创,修炼天资就算比这里的人都强,但也不再是一等天赋了。"

千夜旧伤如此沉重,还能够激发出红色原能柱,意味着原本天资之强,很可能已达到超等。然而现在,综合他的身体情况,列为四等也很勉强。

这种只比普通人略强的天赋,对于这两个帝国军方的大人物来说根本毫无价值。况且千夜身上的巨创已留下隐患,是否能够挺过严酷的修炼也未可知。

顾拓海无比惋惜地叹了口气。

林熙棠看着小小的千夜,千夜仰头回望着他,或许是掌心中那丝温暖尚未完全消散,这孩子眼中竟有着自己都没有意识到的依赖。

林熙棠心中轻轻一动,缓缓说道:"能够在这里遇到,也算是缘分。这样吧,我带你离开,至于去哪里,你自己来选。"

他拿出几块光洁的玉牌,伸手一抹,玉牌向上一面就有了字迹。他把有字的一面朝下,然后递向千夜。

千夜犹豫了一下,抽出中间一块玉牌,翻过来,只见上面有两个字,但他不认识。

顾拓海见了,只是叹了口气,然后又摇了摇头。

林熙棠轻轻念给千夜听:"黄泉。"

然后从他手中拿回玉牌,伸手摸了摸他的头,问道:"你姓什么?"

"我……没有姓。我叫千夜。"

林熙棠点点头,温和地说:"好,如果以后你能从那个地方活着回来,就跟着我姓林!"

千夜并不明白林熙棠在说什么,只是懵懂地听着。

林熙棠也不需要他明白什么,转头吩咐道:"带他回'青鸟',给他洗澡治伤,弄点儿吃的,再换身衣服。"

吩咐完,林熙棠和顾拓海就缓缓升起,逐渐加速,飞向悬停在空中的轻舟。

大孩子们在旁边待了很久,把一切都看在眼里,虽然他们并没有完全听懂大人们的话,但是洗澡、吃的、衣服,这几个具有无比诱惑力的词汇却是再清楚不过了。

看到卫士们准备带千夜走,那为首的大孩子忽然冲了过来,尖叫道:"带我走!我也要洗澡吃东西！"

他试图去抱卫士们的大腿，又伸手去扯千夜，想把千夜从卫士怀里拉下来。

他一边用力拖着千夜的腿，一边叫道："这是我的位置！你算什么东西？你们都过来，打死这个小杂种！他刚才居然敢用头撞我！上面的吃的都是我的！"

这一次他下手比之前还要凶狠，专挑千夜的伤口抓。垃圾场只有一条生存法则，杀了千夜，就能得到属于他的一切。

那几名魁梧如山的卫士都没有动，任由大孩子闹着。小女孩看了，又悄悄挪了过来。

直到千夜被大孩子扯得小脸上露出痛苦之色，卫队队长才冰冷地说："可以了，现在就是拓海先生也无话可说。"

队长话音一落，那抱着千夜的卫士原本木然的脸上突然泛起狰狞之色，狠狠一脚，直接把大孩子踢向数十米的高空！这一脚含有狂猛的暗劲儿，大孩子飞到空中后，岂能幸免！

另一名卫士则狞笑着上前一步，伸脚重重一踏，说："一堆小坏种，也敢来破坏林帅的事儿！"

地面上突然起了一道涟漪，以他踏足之处为中心，迅速向四周扩散。那群大孩子都被波及，一个个突然被地里涌出的大力冲上半空，全身骨骼咔嚓作响，瞬间扭曲得不成样子！

震波同样掠过队长和其他卫士，但他们一动也不动，全部若无其事地承受下来。

那小女孩却奇迹般地没有被波及。在队长刚刚说出那句话的时候，她便头也不回地转身就逃，恰好逃出了震波的范围，活了下来。

见居然让一个小女孩给逃掉了，那名卫士顿时老脸一红，重重"哼"了一声，抬脚又要踏下。但是队长忽然伸手搭住他的肩，没有让他这一脚踏落。

队长侧耳，似乎在听着什么，接着点了点头，抱过一动也不动、睁大眼睛看着这一切的千夜，然后掏出手枪，把千夜的小手放在扳机上。

队长托稳手枪，瞄准小女孩的后心，对千夜说："她好几次想杀了你。来，把扳机往后拉，用力，然后'砰'的一声……她就会死掉！"

千夜用整个小手抓住扳机，看着不远处踉跄奔逃的小小身影，知道只要往后一拉，她身上就会绽放血花。

他黑黝黝的眼睛看着前方，安静了半晌，最终还是摇了摇头，松开扳机。

飞舟上，顾拓海一脸笑容地说："果然如我所料，哈哈！姓林的，难得你也会输啊！来来，愿赌服输，你那把'水色烟华'是我的了，快拿出来！"

林熙棠仍然淡淡一笑，双眼静若止水，清澈得似乎能够倒映出世间万象，却唯独没有本物。

卫士们带着千夜回到飞舟。飞舟徐徐转向，拉高，没入血月光华之中，渐渐消失在天际。

至于这座垃圾场，以及那个还在拼命奔逃的小女孩，就这样被遗忘了，一如这片被遗弃的大陆。

第二章　黄泉训练

时光如梭，很快一个月就过去了。

一座平平无奇的山谷外，突然响起沉重的轰鸣声，一辆庞大的军用重载卡车正喷吐着浓浓的黑烟，从远方飞速驶来。山谷外没有道路，一望无际的平原上处处是天然的沟堑，但是在卡车那四对直径足有一人高的巨大轮胎下，这些却不再是障碍。

卡车全速冲到山谷口，才一个急刹车，庞大如巨兽的车身剧烈震颤着，竟然横甩了过去，在地上犁出一道弧形深痕，方才稳稳停住。车头的动力箱里传出一阵噼里啪啦的杂音，尾部数根粗大的管道中不再冒黑烟，却从一个阀门中吐出一大团蒸汽。

卡车驾驶室的车门打开，一个三十余岁的军人向外看了看，然后从两米高的驾驶室中一跃而下，把怀中抱着的一个小男孩放在地上。

小男孩生得眉清目秀，软软的黑色短发贴在额头上，已经被汗水打湿。他的小脸惨白，看那拼命想要忍住恶心的样子，显然一路上被重载卡车狂野的行驶方式折腾得不轻。他晃了晃身子，用力站稳后，裹紧身上的黑披风，以抵御呼啸的寒风。

山谷口已经站着一个人，一个独眼的男人。在凛冽如刀的风中，他裸露着上身，背着双手，双脚平分，与肩齐平。这个军队里最基本的军姿，由他站来显得格外霸道强横。他一个人，就堵住了通向山谷的道路。

军人携着千夜，一直走到他面前不到数米的地方，才停下脚步，说："龙海，你还是老样子。"

龙海咧开大嘴，露出一口金银相间的大牙，说："石言，你迟到了三分钟。"

石言说:"路上遇到一个黑暗种族的小队,为了把他们全部杀光,耽误了一点儿时间。"

龙海冷笑道:"一个黑暗小队也能让你迟到,看来这些年你的实力没怎么进步嘛!是不是在林家当狗时间太久,把本事都扔下了?"

石言并不动怒,而是淡淡地说:"林帅是帝国的中流砥柱,我能够做大帅的贴身侍从,已经心满意足。这种事,你不懂。"

龙海"哼"了一声,不和他争论,把目光落在千夜身上,说:"这就是上头说的那个孩子?怎么看起来跟个小娘们似的!能不能用啊?"

石言笑了笑,说:"反正他以后在你手下训练,你要是看他不顺眼,想怎么收拾谁还能管得了你?"

龙海又"哼"了一声,说:"你应该知道我们这个地方,不管来的是谁,不管有什么身份背景,都是一视同仁。"

"这个我自然知道。"

"那就别耽误时间了,让他过来吧!"

石言在千夜面前蹲下,如同石头一般的脸上挤出一丝几乎看不到的笑容,他摸了摸千夜的头,说:"去,跟龙教官走。记着,第一,以后无论他让你干什么,你都要立刻去做。第二,希望几年后,还能够在这个地方,看到你活着出来。"

千夜虽然有点茫然,但也能听出他话中的沉重,当下重重地点了点头。

石言笑了,一路走来,他已经很喜欢这个小家伙儿了。

千夜是个大部分时间都安静无声的孩子,性格却倔强到近乎固执。一旦他答应了什么,就一定会做到。

龙海脸上微露诧异,说:"我认识你二十年了,都没看到你笑过!"

石言站起来时,已经板着脸,面无表情了:"看到你,我怎么笑得出来?"

龙海太阳穴上那几根粗大的青筋顿时跳了跳。

片刻之后,重载卡车轰鸣着远去,而千夜则跟在龙海身后,向山谷内走去。山道崎岖狭长,走了快两个小时还没到目的地,似乎根本没有尽头。

千夜向两边看着,忽然在一侧山壁上看到了一行血淋淋的大字:欢迎来到地狱!

他认不全这几个字,但是目光就像被吸住了一样,怎么都挪不开。他一边向前走,一边扭头回望,直到再也看不到那行大字为止。那行大字虽然看不见了,却深深刻在他幼小的心里，每一笔每一画都在滴着血！

　　天渐渐暗了，山谷就像张开大口的巨兽，正等待着他。直到深夜，他才知道，自己已经身处比地狱更加恐怖的地方：黄泉训练营。

　　时钟的指针移向十二点，这个时候大多数人都该进入梦乡，但是对于黄泉训练营的孩子们来说，这才是地狱生活的开始。

　　一个寒冷的大厅中，千夜和上百个差不多大的孩子们挤在一起，正在聆听龙海训话。

　　龙海在这群孩子面前来回走着，偶尔停下来，阴森森的目光在人群中扫上一两个来回："在这里，你们只需要记住三件事。第一，是服从，第二，是服从，第三，还是服从！命令只说一遍，你们的机会也只有一次！现在，全部靠墙站好，在没有新的命令之前谁都不许动，也不许说话！"

　　一群孩子混乱地你推我挤，纷纷靠墙站好，然而他们却没有等来下一步的命令。

　　龙海背着手，迈着大步离开大厅，然后"咣当"一声，把铁门关死。

　　最初的十分钟，孩子们都在寂静中度过。又过了十分钟，有些好动的孩子就忍不住了。

　　千夜右边的一个小男孩向他望了望，忽然小声说："我叫刘恺，家里是在建章行省经商的。听说这里很可怕，我们以后做朋友吧！我父亲说，两个人总比一个人容易活下去。"

　　千夜想到的却是石言临别时的交代：一定要听龙海的话。龙海刚刚说过，不许动，也不许说话。

　　见千夜没有反应，旁边的刘恺却不死心："喂，没有人看着我们啦！你至少告诉我你的名字吧？"

　　看到千夜像个雕像般站着，连手指头都不动一下，刘恺唯有无奈地嘟囔了几句。

　　半个小时过去了，一些孩子开始交头接耳，还有些则左摇右晃，活动着已经站得有点儿酸痛的腿脚。

　　大厅一角忽然一阵喧哗，几个孩子不知因为什么争执起来，迅速扭打在一起，翻翻滚滚地闹个不休。

　　动静儿这么大，也没见教官出现制止，于是孩子们更加放松了。更多的孩子开始聊天活动，大厅里渐渐变得喧闹起来。

　　时钟指向一点时，铁门忽然打开，龙海大步走了进来。在他身后，还跟着一队凶狠狰狞的大汉，每人手里都拎着一根皮鞭。

大厅中的温度骤然下降，刚才还兴高采烈的孩子们个个小脸惨白，不断发抖。

龙海的独眼扫过全场，点头道："好！很好！有打架的，也有说话的。我本来还担心给你们留下的印象不够深刻，现在看来，我的担心是多余的！"

他脸色忽然一沉，向刚刚参与打架的几个孩子一指，说："把他们抓出来，告诉其他人，违抗命令是什么下场！"

这句话听起来有些奇怪，大部分孩子都一脸茫然，可一些聪明的孩子却明白了什么，吓得快要瘫在地上了。

六个打架的孩子被拎小鸡般拽到大厅中央，排成一排站好。

龙海露出狰狞的笑容，说："在这里，违抗命令的后果只有一个，就是……惩罚！"每个人挨十鞭子，一阵鞭响过后，大厅中央已经被鲜血浸红。

这时龙海又说："现在，刚刚开口说过话的人，自己站出来，把衣服脱光，然后趴下！你们的运气不错，只挨三鞭就算是惩罚了。不过，如果有谁想要骗我，那么下场就和那六个小崽子一样！"

孩子们互相观望着，许多人颤抖着走到大厅中央，脱光了衣服，老实趴下。靠墙站着的只剩下不到二十人。

"真没有人了？"龙海又问了一遍。

两个靠墙的孩子战战兢兢地走了出来。

龙海点了点头，说："你们两个，每人五鞭！"

两个孩子脸色顿时惨白，但后悔也来不及了。

龙海忽然伸手向四个靠墙站着的孩子一一点过去，语气转为森寒："你们既然敢骗我，那么也去领十鞭吧。"

四个哭叫的孩子被揪到大厅中央，紧接着响起鞭声。

就这样，在来到黄泉训练营的第一夜，千夜清楚地明白了违抗命令会有什么下场。

凌晨三点，千夜和其他孩子们一起，被赶进一个大房间。这里摆着成排的双层床，每个孩子都默默地选了一张床，然后躺下睡觉。没有人说话，也没有人哭。

千夜按照一向的习惯躺下去，却被背上的剧痛刺得忽然弹坐起来。

黑暗中，不断传来孩子们痛苦的呻吟，大家都明显在压抑着音量。

千夜翻了个身，小心翼翼地趴在床上，不让自己背上的鞭痕受到刺激。

千夜也挨了一鞭。和他一样严格遵守命令的孩子只有十一个，这十一个孩子得到了特殊的优待：他们只被打了一鞭。

此刻千夜身心俱疲，转眼就沉沉睡去。但是只过了三个小时，他就被刺耳的铃声吵醒了。

一瞬间，龙海的命令便刺入脑海，他立刻爬起来，扑过去抓起扔在床尾的衣服，以最快的速度穿上。这个过程中，当然免不了触及后背上的鞭痕，于是又痛得他倒吸了一口凉气。

从起床到集合，这些孩子们只有五分钟的时间，最后三名将会得到三鞭的惩罚。

千夜近乎麻木地站到队列里，按照命令开始沿着上山的小路奔跑。等到他跑完了五公里，终于回到原点时，全身上下就真的是没有任何感觉了。

这次跑步，得益于在垃圾场中求生的经历，他的表现相当不错，是第十个跑回终点的。

接着是一个小时的力量训练，没有完成训练量的会被抽上一鞭。瘦小的千夜很不幸地挨了一鞭。然而这只是开始，在接下来的训练中，皮鞭将会成为孩子们印象最深刻的东西。

力量训练结束，然后才是早饭时间。

早饭是整个训练营最值得称道的，不光种类繁多，而且数量不限，想吃多少就可以吃多少，没有任何限制，除了时间。早餐规定的时间是三十分钟，长得近乎奢侈，所以没有人会超时。

过去一天的经历早就让这些孩子们明白，任何超过规定时限的行为都会换来鞭子。

黄泉训练营中有门阀望族子弟，但绝大多数是从各地选上来的平民，也有少数是和千夜经历类似的孤儿。那些常年挣扎在饥饿中的孩子看到如此丰盛的第一餐，大多失去控制，拼命地吃，生怕下次就没有这种机会了。

千夜却谨慎地吃到比正常状态略饱一点儿，就停了下来。在垃圾场里，他没少看到有人意外地捡到一大包食物，却反而被撑死的景象。

早餐时间结束了，当催命般的铃声响起时，孩子们像潮水一般冲向大门。这时意外发生了，一个小女孩突然摔倒在地，随即痛苦地翻滚，不断发出嘶喊和尖叫，过了一会儿就不动了。被人抬了出去。

这顿早餐和这个小女孩，让剩下来的孩子们学会了节制。

早餐之后又是训练，整整一天都是各种各样的训练，而且全都与力量、耐力有关。

每项训练进行到一半时，千夜都觉得自己要坚持不下去了。可是与生俱来的倔强和毅力却支撑着他，让他小小的身体在麻木中做着一个个规定的动作，完成训练任务。垃圾场的日子教会了他，哪怕在最绝望的时候，只要咬紧牙关坚持下去，总会看到明天。

终于躺到床上时，他不知道这一天是怎么过来的。他稚嫩的后背上有三道鞭痕，这一次他趴着睡，没有再弄痛自己。几乎一上床，他就立刻昏睡过去。这一晚他做了个梦，梦里全是鞭子划开空气的声音。

清晨六点，刺耳的铃声将千夜从睡梦中唤醒。他一个翻身从床上跳下，靠着本能穿好衣服，全速冲出营房。整个过程中，他的眼睛都没有完全睁开。

一出营房，迎面而来的阳光顿时刺得他双眼一眯。他忽然想起，现在应该是暗季，怎么六点钟就有了阳光？

下一刻，他才意识到自己已经不在垃圾场，而是来到了帝国所在的中层大陆：秦。这里很少被其他上层大陆所阻挡，自然六点就有了阳光。他愣了一瞬，眨眼间就冲到自己的位置上，如标枪般笔直地站好。

新的一天又开始了。

这一天，他最深刻的记忆仍然是教官们手中的皮鞭。他又因为没能在规定的时间里完成训练量而挨了一鞭。

其他孩子的遭遇也和他差不多，只有最强壮的几个人没有被惩罚。而最弱的一个挨了五鞭后倒在地上，无法靠自己的力量站起来，立刻就被拖走了。自此之后，他便再也没有见过这个孩子。

第三天夜里，教官们带来一大桶黑色油膏状的东西，让孩子们涂在鞭痕上。这种东西涂上去很痛，甚至比鞭子落在身上时还要痛。但是经过大半夜让人无法安睡的疼痛后，第二天清晨，千夜的身体就已基本痊愈了。

就这样，日子一天天过去。每个夜晚千夜都会做梦，这些梦都和鞭打有关。

直到一个月之后，千夜才迎来第一个没有挨鞭子的日子。而这天夜里，他数了数同一期开始训练的伙伴们，愕然发现身边只有七十六人了。初时的一百多个孩子，在一个月的时间里少了三十个。

接下来依然是无休止的力量和耐力训练，以及鞭打。

当千夜进入训练营整整三个月时，身边的伙伴们还是只剩下六十人，少了将近一半。消失的孩子们多半是被残酷的训练淘汰了。

不过三个月过去，千夜的身体强壮了很多，和刚入训练营时简直判若两人。

三个月后的第一天，千夜和伙伴们被带到一座大楼里，迎来了一堂特殊的课程。

为他们上课的是一位身材高挑的美丽女人，大约二十七八岁年纪，制服几乎都要束缚不住她饱满至极的胸部。

她大步走上讲台，在黑板上写下"世界的本质"五个大字，先是念了一遍，然后说："我知道你们大多数人都不认识这几个字，但是没关系，你们有一个月的时间来学习。一会儿我把教材发给你们，你们在训练之余好好认字，一个月后考试。现在，我来说说我们身处的世界的本质是什么。"

世界的本质，是原力。

按照这位名叫张静的美女老师的说法，支撑着整个世界的根源，就是原力。

原力并不是一成不变的，它分为两种不同的性质：偏向于光的，被称为黎明原力；而偏向于暗的，则是黑暗原力。

所有的生命都依附于某一侧的原力生存，也就天然地被划分为黎明与永夜两大不同的阵营。然而即使是同一阵营的种族，偏向黎明或永夜一侧的程度也各有不同。

人族就位于黎明一侧，而奴役了人类数万年的黑暗种族则位于永夜一侧。他们的力量乃至生命，都依附黑暗原力而存在。黑暗种族无比强大，里面有诸多分支，其中血族、狼人、魔裔和人面蛛魔都是威名远播的强横种族。

不过人族是一个奇异的种族，虽然大多数人都偏向黎明一侧，但是也有不少投入永夜。甚至还有些人觉醒黎明原力后，却最终献身永夜。这对于经过黑暗原力洗礼才算成人的黑暗种族来说，完全是不可想象的，但是在人类中却并不罕见。

据说在永夜与黎明之间，还有最纯粹的原力，然而却罕有人能够感觉到这本源的原力，更不用说修炼了。在这个世界上，也没有任何对应本源原力的种族。

原力和修炼……

听到这里，千夜忍不住右手握拳，好像要抓住残存的一丝温暖。那个躁动的绯月之夜，那只有力的大手，对他来说就像是黑暗中的微光。

张静拍了拍讲台，平整光洁的金属台面向两边分开，细微的机械转动声中，一个由无数金属线，长长短短的金属枝条，大大小小的金属齿轮，以及更多不规则构件组成的怪东西升起，在空中——展开。

这个立体模型就是世界地图。

整个世界是动态的，齿轮搅动，金属线牵引，代表大陆和星体的构件各自按照不同的轨道缓慢移动着。

一个一个陌生的名词从张静嘴里吐出。被人族探索过的大陆一共有二十七块，它们在虚空中并非静止不动的，而是按照玄奥的轨迹，一刻也没有止歇地缓缓移动着。在这些大陆的上方，有两轮太阳，周围则有数个不同的巨大星体，据说这些星体就是人们晚上看到的月亮。按照运行轨道的不同，同一块大陆上，每个晚上看到的月亮并不是同一个。

千夜和大多数孩子们都听得莫名其妙，只能死记硬背，把她讲的一切先记下来。同时死盯住那个线条繁多，复杂到让人头晕的模型，希望能在最短的时间记住足够多的东西。只有少数几个门阀大族出身的孩子早就知道这些知识，所以一副处变不惊的样子。

"太阳的光会被上层大陆遮挡，所以越是下层的大陆，得到阳光的时间就越短。每个大陆的原力属性又都不同，有的位于黎明一侧，有的位于永夜一侧。原力属性明确的，就是各个不同种族的天然栖息地。还有一些大陆原力属性模糊，它们就是两大阵营争夺的焦点。"张静的声音很动听，讲得也深入浅出，否则大多数孩子根本听不明白。

她往最下层的大陆群中一指，说："比如这个，就是所有大陆中黑夜时间最长的。大陆上虽然也有四季之分，但更多的是按阳光直射时间的长短分为光季和暗季。一年中有三个月是光季，其余都是暗季，所以这块大陆生存条件异常恶劣。然而，它却是所有人族的起源之地。帝国亦是崛起于此，虽然它现在在帝国的版图上可有可无。它就是永夜大陆，又被称为遗弃之地。"

千夜忽然全身一震，眼中似乎有什么温热的东西流了下来。这块永夜大陆，就是他从记事时起生活的地方。其实在他的记忆里，最初身边似乎也有人跟他一起生活，但不记得从何时起，那人离开后就再没有出现过。

不知不觉，这堂课已到了尾声。

张静把模型收回去，然后说："一个月后我们再见，下一堂课的题目是黎明战争。这是人族真正崛起的战争，是命运之战，亦是帝国立国之战。"

张静走了，千夜离开课堂时，手中多了一本识字教材。在接下来的一个月中，他必须记住一千个常用字，才能够通过张静的考试。而考试通不过的后果，是被打上整整十鞭！

现在千夜才知道，在黄泉训练营里，皮鞭是所有教官们唯一的共同爱好。

然而接下来的训练课程却并没有因为孩子们需要认字而放缓，训练量和时间一点儿都没有变化。

深夜回到寝室时，千夜同样累得快要散架了。他一上床就睡了过去，直到第二天早晨被刺耳的铃声吵醒，才想起自己一个字都没背！

和他一样的孩子明显不在少数，所以第二晚训练结束后，绝大多数孩子都强撑着不睡，拼命记着一个个天书般的字。

千夜勉强背下第五十个字时，终于支撑不住，一头栽倒在床上睡了过去。

就这样时间飞逝，一个月的时间好像一眨眼就跑完了，千夜等来了张静的第二堂课。

课前是考试，在漫长的一个半小时中，千夜写下了一千五百个字，这是他一个月的成果。

他的成绩排在第五，前面四个都是世家子弟，从小就开始读书认字。在从来没有认过字的孩子中，千夜毫无悬念是第一名。在他之后，还有三个同样自小认字的望族子弟。

一共有十一个人没能通过考试。

"现在，就是你们因为轻视我的课程而付出代价的时候了！"这位美女老师温柔地说着，然后居然亲自拿起皮鞭，对着没能通过考试的孩子狠狠抽了下去，力量甚至比龙海还要强上几分！

十鞭是极为沉重的刑罚，两个孩子竟然被抽成了重伤！千夜由是知道，这位美女老师下手比龙海还要狠辣！

这次考试让千夜和所有孩子们都牢牢记住了，识字读书和锻炼体魄同样重要。

张静叫进来两个彪形大汉，让他们把那两个已经不动弹的孩子拖出去，然后面不改色地在黑板上写下四个大字：黎明战争。

写下这四个字时，张静的神色罕见地变得严肃与庄重，就连声音也有了沉重的味道："黎明战争已经结束一千两百年了……"

黎明战争发生在世界最底层的永夜大陆，也是人族最初栖息、繁衍，并且日益壮大的地方。

黎明战争中，人族动用了能够使用的一切力量，这是黎明原力、熊熊燃烧的黑石、喷涌的能量蒸汽、轰鸣的枪械、巨大且粗糙的机械与黑暗原力的最终对决！

在这场断断续续持续了一百多年的命运大决战中，觉醒了原力的人族付出了极为惨重的代价，总人口只剩下战前的十分之一，但是最终击败了黑暗种族，从此摆脱了奴隶、附庸以及家畜的命运,将黑暗种族逐出永夜之域,并且建立了第一个以人族为主的帝国:秦。

这场命运决战,在人族历史上被称为黎明战争。因为一直生活在永夜中的人类在这场战争之后,初次看到了黎明。人们最初觉醒的原力,也被定义为黎明一侧。以这场战争为分界线,永夜与黎明两大阵营正式形成。

黎明战争并不是结束,而是开始。在一千两百年中,人族陆续攻占了世界下层和中层的四个新大陆,并且开始仰望着上层大陆。大秦帝国正式迁都,带走了大部分门阀望族,前往新的大陆,更多的人族国家也陆续出现。而永夜大陆却因为自然环境过于恶劣,资源也十分匮乏,最终成为巨大的垃圾星球,并且被不甘失败的黑暗种族再次渗透。

听到这里,千夜突然打了个寒战。他从记事以来就从未走出过垃圾场,只是偶尔听那些强壮的大人们吹牛,说黑暗种族如何如何,原来那并不是传说,而是真实发生过的血腥往事。

不过,张静说起这些时的表情和语气却让他更觉寒冷,那是一种毫不在意的冷静。

是的,一千两百年中,黑暗种族和人类从来没有停止过战争,争斗在每一个大陆、每一块疆界交错的地域发生。千百年了,鲜血四处漫延,仇恨无处不在。在众多战场中,永夜之域并不是特别的,甚至是其中最不受重视的一个。

这堂课结束的时候,千夜觉得心里沉甸甸的,多了些说不清的东西。其他孩子们也有这种感觉,他们还小,不知道这就是历史的厚重。离开教室时,他们立刻飞一般奔向训练场,如果晚了,可又得挨三记鞭子。

生活一下子回到原本的轨道,时间就这样在不知不觉中过去,转眼就是半年之后了。

千夜的体质猛长,半年时间就长高了整整十厘米。除了严苛但科学的训练,训练营的伙食也是关键。

给孩子们吃的东西里面包含了大量富含营养的食材,甚至有些直接取自黑暗种族。另外每天的汤中都放有少量特殊的药物,可以迅速激发身体潜能。

千夜只觉得日子一天天地重复着,好像永远没有什么变化,只是身边的同伴却在不断减少。

当孩子们加在一起不到五十人时,他们又迎来了一批新的伙伴儿。新来的孩子年龄有大有小,合计也有五十多人。他们和千夜唯一的共同点就是身体各方面的素质相差不多。

又过了半年，千夜身边的伙伴们又只剩下五十人，他们便又迎来了新一批伙伴儿。这个时候，千夜知道了自己和他们算是一个连队。每当人数损耗一半时，就会补充新人，重新凑足一百人。补充的原则，则是实力相近。

当千夜在训练营中待了整整一年时，这一天，忽然所有的孩子们都被召集起来，在校场上列队，等候指示。

在等待的过程中，千夜突然有一种强烈的冲动，想要看一看周围，尽管这样的小动作很有可能会招来一顿鞭子。

他快速向左右各瞄一眼，然后看准教官转开视线的空当，飞速回头望了一眼，立刻恢复正常的站姿。只是这么简单的小动作，却让他的心狂跳不已。因为他发现，周围所有人中，他熟悉的面孔居然还不到三十人！最初的一百个孩子，大半已经离开了。

直到这时，他才明白山谷口那句"欢迎来到地狱"的真正含义。

龙海出现在孩子们面前，目光冷冷扫过，他的独眼好像变得更加凶恶了。但是所有的孩子都勇敢地迎接他的目光，眼神中没有丝毫畏惧。这些孩子在一年的地狱般的训练中，早已练就了一颗勇敢，或者说是麻木的心。

龙海十分满意，说："很不错！把渣滓淘汰掉之后，剩下的终于看得过去了。不过……"

一个漫长的停顿之后，龙海露出意味深长的笑容："好消息是，你们算是得到了初步的认可，会被认真培养，不会再因为一些小事被惩罚。当然，违背禁令的结果还是一样。而坏消息是，你们会发现，真正的训练从现在才开始！"

龙海在队伍前面来回走着，冷漠的声音不断轰炸着孩子们的耳朵："在接下来的几年中，你们将开始修炼原力！你们将学到最直接、最有效的杀人之术，将有机会亲手去格杀每一个黑暗种族，当然也有可能被他们所杀。所以，祈祷吧，小家伙儿们！最后，我还可以告诉你们，今天站在这里的人当中，最终只有不到四分之一的幸运儿能够离开这里。"

最后一句话很沉重，千夜却没有放在心上，他已经学会了不去为不可控制的事情烦恼。

不管机会有多渺茫，只要存在，他就会全心全意地去争取。如果没有这份专注和韧性，在垃圾场中，年少且受过重伤的他恐怕早就化为泥土了。

龙海大手一挥，几名大汉走了过来，把一本本新教材发到每个孩子手中。

课本的封面上写着"兵伐诀"三个大字，笔势道劲，一笔一画锋利至极，有如刀剑！千夜看了，竟然有种刺痛的感觉。

这就是修炼功诀，是将凡人与能者区分开来的关键。捧着兵伐诀，千夜幼小的心灵中忽然有种感觉，他的命运，将因为这本薄薄的小书而改变！

孩子们被领入教室，发现讲台上负责传授兵伐诀的居然是张静。看来在她美丽的外表下，隐藏着非同一般的实力。

千夜其实已经注意到，龙海从来不会靠张静太近，总会距离她大概五米左右。现在他突然明白了，那是忌惮。

张静往上推了推眼镜，丰满的胸部随着这个微小的动作而剧烈起伏。

"兵伐诀，是专为炮灰准备的功法！"

听了她的话，千夜感到十分意外。

这一年来，训练营的生存虽然比垃圾场还残酷，但也算是正常的社会了。在与学员之间极为有限的交往中，千夜了解了一些生活常识，自然也看出训练营在他们身上投下了不菲的资源。

黄泉训练营的淘汰率极高，据说能够从这里走出去的百中无一。那么在被淘汰的九十九人身上所花的资源，实际上就白花了。下了如此血本，最终就给了他们一本炮灰使用的功法？

和千夜有同样想法的人不在少数。

张静把孩子们的表情变化都看在眼里，当下冷笑道："你们别以为炮灰是个贬义词！实际上，有多少人想做炮灰都没有这个资格！只有当你们活下来，完整地从这里走出去，才算是一名合格的炮灰！接下来，你们需要在三个月时间内修炼出一个完整的原力潮汐，然后在一年之内点燃第一个原力节点！如果办不到的话……"

她忽然舔了舔嘴唇，柔声说道："那可是要受惩罚的……"

这个女人不笑的时候端庄得像历史书上的贵妇人，可是表情一旦生动起来，就有一种说不出的妩媚和勾人。此时她的声音、动作都具有极强的诱惑力，有些大一点儿的孩子呼吸开始急促，然而旁边的大汉们却都面有惧色，连龙海的表情也明显变得不自然了。

千夜忽然想起考试不合格，被她活活抽成重伤的两个伙伴儿，不禁心底一寒。

接下来，张静详细讲解了原力修炼的原理，以及兵伐诀的入门方法。

人体有九大原力节点，其中三个节点分别位于小腹、胸口、前额之内，另外六个则在双手双足，以及双膝处。原力节点即是储存原力和汲取原力的关键点。

由于整个人类的历史就是一部战争史，所以目前通用的能力等级划分带有浓烈的军中气息。点燃第一个原力节点后，就正式进入战兵行列，成为一级战兵。此后每点燃一个，便算是晋升一级。

当九个节点全部点燃后，就有机会冲击第一个大瓶颈，成功打通所有节点，形成原力旋涡。那是质的突破！这样的人，已是真正的强者，拥有与黑暗种族正面对抗的能力，上了战场即是中流砥柱，通常被称为战将。

兵伐诀既然是帝国军中的基础功法，风格也如其名，极为凌厉霸道。它最大的特点便是速成，只要成功点燃第一个节点，体内原力便会如潮汐涌动，层层叠加，宛如潮水般一浪浪扑击原力节点。

与其他门阀世族的秘法相比，兵伐诀在修炼初期进境极快，甚至有可能让人突破原本的天资障碍。但是它的缺点也很明显，那就是原力潮汐威力过大，同时会损伤修炼者的身体，越是修炼到后面，损伤就越明显。

是以从来没有人单凭兵伐诀就跨入战将级别，想要突破必须在后期转换功法。正因如此，这部功法才被称为炮灰专修的功法。但正如张静所说，修炼兵伐诀的人无论身份高低，都有其不得不修的原因，而且绝大多数都活不到九级，操那份心干吗！

如果真有突破九级、成为战将的惊艳天赋，那么这种人自然机会无限，到处都有人大力招揽，根本不需要为后期晋阶的资源而烦恼。

回想起来，千夜这批孩子进入训练营的第一年，都在用种种方法锻炼身体。唯有强健的体魄，才能够承受兵伐诀的凶厉霸道。

从这一天起，在千夜每天的课程表上，下午和晚上各多了两个小时的修炼时间，但是体能锻炼、各种知识与技能的学习量，却一点儿也不曾减少。听到新的安排后，这些从过去一年的血腥训练中生存下来的孩子们再也不觉轻松，小脸全都垮了下来。

第三章　以狠制暴

下午，孩子们被领到营地不远处的一座小山谷。

山谷中央是一潭散发着滚滚热气的温泉，数十根粗大的金属管一端插进温泉内，另一端则蜿蜒地连接在一起。

这些直径超过一米的巨大金属管道如同蛛网般铺满整个山谷，期间耸立着数座高达十米、不知用途的机械。这些机械都没有外壳，裸露在外的齿轮最小的直径也超过一米，通过密密麻麻的传送带和金属链条互相咬合着。

围绕着这数座机械，则修建着一排排金属长屋。这些长屋外壁黄澄澄的，看上去蒙着铜皮，并且丝毫没有锈迹。

孩子们被分成数队，每十人进入一座金属长屋。长屋内又被隔成一个个独立的单间，这就是他们的修炼室。

修炼室颇为狭小，墙壁则厚得出奇。里面倒是铜锈斑斑，地面是铜制的栅栏，透过缝隙，可以看到下面是黑沉沉的洞，深不见底。

千夜按照次序进入一个小间，里面空荡荡的，没有任何家具，只在门边角落里放着一个包着皮革的小柜子。

他脱去上衣和长裤，将它们塞进柜子，然后回想了一下教官的示范动作，盘膝坐好。

突然，门被推开了。一名赤着上身、皮肤黝黑的奴仆走了进来，拉开墙壁上的铜门，将一小块黑沉沉的木头点燃，投了进去。黑奴从头到尾没有说一个字，并且离开时将房门关死了。

一阵刺耳的铃声响过，修炼室微微震动，传来隐隐的机器轰鸣。片刻之后，从四壁和天花板上涌入大量滚热的蒸汽，迅速弥漫了整个空间。

　　忽然有一缕烟气从墙上那个半人高的铜门后逸出，在满室蒸汽中，可以清晰地看到那道袅袅拉长的白烟渐渐扩散开来，最后与蒸汽彻底混为一体。

　　室内异香弥漫，身处这样狭小的空间，湿度一下子高了，因为气闷，千夜本能地做了深呼吸。他精神一振，竟隐隐感觉到空气中似乎有什么东西在活泼地跃动。与那个绯月之夜洒落在身上的青色雨滴相比，既相似又有些许不同。

　　这是原力共鸣！

　　千夜心中大喜，急忙宁定心神，默想兵伐诀的心法，果然体内似乎有什么东西从沉寂中醒来。周围空气中的原力变得更加兴奋与活跃，仿佛受到吸引一般，丝丝缕缕地渗入他的身体。

　　两个小时很快过去了，山谷中突然响起一声清越的钟鸣，将所有孩子从入定中惊醒。

　　千夜缓缓张开眼睛，心中无比遗憾。

　　一个下午的工夫，他体内已经凝练出一缕实质性的原力。虽然它极为微小，感觉若有若无，却足以让他欣喜若狂。按照兵伐诀中的描述，第一天就能够将原力凝练成形，意味着天资卓越，是有希望修炼到七级以上的高级战兵境界的。

　　铜门内的香料已经燃完，再无香气溢出。虽然室内仍然蒸汽弥漫，但千夜对原力的感应却渐渐变得迟钝、模糊了。

　　这堂课程结束了。

　　房间中忽然响起轰鸣的机械声，墙壁开始震动，从地面栅栏下传来强劲的抽吸力，满室蒸汽眨眼间消失得干干净净。在齿轮与铰链的"吱呀"声中，修炼室厚重的铜门缓缓提起。

　　千夜顾不上理会湿漉漉的内衣，以最快的速度套上衣服走出修炼室，奔向指定的场地，在自己的队列中站好。

　　龙海又出现了，他带着有些狡诈和残忍的笑，缓缓地说："刚刚的功课，你们应该都体会到'朱颜血'的好处了吧。要知道，这样小的一块儿……"

　　他咧开嘴比画了一下，牙齿反射出瘆人的寒光，继续说道："足以买下十几条人命！"

　　千夜早知道那块木头不是凡品，却没想到它这么值钱。

　　不过十几条人命要看怎么计算，像他这种在垃圾场上长大的孩子，十几个加在一起或许还值不了一个银币。在遇到林熙棠之前,他总共见过两次铜币,其中一个还缺了一角,银币则从来都没有见过。

龙海停顿了一下,突然提高声音,吼道:"但是以后,再不会有这样的好事了!从本周开始,所有训练科目都会按照你们的表现记分,一周之后考核!排名后五十的将不会有'朱颜血',而前五十名将得到两块'朱颜血'。如果你们能够进入前十,那么恭喜,可以得到三块'朱颜血'!"

孩子们的脸色全变了,望向周围同伴的目光也带着戒备。几道目光掠过千夜,很快就看向其他人。千夜并不起眼儿,在过往的训练中排名也比较靠后。

第一周很快过去了,周末排名,千夜是第七十五名,这意味着整整一周他都没有"朱颜血"。

排名公布的那一晚,他没有睡着。

他一项项反思自己的各个训练科目。兵伐诀暂时不计排名,在张静负责的各项知识课程中,他总能名列前茅,但是占大头的还是各种体能训练。在这些项目上,他几乎项项落在后面。

他安静地仰躺在床上,瞪着头顶上的天花板,伸手轻轻抚摸着胸前那道巨大的伤疤。在垃圾场生活多年造成的营养不良,已经被训练营的伙食调理得差不多了,但就是因为这道伤,他的体质比正常孩子要弱得多。

现在的他已经懂得当初顾拓海说的那些话了,这道伤还留有隐患,每当他超负荷训练时,伤处会有隐痛,降低了他的忍耐时间和力度。而他唯有靠着比其他人更坚忍的意志,以及付出更多的勤奋和汗水,才能勉强跟上训练的步伐。

如今新的规定显然是要加速淘汰一半的人,有没有"朱颜血",在修炼速度上的差距是巨大的,这样日积月累下去,他与其他人的差距只会逐步扩大。

他想了很多,唯独没有想过放弃。只要坚持下去,总会看到明天,以及那黑暗中的微光。

他要一点点追回劣势,每个科目,每一点积分都要拼了命去争取!

这一周,他拼了命去训练,排名有所上升,但是只提升了一名。又一周过去,他成功跨越七十大关,成为第六十九名。然而第三周时,却因为训练过度而病倒,排名一下子滑落到九十三。

或许是命运女神看到了他的挣扎与努力,从第四周起,知识类的课程突然大幅增加了。

周一开始,一个身材颀长、五官端正、表情阴沉的男人代替张静站到了讲台上。大汉们合力抬进来几个沉重的长方体金属柜,掀开顶盖,里面居然摆放着上百支各种枪械!

男人只冷冷说了一句:"你们可以叫我阴影。"

紧接着,他走到枪柜边,伸手拿出两把造型几乎一模一样的手枪,举起来向孩子们展示。

近距离细看,两把手枪还是有不同之处的。一把从枪管到握把都打磨得光滑如镜面,另一把则布满各式各样的花纹。

"这把是著名的鹰系列,帝国边疆军的标配,以威力巨大而闻名。"阴影说着,直接对着教室的墙壁扣动了那把光滑如镜的手枪。

巨大的轰鸣让所有人的耳朵都嗡嗡作响,而坚硬的墙壁上则多了一个碗口大的深坑,可以看到被破坏的基材和支架。

千夜立刻为之咋舌!墙壁都能打成这样,要是轰在人身上,恐怕一枪就是一个大洞。

"威力大吗?当然不!"阴影冷飕飕的声音响起。

另一把手枪身上的纹路突然点亮光芒,空气中响起击锤碰撞以及沉重的物体破空的声音,随即枪口吐出一团青光,喷在墙壁上,发出轰然巨响!

强劲的气浪夹杂着无数碎石飞来,打得孩子们抬不起头来。

当千夜放下遮住头脸的手臂时,愕然看到厚厚的青石和金属支架构成的墙壁居然被轰出一个大洞,透过洞口已经能够看到外面的风景!

这团青光的威力竟然如此之大!

阴影扬了扬仍在发光的手枪,说:"这就是以原力驱动的枪械,威力根本不是普通的火药武器能够与之相比的。这样一把低级原力枪,威力已经直追机炮。正是有了原力枪,我们才能在黎明战争时,把那些该死的黑暗杂种击退,奠定了帝国今日的根基!"

接下来,阴影详细讲解了原力枪械的原理。

原力枪和传统火药枪械虽然外形相似,原理却完全不同。装填火药和弹丸的位置是一个能量压缩装置,使用者需要将自身原力注入,凝结原力弹,然后伺机发射。

由于能量装置和枪械材质的承载力不同,原力枪械之间的威力也是天差地别。一些原力枪械甚至附有威力强大的特殊能力,这样的枪,才能够跻身名枪之列。

名枪之中还有名枪。

世上共有十大名枪，每一把都威力绝伦，传说得到十大名枪中的任何一把，都将拥有改变大陆局势的能力！

千百年来，围绕着这十把名枪不知发生了多少明争暗斗，不知有多少惊才绝艳的大能之人为之陨落。即使如此，人们也依然前赴后继，趋之若鹜。

到了如今，十大名枪中有三把掌握在人族手中，五把落在黑暗种族手中，剩余两把则下落不明。

从这十大名枪的分布就可以看出，在强者的世界中，黎明、永夜与中立这三大阵营的力量对比。

这或许是训练至今，孩子们注意力最集中的一堂课了。就连那些已有基础的门阀望族子弟，都听得心驰神往。

阴影伸手打开一块教学板，展示出一幅立体图，那是一把古老而华丽的手枪。

这把枪的外形是老式的燧发式手枪，击锤竖立在枪管后方，银白色，呈如意形状。枪管和握把包金，镌刻着繁丽的花纹。枪身上有一朵醒目的血色花朵，花瓣丝丝缕缕呈线状向四面八方伸展。

阴影不知不觉挺直身体，脸上全是庄重肃穆，甚至还有明显的狂热，他一字一句地说："这就是人族手中的十大名枪之一，也是帝国拥有的第一把名枪'曼殊沙华'，又名'彼岸花'。"

千夜默念了好几遍"曼殊沙华"，只觉得这个词似乎有着无法形容的神秘与美丽，于是将其深深记在心底。

一个孩子大着胆子问："它，它也有特殊的能力吗？"

"问得好！"阴影的热情彻底被点燃了，激动地说，"曼殊沙华，在人族有文字记载之前的传说中，生长在虚空深处的冥河之畔。每当世界上有一个生命陨落，就会在河畔开出一朵小花。它，能够点燃世界的本原之力，照亮通向冥河的星路，那就是传说中的终结技能'忘川'！"

从这一周起，千夜的课表中又多了和原力枪械相关的三门课程，分别是能量流体力学、枪械拆解与维修，还有射击。

千夜在这三门课程中的成绩稳居前五，他的排名也由此大幅提升，一举进入前五十名。周末公布成绩时，他是第四十九名。他已经很清楚，五十名之后就是淘汰区域。

周一很快到来，千夜走入修炼室时，心情相当激动。果然，黑奴在香炉中放入两块"朱颜血"！

敏锐了近十倍的感知，又让千夜体会到如交响乐般的原力共鸣。随着兵伐诀的运转，他体内的原力也渐渐涌动，惊涛拍岸般一浪高似一浪！而以往没有朱颜血的时候，到了这时，原力就会后力不继，重新回落。

没有这种特殊香料的帮助，他感知和汲取原力的过程都十分缓慢，只能一点点地积累和引导，蓄足势头再冲击下一波浪潮。然而现在有了双份的"朱颜血"，他汲取原力的速度大为提高。原力源源不断地涌入他体内，将原力浪潮越推越高。终于，原力浪潮达到顶峰，他耳中听到一片哗然鸣响的潮音，原力如潮般退去。

第一个原力浪涛终于完成了！

这一波原力浪涛还没有完全退去，就和新生的原力撞在一起，然后重新涌动新一轮原力浪涛。第二轮浪涛比第一浪还要高，冲击力也更强。就在它堪堪达到顶峰，只差一线时，却因原力不足而回落。

"当"，悠长的钟声惊醒了千夜，修炼结束了。

兵伐诀最难的就是形成第一波原力浪涛，之后的第二浪、第三浪要快得多。在原力浪涛涌动时，亦会产生强劲的吸力，将周围更多的原力引入体内。

如果没有这双份"朱颜血"的帮助，千夜至少还要两周时间才能够生成第一浪。那时想要在张静规定的三个月期限内修成完整的九浪潮汐，就很危险了。

接下来的几周，千夜的修炼十分顺利。在距离三月之期还有一个月时，他已经能够引出第五浪了。修炼进度也越来越快，估计再有半个月，就能形成第一个完整的九浪潮汐。

虽然大部分时间大家都在埋头苦修，但也不断有小道消息在流传。就在刚刚进入第三个月时，千夜身边已有一个孩子修成了九浪潮汐。而据说在这一批孩子中，某个天才已经在尝试点燃第一个原力节点了！

那个叫作许浪的男孩，据说出身于帝国的一个权贵世家，而且还是一等天赋！

听到这些消息时，千夜心中难免有些苦涩。从记事起，胸口的伤就已经在那里了。而训练营的生活，无时无刻不在提醒着他伤疤的存在。若不是这道伤疤，他应该也是一等天赋。

每当兵伐诀启动，原力汹涌翻腾时，一进入伤疤所在的区域就会变得格外滞涩，所以千夜要积累更多的原力才能引导出完整的原力浪涛。

千夜不知是谁给他留下了这道伤疤，受伤的时候，他还不到三岁！

这就是命运，他不得不接受。

训练还在继续，第三个月时又增加了新的知识课程，这一次是机械原理。

这是一门包罗万象的学科，里面不光有数学、物理，还有许许多多其他知识。这样才能够理解人们赖以改变世界的那些巨大机械的运转。

第一代机械是以黑石为燃料的蒸汽机。在成功的小型化之后，第一代蒸汽机依然活跃在各个大陆上。它有许多优点，比如稳定、动力强劲等，然而最大的优点是便宜。

制造便宜，维修便宜。在黑石随处可见、钢铁储量极丰的情况下，哪怕千百年过去了，蒸汽机在大多数情况下依然是最合适的选择。

新增加的知识课让千夜的排名迅速提升，杀进了前二十名，甚至有希望冲一冲前十。

三个月的考试时间到了，千夜早在两周前就修成了原力潮汐，过关自然毫无悬念。与千夜同批的学员中有三人未能达到要求，结果被张静亲手鞭笞成重伤，被人拖走了。

已经三个月没有人拖走了，久得让这些孩子们几乎忘了这里是黄泉训练营，是整个帝国军方预备役中，以选择和淘汰的极端残酷而著称的黄泉训练营！

第四个月开始，训练营又新增了一门课程：格斗。

从这一刻起，轻松的修炼生涯就此结束。格斗课大多是以教官指导开始，然后学员之间再进行对练。第一周大多数人都是鼻青脸肿地回去，千夜受的伤则格外重。

学员对练的时候都是全力以赴地攻击，根本不会手下留情。在排名靠前的学员中，千夜是身体最弱的一个，自然受到了重点照顾。如果能够把千夜打得下不了床，那就自然少了一个争抢"朱颜血"的对手。

这里是黄泉训练营，可不是温和的贵族学校。

周末公布排名的时候，千夜的名次疯狂下跌，一直掉到四十八名，堪堪保住前五十名的位置。

孩子们看过排名后，就回房睡觉了。

千夜刚刚走进寝室，身后的房门忽然关上，几个黑影扑了上来，把他牢牢抓住。一根手臂横在他的咽喉上，死命锁着，让他根本无法呼吸，也叫不出声来。

这是刚刚学过的格斗战技，没想到转眼间就用到了他身上。围住他的是几个大孩子，他们是从其他连队合并到这个班里来的，平时经常走在一起。

一个满头卷发的高大孩子凑近千夜,用审视猎物的目光打量着他。

这个孩子名叫陈雷,性格凶悍大胆。他各项体能成绩都在前十,知识类的科目却总是不尽如人意,所以综合排名已被千夜超过。他向前靠了靠,两人的鼻尖几乎碰到了一起。

他压低声音,恶狠狠地说:"你听着,以后给我老老实实把知识课的成绩降下来!'朱颜血'给你这种软蛋用,完全是浪费。你要是敢不听,以后每次上格斗课,我的人都会把你往死里打,每天睡觉之前,也会再给你加顿小灶。今天就是第一次!"

话音未落,他狠狠一拳轰在千夜的肚子上!这一拳极为凶悍,几乎用上全力!

千夜胃部顿时抽搐,强烈的呕吐感横在胸口,可是咽喉被死死卡着,根本就吐不出来。一瞬间,他的脸就憋成了深紫色!

陈雷摸出一张胶带,拍在千夜嘴上,然后说:"好了,这下他叫不了了!用力打!"

千夜转眼就被打倒在地,七八个孩子围着他猛踢。和格斗课程相配合的一门课叫作生物结构,里面最先讲解的就是人体结构。已经学过人体结构的孩子们下手格外阴狠,招招都往能够伤及内脏的位置打去,却避开了头脸等容易被人看出来的地方。

如果任由他们这样打下去,千夜就会留下永久性的损伤,根本承受不住高强度的训练,用不了几天就会变成尸体。陈雷他们,并不仅仅是想给千夜一个教训,而是想直接废掉这个碍眼的垃圾场小子!

其他的孩子都冷冷地看着,没有人出来制止,也没有人向外面的守卫和教官们报告。这些孩子中比陈雷还强的也有几个,此时他们扫向陈雷的目光中,已经多了些戒备和阴冷。

训练营不允许在格斗场之外的地方私下斗殴,但是大部分人都很清楚陈雷为什么选千夜下手,因为他是孤儿,并且出身于帝国最下层的垃圾星球。自从开始上知识课,各个学员的资料就被有意无意地泄漏,只要留心,就能知道对方的来历和身份。

如今陈雷开了这个先例,一个危险的先例。所有的孩子,都开始重新思考彼此的关系和定位。

千夜就像又回到了垃圾场,被一群大孩子围着痛打。那时因为他从来不肯低头,所以经常挨打。身上不断传来剧痛,他尽力保护着要害,等待机会进行反扑。身上越痛,他反而越冷静。

"冷静!冷静!只在需要的时候愤怒,然后把所有的怒火用更冷静的方法表达出来!"教官的吼叫又一次在他脑海中闪过。

就在这时，他忽然感觉身上受到的击打轻了不少。那些孩子们觉得差不多了，他们也害怕把他打出太明显的伤势。

"将来你们有的是机会自相残杀，但不是现在！现在谁敢自相残杀，我就先让他死！"这是龙海不知重复了多少次的原话。

陈雷也认为够了，手一挥，说："行了！一个垃圾场里长大的杂种，也想跟我们争……"

他的话还没有说完，千夜突然如猎豹般从地上弹起，和身撞进一个大孩子怀里，右手一把抓住了他的要害！

孩子们一时间全都呆住了，那个被抓住要害的大孩子更是僵住不敢动弹。

千夜用左手撕下封嘴的胶带，他的动作不快，看得出此刻连站着都很勉强。

胶带撕下，所有人都在等着他的后续动作。

陈雷脸上重新现出狠色，开始给自己的同伴打眼色，只要千夜把守卫叫进来，他们就会一齐指认是千夜挑起的斗殴。在缺乏直接证据的情况下，根据训练营的规矩，双方都要受罚。

千夜平静地看着陈雷，他的双眼依旧清澈，里面没有愤怒，没有怨恨，就那样冰冷、淡漠地看着陈雷。

"我不会叫的。"千夜突然轻轻地说。

陈雷心底一寒，第一次感觉到了真正的恐惧。

千夜右手忽然收拢，然后开始慢慢绞紧！

那个被抓了要害的大孩子小脸突然变得惨白，嘴张大得可以吞下一个鹅蛋！他的喉咙中只有吸气的声音，谁都知道，下一刻他恐怕就会发出惊天动地的惨叫！

一下子，所有的孩子都明白了！最先出声的那个，会因为明确违反了熄灯后不得喧哗的禁令，被罚得最重！在训练营里，求救是要付出代价的！

那个大孩子显然也知道叫出声的后果，拼命忍着。可千夜的手毫不留情地继续收紧，仿佛握着的，不过是一团破毛巾。

那个大孩子突然明白了，千夜真的会对自己下手！这个长相秀气得像个小娘们的垃圾场小子，是个不折不扣的疯子！

"啊！"惨叫声响彻整个营地。

剧痛和恐惧让大孩子瞬间崩溃，开始歇斯底里地号叫。他已经没有任何力气反抗或者攻击千夜，所有的感官都被无法忍受的疼痛所淹没。

转眼之间惨叫声戛然而止，大孩子已经痛晕过去。千夜这才松了手，任由他倒在地上。

"砰"的一声，寝室的门被一脚踹开。

冲进来的守卫脸色十分狰狞，从腰间摘下鞭子，皱着眉，不怀好意地看着房里的孩子们。

三分钟后，只穿着一条皮裤的龙海走了进来。他扫了一眼现场，当看到千夜嘴里鼻中都在不断溢血，却还倔强地站着的时候，不禁双眉一皱，忽然一鞭子甩过去，"啪"的一声将千夜抽倒。

这一鞭打得千夜全身酥软，一点儿力气都用不上，完全瘫在地上。鞭子抽在身上依然很痛，但是鞭中附着的原力震荡开他体内郁积的鲜血，让他骤然感觉轻松了许多。

一名守卫走到那个昏迷不醒的大孩子身边，弯腰扒拉了两下，然后又解开他的裤子看了看，耸肩道："碎了。"

龙海微微一怔，然后点了点头，用皮鞭轻轻拍打着手心，说："现在，谁来告诉我刚才究竟发生了什么事？"

陈雷半垂着头，眼角却阴鸷地扫了一眼其他的孩子，眼中凶光毕露，威胁之意溢于言表。

忽然"啪"的一声，龙海手中的长鞭如毒龙般抽在陈雷背上，将他一下子抽倒在地。这一记比落在千夜身上的凶狠多了，顿时打得他上衣碎裂，皮开肉绽，痛得死去活来。所幸他知道厉害，咬紧牙关没敢发出声来，但一时间几乎背过气去。

"在我面前还玩这种小花样，找死吗？"龙海狞笑着，不过没有补第二鞭。

并不是每个孩子都怕陈雷，当下就有两个实力更强的把刚才发生的事情说了一遍。这下不光是陈雷，和他一起殴打千夜的大孩子们全都脸色惨白。

龙海踢了踢被千夜重创昏迷的大孩子，冰冷地说："原来是这样！那就是说，这个倒霉的家伙不但没有欺负到人，反而被搞得半死不活？真是废物！我们这里不需要废物，拖出去！"

接下来对其他孩子的处置延续了龙海残忍的风格，除了陈雷，所有参与围殴千夜的大孩子们全都被吊到操场上，每人挨了十鞭。十鞭足以把他们打个半死，但是第二天的训练课程一点儿也不会减少。

这就意味着在接下来的一两周里，他们根本没有可能排进前五十名，而且还得想办法克服伤痛，避免在格斗课上被其他人打残。可以预见，围殴千夜的这些家伙大半会被接连淘汰。

当惨叫声不断响起的时候,陈雷有些茫然地站在寝室里,不敢相信除了那痛彻骨髓的一鞭,龙海居然没有给自己额外的惩罚。直到龙海带着守卫们离开,他才确认这件事真的过去了。

千夜摇晃着慢慢站了起来,龙海那一鞭余劲儿仍在,让他全身都有些无力,但是伤及内脏的伤势居然好了小半儿。

陈雷忽然走到千夜面前,一把揪住他的衣领,恶狠狠地说:"这件事还没完!"

千夜很平静地看着他,回道:"这件事是没完。要不你现在就杀了我,否则今后你睡觉的时候就得小心了,说不定哪一天,你就会变得和那个倒霉的家伙一样。"

千夜的表情和口气都十分自然,可是在这令人毛骨悚然的平静之后,却潜藏着让所有孩子都能感觉到的狠辣和危险。一想到刚刚那个大孩子的遭遇,他们都下意识地夹紧了双腿。

陈雷脸色变幻不定,他可不想哪天在睡梦中被突然袭击。就算事后把千夜打死,也于事无补,索性现在做掉千夜算了?

他最终还是没能下定决心和千夜同归于尽,背上火辣辣的鞭痕仿佛疼得更厉害了。

这件事就这么过去了,没有人再去挑衅千夜。孩子们都有种预感,要是不能当场把千夜干掉,那么接下来就是无穷无尽的噩梦。

一个月的时间就这样在平静中度过了,千夜稳住了自己前五十名的位置,这也得益于几个属于陈雷一方的大孩子全都掉到了榜尾。

有了"朱颜血"的帮助,千夜修炼的速度开始加快。原力潮汐的冲击力越来越大,已经隐隐有惊涛拍岸的感觉。

在小腹位置,他已经感觉到了原力节点的存在。

第四章　禁忌之术

在千夜的感觉中，腹腔内有一个奇异的空间，隐约有原力在涌动着，仿佛幼蝶想要破茧而出。但是这个空间被一道无形的屏障包裹着，必须冲破屏障，才能点燃这处节点，让身体内外的原力在这里融汇起来。

各种功法打破屏障的过程并不相同。其中大多数比较温和，采用慢慢打磨的方法，将屏障越磨越薄，最后水到渠成地消弭障碍。

另外一些功法则比较生猛刚烈，引导内外潮汐对着屏障反复撞击，兵伐诀就是如此。它驱动的原力潮汐冲击力狂猛霸道，其势之强直追第一流功法。但是在冲击屏障的过程中，也会震伤身体和脏腑。

千夜已经能够很快地启动一个完整的原力潮汐了，他今天的目标是尝试冲击屏障。

他小心翼翼地引导着汹涌的原力，向着腹部节点冲去。一波波原力浪涛逐渐修正位置，冲击在节点屏障上。节点屏障就像一堵高堤，将原力浪涛牢牢挡在外面。

他渐渐沉浸其中，连"朱颜血"的奇异香气都消失在感官世界之外。他仿佛与原力浪涛融为一体，高高抛起，再如惊涛拍岸，狂烈地轰击在屏障上，然后崩碎，飞珠溅玉般化为点点原力水滴。但是下一波浪涛更高，冲击力也更强。每一轮冲击，原力的反震都让他全身微微发颤。

在体内原力潮汐冲击节点的过程中，外界共鸣着的原力也在不断补充着他的消耗。就这样，他的原力逐渐增加着。

如此枯燥的循环不知过了多少次，突然在一轮原力潮汐冲击结束后，汹涌的原力并没有完全平息，而是短暂回落后，忽然又升起新的一浪！

千夜又惊又喜，连忙凝神引导这一波浪涛冲向节点屏障。当浪涛冲在屏障上时，他耳中嗡嗡作响，全是"隆隆"的水声，身体不由自主地狠狠震动了一下，几乎弹离原地。

这是第二轮原力潮汐的第一浪，叠加了第一轮潮汐的余威，冲击力已经相当于第一轮潮汐的第四浪或第五浪。

这是一个成功的开头，随着他的原力不断积累，第二轮原力潮汐也会生成，然后是第三轮、第四轮……连续生成的原力潮汐越多，叠加的威力也就越强，对原力屏障的冲击力也越大。据说当第三轮原力潮汐生成后，就到了冲开腹部节点的时候。

这时钟声响起，他如往常般收拾好自己，迅速离开了修炼室。一起修炼的孩子中，有十几人面有喜色，看样子颇有收获。

他这一次也取得了突破性的进展，但心中并无多少欢喜。现在距离兵伐诀开课已经有小半年了，他的进度还算快，在这个班上可以排到前三分之一。但是，据说其他班已经有人点燃了第一个原力节点。

孩子们照例在山谷空地上列成队伍，陈雷不知怎的站到了千夜旁边。

当大家在教官的带领下向训练场奔去时，陈雷忽然稍稍贴近千夜，压低了声音说："我已经开始修炼第三轮原力潮汐了，等我点燃原力节点，你就给我小心点儿吧！"

千夜目不斜视，望着正前方，好像什么也没有听见。

接下来是一堂格斗课和一堂生物结构课。

格斗课上，千夜的对手是个普通的孩子，双方既没有仇恨也没有交情。交手的结果是各有胜负，然后就是生物结构课了。

不过这一次上课的教官，是一个面孔陌生的秃顶干瘦老头。他有着一双浑浊的灰色眼珠，被他的目光一扫，千夜忽然感觉自己里里外外好像都被看透了，立刻打了个寒战。

老头的眼睛原本已扫过千夜，但突然眼皮跳了跳，又转回来多看了他一眼。

每个学生面前都有一个实验台，上面用白布蒙着长条形的东西。

老头清了清嗓子，他的声音如鸦鸣般沙哑："小家伙儿们！从今天起，我将把你们变成真正的魔鬼！至于我的名字，我想你们没有人愿意记住。不过在接下来的半年中，这个名字将会陪伴你们很久很久。我叫申——屠！"

然后申屠讲了他的课堂纪律，很简单，在规定的时间内完成任务，以及……不许吐。

"好了！现在，掀起你们面前的白布，然后拿起这个东西！"申屠举起一个类似于钩子的细细的东西。

千夜上前一步，掀开面前实验台的白布，顿时一惊！

白布下是一具冰冷的尸体！

一名守卫突然开始响亮地从十倒数。

孩子们全都一惊，这是他们再熟悉不过的人体计时！倒数结束的时候谁还没有动手，就会受到惩罚。来自申屠的惩罚，说不定比张静的还要凶狠！

所有的孩子都急急忙忙抓起工具，开始按照申屠教导的方式解剖尸体。

千夜刚刚做完规定的步骤，忽然听到旁边"哇"的一声，一个小女孩哭了起来，然后蹲在地上拼命地呕吐，吐得昏天黑地。

申屠停下手中的动作，静静地看着狂吐的小女孩。所有的孩子也都看着她，一时间教室里寂静无比。

等小女孩吐完了，申屠才无比温和地说："带她下去，收拾一下。"

两名如狼似虎的守卫像提小鸡一样把小女孩拎走，任她哭叫挣扎着。

课程继续，孩子们沉默地学习着申屠教授的知识，教室中只有老头粗哑的声音在回荡……

晚上寝室里响起轻微的呼噜声，大多数孩子都已进入梦乡，可是他却怎么也睡不着。

黄泉训练营确实是地狱，他不知道自己还能坚持多久。不过他知道，如果能够坚持下去，身上有些东西迟早会改变。

他已经很久没有想起记事之初那个模糊的影子了，本以为会就此忘记，现在却浮上心头，但是他预感到，有些坚持终会消失。

第二张浮起的面孔是石言木讷却努力扯出笑意的脸，耳边仿佛有谁在说"活着回来"，他恍惚了一下，这个声音不是石言，而是那个人。

他闭上眼睛，再次睁开时，已经无比清醒。有人在等着他，有人则给了他一个承诺，现在他已经明白"林"这个姓氏的意义。而所有的一切，都要等他走出这个地狱后才能实现。

在这里，机会往往只有一次，不抓住就会失去。

他忽然从床上跃下，无声无息地落地，然后用格斗课程中学来的潜行术摸到陈雷的床边。

陈雷睡得不是很熟，脸上有着不安，不知梦到了什么。

千夜缓慢而坚定地伸手，向他的喉咙扣去。

就在这时，旁边的一个孩子突然翻身，睁眼，看到了千夜的动作。

千夜回头和他对视了一眼，那个孩子顿时打了一个寒战，急忙翻了个身，继续睡觉，只当什么都没有看见。

千夜的左手毫不犹豫，如电般落下，死死扣住陈雷的咽喉，同时全力一拳击在他的肋侧！

"砰"的一声闷响传来，大多数孩子立刻惊醒了，不少人本能地一跃而下。

"砰砰"的响声不断继续着。

这一幕和陈雷指使同伴围殴千夜的景象有些相似，只不过两人挨打后的表现完全不同。陈雷明显惊惶失措，反击毫无章法，只能算是在奋力挣扎着。

班里最强的几个人看了陈雷的表现，都暗自摇了摇头，不再把这个人放在心上。不过，他们看向千夜的目光却充满了戒惧。

千夜痛殴陈雷的时候，呼吸几乎没有变化，连表情都不多，就像在做一件微不足道的小事。但一声声闷响传来，却敲在每个孩子的心上。

陈雷终于不动了，只有身体在本能地抽搐着。

千夜停了手，回到自己的床位上，若无其事地把被子拉过头顶，继续大睡。

片刻之后，陈雷突然从床上跳了下来，跌跌撞撞地跑到窗前，凄厉地叫起来："教官，教官！有人要杀我，救命呀！"

"砰"的一声，寝室的门被踢开，龙海皱着眉走了进来，冷冷地问："谁在鬼叫？"

陈雷挣扎着向龙海跑去，就像受惊的小兽。

龙海脸上闪过厌恶，狠狠一鞭将他抽倒在地，骂了一声"废物"，然后才用脚尖把他翻过来。

他的衣服已经皱成一团儿，头脸倒是没啥损伤，不过咽喉处那片紫黑色的掐痕显然不正常。

龙海没兴趣再看下去，提高了声音，喝问："谁干的？"

千夜从床上坐了起来，平静地说："是我。"

龙海眯起眼睛，上上下下打量了他一会儿，说："好，小子，你有种！来人！把他带出去打十鞭，然后吊到明天早上！"

千夜没有反抗挣扎，也没有畏惧，就这样跟着守卫出去了。

没过多久，窗外就响起孩子们熟悉的皮鞭声。每一下鞭打的声音都激起他们心底那些黑暗的记忆，许多孩子的脸色都变得很不自然。但是窗外只有鞭打的声音，却没有千夜的声音。

没有惨叫，没有呻吟，连闷哼都没有，仿佛守卫们抽的只是一根木头。

龙海已经离开，可是陈雷却瘫在地上，怎么都站不起来。他刚才挨的那一鞭子可不轻，伤势可谓雪上加霜，没有一个月，别想痊愈。

周围孩子们看他的目光，已经充满讽刺和不屑。现在谁都看得出来，瘦弱的千夜才是真正的狠人。陈雷想要立威，可惜选错了对象，而且大错特错了。

"好好睡觉吧！"排行第一的孩子意味深长地说了一句。

第二天清晨，当吊了一晚上的千夜被放下时，已经虚弱得几乎站不住了。但他蹒跚着跟上了晨跑的队伍，虽然其他孩子跑三圈儿的时间，他只能挪动一圈儿，可他最终还是跑完了，尽管占用了大半的早餐时间。

到晚上入睡时，他只完成了全天预定训练量的一半，成绩毫无疑问会垫底儿。可是大家就好像集体忘了这件事，压根儿没有人提一句。

以往任何孩子被打了十鞭，接下来的几天都得老实地待在床上，没有谁会像千夜这样玩命。每动一下就会牵动鞭痕，产生剧痛，所以挨了十鞭的孩子都会放弃，连一丁点儿训练量都不会有，更别说完成一半了。

夜深了，孩子们已陆续上床。

陈雷突然"扑通"一声跪在千夜面前，一把抱住千夜的大腿，开始大哭求饶。

千夜看了陈雷一眼，然后缓慢而坚定地把他推开，爬上自己的床，睡下。

所有的孩子都睡了，除了陈雷。他站在地上，双拳一会儿握紧一会儿松开，脸上全是挣扎和不安。

千夜挨了鞭打，他也受了内伤。虽然这个时候杀掉千夜是最容易的，但他害怕得手之后的惩罚。并且，或许内心深处还有他不愿意承认的另一种恐惧，那就是他是否打得过现在的千夜。

这一周，千夜的训练成绩不出意料地跌出前五十名。但是在去修炼室的路上，班里排名第一的孩子忽然走到千夜面前，将一块"朱颜血"递了过来。

"这东西我有四块，其实用不了这么多。"他说。

作为第一名，这个孩子一直有额外的优待。

第四章 禁忌之术

千夜意外地看着他，想了想，大方地接过来，然后伸出手，说："我叫千夜。"

那个男孩笑了："我叫宋子宁。"

两个孩子的手握在一起，重新认识了彼此，虽然他们早就知道对方的名字。

这一周，宋子宁每天都会分给千夜一块"朱颜血"，直到周末千夜重回榜单前五十，又有了自己的"朱颜血"配额为止。

除此之外，宋子宁和千夜并无多少交流。

在第十个月时，千夜终于修炼出了三轮原力潮汐，开始全力冲击节点屏障。而在两个月前，宋子宁就已经点燃了原力节点。

千夜发现，当原力潮汐叠加到三轮后，反震力已经是第一轮的一倍，每一浪反弹回来时，都会引发剧烈的疼痛。按照这种趋势发展下去，估计到第十轮原力潮汐时，痛苦就会变得和鞭打差不多，不知还有多少人能够坚持下来。

难怪能把兵伐诀练到高级的人少之又少。不光是因为它会伤及自身，修炼过程中的痛苦，也不是什么人都能够忍受的。而对千夜来说，还有一重额外的麻烦，那就是每当原力浪涛横过胸膛，旧伤就会隐隐作痛。

第十一个月时，千夜终于冲破了屏障！

当屏障破碎的瞬间，他的原力如潮水般涌入节点，而节点也仿佛有了吸力，如鲸吞般将周围的原力汲取过来，原力增加的速度比之前翻了一倍。

当原力汇聚到极致时，在节点深处就有一点光芒出现，如风中的烛焰跳跃不定。这就是原力节点点燃的标志，现在的千夜，终于踏入一级战兵的行列，从此有别于平民了。

在教官们确认千夜的原力节点已经点燃后，他的配给物资中就多了一项。据说这颗色泽深褐的药丸对修复内脏的伤势大有好处，是修炼兵伐诀的辅助药物。

接下来的一个月里，千夜按照要求放缓修炼进度，控制原力潮汐的流动，对着节点反复冲刷温养，千锤百炼，使得内外两股原力的融合更加自然圆满。但是他的原力仍在迅速增加，而随着原力的增长，他的各项身体素质也大幅提高。虽然还只是一个孩子，但是他已经能够单手提起五十公斤的重物了。

在千夜之后，陆陆续续有孩子点燃节点。到了张静规定的一年时限，剩下的六十多个孩子大都点燃了原力节点，只有三个孩子没有成功。在验收考试后，千夜就再也没有见过他们。

就这样，第二年不知不觉地过去了，千夜所在的班级又补足了一百人。

从第三年开始，他将正式冲击第二个原力节点，也就是胸前的节点。这个节点在九个原力节点中尤为重要，仅次于额头的节点。在许多功法中，这里被称为气海，直接决定了一个人将来能够修炼出的原力的深厚程度。

完成第一个节点的温养过程后，千夜平心静气，开始正式冲击第二个原力节点。

涌动的原力渐成浪涛，冲向胸前的节点。但是就在澎湃的原力行经伤口区域时，一阵无法形容的剧烈疼痛突然袭来！这种剧痛完全超出了人类所能承受的范围，千夜大叫一声，直接栽倒在地，身体不停抽搐，嘴角涌出血沫，转眼间已经昏了过去。

守卫们听到叫声，立刻冲进千夜的修炼室，看到他的异状时一怔，然后迅速将他抱走。

片刻之后，在平时上生物结构课的那个房间里，千夜全身赤裸，躺在金属教学台上。训练营里并没有医务室，这里只有张静和龙海在场，阴影则被留在外面拦住其他人。

教学台前，申屠的动作不疾不徐，就像平时上课做示范那样，用各种工具在千夜胸前的伤疤处开了三个非常细的小孔。

片刻之后，老头停下手，慢条斯理地把工具全部整理好。他没有去看仍然昏睡的千夜，而是把目光投向张静和龙海："你们当了他那么长时间的教官，不会没有看出来……"

龙海的脸色变得有点儿不自然了。

张静却妩媚地笑了笑，漫不经心地说："不就是原力掠夺吗？"

龙海的脸色更难看了，申屠的嘴角则抽动了几下。

就在这时，教室的门忽然被推开了，一个人大步走进来，说："没错，就是原力掠夺。"

几人吃惊地回头，看清来人时更惊讶了。

"孙主任！"

进来的是个中年男人，身材略矮，生得十分敦实。他有一张平平无奇的国字脸，五官极为普通，乍一眼看去没有任何能够让人记住的地方。这是训练营的教导主任孙倪，他穿着一身洗得有些褪色的旧军服，上面没有军衔。

他走到千夜身前，伸手在千夜胸前的疤痕上抚过，手上泛起蒙蒙的原力光华，片刻后收手，叹道："果然如此！这个孩子还真是可惜了。"

张静敏感地注意到了什么："这是林帅送来的人，有问题？"

"你们说呢？"孙倪淡淡地反问道。

龙海是当初的交接人，连忙说："人虽然是林帅那边送来的，但是并没做特别的交代，甚至没说要保命。听说他只是林帅一时心血来潮捡来的孤儿，如果他的来历真有什么不妥……"

申屠粗哑的嗓音更低沉了，有种阴森森的感觉："有能力做出这种事情的，无非那几家，可是他们怎会留下活口？未免有些古怪。"

孙倪意味深长地笑了笑，缓缓地说："这个消息我知道了，其他人也知道了。换句话说，该知道的人都知道了。"

听了孙倪的话，张静立刻放松下来，耸了耸肩，说："那是大人物们的游戏，和我们无关吧？"

孙倪点了点头，目光落在千夜身上，说："有些关系，但也不大。我们不用去管这个孩子为什么会活下来，该怎么办就怎么办，一切照规矩来。让他正常训练，如果他能够活着从这里走出去，是他自己的本事。如果中途死了，也和我们黄泉无关。"

孙倪顿了顿，又说："总而言之，我们就当原力掠夺这件事完全不存在。不管这是哪个厉害人物的手笔，都和我们黄泉没关系。如果那人真要为此来找我们的麻烦，我们也不怕！所以在这件事上，用不着畏首畏尾。这是……总长的意思。"

这下连张静也收起漫不经心的表情，所有人都一惊，问道："总长回来了？"

孙倪没有回答，只是轻轻点了点头。

所有人精神立刻变得极为振奋，龙海竟"嘿嘿"傻笑起来。

孙倪负手绕着千夜走了一圈儿，说："现在不妨给他一点儿照顾，要不然他多半过不了眼下这一关。要是让他就这么死了，别人说不定会以为我们黄泉真的怕了那几家！嗯，我已经检查过他的身体，兵伐诀冲击气海节点的部分需要调整一下，具体是这样……张静，等他醒了，你单独教他吧！"

"好。"

孙倪点了点头，转身离去了。

几名教官对望一眼，然后申屠开始为千夜治疗。

此时，张静等教官看着千夜的目光不免有些惋惜。这该是何等天资横溢的孩子，才会被人看中，悍然施展了原力掠夺这等禁忌之术！

可惜一切都已过去，就算是举世无双的天纵之才，中了原力掠夺之后都会变成平庸之辈，比普通修炼者强不了多少。

千夜醒来时，入目的景物有些熟悉。当他发现自己正躺在生物构造课的金属台上时，心脏立刻剧烈地大跳了几下。若非他全身麻木，动弹不得，只怕会直接滚落到地上。随即他感觉到胸口火辣辣的，不时传来几下剧烈的抽痛。

"你醒了？自己下来吧！"

他转头一看，张静正背对着他，上半身趴在一张实验台上，脊背弯曲成一条诱人的曲线，不停地写着什么。

他试着动了动手指，撑着身体勉强下了台子。但是双脚一落地，立刻一软，直接摔在地上。

张静"咦"了一声，恍然道："我忘了你身上的麻药药效还没过去。"

她走过来，一把将千夜提起，放到椅子里，然后递给他一张纸，说："把这个东西背下来，有什么不明白的地方可以问我。只能在这里看，不能带出去。"

张静出人意料的和蔼并没有让千夜感觉放松，反而让他生出浓浓的不安。她可不像表面看起来那样温柔亲切，手段既黑又毒，就连龙海见到她也避如蛇蝎。

纸上写着一长段口诀，下面还有详细的注解。千夜看了一会儿就明白这段口诀对兵伐诀做了修改，内容与冲击胸前的气海节点有关。

"你今后就按照这个方法修炼，直到点燃气海节点为止。不过可能会有点儿痛，如果还有其他不舒服的地方，随时可以到我住的地方来找我。我会跟守卫打招呼，放你进来。"

说完，张静离开了房间，留下千夜一个人默默背诵口诀。

半小时后，千夜把纸上所有内容记下，按照张静的要求将口诀撕得粉碎，然后小心翼翼地离开了。

张静住的地方距离营地不远。穿出一片树林后，千夜忽然看到宋子宁靠在林边一棵大树旁，正仰头看着天空。

千夜顺着他的视线抬头望了一眼，除了蓝天白云，什么都没有，连只鸟都看不见。

"你在看什么？"千夜好奇地问。

"大道和未来。"宋子宁给了个意外的答案。

"未来"这个词的意思千夜懂，但是"大道"他却不懂。

还没等他再说什么，宋子宁就若无其事地问："你没事儿吧？"

千夜犹豫了一下，说："教官说我原本的修炼方法有问题，给我做了些调整。"

宋子宁神色忽然有些紧张，问："哪个教官？"

"张静。"

"是她就好！"宋子宁神情放松下来，说，"你别担心，每个人的资质都不同，所以通用的修炼功法往往并不是最合适的。如果有条件的话，都需要对通用的功法做一些细微的调整。张静可不简单，有她指导你的修炼，对你来说是好事。不过……"

看到宋子宁欲言又止的样子，千夜连忙问："不过什么？"

宋子宁却没有回答，只是玩味地上下打量着千夜，然后说："没什么，到时你就知道了，嘿嘿！"

他笑得有些古怪，然后不理千夜，扬长而去。

千夜看着他远去的身影，根本不相信他会突然跑到这里来参悟什么大道和未来。或许这家伙是在担心什么，所以才专门到这里等着自己吧。

虽然他这几个月来稳居榜首，可是身后的几个孩子追得很紧。在训练营中，时间是最宝贵的东西，不努力修炼的话随时有可能被淘汰。

千夜把宋子宁的背影放到心底，有些事情无须多说，时间到了，自然会明白。

这算是几个月以来，他们话说得最多的一次。宋子宁透露的很多信息都是千夜从来没有听过的，看来这个孩子的身世并不像他自我介绍的那样简单。

千夜看看时间，距离下一堂课还有十分钟。于是他加快脚步，匆匆赶往小山谷。

当"朱颜血"的味道缠绕全身时，他已经晋入空灵的心境，开始修炼了。这一次他慢慢引导原力潮汐沿着新的口诀涌动，逐渐接近胸口的气海节点。但是原力潮汐冲到伤口区域时，就像陷入泥沼，每一下涌动都变得艰难滞涩，这感觉如同在用铁刷子洗刷新鲜的伤口，丝丝剧痛差点儿让他再次晕过去。但与之前相比，修改后的兵伐诀所产生的痛苦，已经小了很多。

千夜骨子里就有种狠辣和坚毅，当下一声不吭，只是咬牙苦忍。很快他就发现，原力通过受伤区域时，不仅会产生剧烈的疼痛，运行速度也会变得相当缓慢，就连冲击力也会变弱。只有积累出更深厚的原力，才有可能达到正常原力潮汐的冲击力。

然而想要拥有更深厚的冲击力，就意味着必须承受更多的痛苦。他索性豁了出去，只当这具身体不是自己的。这种剧痛非常人所能忍受，不到半个小时，他就支持不住，因体力耗尽而倒下了。

不过这次修炼还算有收获，原力也有进展，只是进步的幅度不大。他抚摸着胸前的伤痕，心中掠过浓重的阴影。他不知道是什么人，因为什么给自己留下这样一道伤痕。它无时无刻不在影响着自己的命运，想要把自己拖入泥沼，推向深渊！

入夜时分，孩子们有了一段短暂的自由活动时间。这段时间他们可以学习各种知识，或者进行额外的修炼。有了这点小小的自由，他们可以根据自己的喜好去决定未来的发展方向。

千夜则去找张静了，守卫们果然得到了吩咐，并未阻拦他。

张静住在一座单独的小院落里，与训练营里以金属和青石为主体的建筑不同，整个小院都是复古风格。主建筑是一栋飞檐雕栏的两层小楼，布置得十分雅致。

光是从住处，就可以看出她和其他教官不同。龙海等人可都是住在公寓里，外形就像大大的铁皮盒子。

千夜伸手轻轻叩响了门上的狮首铜环，他耳边随即传来张静的声音："门没锁，自己进来吧。"

千夜穿过小院，走进正屋，小心翼翼地不去触碰这里的任何东西。

张静不在客厅，卧室里传来"哗哗"的水声，看样子她在洗澡。

千夜没有丝毫不耐烦，就那样站着。在过去几年，他早就学会了服从和保持耐心。在没有新的命令下来前，不动就是最好的选择。

片刻之后，张静裹着浴袍从内间走出，看了千夜一眼后，便坐在沙发上。

她的浴袍有些小，下摆异常短，根本盖不住那两条雪白的大长腿。在千夜眼中，这两条长腿此刻异常耀眼。

生于乡野和战乱中的孩子都早熟，在帝国没有立国之时，人族为了繁衍出更多的战士，不断把婚育年纪提前。而人族为了生存，身体发育也越来越快，十四五岁就成家生子的比比皆是。

千夜其实不能算是小孩子了，而且训练营的孩子们从小就修炼兵伐诀，身体发育的速度自然超出常人，何况生物构造课也给他们做了很彻底的人体启蒙。

然而张静好像根本不知道千夜已经不是什么都不懂的孩子了，她肆无忌惮地伸了个懒腰，雪白的长腿伸得笔直。

千夜的心仿佛被重锤砸了一下，顿时感觉眼睛有些发花，脑袋也有些眩晕，似乎整个世界都变得有些不一样了。可是发生变化的到底是这个世界，还是他的心情？

第四章 禁忌之术

"小千夜，你找我有什么事？"张静懒洋洋地问。

千夜不敢多看她，赶紧把修炼中遇到的问题说了。他不能确定那些额外的痛苦和原力运转时的滞涩感是不是正常的反应。

张静稍稍认真了一些，向千夜招了招手，说："站过来一点儿。"

千夜走到沙发边，直到张静伸手就可以触摸的距离才停下。

张静伸出双手，在千夜身上不断揉按着，丝丝缕缕的原力透入千夜体内，测试着他每个部位的反应。这是一种说不出来的感觉，麻酸胀痛交织在一起，极度难受，比鞭打还要难以忍耐。他只得转移自己的注意力，笔直站着，一动也不动，目光却游离起来，东张西望着，不敢直视张静。

过了一会儿，张静说："好了，我已经检查过你的情况。你这个节点受损的情况，比我预料中还要严重，但也不是毫无希望。这样，你以后修炼时不要太着急，始终把节奏控制在可以承受的范围就好。你至少需要比正常人多一半的原力，才能点燃这里的节点。"

随后她又详细指出一些修炼上的要点，才让千夜离去。

回到宿舍的千夜却怎么都睡不着，眼前全是张静的影子。也是从这一晚开始，他才意识到女孩和男孩是不同的，不仅仅是生物构造课上学到的不同，不是干巴巴的数字，也不是平面的图画。不过第二天修炼时的痛苦，立刻就把他心中初生的旖旎念头驱除干净了。

他拼命忍受着痛苦，有好几次差点儿昏厥。这非人的痛苦，足以让普通人精神崩溃，他仗着一级战兵的体质才得以熬过来。

吃了这个教训，他不敢冒进，开始小心翼翼地控制原力潮汐，让它的冲击力保持在可以承受的极限。

这堂修炼课进行得格外艰苦，当钟声响起时，他几乎不敢相信自己竟然清醒着坚持了两个小时。这次修炼让他得到一个不乐观的结论，那就是他点燃胸口节点所需的原力不是比正常的修炼者多一半，而是要多出整整三倍！

虽然这样可以积累更多的原力，但是两个节点的修炼速度怎么都要快过一个节点。他的修炼进度一下子被拉慢了，名次也从位居前列，又变成在班上垫底儿。但是没办法，修炼没有捷径，他只能接受现实。想通这一点之后，他的心境重新沉稳下来，不再急躁。

请见二维码
更多精彩内容

他至少可以修炼到二级，只是花的时间多了一点儿而已。而有多少修炼者毕生也到不了二级！另外，按照黄泉训练营的标准，修到二级也就达到了毕业的最低要求，至少他有了逃离这座地狱的希望。于是他开始按部就班地训练和学习。

或许是因为放下了得失，或许是因为专注，他的训练成绩反而迅速提高了。经过如此痛苦的磨炼，他修炼出的原力比正常人要厚重得多，威力也更加凌厉霸道。也正因为这样，他勉强跟上了格斗课的进度。

半年后，他学完了基础的徒手搏斗，接下来就是器械格斗的训练，启蒙武器是各种长长短短的刀具。

从这一天起，许多孩子身上开始带伤。现在的孩子们个个儿都是一级战兵，本身体能大幅增强不说，攻击中都附加了原力，因此威力大增，随便挨上一刀都不是开玩笑的事儿。受伤受得多了，孩子们就学会了用原力防御。

此时千夜开始展现出非同寻常的威力。面对一些上门找碴儿的大孩子，他更倾向于以伤换伤的打法。他身上中了一刀一拳，全都若无其事，丝毫不影响反击动作的精准狠辣，但是别人中了他一刀，伤口往往不是一般的大。

在格斗课上，也没有人敢找他的麻烦。因为有个大孩子原本在格斗实力上排名第五，无论是力量还是技巧，各个单项成绩都比他强，然而却在实战中被他击溃。在训练营里，孩子们早早就学会了只看结果。

再半年，千夜终于学完了人体解剖课程。申屠带来一具奇异的尸体，那是一只足有数米长的巨型蜘蛛！

后来千夜才知道，这并不是普通的蜘蛛，而是黑暗种族中非常强大的一个分支：人面蛛魔。眼前这个只不过是蛛魔中最低等的正式成员，还没能进化出类人的面容和肢体，所以被称为穴蛛。

从这一天起，孩子们就开始接触各个黑暗种族。一年之后，除了传说中最神秘也最强大的魔裔没有见过，所有的黑暗种族都在申屠的解剖台上出现过，包括和人族外形几乎没有什么差异的血族以及没有变身的狼人。

此时孩子们已经成熟，应该称为少男少女了，但他们还是住在一间大屋里，洗澡换衣服也都在一处。然而男孩女孩的身体差异已经显示出来，也有早熟的男孩会借故骚扰女孩。不过他们都不敢太逾矩，因为那是禁令。而千夜的脑海中，也会经常浮现张静的身影。

第五章　口蜜腹剑

再过一年，训练营里迎来了一个特殊的时刻：成人仪式。

从这一天开始，男孩和女孩可以自由组队。因此不少女孩都找了伙伴儿，只有实力强大的以及没有参加仪式的几个女孩保持了独立。

成人仪式结束后，千夜的生活又恢复正常，和以往一样修炼、学习，包括格斗术、机械原理，以及各种基础机械零件的制造、维修。

始终稳居第一的宋子宁与两个漂亮女孩一起组队，没有任何人对此提出异议。在黄泉训练营中就是如此，先要打赢对手，才有机会抗议。

千夜始终是一个人，他几乎完全沉浸在自己的世界里，对班里的变化不闻不问。每次修炼对他来说都是地狱般的体验，在永无止歇的痛苦折磨中，他已磨炼出无比强大的意志，这也让他对修炼之外的事情毫无兴趣。

对他来说，早日点燃气海节点，摆脱这地狱般的日子，才是唯一需要重视的事情。他所向往的东西，必须走出这座与世隔绝的山谷才能得到。

这一天他回到寝室，恰好看到宋子宁靠在门边，仰头向天，又在看他的大道和未来。

他向宋子宁点了点头，正想进屋，宋子宁忽然叫住他："千夜，等一下。"

"什么事？"他有些摸不着头脑。

宋子宁笑了笑，说："当然是好事！"

他向一群走过来的学员们看了一眼，忽然对其中一个颇为清秀的女孩说："那个，就是你了！方明慧，你过来！"

女孩有些不知所措，随即毫无异议地跑了过来，站到宋子宁和千夜面前。

宋子宁上下打量了她一眼，直接说："你以后就和千夜在一起组队吧！"

方明慧一怔，还没等她说什么，另一个男孩就大步奔了过来，急急忙忙地说："不行！"

宋子宁脸色一沉，冷冷地说："你算什么东西，也敢和我争？"

男孩脸色一阵苍白，期期艾艾地说："可，可是……你已经有两个伙伴儿组队了。"

"两个不够。"宋子宁淡淡地说。

男孩被这句话堵得胸口一窒，不甘心地向千夜盯了一眼，缓缓退后。男孩的其他同伴站在原地，向这边观望着。

其中一个高大的少年走了过来，沉声说："宋子宁，这就是你不对了。我们几个一直尊重你，让着你。但是你也不能一个人把所有好处都占了，更不应该欺负我的兄弟！"

千夜认识这个少年，他叫吴进，排名在宋子宁之后，但两人分数上的差距并不明显。

宋子宁毫不在意吴进貌似平和实则略带威胁的话，冷笑着说："我就欺负你的兄弟了，你又能怎么样？"

吴进双眼微眯，身上开始散发出惊人的杀气，缓缓地说："我们之间好像并没有那么大的差距，说起来，也好久没有和你认真地打一架了！"

"那是你不敢找我，可不是我在避战。"宋子宁冷笑一声，忽然挺直身体，锐利如出鞘刀锋的杀意腾空而起！

他活动着关节，不屑地说："吴进，你不会蠢到把那个破成绩单当真吧？我们现在就去格斗室打一架怎么样，这一次我绝不会留手。等打完这一架，你那个狗屁第二名就给我见鬼去吧！"

面对宋子宁的邀战，吴进脸色变幻不定，重重"哼"了一声，然后掉头走了。

宋子宁对着吴进的背影悠然地说："吴进，你要联合其他人的话，那就尽早。再过两个月，我就要点燃第二个节点了！"

二级战兵！

吴进全身一震，转过头难以置信地看了宋子宁一眼，匆匆离去，这一次气势全消。围观的十几个孩子同样震惊不已，对宋子宁的态度立刻变得更加恭敬了。

方明慧则目光一转，立刻乖巧地站到宋子宁旁边，细声细气地说："宋哥要我做什么，我就做什么。"

宋子宁指着方明慧，对千夜说："千夜，她是你的伙伴了。在这种地方，如果你对自己应得的东西都不去拿，别人就会怀疑，并且不断试探你。适当展示实力，会减少很多麻烦。"

千夜本来还想推辞，但是被宋子宁坚决的目光阻止，只得无奈地让方明慧跟在身边。

躺到床上后，千夜仍然在回想刚刚那一幕。

宋子宁想告诉千夜，力量才是压倒一切的关键。没有力量，在面对如他这样强大的人时，要么退让，要么当场被打死。

哪怕是第二名的吴进，面对他也只能忍辱离开。至于方明慧，接下来的一段时间，她始终跟在千夜身边。

在这批学生中，千夜目前的整体排名还是相当靠前的，始终在第十名左右徘徊。

这得益于他在每一项科目中都有非常优异的表现，特别是在某些知识课以及与枪械、机械有关的科目上，更是有着接近完美的表现。体能方面的课程虽然略逊，但是格斗这种实战科目，却因为格外的狠辣，成绩也能够维持在二十名左右。

宋子宁说得对，以他目前的综合排名，有权得到一个还不错的队员。而他一直不找，在其他人眼中反而成了实力不济和心虚的表现。

训练营的日子从来不会平淡。

某一天的机械课上，千夜利用简单的工具，在失败了十余次之后，终于成功加工出一个高精度弹壳。他对自己的作品十分满意。一个弹壳很好做，不过在缺少精密工具的情况下制作出高精度的弹壳，难度就大得多了，需要对力道和动作有相当程度的控制力才行。

这是战场维修的核心技能。有了这个本事，今后他在大多数战场上都能够修理好破损的枪械或是其他武器，其意义不言而喻。

他正在欣赏自己的作品，旁边忽然响起一个脆脆的声音："好厉害！"

他转头望去，见一个少女站在旁边，正赞叹地看着自己手里的弹壳。

她的相貌很普通，身材却相当好，目前身高已经超过了一米七。这个名叫米米的女孩是班上少数几个不需要依附其他人的女孩之一，她的综合排名比千夜还要高，稳定在第六名。

"运气好而已。"千夜随手把弹壳抛到一边。

米米却把弹壳捡了起来，仔细看了一会儿，对千夜说："我对你有些兴趣。队伍里有了你，将来在战场上就不用担心枪械会损坏，或是没有子弹了。"

"我的维修水平比你强不了多少。"千夜记得，米米在各类机械方面的成绩并不比自己差多少。

"这种能力谁会嫌多！我看你对那个方明慧没什么兴趣，要不以后跟我成为伙伴儿吧？"米米直接邀请他。

千夜微微皱眉，问道："伙伴儿？"

"是的。"米米凑近千夜，轻声说，"我们的战斗风格互补，凑在一起再合适不过了。以后在战场上，我们可以组队出战！"

千夜对这个提议倒真的有些动心，点头说："让我想想。"

接下来的几个月，千夜和米米接触得越来越多，在一起的时间也逐渐增加，方明慧则被米米粗暴地赶走了。

宋子宁对此倒没什么意见，他只是想塞给千夜一个伙伴而已，这个人是谁并不重要。从对千夜的帮助来说，米米明显比方明慧要强得多。

这段时间米米和千夜经常在格斗课上较量。米米的战斗风格颇有大家之风，防御时细腻沉稳，攻击时则变幻莫测，实战水准还在千夜之上。宋子宁曾私下里提起过，米米应该是进训练营之前就打过基础。

对于她，千夜当然不会用出那种以伤换伤的打法，所以较量时输面居多。长时间和米米切磋，千夜的格斗水准也飞速提高了。

就这样，在这一年年中时，孩子们迎来了第一场真正意义上的生存考试。

整整十个班的学员会被投放到一片辽阔的原始山地，同时投放的还有数百个黑暗种族战士。

学员们需要在这片复杂的山区想办法生存十天，并以获得哨子的多寡排名次。

夜色格外漫长，在漆黑的树林中，千夜先后遭遇了两个颇为强大的对手。经过艰苦的搏杀，他好不容易才用以伤换伤的方法干掉了他们。而这两个对手给他送来了九个哨子，可见他们实力之强悍。期间，米米也被对手干掉，千夜于是变成了一个人。

连续干掉三个强悍的对手后，他也遍体鳞伤，再也支持不住，不得不找了个隐秘的树丛，暂时躲起来休息，然后等待着下一个对手。他的伤势很重，体内原力也所剩无几，但他略做考虑后，就打消了吹响哨子离开战场的念头。

他历经千辛万苦修炼出的原力,属性远比其他人的霸道,所以他还留有最后一击之力,而这一击的威力足以媲美二级战兵!如果不幸被对手找到,他仍有一搏之力。

既然已经坚持到这个时候,他决定继续待在这里。不仅是因为这样得分会更高,还因为将来上了战场,环境只会比这里更加恶劣、凶险。在这样的考试中都不能坚持到底,以后只会死得更快。他的心慢慢平静下来,整个人寂然不动,保存着最后一点儿体力。

他刚刚藏好没有多久,山区上空突然响起三声尖锐的哨音,这是考试结束的信号!他顿时一怔,考试结束了?连一夜都没有过去,考试就结束了?这说明,仅一夜之间,上千名学员就死了一小半。

他看了看自己腰间挂着的十多个哨子,原本很沉重的心情,此刻却有些麻木了。他随意拿起一个哨子用力吹了一下,片刻后,一名教官出现在他面前。他跟着教官,缓缓离开了考场。

他知道,自己有一些东西永远留在了这片考场上。在这样的世界,这样的环境下,那些曾经以为不会改变的东西,总会慢慢被改变。

第二天一早,考试结果就出来了。千夜意外地看到自己的名字居然排在第十位!要知道,参加这次考试的学员超过千名!

千夜所在的班级除了宋子宁排在第七,再没有其他人挤进前十,而且第十名也意味着他有资格获得特殊的奖励。训练营的奖励一向丰厚得让人眼红,看到自己的名次,就连素来淡定的他,也对奖励有了热切的期待。

宋子宁不知何时出现在他身边,拍了拍他的肩,笑着说:"干得不错!晚上应该会放个假,不如跟我一起去庆祝一下!"

千夜有些茫然:"怎么庆祝?"

"当然是喝酒啦!还有两个讨厌的家伙介绍给你认识一下。"宋子宁老气横秋地说。

千夜忍不住翻了个白眼儿,宋子宁分明是和自己同一年进的黄泉训练营,只是前面几年不在一个连队而已。他也只比自己大了一岁,可说话行事却如此老道,让人难以置信。

晚上果然放了假,这还是第一次放假。

宋子宁、千夜和从其他班级赶来的两个少年,带上从食堂里打包的菜,还有不知从哪里搞来的酒,找了个风景不错的山坡,燃了堆篝火,开起了野餐会。另外两个少年也都大有来头,而且同样是排在前十的狠人。

酒也出乎意料的好，都是有些年份的烈酒。

千夜才喝下一小口，就被呛得连连咳嗽，转眼间一张小脸彻底染红，身体摇摇欲坠。

看到他这么弱，宋子宁和两个少年都哈哈大笑，一轮轮劝起酒来，一副要痛打落水狗的架势。

千夜只觉得每口酒喝下去，肚子里都像是落了一团火。意识也变得不大清醒了，总会有很奇怪的想法冒出来。而且他的胆子好像忽然之间变大了，大到自己都有些不敢相信，在拼酒的时候竟答应了许多不得了的事儿。

要知道，他原本就是个胆大包天的孩子，但现在简直是无所畏惧。比如他好像答应了谁先醉倒，谁就要换上裙子当众跳舞。

这就是喝醉的滋味吗？感觉似乎很不错啊！他想着想着，已经有些兴奋了。

宋子宁和那两个少年不停地在说着什么，还不时转过头来问他几句。不过他现在意识飘忽，听不太清楚。或者听清楚了，却想不明白其中的意思。

不过大致的意思他还是懂的，这三只"嗡嗡"吵个不停的大头苍蝇在说："喝，再喝，继续喝！"

另外，他还明白，他们在说自己已经醉了，要是尿了赶紧换装跳舞，那就不用再喝了。

可千夜一点儿都没觉得自己醉了。

"我还能喝！来，干！"他一边说着豪言壮语，一边高举起酒杯扬了扬，随即将酒倒进喉咙，接着又倒满一杯。

既然他敢于挑战，宋子宁和那两个少年当然不肯示弱，也喝得同样快。

千夜迷迷糊糊地向夜空中看了看，只觉得今晚的月亮走得特别快，怎么刚刚还在左边，现在已经跑到右边去了？

夜好像很静，他忍不住打了个哈欠，有些想睡觉了。他这样想着，就躺了下去，他感觉自己枕到一团很柔软的东西，很舒服。但下一刻，他腾地坐了起来，忽然涌出一身大汗！

刚刚一群人明明还在吵着闹着要喝酒，怎么突然就安静了？！

他放眼望去，愕然看到宋子宁他们横七竖八地倒了一地，个个呼声大作，显然已经睡死过去了。

他呆了半天才明白过来，他们全都醉了，自己竟放倒了三个强悍的对手。

在惊出一身冷汗之后，他完全清醒了。可清醒得太早也不是好事，看着一片狼藉的现场，他头痛起来，不知该如何处理后事。把这些死猪一样的家伙拖回去，可不是件容易的事儿。

就在这时，他身后忽然传来一个柔腻的声音："这里好像很热闹啊！"

一听到这个声音，他立刻本能地跳了起来，站得笔直，大声说："教官好！"

张静从树林中走出来，看了看满地的空酒瓶，然后盯着千夜，似笑非笑地说："都是你干的？"

"这……是，不……"千夜不知该如何回答。

这一刻，他忽然觉得气氛有些怪异，张静的眼睛似乎特别亮，空气中仿佛有了一些奇怪、危险的味道。

张静上上下下看了千夜好几遍，忽然叹了口气，眼中闪亮的光芒渐渐敛去。

她挥了挥手，有些落寞地说："你先回去吧，这里不用你管了。明天一早，去阴影教官那里报到。他将对你进行为期一周的单独指导，作为你这次考试的奖励。"

千夜顿时又惊又喜。阴影不光是枪械专家，还是狙杀高手，能够被他单独指导一周，价值之大难以估量。

回到宿舍，他一肚子烈酒后劲儿发作，很快睡了过去。

第二天一早，他就被操场上的喧闹声吵醒了。他不明所以，出去一看，才愕然发现宋子宁和另外两个少年都被绑在柱子上，赤裸着上身，每人身上都有三道鞭痕。

这三人可是年中考试名列前十的强悍人物，据说都出身于门阀世家。现在不光一齐被打，还被绑在柱子上示众，这真是让人难以置信。而另一个让众人感到震惊的消息，则是宋子宁他们如此狼狈的原因。

据说宋子宁昨晚和人拼酒，以三对一，却被那人给放倒了。这一幕恰好被路过的张静看到，这位魔女教官认为这三个家伙实在太丢人了，不光每人给了三鞭，还要示众一天。

这件事不过是训练营中一个小小的插曲。然而从此以后，宋子宁说什么也不肯和千夜喝酒了，一提起"酒"，便对千夜敬而远之。

这让千夜颇为遗憾，他真心喜欢那种微醺的感觉。可是没有宋子宁，身无分文的他是喝不起酒的，就连最差的那种也不行。

第六章　破釜沉舟

　　转眼间三个月过去了，宋子宁点燃了第二个原力节点，直接去参加最后的毕业考核，然后毫无意外成功通过，从此离开了黄泉训练营。

　　那个时候千夜正在修炼室里与原力潮汐搏斗。当他下课后听到这个消息时，宋子宁早已远去。不过张静转交给他一个木盒子，里面是放得整整齐齐的四块"朱颜血"。

　　其实早在一年之前，一个名叫许浪的学员就已经毕业了。

　　千夜还在努力冲击着气海节点的屏障。他已经能够忍受十二次原力潮汐的冲击了，但这个进度在整个训练营的孩子中只能算是中等偏下。

　　经过一轮轮淘汰后，剩下的孩子无论是天资还是性情，都是上佳之选。绝大多数孩子都能够引动十五个以上的原力潮汐，但是原力潮汐叠加得越多，引发的痛苦就会越强烈。所以真正能够承受住十五轮原力潮汐冲击的还不到十人。

　　原力潮汐叠加得越多，冲击力就越强，从周围汲取的原力也就越多，但相应的痛苦和对身体的损害也会越大，而且是呈几何级数增加的。

　　兵伐诀修炼入门之后，完全是在考验修炼者的意志和体魄，二者缺一不可。所以在帝国军队中，素来都有以能够承受多少轮原力潮汐来论英雄好汉的传统。一般来说，七八次就是孬种，十次以上还说得过去，若是能达到十五六次，已可吹吹牛皮。如果达到二十次以上，就可以在军中横着行走了。

　　据说宋子宁可以承受十七次原力潮汐，而现在班里有好几个人，也已经能承受十五次原力潮汐，距离点燃第二个原力节点已不远了。在综合成绩排名前十的学员中，只有千夜承受原力潮汐的次数最低。

不过没有人知道，千夜引动原力潮汐时所承受的痛苦有多少。十二次原力潮汐给他带来的痛苦，已经和普通修炼者的第十九轮相差无几！

半年过后，班上又有九个孩子毕业了。

千夜的修炼进度依然极为缓慢，直到这个时候，他才能够勉强承受十五次原力潮汐，但距离点燃第二个节点还遥遥无期。

班上又补充了新学员，其中过半的孩子年纪比千夜小。补充进来的学员基本都有承受十五次原力潮汐的能力，起点和千夜相当。但是接下来，几乎每个人的进度都比千夜要快得多，因为千夜要积蓄三倍的原力，才能取得同样的成果。

越到后期，千夜的修炼进度就越慢。他发现，不仅仅是因为原力潮汐要承受额外的痛苦，还因为他的旧伤，气海节点的壁障远比其他人的要坚固得多。

十五次原力潮汐的冲击力放在其他人那里，足以把节点屏障冲击得摇摇欲坠，但是在千夜这儿，汹涌的原力潮汐却像是迎头撞上山峰，那屏障竟然岿然不动！

这种情况就连张静都束手无策，只有让千夜慢慢积累原力，将来水到渠成，自然就能点燃节点。

就这样，当千夜终于能够承受十七次原力潮汐的冲击时，节点屏障才有了一丝松动的迹象。而这个时候，他已经是班里年纪最大的孩子了。

这个班已经是最高等级的训练班，补充进来的孩子都是能够承受十五次原力潮汐冲击的一级战兵，一般用不了几个月就会点燃节点，然后再过一段时间，等实力稳定后就会去参加毕业考试。

黄泉训练营的毕业考试历来只有一项内容，那就是到后山大峡谷中猎杀一头晶石蜥蜴。这些体长超过十米的巨大家伙只要成年，就有了相当于二级战兵的实力。

虽然黄泉训练营中能够坚持到最后的学员个个儿都是百中无一的天才，又能在最残酷的训练中生存下来，但只靠一把匕首猎杀晶石蜥蜴，难度也相当之大。据说，历次毕业考试中，学员的死亡率都会达到15%左右。

任何一个到了最后考试阶段的学员，其实力放到帝国正规军团都可以当个连长，由此可知，那15%的伤亡率是多么惊人。

可是千夜现在连第二个节点都点燃不了，就算实战能力够了，也没有参加毕业考试的资格。在黄泉训练营，规矩就是规矩，不会因为任何原因而变通。

虽然这段时间千夜也不是毫无收获，在任何与原力修炼无关的课程上，他都拿到了满分。

但原力是一切的根本，没有原力，什么成绩都是虚的。

转眼之间，千夜就要到十六岁了。在十六岁的前夜，他没有入睡，而是一个人离开了宿舍，选了一个幽静的地方，在月色下独坐。

"已经十六了……"他默默想着垃圾场中，那次改变了他命运的相遇。

他其实并不知道自己的生日，就连年纪也是顾拓海用秘法测出来的，所以林熙棠就把在垃圾场里捡回他的那一天定为他的生日。

直到现在，他都深深记得那只温暖而坚实的大手。他的世界原本只有黑暗和寒冷，是那只手给他带来了第一束阳光。

那时的他就像刚破壳而出的雏鸟，心中悄悄把林熙棠当成了父亲。只是一直以来，他都没有把这点小小的心思表露出来。

他默默坐下，收拾心情，开始修炼。在这个特殊的夜晚，他准备豁出一切，去尝试承受第十八轮原力潮汐。如果成功了，那么点燃节点就指日可待；倘若失败，则会被反震力重创受到无法恢复的伤害，甚至有可能直接爆体而亡。

他已经在第二个原力节点上停留得太久太久，久到必须破釜沉舟了。

帝国军队中有一条不成文的规矩，在十八岁之前达到二级战兵，就可以进入特种军团。但是特种军团中最顶级的那几个，却只招收不到十七岁的二级战兵。这仅仅是最低门槛，还要符合许多其他的条件，才有可能被这几支最精锐的军团看中。

千夜已经十六岁了。

点燃节点，巩固实力，再为毕业考试做准备，都需要时间。如果临近十七岁时才成为二级战兵，那么他恐怕很难达到特种军团的录取资格。

黄泉训练营的毕业生，几乎都会在帝国军中效力几年，然后才各谋发展。从走入训练营的那一刻起，千夜已经暗自立下志向。他不光要活着走出去，还要进入最顶级，至少也是第一流的特种部队。唯有如此，才不会辱没了他将会得到的那个姓氏——林。

他并不缺乏天赋，但是那道陈年旧伤却几乎毁了他的一切！在这个战乱与动荡的世界，所有人只看结果，没有人在乎过程。他十六岁了还没有突破二级，这就是结果。而今夜，他要改变这个结果！

月色下，他的原力开始涌动，逐渐汇聚成潮，然后一步步艰难地漫过伤痕区，开始冲击节点屏障。

一轮轮原力潮汐不断生成，非人的痛楚不断袭来，但他心中一片空白，安静地等待着结果。

第十七轮原力潮汐过去，第十八轮终于到来！

他脸色惨白，汗出如浆，在原力强大的反震以及剧痛的交错袭击下，全身不断颤动着。每一道原力浪涛，都让他有一种死去重生的感觉！

转眼间从一浪到九浪，当第九浪狠狠拍向节点屏障时，他仿佛听到"啪"的一声脆响，原本坚不可摧的屏障在极为强大的原力冲击下出现无数龟裂，破碎指日可待！

潮汐缓缓退去，原力归于平静。他心神一松，眼前一黑，晕了过去。

当他醒来时，已经是两天后的事儿了。

他睁开眼看到了熟悉的教室，身下是冰凉的金属台，显然申屠又救了他一次。

"胡闹！简直是胡闹！"这个从来不把活物当回事儿的老头居然这样呵斥他。

申屠的医术确实强悍，千夜强行承受十八轮原力潮汐，内脏处处破损，这样的伤势都能被他治好，而且还没有留下隐患。因此无论申屠如何呵斥，千夜心中对他都唯有感激。

有了十八轮原力潮汐作为基础，一个月后，千夜终于点燃节点，成为二级战兵。

成为二级战兵后，多数人会觉醒一个和原力相关的能力，一部分幸运儿还可以在几个能力之间做出选择。原本天赋惊人的千夜就拥有选择的资格，他可以在重型弹头、原力跳跃以及双重射击之间选择一个。

他没有多做思考，直接选择了重型弹头。

重型弹头是很常见的能力，专用于原力枪械。当这个能力启动时，就可以轰出威力巨大的一击，其威力大约是普通射击的一倍半。

点燃第二个原力节点后，他就发现从这个节点生成的原力格外凶猛，极难控制。在这种情况下，只注重威力的重型弹头就是最适合他的能力。

经过两个月的精心准备后，千夜申请了训练营的毕业考试。当他走向大峡谷时，除了配备的那把最基础的战地匕首，身后还背了一把奇异的步枪。

这是一把原力步枪，虽然它只是最简单、最基础的型号，能量压缩装置只能储存一发原力弹，但依然是把原力枪！

毕业考试时，训练营只会给每名学员发一把匕首，不允许携带其他装备。但是学员自己手工制造的装备例外，不管什么都可以带进考场。

千夜所有知识课满分的成绩终于在这时得到了回报，他从最基础的材料处理开始，居然自行制造了一把原力步枪！就这样，他成为三十年来第一个拿着原力枪进行毕业考试的学员。

晶石蜥蜴确实是个劲敌，但那是对于拿着简陋匕首的学员而言。相距百米之外，千夜就开始为原力枪充能，瞄准，启动重型弹头，然后射击。

一团炽烈的红光从枪口飞出，直接轰飞了晶石蜥蜴的小半个脑袋！

就是这样简单，谁也没有规定不能使用原力枪械，只要你造得出来。而且千夜这一枪威力格外大，经过重型弹头的加成，已经相当于三级战兵的一击。

十六岁生日后的第三个月，千夜终于从黄泉训练营毕业了。他毕业的消息很快传了出去，数日之后，石言开着重载卡车，来到训练营所在山谷的谷口。

一恍之间，千夜已经在黄泉训练营里待了整整九年。

这时的他身高已有一米八五，并不比魁梧过人的石言矮多少。他身上不像石言那样，肌肉偾张、块块分明，但是绝无单薄的感觉，身量匀称修长，每一根线条都充满张力。

石言还是老样子，只是眉梢眼角多了些许岁月的痕迹，让人惊觉时光的无情。

看到千夜，他木讷的脸上顿时多了几分神采，他习惯性地摸了摸千夜的头，随即在千夜的胸膛上重重擂了一拳，赞道："好小子，终于活着出来了！过来，让我好好看看！"

千夜五官纯净，十分清秀，受了石言一拳，却连晃都没有晃一下。

石言更加高兴了，扯动脸上刀凿斧刻般的生硬纹路，挤出一个笑容。

石言向千夜招呼一声，跳上重载卡车的驾驶室。这个一年也笑不了几次的军人，对这种风格粗犷的重载卡车情有独钟。等千夜也上车后，他便驾车飞驰而去。

在驾驶室中，石言说："林帅听说你毕业了，十分高兴，立刻让我来接你。不巧的是他最近正在帝国西疆坐镇，完全脱不开身，恐怕短时间内你是见不到他了。"

"西疆那边发生了什么？"千夜问。

"两个行省发生了叛乱，想要独立。不是什么大事，只是处理起来有些麻烦。那些叛军非常狡猾，他们总会躲藏在一些平民家里，借以隐藏自己的身份。"

"叛军？"千夜还是第一次听到这个词。

石言厌恶地说："不过是一群不知道天高地厚的蠢货而已！帝国一直在全力和黑暗种族作战，这些家伙非但不上前线出力，反而不断在后方捣乱。想要推翻帝国统治？嘿，帝国已经立国一千两百年，现今共有三百个行省，横跨四个大陆，又岂是这些跳梁小丑能扳倒的？"

千夜静静地听着，如果以两省之力就能把林熙棠拖在西疆，那么叛军当然不会像石言所说的那样不堪一击。

石言默默开了会儿车，才略带沉重地说："叛军很麻烦。我刚才说过，他们往往会躲藏在普通百姓中，而那两个行省的人也很愚昧，宁可被株连处死也要庇护他们。林帅一时奈何不了他们，他们就自以为得计了。哼，这帮蠢货懂什么！林帅只是不愿意伤及无辜的百姓，没有使用坚壁清野的铁腕手段，这才让战事延迟了。"

说到这里，石言停顿许久，才重重吐出一口气，又说："这样的日子也不会太久了，过一段时间，如果还是没有进展，林帅就会换防，接替他的将是另一个派系的将军。届时那两个行省将会……血流成河！"

千夜忽然觉得心情莫名的沉重，连石言都用"血流成河"来形容，那么会死多少人？

在黄泉训练营中，千夜杀过人，已不再把人命当成不可轻取的东西。可是和这些帝国一代名将们比起来，他却不算什么。将来就算他成为顶级的杀手，一生中所杀的人和黑暗种族加在一起，恐怕也抵不上这些将军们一个轻飘飘的命令。

重载卡车一路狂奔。

"千夜！"石言忽然唤道。

"嗯？"

"明天恰好是帝国军部招兵的日子，我会带你过去参加考核。好好表现，这一次帝国五大精英军团，有两个将安排考官在场。如果你表现得好，就有机会进去！"

"我会尽力的！"

石言忽然叹了口气，说："希望你能进入精英军团，将来有一天可以成为帝国名将！林帅……他在军中的敌人太多了。"

听到这里，千夜的心蓦然一沉。

石言从怀中取出一件东西，递给千夜，说："这是林帅给你的。"

千夜接过来看时，发现这是一张折得方方正正的特殊纸笺，纸面带有暗纹，展开后上面用遒劲有力的笔迹写着"林千夜"三个大字。不过纸张的边角有点儿发毛，折痕似乎有些年头了，墨迹也有点儿暗淡。

"这是林帅九年前写的。"石言仿佛知道千夜在想什么。

"九年前?"千夜有些难以置信,九年前不就是自己初入黄泉训练营的时候?

"林帅让我送你去黄泉的时候,就说过你一定会活着回来。"石言微笑着说。

重载卡车一路奔行,深夜时分到达一个飞艇基地,正好有一艘货运气囊艇进港,石言连车带人驶了上去。

飞艇简单地做了补给,后半夜就开始回航了,目的地是龙襄。

这座秦陆上最大的军工城市,在整个帝国境内排名第三。

飞艇在黎明时分开始明显地降低高度,目的地就要到了。

一缕晨曦射进来,照在千夜脸上。他其实早就醒了,轻手轻脚地跳出驾驶室,走到舷窗边向外眺望。

眼前是倾斜的大地,淹没了地平线的钢铁城市仿佛随时会倒过来。

视野中最醒目的是一座高塔,位于城市中心地带,通体银白,十分耀眼。它宛若千仞高峰,顶端喷吐出云雾般的白色蒸汽。高塔的基座也无比宽大,覆盖了三四个街区。

这是千夜第一次看到人族城市的心脏——永动塔。最廉价的黑石,最便宜的钢铁,建成的却是神迹般的永动塔。它日夜不息地运转,供给整个城市运行所需的能源。

货运浮空艇缓缓从城市的西南方划过,前方空域中的飞艇慢慢多了起来,式样各不相同,其中竟然有好几艘是轻舟式样,船首的浮雕十分精致、繁复。

申请入港的飞艇太多,必须排队,飞艇开始在天空中盘旋起来。从驾驶员的粗口和抱怨中,千夜了解到,除了公共客运驿艇、货艇,今天还多了不少私家飞艇。船首浮雕上的一个个家徽,都是滔天权势和海量财富的象征。

龙襄是帝国军部招兵时的常驻地之一,每年这个时候都会吸引成千上万的年轻人从四面八方涌来。今年来的人特别多,其中不乏贵胄子弟,因为招募新兵的名单中多了两个庞然大物:折翼天使和红蝎。

大秦帝国极重军功,即使是门阀大族,族中子弟从军立功也是一条捷径。能够进入特殊军团几乎是"一飞冲天"的代名词。而折翼天使和红蝎,在帝国上百个特殊军团中位列前五。就是他们的招募,才惊动了众多门阀大族,不惜千里迢迢把族中最优秀的子弟送来参加考核。

千夜搭载的浮空艇因为隶属于军方,取得了一个比较靠前的进港位置。等落地后,他才感受到了征兵日的盛况。

第六章 破釜沉舟

飞艇基地应该只是交通集散地之一，一大早就挤满了各色人流，大部分都是二十岁上下的年轻人，一个个自信满满，充满了朝气和希望。而在基地外，各式各样的陆地交通工具已经排起了长龙。

石言发动了重载卡车，即使在众多的车辆中，它也算是个大家伙，十分嚣张地从军方通道呼啸而出。

龙襄是帝国排名第三的军工城市，除了半个城市的街区是军方管制区，无论是地面道路还是空中航道，都设置了军方专用通道。

千夜目不暇接地看着窗外，他们行驶的路线是军事区，比起黄泉训练营只讲实用不谈美观的朴素，两边的建筑增加了不少装饰，但仍不失硬朗、威严的风格。

新兵营在道路尽头，远远就可以看到那长长的报名队伍已经排到了拱门之外。

石言越过嘈杂的人群，高声对负责报名的军官说："我要直接到复核区！"

他亮出身份证明，带着千夜直接进入大营，为千夜办理了报名手续，然后把一个代表身份的铜制铭牌递给千夜，铭牌上用机械冲压出了"林千夜"三个字。

看着铭牌上的"林"字，千夜心中有种难以形容的感觉。有生以来，他第一次觉得自己有了归属。这个"林"字，不光烙印在铭牌上，还烙印在他心里。

接着，他被一名军人带入内营。内营是考核区域，石言不能进去。直到走进内营，他才发现这座军营比门外看起来的还要大得多。

数千名已经通过基本素质初筛的年轻人按照铭牌上的编号，被安排进入各个营房。明天才是正式考核的日子，今天他们将休息一天，以期发挥出最佳水准。

许多年轻人都是乘车甚至是客运驿艇而来的，这些供绝大部分平民使用的公共交通工具，全部是黑石蒸汽动力驱动，共同的特点就是噪音和颠簸。这样的长途旅行十分辛苦，对他们的体能有很大的影响，自然也会影响考试表现。

在涉及军队的考核方面，帝国一向非常公平，极少给予门阀世家子弟特殊的照顾。这也是帝国立国的根本。否则一个无能的纨绔子弟要是带兵上了战场，那就是灾难。黑暗种族杀人，可绝不会管你有着什么样的身份地位。

帝国招兵的考试内容一共有三项，分别是原力、格斗技能和枪械使用。

考生们吃过晚饭，就被赶回宿舍睡觉。千夜已经习惯了服从命令，灯一关就上床，很快便沉沉睡去。但是其他考生却有的兴奋，有的紧张，怎么都睡不着。两个来自同一座边远城市的年轻人索性悄悄聊了起来。

不知过了多久，已经熟睡的千夜忽然感到一阵心悸，立刻睁开眼睛。他表面上没有任何动作，实际上身上的肌肉已经绷紧，随时可以暴起杀人，而眼睛也只是张开一条缝隙，悄然观察着周围的一切。

就在这时，他骇然发现小窗口外不知何时出现了一张中年男人的脸，正面无表情地看着房间里的众人！可是除了他，竟然没有人注意到这个中年男人！有一个考生视线明明扫向窗口，却像完全没有看到什么一样。

那个中年男人忽然向千夜看了一眼，就转身离去了。直到他消失，千夜才从惊骇中回过神儿。不过这一次，他却怎么都睡不着了。

片刻之后，这个貌不惊人的中年男人又进了另外一栋宿舍楼。当他查完所有的宿舍楼时，手里那厚厚一叠名单上，大多数名字旁边都打了个"×"，只有少数名字旁边标注了数字，从1到9都有。而千夜的名字旁边则画了个星号，厚厚的名单中，只有十四个人的名字旁边有这个标记。

千夜并不知道，他已在无意之中过了第一关。

第七章　通过考核

第二天清晨，刺耳的铃声把所有考生从睡梦中惊醒。千夜随着人流冲出营房，在操场上列队站好。考生们被分成三组，分别进行不同的考试，千夜这一组将先参加原力枪械的射击。

配发给考生们的都是特制的考试专用原力枪，威力被大幅调低，原力消耗也同样随之减少，就算一级战兵也能连续射上六七枪。只有这样他们才能完成全部的考试科目，若是换上正规的原力枪，哪怕是最基本的一级枪械，恐怕就连原力厚重、远超同辈的千夜也难以完成全部的射击科目。

检查完原力枪，千夜就和另外九名考生一起站到射击线前。百米外升起十个固定靶，全是人面蛛魔的形象。

在熟悉武器、等待射击发令的时候，千夜左边的一个年轻人向他看了一眼，忽然吹了声口哨，挤眉弄眼地挑衅道："小子，玩过枪吗？"

千夜看了他一眼，淡淡地说："没玩过，不过捏爆过几把，你要试试吗？"

年轻人顿时夸张地大笑，说："我好怕啊！小子，你知道我是谁吗，敢这样跟我说话？"

"不管你是谁，都不会让你的分数额外增加一分，不是吗？"千夜淡定地反问。

那年轻人满脸涨得通红，怒道："嚣张啊，小子！不要乱说话，帝国世族还没那么不要脸，会在这种考试中动手脚！既然老子看你不顺眼，当然要赢得干净漂亮！"

"赢我？你没戏。"千夜依然是一脸能把人气得发疯的淡然。

年轻人脸色立刻沉了下来:"那就来赌一场?"

千夜挑了挑眉,说:"赌什么?赌注太小我可没兴趣!"

年轻人伸手扯下颈中项链,递到千夜面前。项链是银色的,末端挂着一个拇指大小的方牌,上面刻着一个鹰头。他说:"如果我输了,这个东西就是你的!"

千夜伸出手,好奇地捻了捻那块小牌子,问:"这个东西怎么用?"

听他的口气,显然已经把项链当成了囊中之物。

年轻人被气得不轻,冷笑道:"你还真当自己赢定了?"

千夜认真地点了点头:"那是当然。"

然后,他又追问了一句:"这东西怎么用?"

年轻人恨得牙根发痒,怒道:"这是我的信物!你拿着它,就可以向我的家族提一项要求。只要在我的权限范围内,不管是什么要求,都可以满足你!"

这时其他考生也注意到两人的争执,纷纷看了过来。一见方牌上的鹰头,有人立刻就变了脸色,显然认出了那个徽记,低语道:"竟然是魏家的人!"

年轻人一听,立刻振作精神,扬起下巴,如同张狂的小公鸡一样。

然而千夜却没有出现他预想的反应,只是"哦"了一声,打量他的目光中反而多了狐疑。那意思再明显不过了:就你这个熊样,权限能有多大?

年轻人再次被气到,大喝一声:"赌不赌?"

千夜终于点了点头:"赌!"

年轻人不再多话,端起原力枪,静静等待着考试开始。

一声哨音过后,十名考生全都端起原力枪,开始认真瞄准。

大多数原力枪的射击精度不怎么样,想要击中百米之外的标靶很容易,但要命中靶心就非常困难了。靶心区域可以得到100环,但是只有指甲盖大小。如果落在靶心之外,最多也只有80环,各种类型的射击靶都是如此计分的。

没过多久,就有枪声响起。一道细细的红光击中了标靶,金属靶子晃了晃,一人高的靶子中上部位出现了一个小洞。这一枪威力不小,可是精度却不怎么样,只是勉强上靶而已。

"20环!"一名考官高声报靶,另一名考官则记下成绩。

枪声按排序次第响起,八人全都中靶,但是最高的也只有50环。转眼之间,没有开枪的就剩下年轻人和千夜了。

年轻人瞄了很久，而千夜一直在旁边注视着他。

年轻人有些心浮气躁，当他扣下扳机的刹那，心中立刻大叫"糟糕"！

他这一枪打穿了标靶，在上面留下了鸡蛋大小的空洞，但落点还是距离靶心有些远。这与他的日常成绩相比有点儿失常，不过他平时的训练枪最差也是带准星的。

"70环！"考官直接报靶。

年轻人有些失望，但随即又有些得意，毕竟这是目前为止最好的成绩。

"该你了！"他瞪着千夜，恶狠狠地说。

千夜微微一笑，端起原力枪，充能瞄准一气呵成，抬手就是一枪轰了出去。

红色原力弹射向标靶，落点明显有些偏了，看样子最多也就在50环的区间。

年轻人面有喜色，可是随即他的笑意就凝固在脸上。

只听一声轰鸣传来，红色原力弹骤然在标靶上炸开，竟把大半个标靶轰碎了，靶心区域自然未能幸免！

"100环！"

听到考官报靶的声音，年轻人顿时瞠目结舌，好半天才失声说道："这样也行？"

这样当然行。

接下来的移动靶，千夜依然是随手一枪，凝聚的原力弹虽然有些偏离靶心，但却轰碎了整个标靶。这次射击，千夜依旧是满环。

随后在远程近程、运动射击以及速射测试中，千夜都是枪枪碎靶，枪枪满环。

年轻人早就笑不出来了，他发现，千夜得到满环的成绩绝不是侥幸。别的不说，这把考试专用的烂枪，他使出吃奶的劲儿也只能打一个比其他人稍微大一点儿的洞。而千夜却能枪枪爆靶，这当中的差距，是在原力上！

考试结束了，他直接把项链放在千夜手里，说："我叫魏破天！我们魏家在远东行省有点儿小名气，你若是有时间去远东行省，可以向我们魏家提出要求。"

听到这个威武霸气的名字，千夜心中略略一窒，如果他没把文化课全还给张静的话，年轻人的身份铭牌上明明写的是"魏启阳"三个字。

年轻人看到千夜的表情，当即豪气干云地拍了拍自己的胸膛，大声说道："破天是我给自己取的号，怎么样，很不错吧？有没有被我的霸气折服？我魏破天，将来可是要成为一拳击碎天空的男人！"

千夜接过项链，对魏破天的印象稍有改观。这家伙倒是个言出必行的汉子，虽然行为举止有些流里流气，一点儿不像世家子弟，名字还有点儿傻，不过除此之外也没有太大的缺点。

在赶往下一个考场的路上，千夜终于忍不住问道："你刚才为什么要找我麻烦，难道是因为我的身份？"

魏破天立刻嗤之以鼻："身份？哈，我可不是那些自觉出身高贵的蠢货，何况能站在这里的平民可都是猛人。我之所以找你的麻烦，只是因为你的脸而已！"

千夜摸着自己的脸，有些恍然："哦，我明白了，我和你的某个仇人长得很像，是吧？"

魏破天马上摇头："当然不是，我就是单纯地讨厌小白脸而已！看到你这张脸，我就有砸上一拳的冲动！你怎么可以比女人还漂亮？！"

听到这个理由，千夜觉得手也有点儿发痒，很想对着魏破天的鼻子挥上一拳。

魏破天忽然诡异地笑了，压低了声音说："要不我们再赌一把，就赌下一场考试的胜负，怎么样？要是你输了，就把项链还给我！"

千夜看了他一眼，说："要是我赢了呢？"

魏破天立刻扬了扬手腕，说："我就把这个给你！"

他的手腕上有一根手链，材质和项链一模一样，上面同样挂着一个铭牌。

千夜双眉微皱："我怎么觉得这个东西好像没用。就你这个熊……这个样子，你在家族里真有权限吗？"

面对千夜丝毫不加掩饰的怀疑，魏破天一张脸早就铁青了，怒气冲冲地吼道："反正下场考完我就会把项链赢回来，所以我有什么权限就不劳你操心了！"

接下来的考试，是格斗搏击。

格斗的规则很简单，一对一战斗，可以随意挑战任何人，但是不能拒绝其他人的挑战。整个考试中不管输了多少次，只要累计胜出五场，就算合格了，然后再以胜率来决定名次。

巨大的操场被划分成上百个格斗场，每块格斗场中都站着一名军人，充当裁判。

千夜刚刚走上格斗场，魏破天就站到他面前，一边把手指关节捏得咔咔作响，一边不怀好意地"嘿嘿"笑着。

"嗨，林，你现在认输还来得及，免得一会儿被揍得太惨！"魏破天又恢复了之前的油腔滑调。

千夜脸上浮起若有若无的笑容，说："你现在认输可来不及了。"

魏破天脸色一沉，冷笑道："等我把你打成猪头，你别哭诉我倚仗家族身份欺负你就好！"

说完，他双足开立，手臂缓缓抱圆，随着原力涌动，他整个人气势忽然一变，沉凝无比，就像一座山脉横在千夜面前！

"我让你看看什么是真正的秘传格斗术！魏氏秘传——千重山！"魏破天气势磅礴，沉稳厚重，就像突然变成了另外一个人。

千夜顿时感觉到无形的压力扑面而来，居然真有秘传格斗术存在！在黄泉训练营时，龙海曾经提到过，一些门阀世家和宗派拥有以原力为基础的秘传格斗术，往往玄奥难测，威力巨大。不过黄泉训练营却从来没有教授过任何系统的格斗术，龙海只是讲解了格斗的基本原理，以及如何用最有效的方式扩大对敌手的伤害和减少自身伤害。

这是千夜第一次直面真正的格斗术！他心里有些紧张，可更多的是兴奋，一种渴望激战的兴奋！

魏破天向千夜勾了勾手指，说："来，大爷我让你先出手！我要是动手的话，你就再也没有机会了！"

黄泉训练营中的生活教会千夜很多东西，唯独没有教会他客气和礼仪。因此魏破天话音未落，他就没有丝毫犹豫，忽然踏前一步，一记鞭腿狠狠向魏破天抽去！

这一腿快得如同轰雷闪电，空中竟然响起轻微的"噼啪"声！

魏破天"咦"了一声，脸色立变！他的反应也快到巅峰，瞬间变幻起手架势，腰身一沉，双臂挥落，生生封住了千夜的鞭腿！

只听"砰"的一声闷响，千夜这记鞭腿竟然把魏破天踢得整个人横移数米！一阵如同炒豆子般的"噼啪"声响起，这是两人原力交锋的结果。

千夜"嗯"了一声，对方反应够快，防御颇为精妙，但是撞击后感受到的力量之弱，却大大出乎他的预料。

这一腿他原本只是试探，不过出了八成力而已，没想到居然把魏破天踢了出去！要知道若是在黄泉训练营，班上一大半的学员都可以若无其事地接下这记鞭腿。

看魏破天吃惊的样子不像是装的，千夜不假思索，右腿闪电般飞起，又是一记鞭腿抽过去。这一次，他已用了全力！

魏破天听到那些由原力引发的细微的"噼啪"声，脸色大变，怪叫一声，全身忽然腾起一层淡淡的土黄色光芒，双臂护身，以攻代守，和身向千夜撞去。此时他已别无选择，如果不借攻击之势搏一搏，必然会再次被踢出去。

又是一记郁雷般的闷响传来，魏破天居然没有后退！但这并不是好事，因为他已经无法通过后退来消解千夜沉重至极的鞭腿。

他勉强压下胸口翻腾的一口血气，又是震惊又是郁闷，这记鞭腿的力量已经直追三级战兵！千夜不到十七岁就有三级水准，还来参加什么考试，几大顶级军团都会抢着要的。

他心中才抱怨了一句，千夜就已扑了上来，拳打脚踢、膝撞肘击，攻势如狂风骤雨般袭来，每记攻击都直指各处要害，落势则沉重至极！

魏破天就像暴风雨中的小舟，勉力撑过七八下攻击，就被千夜全然击溃，双臂防势被破，中门大开。千夜一手架开他的双臂，一手在他腹部轻轻轰了一记。

按照千夜的标准，这下轰击确实很轻，因为他已经收掉了将近一半的力量。可是魏破天的腹部出乎意料的柔软，千夜的整个拳头都陷了进去。要是真出了全力，这一拳只怕会把魏破天的内脏全部击碎。

千夜十分意外，腹部是气海之所在，原力旋涡凝聚之地。他知道自己原力的强度比常人要厚重得多，所以才留了手，但没想到一拳就能解决问题。

这一拳的力量如果落在训练营的学员身上，最多让他们略受影响。实际上千夜还准备了七八种后续攻击手段，能在不废掉对手的情况下把人打趴下，可现在完全用不上了。

魏破天，这位身具魏氏秘传格斗术——千重山的高手，已被一拳搞定。

千夜倏然后退数米，拉开和魏破天的距离。

魏破天脸色阵青阵白，颤抖的手指着千夜，带着难以置信的表情，勉强说道："这也可以？"

忽然，他跪倒在地上，开始大吐特吐。

这一场，当然是千夜赢了。

担任裁判的上尉宣布了千夜的胜利，看向千夜的目光中多了些欣赏。

魏破天吐完后几近虚脱，被他的同伴架了下去。

没过多久，千夜又迎来了新的对手，一个二级战兵。千夜冲上去就是一顿风暴般的攻击，打得对手毫无还手之力。这人比魏破天还要弱，不到一分钟就被千夜一脚踢出了格斗场。

第七章 通过考核

随后对手们一个个上来，又一个个下去，千夜转眼就获得五连胜。

从围观考生的反应来看，这些前来参加考核的学员中有不少是所谓的格斗高手，和千夜战斗过的另一个家伙居然也掌握了秘传格斗术。

不过这个家伙刚刚上场，千夜就和他连对三拳，彻底灭了他的滔天气势，打得他一味龟缩防守。随后在千夜气贯长虹的拳打脚踢之下，才一分钟，这人就被打晕了。如果不是他一上场就先高声叫出秘传格斗术的名称，千夜根本想不到他居然身怀秘术。可是自始至终，千夜也没能见识到这名为"流火销金万重破"的秘拳。

几场交手下来，千夜发现这些所谓的高手简直不堪一击。相比之下，魏破天算是他们中最强的了，千夜还是认真花了点儿力气，才把他摆平的。也因为魏破天是第一阵，所以之后千夜出手都留了大半的力，总算没出人命。

五场打过之后，千夜方觉得活动开了筋骨，胸中战意正熊熊燃烧，于是虎视眈眈地看着周围，等待着下一个对手出现。

不过他没有等来对手，只等来裁判的一声怒吼："你已经通过了，到边上待着去，别在这儿占地方！"

这场考核给千夜的感觉就像小孩子在做游戏，和黄泉训练营中那种拳拳到肉、招招致命的格斗训练对比简直是天壤之别。

千夜离开了格斗场，而看过他格斗的考生们，此刻眼中都有了深深的畏惧。

千夜出手乍一看平平无奇，只不过够快、够狠、够准而已。偶尔用点儿格斗技巧，也都是些初学者都会的粗浅招数。要说特别之处，只在于他能够抓住对手最微小的破绽，穷追猛打、一举破敌而已。

然而人群中几个真正的强者，包括考官在内，全都变了脸色。他们很清楚千夜用的是战场杀人的格斗术！

这种格斗术没有花招儿，也没有什么技巧，就是追求简单、直接地袭杀对手。这种粗暴的格斗术，才最难应对。

这人是谁？来自何处？

一些考官心底浮现出几个答案，有人认为是黄泉训练营，也有人认为是那几个不逊色于黄泉训练营的神秘地方。

千夜不知道，此刻他已经有了一个绰号——疯子。其他考生都没想到，这个看上去清秀柔弱的少年踏上格斗场后，竟会打得如此疯狂！

千夜是最快结束格斗考核的,他必须等这批考生全都考完,才能一起整队去参加最后一项考试。

他走到场边的休息区,随便找个地方坐下,拿起一杯水慢慢喝着。没有多久,就陆续有考生来到休息区。他们看到千夜,都带着浓浓的忌惮,不约而同地和他保持距离。

过了几分钟,魏破天居然也走了过来,一屁股坐到他身边。

"你居然也过了?"千夜看着他,饶有兴味地问道。

魏破天双眼一瞪,怒道:"什么叫'居然也过了'?你不看看我魏破天是谁!想我魏氏秘传千重山具有何等威力,怎会应付不了这种小场面!"

看来魏破天不是第一次显摆了,这番话说得又急又快,一转眼全倒了出来。

忽然,他张口结舌地愣住了,一张脸憋得难看至极。刚刚在格斗场上,他可是被千夜打得毫无还手之力,现在却在千夜面前吹嘘千重山的厉害,顿觉十分丢脸。他想起输给千夜的项链和手链,不由得脸色铁青。他在家族中的地位和权限可不低,没想到一下子输得这么惨。

他瞪着千夜,实在不知该说些什么,可心中那口闷气着实咽不下去,当下"哼"了一声,说:"你也没什么了不起的!如果……如果……"

他本想说如果再打一场,结果肯定不一样。可是话说了一半,他才意识到,不管再打多少场结果都一样。千夜这种格斗方式,倘若在原力上无法压制他,结果仍旧是输。

他胸中憋着一口血,好半天才咛了一口,恨恨地骂道:"他奶奶的!"

此时千夜忽然转头说:"那个……魏兄。"

魏破天顿时一个寒战,身体挺得笔直,往旁边挪开少许,远离了千夜。

没想到千夜竟然说:"还要不要赌第三场?我看你身上那条腰带很有意思。"

魏破天想死的心都有了,嘴巴张了张,无论如何也吼不出那个豪气干云的"赌"字。

好在他们这一队的格斗考试完成了,一名考官匆匆赶来,喝令全部考生集合,赶往修炼营地,进行最后一个项目的考核。

最后一场考核,是测试原力的深厚程度以及是否拥有特殊能力。

考试内容很简单,让考生在修炼室内修炼两个小时,并且尽可能地激发自己的特殊能力。考生的一切表现都会被观察并记录下来,以便做出综合评价。

千夜在修炼室内坐定后,想起这次考试还有一条特殊的规定。已经修炼了兵伐诀的考生不需要考核特殊能力,只要展示出自己能承受住多少轮原力潮汐就够了。

帝国地方军团收人的标准是七轮，正规军团则是十轮，普通特种部队是十五轮，而精锐特种部队是十七轮。至于那几个向来高高在上的顶级精英军团，征召的最低标准是二十轮！

然而这只是加入几大特殊军团的基础条件，就算能够承受二十轮原力潮汐，也不代表能够进入这些万众瞩目的地方，还需要参考其他两门科目的成绩，有时甚至需要通过一些额外的测试。

没有人知道，二十轮原力潮汐，对千夜的考验其实和普通人完全不同。

不过千夜没有更多的时间了，他快十七岁了，要想加入顶级的特殊军团，这是唯一的机会。他平心静气，将身心彻底放松，才缓缓引动原力。

慢慢地，他体内原力开始一浪接一浪涌动，汇聚成潮，向右手的原力节点涌去。

一波波原力浪涛不断生成，九浪过后，就是一轮完整的原力潮汐。当第一轮原力潮汐退潮时，引动了修炼室内的原力共鸣，推动齿轮转动。修炼室外的表盘上，数字也相应地翻动着，从零变成了一。

原力潮汐不断起伏，千夜的身体也震颤得越来越厉害。他脸色惨白，冷汗不断从身体各处涌出，然而他的面容依旧平静，平静得让人难以相信。

修炼室外的数字不断跳动着，十七、十八、十九……

终于到了最关键的时刻，第二十轮原力潮汐，完全是席卷天地的滔天洪水！巨大的反震力让千夜全身出现红晕，鼻孔、眼角、耳中不断渗出细细的血线。

才到第七浪，他就承受不住了，内脏开始渗血。他从未尝试过完整的二十轮原力潮汐，按照现在这个趋势，到第九浪时，原力反震就会彻底震碎他的心脏！到时考试通过了，人却死了，又有什么用？但是这个时候，还能放弃吗？

他忽然灵光一现，立刻引导着原力浪涛换了个路线，向胸前有伤痕的区域涌去。这里与其他部位相比，依然是原力的泥沼。狂暴的原力浪涛在经过这里之后，冲力顿时减缓少许。然而，这样做的后果就是需要承受加倍的剧痛。

他痛得眼前一黑，差点儿晕死过去。但他咬了咬牙，继续引动第九浪。

"啊"，修炼室中发出一声凄厉的吼叫，室外计数表盘颤动几下，终于翻过了黑色的十九，露出猩红色的二十！

一名考官微微皱眉，推开修炼室的大门，问道："你没事儿吧？"

千夜靠在墙壁上，已经没有站起来的力气。他的衣服全都湿透了，胸口还有一大摊触目惊心的血渍。

　　看到这一幕,考官的双眉皱得更紧了。他正想在手中的本子上记上一笔,千夜忽然抬起头,用微弱的声音说:"我没事儿。"

　　考官狐疑地看着千夜,这个样子也叫没事儿?不过他没再多言,只要考生在完整运行完兵伐诀后还能够保持清醒的意识,那么就算通过考试了,成绩是有效的。

　　他在本子上记下"二十"这个数字,就转身离去了。千夜又待了整整十分钟,才勉强从修炼室中走出。

　　参加完全部科目的考生被带回宿营地,受伤的考生会得到免费的救治。帝国军方同样代表着医学的最高成就,只要不是过重的伤势,都能够治愈。千夜的内脏受伤相当严重,结果在特殊的肌体修复液里泡了整整一天,伤势就好了七七八八。

第八章　红蝎军团

当千夜在修复液中沉睡时，军营主楼的一间会议室内，正在召开一场特殊的会议。

会议室是典型的新兵营风格，一切从简。连墙壁都是裸露的青石原材，金属支架清晰可见。

唯一的装饰是占满了整堵墙壁的手绘帝国疆域图，那是一千年前的画风了，当时虚谷星还位于世界最顶层的行星带上。而七百多年前，它脱轨陨落，把位于上层的两个大陆的生灵带入地狱，崩裂飘浮在虚空的残骸却成为人族最丰富的珍稀矿石来源。

会议室门窗洞开，却没多大用处，里面乌烟瘴气的，十几个军人围坐在长长的会议桌旁，绝大多数都在吞云吐雾，并且不时争吵几句。他们都很年轻，但军衔却非常高，最低也是上校。

在长桌的主位上，坐着一位准将。这位面容英俊阴柔的年轻准将，怎么看都还不到三十岁。

会议桌上摊放着上百份考生档案，封面上有不同的标记，正被这些军官们传阅着，有时他们还会为了一份档案争得面红耳赤。

这些军官都是各大特种部队的代表，负责此次招录工作。而这些考生的档案，就是按照既定的标准专门挑选出来的。档案没有出现在这里的考生，代表已经失去了进入特种部队的资格。

看似杂乱的会议室，其实秩序井然。所有档案都由分坐在长桌两端的人先看过，然后才会依次传到其他人手里。

长桌一端坐的是那位年轻的准将，另一端则是一位身材魁梧、五官棱角分明的军人，看上去三十五六岁的样子。

此刻长桌两端各自放着一份档案，上面分别盖了特殊的印记。一个是折翼的无头天使，另一个则是一只栩栩如生的红蝎。

年轻准将手上攥着一份文件，那是千夜的档案。只看了一会儿，他就随手扔在桌上，不屑地说：“都快十七了，拼了命才能承受二十次原力潮汐。这种勉强及格的货色，我们折翼天使没有兴趣！"

一听这话，其他军官的眼睛顿时一亮，十余道目光盯在千夜的档案上。那可是二十次原力潮汐！折翼天使看不上的人，放到他们那里都能当王牌使用。

这份档案刚刚落到桌上，就有几只大手迫不及待地伸过来。然而就在这时，一道不太起眼儿却异常深厚的原力突然笼罩过来。坐在长桌另一端的中年军人伸手虚空一抓，千夜的档案就自行在长桌上滑动，来到他面前。

"啪"的一声，中年军人的大手按在千夜的档案上："这个人，我们红蝎要了！"

会议室里顿时响起一片遗憾的叹息声。

年轻准将冷笑一声，说："真没想到，大名鼎鼎的红蝎现在居然连这种垃圾货色也要！难怪连续三届军中大比，都只能排在第三。"

中年军人并不动怒，只是淡淡地说："我们红蝎要的是能够为帝国杀敌的战士，而不是空有数据的高手。"

年轻准将立刻腾地站了起来，怒道："你这是什么意思？"

中年军人悠然地说："我是什么意思，帝国军功榜上已经说得很清楚了。"

在帝国军功榜上，红蝎军团牢牢压住了折翼天使，连续三届大比均排在第二位。当然，闪亮的军功之后，也堆叠着红蝎战士的森森白骨。

年轻准将极度愤怒，脸色铁青，重重"哼"了一声，一把抓起桌上那份已经印了标记的档案，用力扬了扬，大声说："看到了吗？魏启阳，出身世家，传承悠久，秘传战技玄奥精深，这才是未来真正的强者！哪一点儿不比你手上那个垃圾强！"

中年军人呵呵一笑，说："我怎么听说他好像在格斗场上被垃圾给打败了呢？"

准将不屑地"哼"了一声，说："那是因为他没有战斗经验，那个垃圾所有的潜力都在黄泉训练营里被发掘出来了，未来还能有什么上升空间？哼，一个从垃圾堆里捡回来的小杂种而已。你们红蝎就算想抱林熙棠的大腿，也用不着下此血本！"

中年军人脸色一肃，冷道："对林帅，你最好尊重些！"

"我们可不怕他！"准将毫不客气，敲了敲会议桌，说，"要不一年之后让他们打一场，怎么样？看看那个垃圾能不能赢了我们折翼天使看中的人！"

中年军人毫不犹豫地答应："好！赌什么？"

准将上身前倾，露出虚假、夸张的笑容，说道："一把六级原力枪，怎么样？"

听到六级原力枪，所有军官顿时都倒吸一口冷气，这可是特种军团的副军团长才有资格配备的武器！

中年军人深深吸了一口气，缓缓点头，说："好，我赌了！"

"我等着你的枪！"准将高声笑着，大步离开了会议室，门外传来他的声音，"这一届考核，全是垃圾！"

千夜从沉睡中醒来时，已经是第二天中午了。

一个漂亮但是面孔冷硬的女军医走进修复室，一把将他的衣服扔了过来，不耐烦地说："快穿上你的衣服，三分钟内从这里消失，外面还有好多人排队等着呢！"

虽然在黄泉训练营里见多了风风雨雨，可是在这位人间凶物面前，千夜还是彻底败下阵来。他以平生最快的速度穿好了衣服，夺路而逃。

当他逃出医院的时候，忽然有了一种奇异的想法，为什么不向那个美丽的人间凶物要个联系方式呢？

这个念头一冒出来，他突然吓了一跳，不由得怀疑自己是不是在训练营待久了，骤然离开，精神都有些不正常了。

他从内营走出来时，一眼就看到正在等他的石言。

这个平时沉默如山的男人此刻咧开大嘴，哈哈笑着，在他肩上重重地拍了一巴掌，说："干得漂亮，小子！"

千夜顿时觉得有些莫名其妙。

石言一拍自己的脑袋，说："你看我都糊涂了，你被红蝎录取了！"

"红蝎？"千夜一时没有反应过来。

他细细想着此次招兵的特种部队的名字，好像中下游的那些军团中没有叫红蝎的，上游的军团也没有。他的心脏忽然剧烈跳动了几下，激动得有些结巴："你是说……那……那个红蝎？"

"就是那个红蝎,一直稳居帝国前五名的红蝎军团!"

千夜屏住呼吸,巨大的喜悦已经将他淹没!他根本没想到自己能够进入红蝎这种顶级精英军团,毕竟他在原力测试中的表现实在不太好,二十轮原力潮汐只是达到及格标准而已。

"三天后你就要去红蝎军团的驻地报到,时间有点儿紧,不过准备时间还是有的。走,我带你去大喝一顿!"

石言兴奋得和平时判若两人,拉着千夜就向大营外走去。两人刚走出几步,魏破天就不知从哪里冒了出来,拦住了去路。

千夜上上下下地打量着魏破天,表情有些古怪,忽然问道:"难道你喜欢挨打?"

魏破天正摆出一个双手抱臂的潇洒站姿,闻言脸色变得精彩至极,忽红忽白。

虽然接触时间很短,但是他已大概摸清了千夜的脾气,这人并不是在调侃他,而是认认真真地表达自己的疑惑。然而,这才是最让人抓狂的地方!

"林千夜,我被折翼天使选中了!这个考点加入折翼天使的,只有我一个!"魏破天傲然说道。

千夜笑了笑,说:"那又怎样!还想再打一场吗?我看你就是喜欢挨揍。"

魏破天的脸色阵青阵红,怒道:"有种就换个玩法!来,来,来,真男人定是酒中豪杰,今晚我们两个就拼拼酒量,怎么样,敢不敢?"

"你还有什么可输的?"千夜有些不以为然。

魏破天以高了八度的音调叫道:"我要是输了,立刻解下腰带送给你!"

此话一出,周围忽然一片寂静。来来往往的人群动作似乎都慢了一拍,所有人都把异样的目光集中到魏破天身上,有人甚至不怀好意地朝他抛了个媚眼。

千夜一时无话可说,拜魏破天所赐,他也变成了众人的焦点。

石言嘴角有点儿抽搐,他今天的表情变化可比以往一整年都要多。他看向魏破天腰带扣儿上的纹徽,立刻认出那是远东魏氏的嫡系标识,同时也发现了千夜脖子上那条吊着鹰头牌的项链。他转念一想,便明白了事情的来龙去脉。

魏氏是历史悠久的世家大族,远东是其发源地,又与琅琊王氏世代通婚,势力渗透了两大行省。魏家平时和林熙棠不远不近,没什么交情。不过像这样的豪门,就算不能拉拢交好,至少也不应该结仇。

"先离开这儿!"石言当机立断地拖着千夜,迅速离开了气氛诡异的现场。

入夜时分,石言带着千夜来到城里一家酒吧,刚刚坐下没多久,魏破天忽然不请自来。

他大马金刀地往千夜对面一坐,用力拍了下桌子,喝道:"林千夜!你以为躲到这里,我就找不到你了吗?我魏家的人在龙襄城里可不少。"

"你究竟打算干什么?"

"当然是拼酒!"魏破天拍了拍手,气势十足。

楼梯上响起密集的脚步声,十几个美丽的少女鱼贯而入,每人怀中都抱着一瓶烈酒。只看那精美的包装,就知道全都是高级货。

魏破天拿过两瓶,直接敲碎瓶颈,递给千夜一瓶,说:"先干半瓶!怎么样,敢不敢?"

千夜接过酒瓶,神色有些复杂。他默不作声地倒了半瓶酒在酒杯里,然后慢慢抿了起来。

魏破天面前却是一只海碗,他一仰脖子,已经是一碗酒下肚,再干一碗半瓶就没了。而千夜才喝了几小口,充其量也就是一小杯而已。

"算了,这瓶我就先喝了,你慢慢来,我可以等,不用着急!"魏破天豪气干云地说。说完他一仰头,第一瓶酒就这样没了。

千夜才喝了两杯,就已经满脸飞红了,眼神也有些迷茫。眼看再喝一点儿,非得躺到桌子下面去不可。

魏破天终于有了扬眉吐气的感觉!

格斗场上打不过这小子,酒场上收拾他也一样!他如是想着,一点儿也不觉得这是在自我安慰。

千夜双肘支在桌面上,捧着酒杯慢慢喝着,看上去有些摇摇欲坠。然而直到他一杯一杯地把整瓶酒喝完,还是保持着这种状态。

"有种!"

魏破天赞了一声,然后看了一眼被美丽的少女们抱在怀里的那些烈酒,露出不怀好意的笑容。片刻之后,他面前又多了一个空酒瓶,而千夜依然慢慢喝着。

此时魏破天的眼睛已有些发直,说话也有点儿语无伦次。但是因为不服输,他一看到千夜喝完,便二话不说,又砸开两瓶陈年老酒,一马当先,仰头毫不停留地干了一瓶。

千夜还是老样子,仿佛随时都会躺到桌子下面去,依旧面色酡红地慢慢饮酒。有不少好事之人围了过来，他们看千夜的眼神，已经从一开始的嘲弄变得有些诡异了。

这种酒名为龙舌兰，产自严寒的平西行省，其烈性恐怕能在帝国名酒中排进前三。一般会被勾兑成鸡尾酒，就算喝纯的，也不能用这种牛饮的方式。否则两大瓶龙舌兰下肚，就算不晕也倒了。

一个小时后，千夜坐在桌边，有些茫然地看着满桌的空酒瓶，再看看趴在桌上、人事不省的魏破天和石言，完全想不起来他们是什么时候倒下的。特别是石言，他怎么会趴下，这场拼酒根本没他什么事儿啊！

千夜揉着额头，慢慢想起来发生了什么。不知何时，喝得神志不清的魏破天忽然对着石言挑衅。

石言是个火暴脾气，当然不会跟魏破天客气，二话不说便加入战团儿。一对一的局面转眼变成了三人混战，然后……魏破天和石言就都被千夜放倒了。而千夜还是摇摇欲坠着，却没有倒下。

想起事情的经过，千夜无奈地苦笑起来。这两个死猪一样的男人，让他怎么处理？最后他只得一手拎着一个，摇摇晃晃地向旅馆走去。

他开了一个房间，将两个大男人扔到一张床上，狠狠比了个中指，然后摇晃着回到自己的房间，往床上一倒，呼呼睡去。

没睡多久，他腾地一下从床上坐起，有些茫然地看着周围。他的头很痛，宿醉的感觉还没有完全消去。

此时才五点，天都还没有亮。但是在训练营的时候，这是每天起床开始训练的时间。九年如一日的生活，已经让他的身体形成了本能的反应。他起来冲了澡，忽然不知道该干什么了。

从训练营毕业后，他时常会有这样的感觉。原本安排得满满的时间表，时刻存在的生存压力，现在突然消失了。大片空闲时间由自己来安排，他反而觉得很不适应。

他默默地练习了一会儿格斗术，直到一束黎明的阳光照进房间。

中午时，石言终于出现了。这个不会笑的军人看到千夜，居然脸红了。

至于魏破天早就悄悄地消失了，哪儿还有脸来见千夜？他倒是守信用，把腰带留下了，还不死心地留了张字条，上面只有四个大字：来日再战！

千夜没当回事儿，直接将字条揉成一团儿扔进垃圾桶。一想到魏破天一开始挑衅自己的理由，就产生了多揍他几回的冲动。

第八章 红蜴军团

不过听石言介绍了魏家的背景后，千夜想了想，把项链、手链和腰带打包，找人送去魏破天住的地方。里面也有一张字条，上面是八个大字：欠债三次，先还再战。

吃过午饭，石言把千夜送回内营，交到一名中年军人手里。

中年军人上下打量千夜一番，忽然微微一笑，伸出手，说："欢迎来到红蝎，菜鸟！"

千夜也伸出手，和他的手握在一起。这只手宽大、温暖，又有着大地般的坚实，和林熙棠的手感觉很相似。

千夜并不明白"菜鸟"这个词是什么意思，但是从他的语气中，却能够感觉到一种关切。

中年军人望向石言，说："石老弟，我们好像有十年没见了。"

"才九年十一个月而已。"

中年军人不和石言较真，问道："你怎么不守在林帅身边？"

"这不，为了这个小家伙儿的事儿，我不得不亲自跑一次。交给其他人，我可不放心。"

中年军人双眉一扬："他身份特殊？"

"千夜，让卫上校看看你的伤。"

千夜依言拉开胸前衣服，露出那条巨大的伤疤。

卫姓上校眼角抽动，脸上已经漫上一层杀气，重重地"哼"了一声。

"现在你明白，为什么我要亲自跑一趟了吧？这个孩子确实不错，不会让你失望的。"

转眼到了分别的时候，这两位军校戎马倥偬，毕业后的近二十年里只遇到过三次，他们都知道此次分别，下一回又不知何年何月才会再见。

也许下次见面，看到的就是被帝国军旗覆盖的遗骨，这就是军人的宿命。然而他们没有拥抱，也没有握手，而是互相敬了个军礼，转身就走了。这就是军中风范，毫不拖泥带水，如渊似海的战友情谊，也只能放在心底。

石言走后，中年军人对千夜说："我叫卫立时。"

"卫上校！"千夜敬了个军礼，虽然还有点儿不标准。

卫立时带着千夜登上一艘浮空艇，向红蝎的驻地飞去。除了千夜，他还选了一男一女，年纪都和千夜差不多大。

这艘浮空艇和千夜以前见过的气囊式飞艇有很大的区别，顶部飘浮着的不是巨大的蛋形蒸汽囊包，而是一大片金属支架撑起的蝙蝠膜翼般的东西。

浮空艇外壳上所有构件的拼接处都用醒目的红色勾勒出来，除此之外就没有其他标识了。机械舱仍然在尾部，但是十字螺旋桨达到了十二组之多，不变的则是从密密麻麻的管道中喷吐出来的大团蒸汽。

艇内空间十分宽敞，地上铺了减震消音毡。座位全背靠着舱壁两侧，目测能够坐二十个人的样子，中间则是一排用于安放武器背包的货架，剩下的空间还能让人自如地走动甚至近身格斗。用这艘能够运送两个小队的战艇运送四个人，红蝎确实财大气粗。

卫立时在一个座位上坐好，扣死了安全带。千夜等人也学着他的样子坐下。

这时通向前舱的舱门打开，探出一颗硕大的秃头，瓮声瓮气地说："都坐稳了，小家伙儿们，我们要赶时间！"

强烈的轰鸣声很快响起，透过舱壁传进来，依然震耳欲聋。舱室也开始剧烈震动，然后忽然如同被一只大手抓着，腾空而起！

千夜等人被牢牢压在座椅上，这种剧烈上升的感觉让人有种说不出的难受，仿佛心都快从嗓子里跳出来了。好不容易等上升的阶段过去，千夜透过舷窗向外看了看，骇然发现眼前居然飘过团团白云！短短时间，浮空艇已在云中穿行！

千夜乘坐过的浮空艇仅限于轻舟式样的"青鸟"和军方货运艇。"青鸟"不用多说，滑翔降落都如同行云流水一般；货运艇噪音大，十分颠簸，爬升和降落都需要很长时间的缓冲。

红蝎这艘浮空艇的速度简直颠覆了蒸汽驱动原理，千夜突然想起来，在黑石蒸汽之上，还有一种能源，名为黑晶。但是黄泉并没有教这方面的知识，因为那是目前最高等级的驱动能源，属于国家战略物资。

千夜还没有从眼前让人震撼的景象中恢复过来，飞艇突然开始剧烈震颤。他看到舷窗外面的螺旋桨转速骤然加快，很快便完全分辨不出叶片了。然后整个飞艇就像被人狠狠踢了一脚，"砰"的一声飞向远方。

他第一次体会到在暴风雨中，一叶孤舟任意飘零的感觉。从舱内铜制的管道中，不断传出那个秃头船长的声音。

"坐稳了，我们要加速！"

"这阵侧风真是够劲儿！怎么样，翻滚的感觉好不好受？"

"啊哈！前面是雷云，我们直接穿过去，你们可以近距离看看闪电！"

"那是什么……白头鹰？好家伙，真够大的！我们撞一下试试！"

……

千夜感觉胃在剧烈搅动，另外两个年轻人显然也好不到哪里去。就这样，在飞艇升空半个小时之后，三个年轻人再也支撑不住，吐了个稀里哗啦。

傍晚时分，飞艇绕过黄石大峡湾，降落到位于秦陆北端的红蝎总部基地。然而三只小菜鸟却没那么幸运，他们还没下飞艇，亲眼看一看这神秘的红蝎总部，就接到第一个菜鸟任务：清洁工作。他们要把飞艇里里外外全都打扫一遍，标准是一尘不染。

千夜上手后才知道，这份工作一点儿也不比格斗轻松。

舱室内的呕吐物也就罢了，真正难以处理的是动力机舱、飞艇内外壁上那些积年的油污。虽然给他们配发了专门清理油污的清洁剂，但是每擦一小块地方，就需要换一大桶水。

就这样，三人来来回回地搬水擦拭，一夜过去，这条二十米长的小飞艇才清理了一小半儿。

飞艇的各个区域被严格地划分成了三天的工作量，任务不完成，没有饭吃，也不能睡觉。所以三人在到达红蝎的前三天，都在饥饿、疲劳和困倦中度过。到后来，他们已经根本闻不到自己身上那浓重的油污味儿了。好不容易清洁了飞艇，三人回到宿舍后都是直接倒头就睡。顾不上洗澡，也顾不上吃东西。

这三天当中，千夜展现了始终如一的耐心和细致，每一个角落都不放过，一点点油星也要反复擦拭干净，对飞艇动力和传动机械的清洗保养做得十分完美。这得益于他学过的枪械保养知识，用对待武器的细致态度来维护飞艇，就连以挑剔著称的秃头船长也赞不绝口。

而另两个菜鸟前半天表现还可以，后面就明显不太尽心了。他们看到千夜一如既往的认真，就有意无意地把最难最脏的地方留给千夜。虽然表面上看起来三个人干的活儿差不多，但实际上，千夜一个人干的比他们两人加在一起还要多。

千夜并不在意这小小的得失，他在黄泉训练营中学会了不折不扣地执行教官的命令。所谓不折不扣，不光是指字面上的意思，还包括教官命令里的精神。

在黄泉训练营的字典里，没有"投机取巧"这四个字。

那两个菜鸟见千夜如此，也乐得顺水推舟，把更多的活儿推到他头上。他们两个都是家族中的天之骄子，又成功通过万里挑一的筛选跻身红蝎，以后可谓前途无量。这样的年轻人，可以忍受流血负伤的痛苦，但什么时候干过这种脏活累活？

三个菜鸟埋头大睡的时候，红蝎总部的一间小会议室内，五个人正在开会，里面赫然就有那位秃头船长。

秃头船长飞快地在三张表格上写下分数，然后递给其他人。

军人们传看之后，表格来到了卫立时手中。他扫了一眼，对秃头船长说："虽然我觉得应该是这个结果，不过得分也太过悬殊了吧？"

"我可是一厘米一厘米给他们打分的！'蝎尾'就跟我的孩子一样，上面有一点儿变化都逃不过我的眼睛。那两个小家伙儿想在我面前玩这种小花招儿，过一百年再说吧！千夜这孩子不错，很聪明，干活又踏实，我喜欢！"

见秃头船长如此坚持，卫立时点了点头，在表格上签下自己的名字，然后对另外三个军人说："测试结果就是这样，你们自己决定吧！"

"千夜。"一个人首先说道。

另一个立刻反对："不行！去年就是你们先挑，今年轮到我们战队了！"

第三个大胡子则悠然地说："不是这么说的吧，你们战队去年就用了今年的优先挑选权，难道打算把明年的也用掉？"

三人争吵了半天，才把这三个菜鸟瓜分完毕。那个大胡子一脸肉痛地许下不少私人的好处，才把千夜留下了。

初始测试的分数合计是一百分，千夜一人就拿到了六十五分，其余两个人加在一起才三十五分。

红蝎的分数用途非常广泛，军衔晋升、资源分配乃至任务挑选，都会消耗这些分数。而初始测试给予的总分非常高，此后在整个菜鸟阶段，都很少有机会遇到这种高分的任务了。

千夜等人当然还不知道这一点。那两个小家伙儿自以为聪明，做事滴水不漏，可就像秃头船长说的，他们这点小花招儿，什么人都瞒不过去。在这些大人物面前，玩弄心眼儿就等于自毁前程。

第二天一早，千夜是被一阵粗暴的砸门声吵醒的。

"快起来，菜鸟，还要睡到什么时候？！"

千夜腾地从床上跳了下来，冲过去拉开房门。只见门口站着一个满脸大胡子的军官，身材魁梧至极，足有两米三四的样子。身材修长的千夜站在他面前，娇小得就像个娃娃。

大胡子用力抽了抽鼻子，皱眉道："去洗澡，把你身上机油的臭味去掉！你有……"

他看了看表，吼道："你有整整五分钟的时间，把自己从上到下刷干净！我就在这里等你！"

"您是……"千夜小心翼翼地问。

"我姓南，别人都叫我南霸天！"

听到这个威武霸气的名字，千夜有一秒钟晃了神儿，但随即被震耳欲聋的吼声惊醒了。

"以后你就是我虎蝎营的一员了，现在，快去洗澡！"

千夜立刻敬了个军礼："是，长官！"

他飞一般冲进浴室，仅用了三分钟就把自己洗干净，换上一套全新的军服。

这套军服沿用了大秦帝国军部的纯黑底色，但是领线、衣襟等处用红线装饰，同时在上臂部位多了一个蝎子的图案。

那是一只通体黑红相间的蝎子，尾针则是惹眼的猩红色。这种各个大陆都可以见到的红蝎，只有手掌大的小东西，却是最毒的生物之一。一名普通的成年人被红蝎蜇伤，十几秒就会毒发身亡。

看到千夜出来，南霸天转身就走，他的步子比一般人大，千夜连忙小跑两步跟上他。

"今天事情很多！我先带你去领装备，再去你自己的房间。我们虎蝎营有自己的营房，不用住在这个见鬼的地方了。我会带你到营地内几个重要的地方转一转，以后你就知道到哪里修枪，到哪里能够弄到便宜的好东西。假如和你的战斗任务不冲突的话，甚至还可以私下接点儿任务。不过私下的任务要等你脱离了菜鸟阶段才会有，现在你就别想了！"

此时千夜已经适应了南霸天这种说话方式，把要点一一记在心里。

很快，南霸天就带着他出了临时营房，走进红蝎的总部大营。

一跨入那道高三十米，厚达一米半的金属巨门，千夜的心仿佛被重重砸了一下，望着眼前的景象震惊得说不出话来。即使他已经鸟瞰过龙襄这种军工城市，依然被这庞大的战争机器折服了。

千米之外，红蝎的总部大楼高达六百米，竖立如同风帆，外面的红色漆面已经锈迹斑斑，露出金属底色。可这丝毫不影响它的宏伟气势，反而为之增添了历史的凝重感！

数艘蝠翼式飞艇正从总部大楼顶上升起，迅速往不同的方向飞去。远方天际处，则缓缓浮现一艘巨型浮空艇，上方的气囊长达数百米！

右手边是一座巨大的飞艇基地，许多飞艇正在起降。这里有小型的飞舟，中大型的飞艇，甚至还有两艘超过百米的战舰。基地另一侧，则并排停放着七只依靠气囊升空的老式浮空艇。

基地旁边，还成排停放着数以百计的各式履带战车！而重载卡车的数量更是多到数都数不清。

千夜曾在课堂上见过这些基础军备的图片和模型，但看到真家伙后，才感受到那无与伦比的视觉冲击力。

左手边则是大大小小的功能性建筑，千夜甚至看到一座可以容纳巨型浮空艇的工厂。

那高达百米的厂房顶部呈拱形，此时向两边打开着，露出一艘中型浮空艇的桅杆和上半部分艇身，许多工人趴在上面，就像一只只蚂蚁。而钢花闪动着红焰从巨大的金属表面如冰川般流泻下来，显然正在进行紧张的作业。

再远一些，是连成一片的能源设施。

那是一群类似永动塔外形的建筑物，十余根巨型烟囱有如传说中接天连地的昆仑巨木，排成一排，不断冒出微黑的烟气，聚起弥漫了半个天空的庞大气团儿。

光是远远看着，就能够想象得到，那顺着管线而来的能量该有多么汹涌，才能驱动偌大的红蝎基地。

南霸天带着千夜走向停车场，跳上一辆开着门的小型越野车，向左侧的军备仓库驶去。如果没有车的话，在如此巨大的营地中办点儿事情，确实不太容易。

来到军备仓库的大厅，南霸天直接冲着里面吼道："这是我们虎蝎营的菜鸟！来一套标准装备，再加一套狙击套件！"

片刻之后，一个大背包和一个黑色手提箱就从窗口直接扔了出来，整个过程既没有人说话也没有人露脸。

南霸天一手一个接住东西，吼了声"谢啦"，然后转头对千夜说："走，我带你去虎蝎营！"

虎蝎营在总部基地的东北角，旁边就是血蝎的营地。

光看两个营地的外表，千夜就感觉虎蝎的处境似乎不大好。营地比血蝎小了一半不说，营地外停着的各种车辆都半新半旧，和血蝎那些全新的车辆完全没法比。而且虎蝎的营地显得很冷清，不像血蝎那样人来人往。

南霸天抓了抓头，有些尴尬地说："那个……这样说吧，我在指挥上确实和血蝎那家伙有些差距。所以血蝎经常整营出动，去做些大买卖。一来二去，我们虎蝎的经费就不够用了，嗯，就是这样。"

听到这里，千夜已经大致了解了红蝎的模式。

每个战士都有属于自己的分数，而每个战斗营也有。完成任务就有分数，用分数则可以换到各种装备物资。红蝎军团总部只负责配备最基本的物资，其他额外的福利全部要靠各个战斗营自己去想办法赚分数来换取。

同在红蝎军团，每个战斗营之间的差距实际上很大。这不光是单兵素质的比拼，还是指挥官能力的较量。

红蝎的模式在帝国军团中很流行，尤其是特种军团非常喜欢采用这种管理方式。

南霸天带着千夜进了虎蝎营，来到宿舍，说："这里就是你住的地方，我们人不多，地方很宽敞。有什么需要，就去找营里管后勤的老白。今晚好好休息，明天一早就要开始你的菜鸟生涯了！"

菜鸟，千夜在心中默念着，他现在知道菜鸟是什么意思了。

菜鸟在红蝎军团是一种特殊的生物。虽然每个军团中都有菜鸟，但是红蝎却独树一帜。在红蝎，新加入的年轻战士头两年都是菜鸟，两年过后才会晋升为幼蝎。直到这时，他们才算真正成为红蝎的一员，能够独立承担任务。

幼蝎之后，是黑蝎、红蝎乃至蝎王。

菜鸟在红蝎中几乎没有任何地位，在面对老兵的时候，他们是被训斥和使唤的对象。但另一方面，菜鸟的地位又是独一无二的。

红蝎军团有条不成文的规定，当战场上出现必死的危局时，菜鸟先撤，然后是老兵，军官则殿后。在任何情况下，菜鸟的生命都是优先考虑的对象。红蝎也用鲜血把这条规定写在了军团的历史上，曾经有过一百多人的战队全军覆没，两个菜鸟却成功逃生的战例。

确实如南霸天所说，从第二天开始，千夜就体会到了菜鸟生涯的不同。

在接下来的几个月，千夜只出过数次任务，其余时间都在训练。继续修炼兵伐诀自然是重中之重，除此之外，他还需要掌握数十门不同的课程，其中包括驾驶帝国几乎所有型号的车辆和飞艇。

另外,关于一些特殊装备的使用也有专门的培训。千夜还学到许多秘而不宣的东西,包括政治、经济以及过往一些被史料剔除了的真正的历史,比如黄泉训练营。

黄泉训练营的真正幕后支持者是帝国军部。它和暗花、剑雨泉、大道方圆这三处训练营一样,是军部国家安全处秘密设立的培训基地。然而黄泉训练营无论是规模,还是训练成效,都远在其他三座训练营之上。就是放眼整个帝国,与那些底蕴深厚的门阀世族之类的机构相比,也稳居三甲。

黄泉训练营是非常特殊的存在,它和一般军校的理念完全不同,一直致力于培养在极端的环境下也能够生存的顶级杀手。同时,它还是帝国一批激进权贵实践其物竞天择理论的实验场。

帝国上层有不少人认为,从人族最初觉醒原力的模式来看,只有在生死之间才能够激发出真正的潜力,从而变得更加强大。

黑暗种族统治世界的时代,被奴役压制的种族多达数百种。人族能够脱颖而出,就是因为长年在生死线上游走,不断有大能之士觉醒潜力,一代代带领着人族走向强盛。

他们认为现在帝国的中下层,尤其是平民,过得太安逸了,耽于平稳的生活,失去了进取之心,涌现的人才越来越少,强悍的异能也逐渐消退。这样下去,整个大秦帝国都会走向衰亡。

人族要想保持荣光,开疆拓土,就必须时刻在危机中求生存,在生死间进化!

这种观点在帝国上层,特别是军部大行其道,黄泉训练营就是其集中实践地。训练营刻意让每名学员从一开始就笼罩在死亡的阴影下,从而迫使他们拼命求生存。在这个过程中,人所有的潜能都会被开发出来。

虽然黄泉训练营的淘汰和死亡率高得令人战栗,也受到了不少非议,但培养出来的学员却是公认的顶级人才。

他们的真实战力远在纸面数据之上,一个黄泉训练营的毕业生单挑三五个同级别的帝国军精锐战士,竟毫无压力。而在复杂乃至极端的环境下,训练营毕业生的战力更是高得让人咋舌。

据说在某一次实战检验中,三个训练营的毕业生组成小队,在山区全歼了帝国军一个加强山地连!

此役过后,黄泉训练营获得的经费直接涨了五倍,每年招收新学员的数量从数千直接飙升到两万人。而且每隔二三十年，黄泉训练营总会出现一个惊才绝艳的人物。这样的人足以只手改变一方局势！只要出现一个这样的人物，黄泉训练营就可以无视一切非议而继续存在。何况近百年来，这样的人已经出现了四个！所以黄泉训练营不光一直存在，而且日益壮大。他们所代表的这一派系，在帝国中被称为"铁血鹰派"。

最开始进入黄泉训练营的绝大多数学员，都是平民或是从各地挑选出来的孤儿，但经过那次成功的实战检验之后，许多门阀世族开始把旁支子弟送进来。

与平民和孤儿相比，他们有基础有资源，成功的概率更大，一旦顺利毕业，就能在家族中拥有远远超越其出身的地位。在成功案例的激励下，许多想要搏一把的世族旁支子弟甚至主动要求进入黄泉训练营。于是近三百年来，黄泉训练营的名气越来越大，就连身居高位的门阀世族都会把嫡系子弟送进来，以期受到磨砺，成为家族的中流砥柱。

黄泉训练营也做了相应的调整，对这些核心子弟给予有限的照顾，以保全他们的性命。

因为在面对黑暗种族的战场上，特权毫无意义。而门阀世族们有更多的资源和条件帮助子弟觉醒原力，他们都是未来的生力军。

权利和责任从来都是对等的，对这些大家族子弟们来说，一旦在履历表上加入黄泉毕业的经历，此后必定会一路平步青云。无论是在帝国谋前途，还是回家族发展，都会顺畅无比。

千夜完全没有想到自己待了整整九年的黄泉训练营，居然有如此深厚、复杂的背景，更没有想到它的规模竟然如此之大。

他身边始终只有班上那一百人，除了几次学员间相互搏杀的生死大考，很少见到其他班级的人，就连那一百人都是消耗、补全、再消耗……待的时间最长的熟悉面孔，在他的记忆中不超过十五个。

那天晚上，他躺在床上，手指拨弄着最后一块"朱颜血"。现在他知道，这种珍贵的药物只在原力奠基的初始阶段最有效，当点燃原力节点后，效果就开始递减。这也是他从黄泉训练营带出来的仅有的几件物品之一。

接下来，他又开始学习帝国的各项体制。这时他才明白，红蝎军团中哪怕是一个菜鸟，权限都十分高，所以才能够了解到黄泉训练营的内幕。在等级制度极为复杂、森严的帝国，红蝎战士的权限比一些下层贵族还要高。

就这样，加入红蝎的前几个月，千夜基本是在学习和训练中度过。在这里，时间的划分以十五分钟为一个单位，每天睡觉的时间竟不到四个小时。就连睡觉，也得付出一半的时间浸泡在肌体修复液中，以加快恢复和增强体质，这种药液是配发给特种精英军团战士的军资。

"朱颜血"的时代已经过去了，现在，千夜终于知道红蝎真正的规模。

红蝎军团正式的成员仅有一万人，其中还包括一千多名菜鸟。而菜鸟每年的淘汰率都在两成左右。当然，被淘汰的菜鸟不是死了，而是被送入其他军团。被红蝎军团淘汰的人，放到主力军团中可是王牌水准。并且，为这一万名红蝎成员配备的后勤支持人员竟多达二十万！

这也是红蝎总部为何如同小型城市一般的原因。

数月之后，千夜稍微褪去菜鸟的青涩，总算初步有了点儿人权。在这段时间的学习中，他的细致、专注和耐心得到了一致认可，有些军官甚至认为他已经到了近乎变态的程度。他可以用好几天时间全神贯注地做一件事，丝毫不会分心。

作为回报，他的各个科目几乎都拿到了满分。唯一制约他的就是原力修炼速度，在菜鸟的综合排名榜上，他一直在十名左右徘徊。

菜鸟的学习期一满，南霸天又出现在他面前。

这个宛若巨人般的家伙开始亲自负责他的格斗以及身体强化训练，并且成功给他打上了虎蝎的烙印：他的体格变得越来越健壮，若是忽略他那张清秀的面孔，那完全就是一个强壮的力量型战士。

就这样，在加入红蝎第四个月时，他迎来了一个让自己铭记许久的任务。

第九章　是非对错

任务地点是在一个下层大陆，内容很简单，有一座边境小城被血族占据了。因为在那座小城附近有帝国的一个秘密研究基地，所以在当地驻军两次进攻小城都失败之后，军部就果断出动了红蝎。

这一战红蝎动员了整整一个连，共计一百名黑蝎级战士，由三名红蝎带队。另外连同千夜在内，还有五十名菜鸟随行。

在小城所属的郡域，当地也调集了上万名地方军，配合红蝎的行动。这是一次真正大规模的战斗，许多菜鸟从备战开始就十分兴奋。

千夜登上了可以在大陆穿梭的星间浮空艇，经过整整五天不间断的飞行，终于抵达目标区域。他跟随着大部队从浮空艇上跳下，然后登上早就在等待他们的重载卡车，向预定的阵地进发。

至于进攻计划，则简单到让人难以置信的地步：兵分三路，直接攻城，有反抗者就地格杀。然后……就没有下文了。

重载卡车的奔行还是那么狂野、喧嚣，一整个车队的巨轮呼啸着从荒原上碾压过去，宛若奔腾的史前猛犸象群。

千夜坐在卡车上，抱着原力步枪，随着车厢上下起伏的弹跳节奏，身体微微摇摆着，以保持平衡。现在他对于乘坐这些黑石蒸汽动力机械已经十分习惯了，还能开个小差什么的。他没像其他菜鸟那样兴奋得一遍一遍地检查枪械，而是开始回忆有关血族的资料。

血族是黑暗种族中最主要的种族之一，外形与人类高度相似。不过他们的面容超乎寻常的优雅俊美，有着人类难以企及的容貌。

他们拥有长久的生命和强大的力量。理论上来说，达到公爵级别的血族可以活到千年以上。平时他们还可以选择长时间沉睡，在此期间生命力流失则极度缓慢。据说如今在血族领地深处，还藏有已经沉睡了上万年的恐怖存在！

血族异常危险，他们有着强大的力量和超卓的速度，同时非常有智慧。

原力枪原本是人族为弥补原力强度不足而发明的武器，后来制造方法被黑暗种族窃取，竟也钻研、开发出了以黑暗原力为驱动的原力枪。其中以血族制造的原力枪最为精美奢华，在人族上流社会中极为抢手，一把血族精工制作的原力枪往往可以卖出天价。

最后，则是血族独特的传承方式。他们可以和同族进行异性繁衍，也可以通过名为"初拥"的仪式，把自己的原始精血注入人类体内，从而把人族转化为血族。同时，人类的鲜血是血族最喜欢的美食。所以血族和人族相互了解最深，在最初黑暗种族统治整个世界的时候，血族豢养的人类是最多的。大量人族被圈养，为血族提供鲜血。在血族眼中，人类就和猪羊等家畜无异。

无论是在黄泉训练营还是在红蝎，千夜都杀过血族。不过那些并不是真正的血族战士，数量也不多，而且还被原力枷锁限制着，只能在考核区内分散地活动。

这一次则不同，这是和血族正面的战争。

重载卡车行进时，车上的老兵给每个菜鸟发了三颗特制的纯银原力弹。

这种原力弹是实体弹，可以压入原力枪的弹仓中使用。空弹壳既可以工业化生产，也可以手工制作，但是只有三级以上的战兵才能把原力灌注进去，形成完整的原力实体弹。

这三颗银弹对血族有额外的杀伤效果，之所以只发三颗，是因为这些菜鸟是二级战兵。就算给他们一百发原力弹，一次战斗最多也只能启动原力枪三次。

菜鸟们默默地把银弹压入手中的步枪，然后等待战斗开始。

重载卡车停在距离小城两百米的城下。车辆首尾相连，排成长蛇形的队列，既能做路障，又是上佳的掩体。

城墙上有人开始用老式火药枪械向卡车射击，金属弹头却射不穿厚达一厘米的钢板。而黑蝎级别的老兵开始反击，一发发原力弹呼啸着射向城头，将城墙连同射手一起轰上天空。

转眼间城墙上的火力就被压制了，千夜等菜鸟立刻从车厢里跳出来，在老兵的带领

第九章　是非对错

下全速向小城冲去。

战斗比预想中还要简单，红蝎级别的队长大步冲在最前方，血族战士只要露面，就有一发银弹追踪而来。

红蝎队长弹无虚发，只挑高级别的血族战士下手，普通血族则置之不理，全部扔给手下。黑蝎级别的战士会再筛选一遍，把队长放过来的大多数血族干掉，然后留几个给菜鸟们练手。

千夜的活靶成绩一直是满环，这次也不例外。他一抬手，原力步枪一个震颤，银制原力弹离膛而出，在一名血族的额头上开了一个大洞。伤口立刻冒出"咻咻"白烟，血肉焦黑，就像被强酸烧过一样。

这名血族已经僵立不动了，身上却又绽出两朵血花。原来有两个菜鸟收不住手，将昂贵的银弹射在已经死了的血族身上，他们自然也就捞不到任何军功积分。

千夜将步枪迅速平移，移动到位后立刻又是一枪，将远处一名刚刚冒头的血族战士轰下屋顶。仅仅过了数秒，步枪再次轰鸣，又一名血族战士号叫着倒下了。

在菜鸟中，千夜的表现极为抢眼，三枪干掉了三名血族战士，战绩直追黑蝎级别的老兵！

踏足于真正的战场后，他才深切体会到黄泉训练营的与众不同。九年生死之间的残酷训练，让他的战斗反应已经成为身体的本能。几乎在所有情况下，他都能做出最正确的反应，并且把握住转瞬即逝的机会予以凌厉的反击。

黄泉训练营的本意是训练出最顶级的杀手，所以战斗风格讲究的是一击必杀。只要千夜抓到反击的机会，那么敌人必死无疑。所以真正到了战场上，千夜才开始大放异彩，战绩远远超过纸面上的数据。不光能够镇压绝大多数菜鸟，就是与许多黑蝎老兵相比，表现也毫不逊色！

这才是黄泉毕业生的真正风采！

小城中的血族战士多达数百人，看样子是一个小型氏族入侵。地方军团曾经调集数万大军，先后发起两次强攻，损失近万名战士，结果却一无所获。但是红蝎军团参战后，立刻摧枯拉朽一般推进战线，没过多久就攻占了城内全部要点，绝大多数血族战士被当场击毙，一个都没能逃出去。

这场战争，让千夜明白了为什么只有一万人的红蝎军团，各处基地配备的后勤支持人员却多达二十万人。一个连队的红蝎，战力就相当于上万的帝国正规军。而和地方军团相比，战力相差就更为悬殊了。

帝国素来务实，甚至到了冷酷无情的地步。战力高下，直接决定了军团待遇的高低，这是另类的公平，一切以实力论英雄。至于人数的多少，从来都不需要考虑。

占领小城之后，接下来却出现了让千夜感到震惊的一幕。

从几幢大楼中突然涌出数以千计的人，他们疯狂地冲向红蝎和帝国战士，千夜视野里晃动着的，全是呆滞的目光、森白的牙齿和紫黑色的嘴唇。这些人已经完全失去神志，变成了只认新鲜血肉的野兽！

红蝎战士们似乎早有预料，他们从容地收起原力枪，改用火药枪械，一时间各种机枪、自动步枪乃至机炮都不断地嘶吼着，构成的金属风暴很快便将冲上来的疯狂人群击败了！

其中有许多人身上穿着帝国地方军团的制服，他们赫然是前几天失陷在城内的战士！

尾随红蝎军团入城的地方军战士们大多愕然停手，但是红蝎军团的战士们却丝毫不为所动，冰冷且高效地收割着生命！

"不，住手！那是我哥哥！"一个地方军年轻战士突然叫了起来，冲向一名红蝎队长，伸手抱住他的腰，想要阻止他射击。

然而红蝎队长只是轻轻一侧身，就把他推倒在地上，然后扣动扳机，将迎面扑来的一个如同疯兽的地方军战士打成了筛子。

"你杀了我哥哥！我……我要杀了你！"年轻战士愤怒地叫着，竟然将枪口指向那名红蝎队长。

红蝎队长眼中寒光一闪，闪电般拔出手枪，一枪就解决了他！接着，向地方军战士们扫了一眼，冷冷地说："你们打算造反吗？"

地方军战士们全都面有惧色，立刻摇了摇头。

"还不快攻击，那些家伙已经变成血奴了！"红蝎队长厉喝道，说着，平端在手中的机炮已经扬了起来，黑洞洞的金属管对准了他们。

在红蝎队长枪口的威逼下，地方军战士们终于端起武器，战战兢兢地开始射击。他们的人数比红蝎军团多数十倍，一轮齐射，弹幕倒是相当可观，转眼就将只知道和身扑击的血奴成片射倒。

红蝎队长这才满意地点了点头，随后高举右拳，纵声说道："全体注意，现在开始

第九章 是非对错

自由行动，灭掉这个城市里所有的血族！重复一遍，是所有血族！"

这个命令顿时让千夜感到有些愕然，在他心中，杀掉战士和成年男子是天经地义的。杀掉所有血族，岂不是意味着要向老人、女人和孩子下手？

可无论是在黄泉还是在红蝎，服从命令都是最高军规。

千夜将原力步枪背在身后，拿起备用的自动步枪，走向小巷，开始全面搜索。

他刚刚转过一个路口，忽然面前的拐角处跑出来一个少年。

少年只有十一二岁，身上的衣服做工讲究、款式华丽，看样子是世家子弟出身。他转头看着千夜，一脸茫然。

当他刚刚跑进视野的时候，千夜就已经瞄准了他的脑袋。

火药枪械虽然比不上原力枪械，但如此近距离的三连射，依然可以重创血族。然而千夜却觉得扳机异常沉重，一时有些扣不下去。

这应该是个正常的人……千夜抑制不住地这样想着，面对一个手无寸铁的正常少年，有必要一言不发就直接射杀吗？虽然这是命令。

少年忽然向千夜伸出双手，像是想要寻求庇护。他的左腮脏兮兮的，上面沾着一些不知从哪里蹭到的血迹。在混乱的战场上，这种情况十分常见。

千夜的手指松了一些，枪口略略下压，准星离开了少年的额头。

就在这时，少年忽然和身向千夜扑来，动作敏捷得根本不像是人类！他张开大嘴，牙齿间流淌着多得不正常的口水，双眼死盯着千夜，眼中瞬间布满血丝，甚至开始泛起红光，显得无比狰狞！

千夜的枪口瞬间抬起，对准少年的眉心，扣在扳机上的手指慢慢向后压去。

旁边突然飞出一只大脚，一脚将少年踹飞出去，重重撞到几十米外的墙上！一记闷响传来，少年重重摔落在地上，留下一道带血的粗痕。

"菜鸟！你是怎么回事儿？"红蝎队长从旁边的小巷中走出，盯着千夜严厉喝问道。

"不，没什么，我只是……想看看它有什么能力。"千夜有些心虚地说。

"那是血奴！它们只剩下野兽的本能，没什么特殊的能力，不用看了。小子，收起你的好奇心，它们比你想象中还要危险！要是被它们咬中了，你最好立刻自杀，免得我亲自动手处决你！"

红蝎队长冷酷的语气表明，他绝不是在开玩笑。

千夜答应了，然后继续向前搜索。这一路上，他干掉了十几个血奴。这些血奴被转化的时间都不长，身上的衣服是干净的，从外表上看也都是人类的模样。

然而所有血奴都像野兽一样，见到千夜就疯狂扑击，它们对血肉的渴望已经压倒了一切理智。血奴中有老人，有年轻的女人，甚至还有三四岁的孩子。此刻，它们全都变成了毫无理智的野兽。

千夜一边射杀，一边在心中默默计数，似乎这样就能分散注意力，不去多想对面是否还有人类幸存。

血奴是被血族吸食鲜血，或是单纯咬伤后的产物。和初拥不同，因为没有血族的精血回馈，所以血奴不会成为新的血族。

血奴的神志会被血毒侵蚀，变成一半血族一半野兽的怪物。之后对血肉的本能渴望，以及对血族的畏惧和服从，将是它们生命的全部。

迄今为止，人类对血毒仍然束手无策。人类被血族咬伤后，一两天内大脑就会被血毒彻底破坏，从而失去神志。这个转化过程是不可逆转的，就是血族自己也没有办法解救。

最糟糕的是，血奴也带有血毒，甚至比真正的血族更为猛烈。被血奴咬伤的人，基本上也会变成血奴。所以这个小城失陷才几天时间，里面的血奴已经多到数不胜数。

在黑暗种族里，血奴是最低等的生物，连炮灰都算不上。它们压根儿活不了多久，因此往往会被当成低等黑暗种族的食物，有时也会用来饲养战争巨兽。

无论是黎明还是永夜，血奴的命运都无比悲惨，并且无法改变。

大秦帝国，以及其他人类国家对于血奴的态度都出奇的一致：凡是血奴，或是已经被血毒污染的人，一律处死。在黑暗种族中，尽管血族并不强大，数量也不多，却一直被人类视为最大的敌人。这就是原因所在，这是食物与捕食者之间天敌般的关系。

小城的战斗很快就到了尾声，所有血族都被清理干净，整个城市一下子静了下来。

"城里的人听着，全部出来，到中心广场上集合！你们有十分钟的时间，重复一遍，你们有十分钟的时间。迟到者全部视为血族，立刻处死！"

从战车的扩音器中传出巨大的声音，不断在小城上空回荡着。几分钟后，一些人从房屋中战战兢兢地走了出来，向中心广场集中。

千夜正沿着街道走着，忽然被一名黑蝎老兵拦住了。

"菜鸟，跟我来，上课的时间到了！"

上课？千夜心中有些疑惑不解，转身跟着老兵向中心广场走去。

中心广场上已经聚集了几百人，他们都有些惴惴不安。不过从表情来看，明显都还

第九章 是非对错

保持着自己的理智。其中有些人身上有伤，不得不小心翼翼地掩盖着伤口。不过他们连千夜都瞒不过，更不用说那些红蝎军团的老兵了。

红蝎军团的战士和菜鸟全部出现在广场周围，把四面的通道堵得严严实实的。

带千夜过来的老兵转头说："一会儿只要有人想跑，就一枪解决掉他们！明白了吗？"

"明白！"

这时一名红蝎队长对负责指挥这次行动的地方军师长说："现在让你的人开始搜城，任何角落都不要放过！你有……二十分钟！"

那名师长吓了一跳，立刻像受惊的兔子一样跑开了，同时大声招呼自己的队伍，让他们以最快的速度彻底搜查整个城市。

片刻之后响起零星的枪声，还有惨叫声。有些人躲在家里没有出来，一旦被搜到，就会被立刻就地处决。

二十分钟似乎格外漫长，慢慢地，城市安静了下来，再也没有枪声和惨叫声传来。

这时一名红蝎队长举起右手，向广场中一指，然后横向一划，做了个割喉的动作！

千夜心中立刻一颤，这是屠杀的命令！他面无表情地端起枪，但是没有扣下扳机。不仅千夜，许多菜鸟的脸色都变得十分难看，而黑蝎级别的老兵们却都用漠然甚至是冷酷的目光扫视着广场中的这些人。

他们都还是正常的人！

"队长，他们看上去不像血奴！"终于，一名菜鸟叫了起来。

红蝎队长冷冷地说："就算现在不是，也有可能是污染者。合乎程序的处理方式，是把他们全部扔到专门的黑矿场去，让他们一直挖矿！但是我们没有时间了，这附近也没有专门的黑矿场。所以直接处死是最好的方式，你明白了吗，菜鸟？"

那个菜鸟用力摇头，指着几个正常的人，大声说："他们身上一点儿伤都没有，怎么可能是血奴？！"

红蝎队长说："血毒不仅会通过血液传染，只要有过深度接触，就有被感染的可能。虽然可能性不大，但是我们不能冒险。如果不加控制，一个血奴就能毁掉整个城市！这个责任我可负不起，我想你更加负不起！好了，既然你敢当众质疑我的命令，收队后你将被关上十天的禁闭，暂时取消红蝎军团成员的资格，等你亲手杀掉一百个血奴之后再归队！"

那个菜鸟脸色立刻变得惨白。

这个处罚基本上等于把他踢出了红蝎军团，就算重新归队，今后恐怕也难以得到重视。红蝎的名额都是固定的，十分宝贵。一旦他的名额空了出来，就会有许多世家盯上这个位置。

红蝎队长的目光扫过所有菜鸟，声音变得极为严厉，高声喝道："菜鸟们，这是战争，是延续了几千年的战争！我们和那些黑暗杂种之间只有你死我活的战争，任何妥协都是出卖同袍的行为！所以给我收起你们那可笑的同情心，服从命令。杀掉一切敌人，这就是帝国军人的宿命！现在，举起你们手里的枪，开始射击！"

所有菜鸟的枪都在喷火，千夜也下意识地扣动了扳机。他的肌肉有些僵硬，火药的冲击力让自动步枪不断在手中跳跃着，一颗颗金属弹丸从枪口中喷出，向对面的人射去。

转眼之间，能够容纳八十发子弹的弹匣就射空了。他用机械而又熟练的动作换上新的弹匣，然后继续射击。当所有菜鸟都打空两个弹匣时，广场上已经没有人能够站着了。

枪声停止后，地方军的师长小跑着赶了过来。他看到广场上的景象，脸颊上的肥肉忍不住跳动几下，冷汗滚滚而下。他凑到红蝎队长面前，低声请示下一步的行动。

"这个城市里还藏着不少人，你手下一些士兵刚才好像对他们视而不见。"

红蝎队长的话惊得他面色大变，连忙说："再给我二十分钟，不，十分钟！我一定把最后一个人都挖出来，我保证！"

红蝎队长摇了摇头，说："不必了，这座城市已经被彻底污染，再也无法居住。所以，我会烧掉它。"

"烧……烧掉？"师长当场愕然了。

即便规模不大的小城，也是一笔可观的财富，就这样一把火烧了？

红蝎队长点了点头，意味深长地说："是的，烧掉！这就是和血族产生瓜葛的后果！"

师长冷汗再次狂涌，不断点头哈腰："是，我明白！烧掉，立刻烧掉！"

重载卡车发出轰鸣，缓缓驶离战场。

千夜回头望去，视野中全是冲天的烈焰，耳边则是尚未完全平息的爆炸声。小城已经陷入火海，用不了多久就会成为废墟。像这样被整个焚毁的城市，在帝国历史上并不少见。

千夜的肩被拍了一下，他转头一看，自己身边坐着一个老兵。

"这种事我已经见多了。第一次'上课'的时候，我比你的表现还差，那时我都吐了，还因此被嘲笑了很久。"老兵说。

千夜能够感觉到老兵的关心和善意，有些虚弱地笑了笑。

老兵指着大火，沉重地说："这不能怪任何人，所有人的死都是因为血族。你知道吗，我曾经亲手射穿哥哥的心脏，因为他被血族给咬了！从那天起，我就发誓，在杀光这个世界上所有该死的黑血杂种之前，我绝不退役！就算是老死，我也要死在战场上！"

车上一片寂静，菜鸟们都为之震动了，许多老兵则被勾起陈年往事。每个人，都可以讲出一些和血奴有关的故事。

燃烧的城市渐渐消失在地平线上，但是烈火却留在千夜的心头。

回到基地后，千夜得到一个坏消息和一个好消息。

坏消息是，林熙棠两天前刚刚经过秦陆，转道前往帝都述职，当他的副官与红蝎总部联系时，千夜已经在战场上了。

好消息是，千夜收到了第一封家信，如果来自魏破天的信也能算是家信的话。信封是雪白的道林纸，底纹竟然是用暗金细丝压成，仔细看，能够分辨出那是一个无头有翼天使的图案。

南霸天见了，"哼"了一声，说："他家的东西，就是这么华而不实。"

千夜从信封里取出一个银制空弹壳，神情立刻变得有些微妙。

这个东西是魏破天亲手做的，准确地说，弹壳还是工业化制品，里面用以压缩原力的阵列，是他亲手蚀刻成功的第一件作品，所以立刻拿来炫耀了。

在折翼天使的这些日子，他没有虚度光阴，成功突破，成了三级战兵。并且由于拥有家族秘术，他很快就掌握了原力蚀刻能力，可以亲手制作实体原力弹。信中，他不忘向千夜发出挑战，不过他得先把欠的三次债还清再说！

千夜把信纸和信封揉成一团儿，扔进废纸篓，再高高抛起弹壳，银光在空中划过一个倒U形的轨迹，又落回他手心。

距离军中大比，还有半年。

接下来的几个月，他连续申请任务，在各处战场上奔波。他如彗星般迅速崛起，战斗风格以极度冷静和无情杀戮而著称。死在他手上的黑暗种族迅速增加，他的战绩也一路飙升，终于登顶，压倒了红蝎菜鸟中无数闪耀的天才，以及众多世家门阀子弟！

他好像天生就是个战士，或者说是一名杀手。他的团体配合战打得很棒，但独行时会变得更加危险。在任何环境下，他都能找到可以利用的地方，将自己的优势不断放大。

随着他独自杀掉了一个相当于四级战兵的血族战士，他战斗本能中偏向于杀手的部分好像就此觉醒。从此在他出没的地方，黑暗种族中级战士的伤亡率就会飙升。

对于他的变化，南霸天又喜又忧，不得不以命令的方式强迫他减少出任务的次数。因为他未满十八岁，还有更远大的前程，在这个阶段，需要把更多的时间用于修炼原力，这才是通向最强者的正确道路。

对于南霸天的命令，千夜自然无条件服从。就这样，千夜的名声逐渐传开了，据说已经引起几名副军团长的注意。

在很多人眼中，千夜就是一颗冉冉升起的新星，未来必将在帝国军界绽放异彩。他的名字已经上了一些门阀贵族的观察名单，某些家族甚至讨论过是否招揽他。

一条光辉大道，正在他面前铺开！

他心中唯一的遗憾，就是直到现在也没能和林熙棠见上一面。在辗转的任务途中中，他逐渐熟悉了原本只存在于资料上的军方，也慢慢体会到那声"林帅"所承载的分量。

林熙棠出身并不算出众，林家世代军旅，却大多是中下级军官，到他父亲那一辈，也不过是个世袭的子爵。在帝国公侯伯子男的爵位制度下，与上流社会仅仅是擦边而已。这样的家族，给他的帮助仅仅是提供了一个不错的起步平台。起步之后，一切就只能靠自己。

他有着近三十年的军旅生涯，打了大大小小数百仗，平生极少有败绩。就是面对最强大的黑暗种族时，败也败得让帝国军部无法挑刺。

然而他并不仅仅拥有军事上的才华，他在处理地方政务上更是有大才，同时因为修炼了大衍天机诀，也为帝国发掘了无数人才。总而言之，他几乎算得上是全能型的人物。

就这样，他因为功勋显著，在刚刚四十出头的时候就晋升元帅，成为帝国十大元帅中最年轻的一个，与同龄的张伯谦并称为"帝国双璧"！

张伯谦则是另一类人，他和林熙棠几乎处于两个极端。他出身于真正的门阀大家，先祖曾追随开国皇帝立国，因此获封为"青阳王"。

到了现在，张家稳居帝国四大门阀之首。青阳张氏共有四大分支，每个分支的家主都是世袭国公。阖族文成武功，荣耀之盛，仅在帝室之下。

张伯谦在行军征战上是不世出的天才，这方面连林熙棠都要瞠乎其后。同时他本人也是帝国有数的高手，武功不可一世。这个男人嗜血狠辣，为人与名字格格不入，双手沾染的鲜血之多，就连黑暗种族也为之战栗！

第九章 是非对错

然而，张伯谦在政事方面却一塌糊涂，他最讨厌麻烦，解决麻烦的办法就是杀戮。他经常说的一句话就是：把麻烦的人都杀光了，不就没有麻烦了吗？

虽然知道了林熙棠的显赫身份，但是千夜心中最清晰的印象，仍然是那只温暖、坚实的大手。但是林熙棠一直被牵制在西疆动弹不得，据说这次的叛军动作不小，他亲自前往坐镇，居然也进退维谷。

近日里更是听说帝国军部几员大将都在蠢蠢欲动，想要取而代之。而林熙棠已经两次被召入帝都述职，虽然很快就回来了，但谁也不知道下一次会怎样。

千夜最近一次听到的消息是，西北大将赵魏煌已经开始动员他那名震西陆的狼烟军团，随时准备开赴发生叛乱的行省。

千夜隐隐为林熙棠担心，另外也有些好奇那些叛军究竟是什么样子，居然能够和帝国作对长达几百年。

他在加入红蝎之后，才深深感觉到帝国是何等庞大！以红蝎军团的实力，居然挤进前三都有些困难，整个帝国的军力又该达到了何等地步！

或许是命运之神一直在关注着他，就在他动了好奇心之后，一个小任务竟落在他头上。

这确实是个小任务，红蝎只出动了五名黑蝎级老兵，外加千夜这个菜鸟，连地方军都没有被征召过来配合行动。由于并不是跨大陆的任务，所以负责此次陆内飞行的又是那名秃头船长。

在飞艇出发前，秃头船长和负责指挥行动的临时队长核对了任务内容。秃头船长一张胖脸立刻沉了下去，冷冷地说："那些老爷们就会搞这种事情！叛军？谁不知道这是怎么回事儿！"

临时队长耸耸肩，说："那有什么办法？既然对方的背景深厚到能够让我们出动，这件事就不可能有更改的余地。反正要跑一次，快去快回吧！"

秃头船长忽然抬头向千夜看了一眼，嘟囔道："让他去看看也好！菜鸟总有长大的一天，需要看清楚光鲜背后究竟是什么。"

千夜被他们之间的对话弄得有些茫然，对这次任务也更加好奇了，这恐怕不是一个简单的任务。

飞艇升上天空，照样是脱缰野马般的飞行风格。当然，这一次千夜不会再呕吐了，他和其他老兵一样，安然地坐在座位上养神，后来还发出轻微的酣眠声。

在战斗之前尽可能地养精蓄锐，是每个红蝎战士都懂的常识。

这次航程持续了三天，终于在夜晚到达任务地点。

这是秦大陆的边缘行省，位置颇为偏僻。但是这个行省中有好几个门阀世家的领地，实际上直属帝国管理的土地还不到一半。所以，此地的政治局面无比复杂。

山区有一个小镇，位于一座宝石矿坑旁边，镇上大多数人都是矿工。这一次执行任务的地点就在小镇附近，据说一支叛军袭击了这里，造成了惨重的伤亡。

这支叛军很狡猾，他们躲进人迹罕至的深山，还抓走了当地一位子爵领主的未婚妻。这位领主对叛军束手无策，这才奏请帝国，出动红蝎军团的一个小队来解决此事。

飞艇飞到小镇上方，徐徐降低高度，然后悬停在距离地面三十米的空中。老兵们打开舱门，直接跳了下去，直坠数十米，然后稳稳落地。而千夜则抓住一根缆绳飞坠而下，在距离地面十米时用力一拉缆绳，止住坠势，然后再松手落在地上。

小镇内已经驻扎了领主的上千名私军，一名军官策马奔出，看到落地的红蝎战士们不禁一怔："就这么点儿人？"

红蝎队长双眉一皱，冷冷地说："废物来得再多，也是废物！"

军官年纪很轻，不过二十出头的样子，表情却很倨傲。红蝎队长的话立刻让他勃然大怒，叫道："你说谁是废物！你知道我是什么人吗？一个大头兵，居然敢在这里叫嚣！"

说着，他一挥马鞭，竟然一鞭向红蝎队长头上抽去！

千夜不动声色地摘下火药自动步枪，拨开安全栓。他并不关注这个军官，注意力集中在那些贵族私军身上。

连同秃头船长在内，红蝎这次只来了七个人，如果和这上千名私军起了冲突，要杀光他们还是挺麻烦的。

红蝎队长一把抓住马鞭，轻轻一带，就把年轻军官拖下马，重重甩在地上。年轻军官的几名近卫吃了一惊，大呼小叫地拔枪，看样子竟然准备射击了。

"砰砰砰"，枪声响起，一声声节奏分明。

如此干脆利落的点射，自然不可能出自这些连一个原力节点都没有点燃的私军之手。还没等千夜动手，一名老兵就扣动扳机，一枪一个，将五名胆大包天的近卫全部击毙了。

"你们想造反？"红蝎队长冷冷地扫视着周围聚拢过来的私军。

这些私军面面相觑，正在推弹上膛的手却没有停下，眼神中居然有要动手的意思，

第九章 是非对错

看得千夜异常不解。

能够使用原力的人，和没有点燃原力节点的人有着天壤之别。这不是数量能够弥补的，就像一百只羊无论如何也杀不了一头狮子。这些私军哪里来的勇气和信心，竟敢向红蝎军团挑战？还是说，这个任务其实是一个陷阱？

千夜似有所悟，立刻从背后摘下原力步枪，开始运转原力充能，转眼间就在枪膛内凝成一颗原力弹。要对付幕后的强者，只有使用原力枪才能造成威胁。

年轻军官被摔得差点儿背过气去，好不容易缓了缓，一抬头立刻凄厉地惊叫起来。他眼睁睁地看着红蝎队长面无表情地压低枪口，然后扣动扳机。

轰鸣的枪声中，年轻军官受了重伤，当场晕死过去。

这时人群中跑出一个中年男人，一脸惶恐地擦着满头大汗，连连点头弯腰，说："我是负责这个小镇的镇长，也是领主大人以前的管家。领主大人吩咐我来这里迎接各位大人，同时有些情报需要向各位大人报告。"

红蝎队长上下打量了他一番，才命令道："说！"

中年男人赔着笑，从口袋里取出一张画像，递了过来，说："这个女人就是领主大人的未婚妻，她被叛军抓了去。请各位大人务必把她带回来，尽可能不要伤到她。领主大人说了，事后除了已经缴纳的军费，另外还给您准备了丰厚的谢礼！"

红蝎队长接过画像看了看。

那是一张颇为清晰的人物素描，上面是个十分美丽的少女，双眼天然带着淡淡的妩媚，散发着迷人的味道。她看起来大约十六七岁的样子，身上穿的却是当地普通人的衣服。

红蝎队长把画像传给每个队员看了一遍，就收到自己的口袋里，然后对那中年男人说："这事儿我知道了，你还有什么遗言要交代吗？"

中年男人大惊，失声道："什么……什么遗言？大人您这是在开玩笑吗？"

红蝎队长冷冷地说："我从不开玩笑！我不知道刚才那个年轻人是谁，也不知道你们之间有什么矛盾，才会借我们红蝎军团的手把他给除掉。我对你们这些贵族间的政治斗争毫无兴致，但是既然想利用红蝎，就要付出相应的代价！干掉你，只不过是给你那位主子一个警告，红蝎这把刀太利，不是他能够玩得起的！玩过头的话，小心割了自己的脑袋！"

红蝎队长说完就拔出手枪，毫无停顿地对准中年男人的额头扣下扳机！

中年男人满脸愕然，慢慢倒了下去。

千夜皱了皱眉，低声向旁边一位老兵问道："这样好吗？"

老兵满不在乎地说："没事儿，我们每次行动都有伤亡指标！"

"伤亡指标？"千夜还是第一次听到这个词。

"就是说我们行动的时候，可以'误伤'一些地方上的人，当然，这些人专指贵族。"老兵解释道。

千夜深深吸了一口气，一时不知该做出什么反应。

此时私军气焰全消，有人竟然开始偷偷后退。很快有几名原本隐在人群中的军官开始发号施令，维持队形。

红蝎队长冲着他们冷笑了一下，说："这次任务，红蝎自己做，不需要你们配合。我可不想背后挨枪子儿。"

人群中的军官们默不作声，这个时候谁敢多话，谁就是在找死。

红蝎小队很快就消失在茫茫山林中。叛军留下的痕迹异常明显，连千夜这样的菜鸟都绝不会跟丢。就这样，红蝎小队直扑叛军的老巢，把所有叛军都堵在了营地里。

叛军的营地设在一座山峰上，三面被悬崖包围，只有一面有路进出。

这里十分隐秘，低矮的灌木和齐胸的野草遮蔽了天然的道路。若不是近期有人进出留下了痕迹，确实很难被找到。但是这样的地势缺点也很明显，那就是出路被红蝎一堵，就无人能够逃脱。

营地里大约有一百多人，听到动静儿全都冲了出来。但是他们看到缓步逼近的红蝎战士，脸上立刻露出绝望的表情。

这就是叛军？看到这些人时，千夜不由自主地产生疑问。

这一百多人中，竟有一半是老弱妇孺。他们衣衫破破烂烂，个个形销骨立，手里拿着的大多是原始火枪，甚至还有铁铸的刀剑。在看到他们之前，千夜一直以为铁只是铸造生活用品的金属，作为武器，至少也应该是合金铜制品吧。

千夜看到其中有三个点燃了原力节点的战士，但他们都只点燃了一个节点。整个营地中，甚至都找不到一把原力枪。这样一支队伍，难道就是叛军？那些能把林熙棠死死拖在西疆，无法打开局面的叛军？

这是难民还差不多！

红蝎队长似乎早有预料，上前几步，拿出口袋里的画像扬了扬，说："这个女人在哪里？最好自己走出来！"

第九章 是非对错

"是我！你想怎么样？"从人群中挤出来一个少女，含怒盯着红蝎队长。

红蝎队长掏出备忘录，看了看任务说明，说："嗯，你父亲原本是这里的矿主，据说偷偷资助了一支叛军。另外听这里的领主说，你是他的未婚妻？"

少女大怒，叫道："他胡说！我和他毫无关系，只是那天不小心被他看到了，就逼着我跟他！我不愿意，他就想办法害死了我的父亲和未婚夫，又说我们家是叛军！从曾祖父时起，我们家族就为帝国军方效力，每一代都有人在战场上捐躯。难道我们精忠报国，最后要落得这样的下场吗？"

红蝎队长脸上毫无表情，淡淡地说："也许事实真像你说的那样，但是既然我们站在了这里，你应该知道，这件事情已经无法改变了。"

"难道一个子爵就能在帝国只手遮天？"少女悲愤地叫着。

红蝎队长依然平静，说出来的话却冷酷无比："至少在这件事情上，是的。"

少女脸上现出绝望，慢慢冷静下来，问道："现在你想怎么样，把我们都杀了吗？"

红蝎队长第一次沉吟起来，他的目光扫过营地里的人，眼前这些老弱妇孺显然是少女家族的仆从。他想了想，说："按照任务的要求，你应该跟我回去，但是我个人并不建议你这么做。当然，如果你坚持，并且觉得以后或许还有复仇的机会，也可以尝试。"

少女当然明白回去是什么结果，当下斩钉截铁地说："我死也不会让那头猪碰我一个指头！"

红蝎队长点了点头，抛过去一个手指大小的瓶子，说："很好，那你自尽吧。喝下这个，你会毫无痛苦地死去。"

他又指了指另外两个点燃了原力节点的人，说："你们也必须死，至于其他人，我就当作没有看见。"

片刻之后，三具尸体便摆在千夜面前。

"扛上他们，我们走，任务完成了！"红蝎队长说。

千夜扛起其中一具尸体，默默跟着部队，沿着来路返回。

这次任务完成得异常轻松，甚至没有真正的战斗。可是队伍中的气氛却很凝重，包括红蝎队长在内，所有的老兵都不说话。

回到镇上，把三具尸体交给地方私军之后，红蝎的飞艇腾空而起，准备返回总部。

千夜望着舷窗外的天空，不知道在想着什么。秃头船长也似乎失去了活力，"蝎尾"飞得平稳无比，简直像换了一艘飞艇。

这时坐在旁边的红蝎队长忽然说："菜鸟，看到了吗？这就是现实，我们能做的只有这么多了。以后你就会明白，政治不是我们这些人的领域。作为军人，我们不过是帝国手中的一把刀。让我们刺向哪里，就得刺向哪里。至于是非对错，不是我们应该关心的事情。"

千夜长出了一口气，心情依然沉重。所谓政治，确实是无法用刀枪和武力解决的领域。

在帝国这微不足道的边疆一角，千夜都体会到了政治斗争的复杂，那远在西疆，以一己之力镇压大局的男人，肩负的岂不是更加沉重？

回到红蝎，千夜立刻申请出任务。

只有在与黑暗种族面对面的对决中，他才能找到自身存在的价值。同所谓的政治相比，与黑暗种族的厮杀反而更加单纯。

不过这次申请被搁置了整整一周，他才收到回复，被调去参加一个重要任务。这是被红蝎标记为一级的重要任务。

帝国西疆的一座城市中，发现了黑暗种族的秘密基地。因此此次红蝎的人员配置少有的豪华，卫立时上校亲自带队，一共出动了三十名红蝎和两百名黑蝎，而千夜是队伍中唯一的菜鸟。这个安排并不出奇，作为菜鸟中的佼佼者，千夜此时的战绩已经力压许多黑蝎级别的老兵了。

任务所在地紧临林熙棠镇守的两大行省，千夜听说有些叛军已和黑暗种族暗中勾结。或许这次任务，能够间接地支援林熙棠。

第十章　新的血族

两百多名战士分别乘坐两艘大型星间浮空艇，驶往任务所在地。

出战前，千夜感受到了久违的兴奋，只看任务配发的物资，就可以知道这次任务的困难程度。

光是实体原力弹就配发了整整十颗，而且不是普通的银，是由黎明原力特别处理过的秘银。无论是短刀还是刺刃，也都换成镀了一层秘银的特殊武器。这些可是真正的高级货！同时，所有出征战士全部换上了特制的红蝎战斗盔甲。

这种盔甲内部印刻了特殊的原力阵列，用原力激活回路后会形成一个原力护盾，在短时间内可以大幅提升对黑暗原力的防御效果。这在以往只配备给红蝎级别以上的军官，但是这一次出征的战士每人都领到了一套，连千夜都有。因为据说那个基地中，有不止一个战将级别的强者！

浮空艇要连续飞行五天，才能抵达西疆。

飞艇升空后，卫立时的声音通过铜管在运兵舱内响起："这一次的任务由林熙棠大帅亲手签发，已经确认那个黑暗种族的基地就是支持叛军的据点。我们必须不惜一切代价摧毁基地，不能放跑一个黑暗种族！"

所有的战士都不由自主地屏住了呼吸。林熙棠是个太过响亮的名字，他的生平本身就是一段传奇。然而对于红蝎来说，他的存在还有特殊的意义。

十年前帝国与黑暗种族的一次大会战中，红蝎是正面战场上的主力军团之一，却遭遇了前所未有的惨烈溃败。

帝国援军被百年难得一见的"虹光乱流"天象拖在虚空中无法登陆，但林熙棠率领的北府军团却绕过了死亡星路，奇迹般出现在战场要地，死死顶住了数倍于己的黑暗种族大军，让十余万帝国大军顺利逃脱。

若非林熙棠神迹般的表现，红蝎军团说不定已经从帝国军中除名了。所以这次由林熙棠亲自签发的任务，对于参加任务的每一个红蝎战士来说，都是无上的荣耀！

卫立时的声音转为低沉："这次任务的困难程度，我想你们已经很清楚了。包括我在内，每个人都要有战死沙场的准备。红蝎无所畏惧，为了帝国，为了林帅！"

战士们神情严肃，慷慨激昂地跟着喊道："红蝎无所畏惧，为了帝国，为了林帅！"

两艘星间浮空艇飞过数万公里，跨越辽阔的山川大地，终于抵达西疆。当他们出现在目标城市外面时，夜色正浓。

夜晚是黑暗种族最活跃的时候，人族一般都会避免在晚上决战。但是这次任务，突袭却选在夜色最浓、黑暗种族力量最强大的时刻。

正因为谁都想不到帝国军团会在此时突袭，所以才会有出其不意的效果。而之所以挑选红蝎出战，也是因为在帝国五大精英军团中，红蝎最擅长夜战。

飞艇飞到城市上空，一个个红蝎战士直接跃下，落在城内。他们自行分成十几支小队，分头搜索着前进。

天空中悬着一轮圆月，把惨淡的灰白色月光洒向大地。城市里静悄悄的，既没有灯火，也没有人烟，就像进入一座空城。

千夜走在街道上，警惕地看着周围，心中的不安越来越浓。

在帝国的情报系统中，这个城市的运转一切都很正常，还和周边城市保持着正常的往来。但是现在身处城市之内，就算是身为菜鸟的他，也知道这里绝不正常。

任何有人类居住的城市都不会如此沉寂，而且这里太干净了，街道上没有垃圾，没有灰尘，简直不像有人居住。

空旷的街道上，千夜的脚步声不断回响着。他微微皱眉，放缓步伐，于是脚步声就此消失了。不过其他老兵步伐沉稳扎实，丝毫不在意脚步声。

所有的战士都知道黑暗种族必定有所察觉，偷袭已经没有意义了。但这次可是出动了整整三十名红蝎，还由卫立时上校带队，就算是强攻也足以放手一搏。

千夜越来越紧张，他轻轻拉动枪机，把一颗秘银弹压入枪膛。这颗秘银弹能把四级以下的黑暗种族送入天堂，他不准备留手，只要看到黑暗种族，就会给予雷霆一击！

第十章 新的血族

街道上依旧一片死寂，不知何时泛起了雾气，转眼间整个城市都被笼罩在蒙蒙雾气之中。透过浓雾，那些建筑好像都活了过来，扭动着身子，不怀好意地盯着几百只侵入自己领地的蝎子。

路过一个街口时，千夜忽然感觉小巷里好像有什么东西在动。

他立刻退了两步，向小巷内望去，眼睛不由瞪圆了！只见前方不知何时出现了一群密密麻麻的黑影，正无声无息地走来！

"黑暗种族！"他大叫一声，毫不犹豫地扣下扳机，体内原力立刻去了一大截，那颗秘银弹则带着耀眼的白光，射入小巷！

刹那间，银色光芒照亮了整条小巷，这种银光对黑暗种族有强烈的伤害，特别是对一些夜视能力强的黑暗种族，很有可能直接被灼瞎双眼！

银光洒下后，小巷内顿时响起一片凄惨的叫声，无数黑暗种族纷纷捂住脸，痛苦地蹲了下去。而最前面的一个黑影被秘银弹袭中，身上骤然燃起淡银色的原力火焰！

这种银焰具有极强的黏性，一碰到黑暗原力就会猛烈燃烧起来。转眼之间，银焰就蔓延到十几个黑影身上，把他们全部包裹在烈火里。

这一枪的战果丰厚得超乎想象，可是千夜的头发几乎都竖起来了。黑暗种族实在太多，小巷中黑压压的一片，尽头还有无数黑影涌来，根本数不清有多少！

千夜大叫一声，快步退后，拉开距离，同时第一时间将一颗秘银弹压入枪膛。果然，从小巷中突然飞出数道黑影，如闪电般向他扑来！这些才是真正的黑暗种族战士，那些密密麻麻涌过来的，不过是用来消耗弹药的炮灰。

千夜不停地飞退，然后突然停步抬枪，银光从枪口喷出，一个扑在半空中的黑暗种族战士瞬间被袭得倒飞出去，转眼就被银色火焰包裹，发出凄厉的惨叫。

千夜已经来不及压入第三颗秘银弹了，然而还有两个黑暗种族战士正凌空扑来！这时他身后连续响起两声轰鸣，银光贴着他的身侧射出，及时将那两个黑暗种族战士轰飞了。

他回头一看，两名老兵正向他拼命打着手势，让他躲到后面去。他再有天分，毕竟还是菜鸟。二级战兵的实力是他的硬伤，和这些五六级的黑蝎老兵没法比。

退到老兵们身后，他才得以喘一口气。他向四周望去，到处都是升腾而起的火焰和原力弹划过夜空时留下的银色轨迹。

战斗在一瞬间爆发，整个城市变成了战场。原本以为投入了优势兵力的红蝎军团，顷刻间被无数黑暗战士淹没，战队被分割成数十处，形势岌岌可危。

刚才连续袭出两发秘银弹，消耗了千夜大半的原力。现在他就像是一条被抛到岸上的鱼，肺里仿佛着了火，只能大口大口地喘着气。

"怎么会这样，这事儿不对！"他心中有个声音在拼命地呐喊着，可是大脑却仿佛僵化了一般，根本无法深入地思考问题。

战局转眼间就白热化了，原力光芒和火光将整个城市照耀得如同白昼。

数十道强横的黑暗气息冲天而起，宛若根根巨大的烟柱。那是拥有强大黑暗原力的高手，而红蝎级别的战士也放开力量，分别迎上这些强悍的对手。

远处一个街区忽然发出连绵不断的轰鸣，一栋栋建筑接连倒塌，转眼之间整个街区都被夷为平地。从那个方向传来卫立时的厉喝！

他身上光芒涌动，一飞冲天，径直升上百米高的夜空。四个身形狰狞的黑影跟着他扑上夜空，双方立刻激战起来！

千夜放眼望去，到处都是敌人。小巷中、楼房里，以及街道两侧的屋顶上，不断冲出无数疯狂的敌人。

这些人脸色青紫，身上缠绕着黑暗气息，舍生忘死地扑向红蝎军团的战士。他们是黑暗种族的炮灰，被黑暗原力侵染了的人类。真正的黑暗种族战士往往会隐藏在炮灰中间，抓住时机骤起伤人。

每个红蝎战士的枪都在喷火，以最快的速度射击着。炮灰一层层被扫倒，又会有更多的炮灰从四面八方涌出，简直无穷无尽！

转眼之间，千夜就打空了所有的弹匣，在这种环境下，原力枪也失去了作用。周围有不少老兵开始和黑暗种族近身格斗，千夜也抛下自动步枪，将原力枪背在身后，然后拔出镀银的短刀和棱刺。

一名红蝎队长纵声叫道："这是陷阱！"

"全体撤退，立刻撤退！"

"所有红蝎留下断后！"

然而所有人都被包围了，一时之间根本无路可走。

千夜只觉得周围都是敌人，就是胡乱挥刀都能砍翻几个。他连续杀了十几个炮灰，终于措手不及，被一个突然冲出来的黑影扑倒。那黑影一口咬在他的脖子上，刹那间剧痛差点儿撕裂了他的意识！

第十章 新的血族

"砰"的一声，那名扑倒千夜的血族战士被射杀了，随后一只大手将千夜一把提起。

"你没事儿吧，菜鸟？"红蝎队长问道。

"没……没事儿！"千夜的脖子火辣辣地疼，血族战士的鲜血糊了他半边身体，也掩盖了颈侧的伤口。

远方天空中，两艘原本飘浮在空中的飞艇也被数十个飞舞的黑点不断攻击，轰鸣着坠向大地。

千夜的心跟着一沉，红蝎队长拖着他大步向城外冲去。或许强者都集中在内圈儿，外围受到的阻碍相对来说就轻一些。他们一路冲破重重拦截，直到来到城市边缘才停下。

红蝎队长指着飞艇坠落的方向，大声说："那上面有逃生艇！你只要冲到逃生艇里，就能逃出去了，明白吗？"

"明白，长官！"千夜用尽可能大的声音回答。

红蝎队长满意地拍了拍他的肩膀，说："很好！去吧，菜鸟，我给你断后！"

"可是……"

红蝎队长直接打断他的话："逃出去，这是命令！活下去，这也是命令！找出幕后黑手，为我们报仇！去吧，菜鸟，立刻走！"

千夜大脑一片空白，绝对服从命令的习惯让他连忙向飞艇坠落处奔去。

红蝎队长转身向城内走去，只见大路尽头，无数黑暗种族战士从数个街口涌出，汇成一道恐怖的黑潮，向他扑来！

在滚滚黑潮面前，他的身躯显得如此渺小。可是他的脚步却强劲有力，每一次起落都在石地上踏出深深的足印，大步奔向黑潮！

黑潮一下子淹没了他，随后竟向后徐徐退去！由无数黑暗战士汇成的黑潮，竟然被他推得后退了！

黑潮中突然射出一道光，随后更多的光芒从中射出。那些银色光柱冲天而起，被光柱照耀到的黑暗种族全都痛苦不堪地号叫着，眨眼间便消失得无影无踪！

接着惊天动地的爆炸声传来，数以百计的黑暗战士被炸上天空，街口顿时空旷了一大片。红蝎队长的身影，则永远地消失了。

此时千夜已经从坠毁的飞艇上找到逃生艇，拉开了舱门。那些能够击落飞艇的恐怖强者已经折返城内参战，谁都没有注意到一个小小的菜鸟竟然漏网了。

在钻进逃生艇之前，千夜回首望了一眼，正好看到那记惊天动地的爆炸。那样耀眼的光芒，仿佛漫天星辰正燃烧着坠落下来，灼得他的双眼刺痛不已。

那颗导弹威力巨大，原本是用来摧毁黑暗种族基地的。每名红蝎队长都背了一颗，只是没有想到，最后却是这样的用途。

这记爆炸仿佛是一个信号，随后剧烈的爆炸声连绵不断地响起，街区都被成片地摧毁，附近的黑暗种族战士绝无生还的可能。但是每传来一声爆炸，便意味着有一名红蝎战士消失。而整个红蝎军团中，也不过一百余名红蝎战士，这一役就损失了近三分之一。

千夜用力关上舱门，强逼自己不去看城市中的景象，他一拳砸在操作台上，启动了逃生艇。仅有五米长的逃生艇剧烈震动了一会儿，终于脱离了母艇，迅速升空，然后全速远去！

他终于松了一口气，随即感觉全身燥热至极，一阵阵眩晕袭来，终于支撑不住，晕了过去。金属舱里一片寂静，只有机械运行时发出的"咔嗒"声，逃生艇向着预设的投放坐标飞去。

不知过了多久，千夜终于有了意识。他慢慢张开眼睛，但是对视线里的景物却毫无概念。

又过了许久，他才反应过来自己看到的是夜空。

夜幕上挂着无数星辰，一弯明月斜挂在天边，清冷的月色照耀着大地。他勉强动了动脑袋，向左右看了看，然后挣扎着坐了起来。

他发现自己正身处于一个小山坡上，周围没有人类或是黑暗种族活动的痕迹，就是一处原始山区。

他渐渐回忆起那场大战，但是只能记起自己启动逃生艇脱离战场。中间发生了什么，则完全不记得了。

他感觉身体火辣辣的，喉咙也特别干渴，就像好几天没有喝过水一样，可是普通的水又好像无法缓解这种莫名的饥渴。

他向周围望去，忽然看到不远处倒着一头麋鹿。鹿尸十分干瘪，就像是被血族吸光了全身血液一样。

血族！

他的脑海中仿佛闪过一道电光，立刻抬手摸向自己的脖子。他这才想起，一名血族战士扑到他身上，好像咬了他一口！

他的手指忽然摸到两个圆形的伤口，伤口很深，周围炽热如火，摸上去却完全没有知觉。虽然看不到，但是他立刻在意识中勾勒出了伤口的形状！

那是獠牙留下的齿痕！

他完全不敢相信这个结论，手颤抖着拔出腰间的军刀，把镀银的光滑刀面当作镜子。从镜子里，他看到了两个深深的孔洞。这种伤口他见得多了，每个被血族咬过的人，都会有类似的伤口。

他忽然觉得一阵虚弱，似乎所有力气都已从身体里流失。他仿佛听到"咔嚓咔嚓"的脆响，在这一刻，他的世界彻底破碎了。

他被血族咬了，他的身体已经被黑暗之血污染，用不了多久，就会变成一个血奴，一个只有生存本能的血奴！

他记不清有多少血奴死在自己手上，可他从来没有想过，自己有一天也会变成这个样子。

他再次确认了伤口的状态，心中最后一丝侥幸消失了。他站了起来，摇摇晃晃地走到那头麋鹿旁边，仔细检视了一遍。让他感到奇怪的是，从它的伤口来看，应该是被人类的牙齿咬伤，上面并没有獠牙留下的痕迹。

难道……他心中一惊，终于意识到杀掉麋鹿的正是自己！他在失去理智的情况下喝了麋鹿的鲜血，正因为有了鹿血的补充，他才能苏醒过来。

他叹了口气，缓缓将军刀放在自己的脖子上。这是红蝎战士的仪式，每个红蝎战士都做好了准备，一旦被血族咬伤，就会在失去理智前结束自己的生命。就是死，也不能变成被血族控制的卑微血奴。

银制刀锋触碰到伤口，忽然产生一阵烧灼般的剧痛，随后"哧"的一声，冒出一缕青烟，并且烧焦了一小块肌肤。千夜见状，知道黑暗之血已经流遍全身，再也不可能变回正常的人类了。

他闭上眼睛，准备用力。只要一下，就可以切开脖子，终结这注定成为悲剧的命运了。不过在压下刀锋之前，他心中忽然闪过一个问题：我为什么还有理智？

被血族咬伤之后，一般人多则一两天，少则十几分钟，就会完全失去理智，变成只有兽类本能的血奴。除了新鲜血肉和上位血族的命令，没有什么能够进入血奴的意识，这个过程完全是不可逆转的。他既然在失去神志的情况下猎杀了一头麋鹿，那么就不应该再次恢复神志才对。

这个疑问，就像在极度的黑暗之中投下一束阳光，给绝望的他带来了一丝希望。

他慢慢放下军刀，收回了自裁的决定。他从不轻言放弃，只要没到真正绝望的时刻，就会努力争取一线生机。虽然他不明白自己为什么还能保持清醒，但是只要一天没有彻底失去理智，他就要努力活下去。

当然，在行将变成血奴的前一刻，他会毫不犹豫地结束自己的生命。

他四处搜索了一下，看到救生艇就坠毁在千米之外。他走过去，从里面找出备用的原力枪、服装包、干粮和清水，还有一发信号枪。他拿起信号枪，枪口朝向天空，正想扣下扳机时，却忽然怔住了！

信号弹会在高空中爆炸，释放出一种特殊的原力波动，从而激活附近军部的警报装置，让军方掌握求援人员的大致方向，以便救援。但问题在于，当帝国军团赶到时，他该如何解释自己的身份？

红蝎军团的菜鸟吗？不，他不再是帝国战士了，他现在的身份是血奴！是一旦被发现，便会立刻被就地处决的血奴！

就算他立下许多战功，就算他还保有理智，但是能得到的最好待遇，就是被扔进终年不见天日的黑矿坑里，在里面劳作，用挖到的矿石换取一点儿少得可怜的食物，直到有一天死去，变成一堆白骨。

当初那个无名小城的熊熊烈火让他明白，帝国对血奴完全没有任何怜悯和宽恕。他的血奴身份一旦被发现，无论怎样都是死路一条。

这次的任务根本就是一个陷阱，回去向上面报告，是完全不可能了。帝国军部的大人物怎么可能会听信一个血奴的话！而且就算他还是正常人，一个用林熙棠的手令调动红蝎军团，一举灭了红蝎军团三分之一中坚力量的陷阱，其幕后黑手又岂是他这个小小的菜鸟能够撼动的？

就像红蝎队长所说的那样，在某些事情上，有些人和势力就是可以只手遮天！

可是那些老兵，那一个个引爆身上炸弹的红蝎队长，以及将自己带入红蝎的卫立时上校，难道就这样白白地牺牲了？

不，他们绝不能毫无声息地消失！

千夜咬紧了牙，要想为他们报仇，只有两种办法：一种是跻身帝国上层，掌握比幕后黑手更大的权势，然后揭开真相，为阵亡的红蝎战士讨回公道。不过他现在已经变成血奴，朝不保夕，根本不可能再回到人类社会。另一种就是想办法活下去，想办法拥有强大的武力。当他的力量强大到一定程度时，就可以把那些黑手们一一纳入猎杀名单！

他穿上一件平民的外套，把重要装备藏好，身上只带了一把匕首，向山区外面走去。他准备找一个人类聚居地，打听一下周围的情况，看看能不能得到一些外界的消息。

救生舱的预设返航坐标应该是红蝎总部，但是可能在母艇受创时被波及，导致星图损坏，现在不知道坠落在哪里。周边全是未经开发的原始景色，实在无法辨别出这里的具体方位。

一天之后，千夜又回到这里。他身上多了几处枪伤，手臂上还有一大片焦痕，那是被银弹击中后灼出的痕迹，直到现在还不断向外渗着黄色脓水。

他脸色灰暗，一片茫然。他去打探消息时，一看到人群，身体深处那种嗜血的饥渴毫无预兆地发作了，导致他立刻暴露出浓浓的血气。

这里是帝国的边境，经常有黑暗种族出没，因此城防军格外警惕，一个路过的巡逻小队分辨出他身上的血族气息。刹那间，几乎看到的每一个人都成了他的敌人。

当他从人群中逃出来时，已经伤痕累累。虽然借着夜幕的掩护最终脱身回到山区，但他知道，这里他是待不下去了。

此处是黄泉训练营的所在地秦陆，对于现在的他来说，这可绝对不是一个好消息。

秦陆大半都处在帝国的掌控之下，只有边缘的少数地区掌握在黑暗种族手里。一旦血奴的身份暴露，人们根本就不会给他任何辩解的机会。

正如红蝎队长教他的那样，谁都负不起轻纵的后果。这是两个种族历经千年战争积累下来的仇恨，已经只有立场，没有对错。

千夜背靠着一棵大树缓缓坐下，脑海中一片空白。突然他感觉肋侧传来尖锐的疼痛，如同被烈焰舔舐。

他跳了起来，从内衣里掉出一个小东西，滚落到地上。只见一溜儿银光闪过，竟是一个银质空弹壳。他早已忘记这是什么时候扔进口袋的，直到从衣服破损处接触到自己的肌肤，才意识到它的存在。

它其实相当粗糙，工业抛光的外壳还能充充数，但里面的原力阵列有多处缺漏，只能达到一半的能量压缩效率。但就是这么一枚银弹，在接触到身体时却带给他烧灼般的痛苦，提醒着他如今的处境。

他的军靴突然踩了上去，用力转动脚跟，将它深深钉入地下，然后踢动周围的泥土，把这个小坑推平，很快就什么也看不出来了。

他静静地站了一会儿，最后看了一眼这里的山川大地，拎起背包，裹上斗篷，拉好风帽，悄然离开了这片山区。

此时帝国中层大陆的一处行省，刚刚告别了绵延数日的阴雨天气。午后多云的天空开出一道缝隙，阳光洒落下来。河面波光粼粼，临水悬台柱廊上的风铁撞击有声。其形如毕方，独足站立着，正是位于帝国四大门阀之末的高陵宋氏的家徽。

这一带的建筑全是木石结构，高台、楼阁、飞檐，琉璃瓦反射的微光流动着，仿佛要与碧色水面融为一体。一切都充满太古年代的怀旧气息，与帝国主要城市那种青石金属的建筑风格迥然不同。

帝国上层盛行复古风，而他们拥有的庞大资源也足以支撑这些精致纤巧的设施运转。

临水悬台里面是一间宽大的书房，没有太多陈设，长窗下放了一张书桌。宋子宁端坐着，面前是一叠已经处理完的文件，只剩下最后一份无关紧要的帝国驿报。

从平静温和的表情上根本看不出，他等待的访客已经迟到了五分钟。而在他的日程表上，处理每项事情的时间是以十五分钟计算的，他保留了在黄泉训练营养成的习惯。

他看了看眼前的驿报，终于略感无聊地翻开它，以往他绝对不会浪费时间去看这种几乎人手一份的东西。

一个名字跃入他的视野：林千夜。

他停顿了几秒，翻回首页，纸张"唰"地发出一声轻响。不起眼儿的角落里有一条简讯，红蝎军团任务失利，折损三分之一红蝎级战士。而内页里是阵亡人员的名单，林千夜的名字赫然列在上面。

这时房门被敲响，外面的家仆低声通报着客人的名字。

宋子宁静静合上驿报，将它放到那堆已经处理完的文件上，然后站起来，对来访的贵妇露出一个无可挑剔的笑容。

折翼天使总部里，魏破天四仰八叉地躺在宿舍的床上，睡得正香，过去七天的密集特训把他折腾得够呛。但辛苦是有价值的，他成功地从本届新人中脱颖而出，取得了为折翼天使出战军中大比的资格。

至于他在封闭训练前寄出的第二封信，则静静躺在红蝎总部的退件盒里。这封找不到收件人的信件，将和下一批公文一起发出，辗转三个大陆，再次回到寄件人手中。

第十章 新的血族

一天之后，秦陆的偏僻角落，一队帝国士兵找到了坠落的飞艇，也发现了千夜苏醒的地方。

领队的军官有着锐利的眼睛，饱经风霜的脸上写满了坚毅。他在现场仔细勘察，一小时之后才说："他还保持着理智，这不是血奴，而是新生的血族。不过现在已经失去踪迹了。"

"一个新生的血族，没什么大不了的吧？"另一个军官说。

"也是，把这件事情上报吧，我们的任务到此为止。那只飞艇是军方的，我可不愿意搅和到军方的事情里去。"

其他军官也纷纷表示同意。

帝国军部如同一头无比庞大的战争巨兽，其下派系林立，相互间的关系错综复杂。地方守备军和正规军团完全是两套体系，许多正规军团作战时往往喜欢征调地方守备军充当炮灰。所以双方之间的关系即便不是水火不容，也好不到哪里去。

一艘坠毁的救生艇，一个逃跑的新生血族，放在帝国这片汪洋大海中，连个小小的泡沫儿都算不上，谁都懒得在这件事上花心思。于是在若有若无的默契之中，这件小事就在帝国庞大的官僚体系中湮没了。

数日之后，在帝国和黑暗种族接壤的区域内，出现一个孤单的身影。他看了看前方，远方的地平线上出现一座小镇，镇边居然停着一艘陈旧、巨大的浮空艇。

这人正是千夜，他第一眼就判断出这艘浮空艇是能够在大陆间穿梭的星间浮空艇。

看来就是这里了。

这座小镇在地图上没有标注，帝国所有官方信息中也没有任何关于它的资料。但是它却真实存在着，这里是灰色地带，是永夜与黎明的交界处。

在这座小镇中，黑暗种族和人族可以共生共存，前提是拥有钱和足够保护自己的力量。

千夜大步向小镇走去，在镇门口，一个高大的胖子拦住了他的去路。

"小家伙儿，来这里干什么？"

千夜看了胖子一眼，没想到连一个守门的胖子，居然都有三级水准！

他心头一凛，对这个地方重新评估了一番，然后说："我来找灰羽。"

"灰羽？那可是我们的头儿！你找他有什么事？"胖子稍微正经了一些。

"我需要一张船票。"

"去哪里？"

"永夜大陆。"

"啊哈！"胖子怪叫了一声，说，"想去那里的可都是疯子！你不会是犯了什么了不得的大事吧？好了，你不用回答我的问题，我只是好奇而已。灰羽老大说过，对想去永夜大陆的人要客气一点儿。不过，还真有人愿意花这么贵的船票，偷渡到那个见鬼的地方去？"

胖子一边啰唆，一边挪动硕大的身躯，向小镇走去。千夜跟在他身后，默默进入小镇。

半日之后，老旧的浮空艇艰难起飞，用了整整一天时间才离开陆地，进入虚空。千夜坐在舷窗边，透过浑浊的玻璃，看着逐渐远去的帝国大陆。又过了几天，一片新的大陆出现在他面前。

这里是永夜大陆，是他长大的地方。

永夜，这片被遗弃的大地，生存在这里的都是被命运彻底遗忘的生灵。

他将这里作为自己的栖身之地，他将在这里继续和命运抗争，也许能够压制住黑暗之血的侵蚀，也许最终会被黑暗之血吞噬。无论哪一种结局，都将以永夜大陆作为落幕的舞台。

永夜大陆确实是个见鬼的地方，但是现在只有这里才能容纳一个保有神志的血奴。

浮空艇下方的世界，依然是一片不见天光的灰暗。如同千夜此时的心情，他已经不能选择黎明了，但是也不想就此堕落在黑夜之中。唯有在永夜与黎明间的灰色地带继续匍匐前行，等待命运的宣判。

第十一章　酒吧生涯

黎明战争虽然已经结束一千两百年了，但是黑暗种族和人类从来没有停止过战争，仇恨每时每刻都在增加。

永夜大陆虽然已是帝国遗弃之地，但是随着黑暗种族的肆虐，这块大陆竟处处都成了战场，而且局势无比复杂。

人族与黑暗种族在此死战不休，人族和黑暗种族的内部斗争也很激烈，且双方还要与各种原生凶兽争夺生存空间。或许因为这块遗弃之地的运行轨迹离太阳太远，偶尔还会出现各种从域外到来的可怕凶物。在这里，任何生命存在的意义似乎就是争斗。

在这片灰色地带，战火无处不在，最不值钱的就是生命。

此刻在一处荒原上，一个七八人的队伍正行进着。他们身上的衣服十分奇怪，完全是用碎布和烂皮胡乱缝制在一起的。有的人还在心口和后背等要害部位镶了几块锈迹斑斑的金属板，权作护甲。

这是永夜大陆上最常见的拾荒人。他们背着大大的背包，以自己的生命作为赌注，冒险进入荒原和废墟深处，去寻找有价值的东西。背包里，装着他们全部的财富。

队伍前方已隐约出现一个小镇的轮廓，他们不由自主地加快了脚步。

小镇里最醒目的建筑是一座高高的灯塔，很远就可以看到塔顶那始终燃烧的火焰，所以这座小镇被叫作灯塔镇。

这座灯塔几乎完全用金属焊接、搭建而成，外壁上还爬着几根粗大的管道。这时灯塔中段忽然排出大量蒸汽，外壳破损处露出的一个个巨大的齿轮开始艰难地转动，带动塔楼上的撞槌缓缓摆动,敲击在老式的铜钟上,发出浑厚、悠长的声音。

"当当当",钟声远远传开,拾荒者又加快了脚步。

其中一个魁梧壮汉看了看天空,只见数片巨大的黑影挡住了阳光,四周暗得像是黄昏降临了一样。他恨恨地说:"才三点天就快全黑了,还让不让人活了!"

走在最前方的一个老人淡然地说:"暗季不都是这样。"

壮汉重重地啐了一口,半是羡慕半是嫉恨地说:"要是让我到上面住个几天,就是少活十年我也愿意!"

另一个拾荒者说:"得了吧,龅牙六!那是大人物们才能去的地方,你这辈子是没指望了,老实在这里捡垃圾吧!"

还没等龅牙六发作,远处灯塔另一侧的阀门也打开了,排出大量蒸汽。灯塔中段以上顿时被白色雾气包围,火焰变得模糊不清,而尖锐、悠长的汽笛声蓦然响起,刺得人心头直跳。

"怎么这么早就要关门了?!"

"那个秃子在搞什么鬼?"

拾荒者们一下子慌了,加快脚步,一路奔向小镇。好在他们动作够快,及时冲过了大门。

城楼两侧的排气管正喷出大团浑浊的淡黑色气体,巨大的齿轮和绞盘"嘎吱嘎吱"地转动着,厚重的铸铁大门缓缓落下,"轰"的一声砸在钢槽里,将小镇封闭起来。

这队拾荒者跑得上气不接下气,其中一个站在街道上,双手扶膝、大口大口地喘着气,过了一会儿,抬头向城楼上喊道:"怎么这么早就关门?我们差点儿被关在外面!"

城楼上探出一颗闪着油光的秃头,面目狰狞。那人向天上指了指,毫不客气地吼道:"早就告诉过你们这段时间外面不太平!看看月亮的颜色,为了几个铜板,你们难道连命都不想要了!"

天空中挂着一轮巨大的圆月,月盘边缘已经殷红如血,再过几天,就会变成血色满月。

在绯月之夜,荒原上所有的生物都会躁动不安,变得极具攻击性。传说中,每当月色转为猩红,某个地方就会有灾难发生,只有流了足够的鲜血,降下灾厄的神明才会心满意足地离去。

拾荒者们骂骂咧咧的,不过这些荒原上的疯狗不敢对城楼上的秃头怎么样。他可是小镇上唯一的警长,更是一名一级战兵,收拾他们轻而易举。所以他们只能一边抱怨,

第十一章 酒吧生涯

一边向小镇内走去。

小镇中有一个酒吧,也是这里唯一的酒吧,后面还有几间客房。这里就是拾荒者们的目的地,也是唯一能够给他们带来快乐的天堂。

为了节约能源,小镇几乎没有什么灯光,于是在夜色中,酒吧招牌上射出的蒙蒙微光显得格外醒目,虽然上面只有一个"沙"字是亮着的。

那块招牌的原型是一段从机舱底部拆下来的轴承,不知酒吧老板用什么方法把字弄了上去,还抹了夜光石的粉末,不过雨淋风吹之后,便渐渐褪去了。

镇里的人都知道酒吧的名字叫作曼殊沙华,不过没有人明白这四个字的意思,而且几千号人之中,能够认全这四个字的人还不到五个。

酒吧里灯火昏暗,桌椅都很陈旧,墙壁上全是各种缭乱的涂鸦,反而有了些奇异的美感。

吧台是由钢板和铆钉搭成的,看起来很有些时代硬汉的味道。酒吧里所有的材料都可以在外面的荒原上找到。实际上,遗弃之地最不值钱的就是废金属,荒原的垃圾场上到处都是,飞艇坟场更是堆起了一座座金属山峰。

酒吧里弥漫着劣质酒精、烟草和汗臭的味道,几个浓妆艳抹的女人身上还散发出刺鼻的香水味,闻了让人作呕。

吧台后面站着一个年轻人,他身材修长,肤色呈现出有些病态的苍白。

他穿着破旧的夹克和长裤,黑色长发扎成马尾束在脑后。他的脸很漂亮,透着过分的年轻,一眼看上去如同邻家男孩般腼腆,让人顿生亲切之感。

他安静地看着酒吧里那十几个正宣泄着压力的客人,光看外貌的话,没有人会想到这个年轻的大男孩会是这家酒吧兼旅店的主人。他恐怕,不,应该是肯定还没到十八岁。

这时酒吧半掩的大门被推开了,那队刚刚进城的拾荒者们涌了进来。他们一进门,酒吧里立刻静了下来,许多人带着警惕的目光看着他们。

在荒原上,拾荒者的名声并不好听,他们有很多绰号,比如秃鹫、食腐者、疯狗……

他们时刻都在生死边缘游走,毫无廉耻和信用可言,什么事情都干得出来。许多拾荒者有自己的圈子和隐秘的交流方式,如果外人贸然接近这个团体,很有可能被啃得连骨头渣子都不剩。

虽然这座名为灯塔镇的小城在很大程度上是依靠周围大量的拾荒者才繁荣起来的,但是城里的原住民们却并不欢迎拾荒者,也不会真心接纳他们。

有拾荒者的地方，就会有麻烦。在荒原上，"麻烦"这个词，往往意味着一批人会丢掉性命，否则怎么好意思被称为麻烦？

这队拾荒者并不是第一次来曼殊沙华，他们找了张桌子坐下，然后高声报出自己喜欢的酒名。吧台后的年轻人转身从酒架上取下几瓶酒，熟练地调制起来。

不锈钢材质的调酒罐在他颀长、白皙的手指间上下飞舞，好像有了自己的灵魂。

就在这时，一个脸上有着硕大刀疤的拾荒者走了过来，重重靠在吧台上，带着浓重的鼻音说："听说你这里有种叫曼什么华的酒很够劲儿，给我来一大杯！"

年轻人没有动，而是说："一个帝国银币。"

"嚯！"拾荒者夸张地叫了起来，"一个帝国银币！我没有听错吧？好吧……既然来了，总得试一试，看看这酒是不是像大家所说的那样好！小子，老子没银币，但是可以用这个付账，只要你敢拿！"

"啪"的一声，拾荒者掏出一把火枪，重重拍在吧台上。

火枪里面装好了火药弹丸，随时可以射击。而枪柄上包了厚厚的铁皮，上面还沾着发黑的血渍，以及其他一些污垢。这把沉重的火枪，显然不光能够袭击，枪柄也是威力巨大的凶器。

酒吧里静悄悄的，许多人的目光都集中在拾荒者和年轻人身上。

年轻人已经调好酒，慢条斯理地分完杯，然后把双手放在吧台上，看了一眼那把火枪，淡淡地说："看在这是你吃饭家伙的分儿上，我可以算它值半个银币。你确定要用它抵账吗？"

拾荒者眼角抽动，上身缓缓前倾，靠近年轻人，直到两人的鼻尖都快要碰到一起，才说："要是我不付账会怎么样？"

年轻人一动也不动，依旧以平静的声音说："我会轰爆你的脑袋。"

拾荒者死死盯着年轻人的眼睛，在那双深黑色的眼眸中，看不到任何波动，就像两潭无底的深湖。他又低头看了看年轻人的手，那是一双干净得异乎寻常的手，完全没有老茧，肌肤细腻得让人难以置信。

年轻人的手就放在吧台上，这个位置很尴尬，就算他在吧台下藏了武器，也来不及拿。

他的粗布衬衣只系了两颗扣子，露出胸口一道丑陋的巨大伤疤，与外貌相比显得格格不入。

拾荒者的眼角不断跳动，不知为何心中寒意越来越浓，汗水忽然滚滚而下。这是荒

第十一章 酒吧生涯

原生存的野狗对危险产生的本能反应。

拾荒者突然讪讪地笑了几声，把火枪收了起来，然后掏出几个铜子放在吧台上，推到年轻人面前，说："呵呵，我只是开个玩笑而已！我身上就这些了，你看着随便给我点儿什么，只要能把我灌醉就行！"

酒吧里忽然又有了生气，许多酒客遗憾地叹着气，觉得没能看到一场好戏。

拾荒者中最强壮凶猛的龅牙六哈哈大笑，说："刀疤冯，我早就说过，就凭你这德性也想找事儿？！"

"是啊，一看就是新来的。"

"这家伙还挺聪明，可惜没看成好戏。这里已经好久没出人命了，唉！"

"哦，敢在千夜面前找事儿的都已经死光了吧？"

酒客们议论纷纷。

既然没有好戏可看，他们的话题很快就转到女人和吹嘘自己的本事上。

吧台后的千夜面容平静无波，收起刀疤冯那几枚铜子，然后兑了一大杯烈酒，连同之前的调酒一起，用一个大得离谱的盘子托着，送到拾荒者的桌子上。

等千夜回到吧台，刀疤冯心有余悸地向吧台处看了一眼，压低了声音说："这小子是什么来头儿？我就是面对狼人和血奴时也没有……没有这么害怕过！"

"他叫千夜，半年前搬到灯塔镇，开了这间酒吧，并且一直开到现在，你明白了吗？"拾荒者中的老人悠悠地说道，然后又补充了一句，"当然，他这里的酒是真的不错。"

刀疤冯一脸恍然。能够在这种每天都会见血的地方安安稳稳地开上半年酒吧，肯定不是一个简单的人物。

力量跟外表可是没有必然联系的。那些纯正的血族个个弱不禁风，但他们才是真正的魔鬼，据说一根手指就可以捻死一打儿帝国远征军！而帝国远征军里随便出来一位大爷，哪怕是烧火做饭的，也能干掉几十个他们这样的拾荒者。

千夜一动不动地站着，如同一个雕像，不知是在发呆还是在沉思。这是他标志性的动作，不需要干活儿的时候，他就会变成酒吧背景的一部分。

在吧台下面的抽屉中，放着一把柯尔大口径手枪。这把沉重的大家伙做工精良，设计经典，能够装上七颗子弹，是帝国军工巨头黑石重工出品，被称为火药手枪中的小钢炮，威力根本不是拾荒者的老式火枪能够相提并论的。

在曼殊沙华刚开张的头几天里，这把柯尔曾经轻松地灭掉了六个家伙，之后就没有什么人敢来找事儿了，至少镇上的人是不敢了。

酒吧里的声浪越来越大，酒客们举起酒杯，尽情地宣泄着内心的苦闷。

千夜淡漠地看着他们，仿佛这一切距离他非常遥远。除了做生意，他对其他事情并不感兴趣。

这些刚刚回到城里的拾荒者腰包里都有点儿钱，朝不保夕的生活让他们比镇民们出手更大方。

酒吧里的气氛一下被点燃了。

千夜开始忙碌起来，点酒的要求一个接一个飞来。但是他动作娴熟，一杯杯烈酒就像在流水线上生产出来，所有要求都严格按照先后顺序予以满足，没有错误，也没有遗漏，整个人精密得如同一架机器。

这时从门外走进来一个女人，她穿着短夹克，里面是一件黑色紧身胸衣，束缚着饱满的胸部，下身则穿了一件冒险者中常见的帆布长裤，把纤细有力的细腰和小腹全都裸露了出来。她的小腹上文着一只黑蝎，给青春活力的装扮增添了几分野性的诱惑。

她和酒吧里其他女人最大的不同，就是身上散发着雨后青草的新鲜味道，那仿佛下一刻就会飞扬起来的青春，扑面而来。她的烈焰红唇，在昏暗的灯火下，亦是一抹最闪光的亮色。

她一走进酒吧，就立刻成为男人们目光的焦点。

"这个小妞不错，值多少钱？"一个刚到灯塔镇的拾荒者悄悄问道。

"一个帝国银币。"女人直接答道，然后径自走到吧台前坐下。

这个价格让几名新来的拾荒者脸色一变，那可是帝国银币！他们要在荒野上游荡两个月，才能赚到一个帝国银币。

有人正想发作，却被旁边的人劝住了："她是敏儿，浑身带刺儿，没事儿别惹她！"

敏儿敲了敲吧台，说："随便来杯什么，只要够刺激就行。"

千夜沉默地调好一大杯酒，然后摸出一个贴身的钢制小壶，在酒杯中滴了一滴什么，才把酒推到敏儿面前。酒客们贪婪的目光立刻转移到她面前那杯酒上。

那把钢制小壶是酒吧的招牌配方，谁也不知道里面究竟装的是什么。但哪怕是最劣等的酒，只要加一滴里面的东西，就会变得酒香扑鼻，喝下一小口就能让人忘掉所有烦恼。

不管敏儿点了什么，每次都能得到一滴，这算是她独有的优待。

她却并不满足，又伸出手，问："有烟吗？要特殊的那种。"

千夜又从吧台下摸出一根手制的卷烟，上面画着一根醒目的红线。

敏儿一把抢过来，点燃烟，深深地吸了一口，然后屏住呼吸。直到她坚持不住了，才喷出一口带着特殊香气的烟雾，脸上立刻泛起一层不正常的嫣红。

许多人伸长了脖子，用力吸着散溢的烟雾。

这根烟很短，她只抽了三口，就燃到了尽头。她有些遗憾地看着熄灭的烟蒂，说："再来一根！"

千夜却没有动："每三天只能抽一根，否则你会死得很快。"

"反正我也活够了！"敏儿有些自暴自弃地说。

可是不管她怎么说，都没有得到第二根烟，千夜则根本不搭理她了。

敏儿将目光挪到千夜的脸上，忽然似笑非笑地说："小夜，你知道吗，好几次我都想把你的脸给抓花了！我不喜欢看到比我还漂亮的东西！"

千夜的嘴角牵动了一下，算是一笑而过。

敏儿投降似的举起手，盯着千夜，说："好吧，我不要烟了。那这顿你请客？"

千夜对她充满期待的目光毫无反应，因为请客这句话还有其他含义。在这个只有利益交换没有交情的遗弃之地，从来没有真正免费的东西，千夜请了这一顿，她就会以身相许作为回报。

见千夜毫无反应，敏儿懊恼地砸了一下吧台，然后提高声音说："今晚谁愿意替我付账？"

许多人不由自主地咽着口水，贪婪的目光不断在敏儿身上游走，但是却没有人应声。

终于，一个身高足有两米的独眼大汉走了过来，舔了舔嘴唇，把一枚帝国银币重重地拍在吧台上，吼道："我来！"

敏儿"哼"了一声，说："我不喜欢你，你不行！"

独眼大汉没有发作，只是"嘿嘿"笑了几声，又回到座位上。

敏儿把银币一弹，一道弧线落向独眼大汉的脑袋，他一把抓住银币，叫道："你早晚会喜欢我的！"

"下辈子吧！"敏儿高声回道。

她掏出几十个铜子，拍在吧台上，然后伸手一扫，那堆铜子就排成一排飞起来，长了眼睛似的——落入千夜衬衣的口袋里。她这一手玩得很漂亮，顿时激起一片喝彩声。

如果把铜板换成飞刀呢？

之前那些心存绮念的拾荒者缩了缩脑袋，这女人果然是个辣手货。

"要一个房间！"敏儿说。

"第三间空着。"千夜递过来一把钥匙，他的话一向很少。

敏儿用纤长的手指挑着钥匙圈，让它飞旋着，然后用炙热得可以把人烧焦的目光盯着千夜，似笑非笑地说："我晚上不锁门！"

"但我会锁门。"千夜回答。

敏儿嘴里吐出一个脏字，然后懊恼地砸了一下吧台。她一拳落下，酒吧竟震动起来！众人纷纷抬头，茫然看着周围，千夜的眼中则有隐约的光芒一闪，随即又恢复了正常。

外面突然响起秃头警长异常惊恐的喊声："稍等，我这就开门！这就开门！"

话音未落，外面便传来惊天动地的爆炸声，气浪和冲击波呼啸而来，把曼殊沙华的窗户全部震碎了。飞溅的碎玻璃掉到不少人头上，有些不幸的家伙被割伤了，可是却没有人抱怨，大家都惊恐地望着外面。

小镇中响起沉重的脚步声，那是军靴踏地的声音。

从外面走来一队身穿黑色制服的战士，虽然只有十几人，但是他们身上都透着浓浓的血腥味儿。他们臂章上是火枪与染血刺刀交叉的图案，那是帝国远征军的徽章！

小镇的大门已经彻底倒塌，断裂的管道徒劳地向外喷着蒸汽，周围的几栋房子都被爆炸的气流掀翻了。秃头警长的半个身子被埋在废墟里，正低声呻吟着。

这队帝国远征军竟然直接把灯塔镇的大门给轰开了。他们身后跟着几十个踉跄行走的人，遍体鳞伤，双手都被铁丝绑着，并且被锁成了一串儿。锈迹斑斑的铁丝深深勒进了他们的皮肉里，伤口还在不断地滴着血。这些人只要走得稍慢一些，远征军战士就会一鞭子抽上来。

在黑暗中，曼殊沙华蒙蒙发光的招牌和破碎窗户内的昏暗灯火显得格外醒目，于是这队帝国士兵转了方向，向酒吧走来。

两名高大的战士先行走进酒吧，四下扫视着。

他们的目光如鹰一样锐利，整个酒吧里没有任何人敢和他们对视。他们手中的自动步枪威力巨大，用不了一分钟就能将整个酒吧里的人都给扫荡完毕。

一名战士向千夜指了指，冷冷地说："准备二十人份的吃的，动作要快！"

另一名战士则用枪口向拾荒者们一指，喝道："你们这些肮脏的猪，把桌子收拾干

第十一章 酒吧生涯

净，然后滚出去！立刻！"

拾荒者们拼命赔着笑，以闪电般的速度擦干净桌子，然后逃出了酒吧。其他人则自觉让出位置最好的几个桌子，躲到了角落里。帝国军没让他们走，他们可谁都不敢动。

一名身材高大的军官缓步走进酒吧，经过门框时还低了低头。

他长着一双浓重的剑眉，就像永夜大陆最凶残狡猾的夜鹰，用看猎物的眼光扫过酒吧里的每一个人，然后选了中央一张桌子坐下了。

外面传来一阵打骂声，那几十个人被远征军士兵驱赶进来，然后在角落里推推搡搡地站好了。

那名军官看了一眼酒吧里的人，以低沉、沙哑的声音说："睁大你们的眼睛，好好看看！这些都是被黑暗之血污染的家伙，等待他们的将是暗无天日的黑矿！他们会在那里不停地挖矿，直到黑血发作，被守卫杀掉。任何向永夜堕落的人，都会是这个下场！"

所有人眼中都浮现出恐惧的神色。

这些被捕捉的人有一个共同的称谓：血奴。被血族咬伤的人，都会被黑暗之血污染，变成失去神智的野兽。它们到了进餐的时间会渴求新鲜的血肉，上位者的命令会让它们疯狂地攻击目标，直到战死为止。

在帝国统治的任何地方，只要发现了血奴，都会被就地处死。少数还没有发作的，则会被送进黑矿挖矿，直到死在矿坑里为止。

纯种的血族十分罕见，血奴也是高危生物，据说只要被血奴抓伤，就有可能被黑暗之血污染。酒吧原先的客人们挤在一起瑟瑟发抖，丝毫不敢靠近那些血奴。

这时被捕获的血奴中突然冲出一个中年男人，"扑通"一声跪在那名军官面前，大声叫道："我不是血奴，我没有被黑暗之血污染！"

军官脸上浮起有些扭曲的狞笑，说："我知道。"

中年男人一怔，愕然抬头，不敢相信自己的耳朵。迎接他的，则是深黑的枪口！

"砰"的一声，酒吧里所有的酒瓶酒杯都在震动，跪在地上的中年男人已缓缓倒地。

军官吹了吹枪口的青烟，对地上的中年男人说："我知道你不是血奴，但窝藏血奴罪不可赦！"

一名战士走上前一步，问："刘中校，他的两个儿子要不要一起处理了？"

军官向血奴群里扫了一眼，那里站着两个脸色苍白的年轻人。他们瑟缩着，想要往别人身后躲。

刘姓军官向他们一指，说："你们两个出来，把这具尸体扔出去喂狗，然后再把地面清洗干净！我讨厌血腥味儿。"

两个年轻人战战兢兢地走出来，抬着父亲的尸体走了出去。所有人都知道，如果反抗的话，帝国远征军有几百种办法可以让人生不如死。

突然，血奴群中有个人尖叫一声："我不要去黑矿！"

他迅速冲向酒吧的后门，想从那里逃走。

军官脸上又露出狞笑，摘下背后一支奇特的步枪，瞄准逃跑血奴的后背。他的动作似缓实快，步枪枪身上几道蓝色纹路点亮时，那个血奴才冲过半个大厅。

这时千夜端着餐盘，刚好从门内走出。一瞬间，千夜、血奴和军官的枪口已连成一条直线！

军官看到千夜，嘴角动了动，依然扣下了扳机。步枪枪口喷出的不是子弹，而是一团红光！

血奴一下子被击飞了，那团红光余力未消，继续向前，接连轰穿了两道墙壁方才罢休。红光威力大得异乎寻常，完全可以和大口径的机炮相提并论！

千夜则躲过一劫，此刻他的身体诡异地侧倾四十五度，双脚如钉子一般插在地上，刚好让过军官的射击线路。

"嗒"的一声轻响传来，一滴鲜血从天而降，落在他脸上，开出一朵小小的血花。在苍白肌肤的映衬下，这朵血花显得格外刺眼。

他的呼吸忽然重了一些，双瞳深处闪过一抹不易觉察的深红。不过这种异状只是一闪而逝，他的身体就像被无形的线牵动着，重新站立起来，餐盘中的酒水一滴都没有洒出来。

"扑通"一声，血奴这时才摔在地上，一只拼命前伸的手，距离千夜的脚尖只有几厘米。

刘姓军官双瞳一缩，忽然笑了起来，说："真没想到在这么一个小地方，居然能看到觉醒了原力的高手，这可真让人感到意外！"

千夜低声说："勉强活着而已。"

军官的目光锐利如刀，紧盯着千夜，问："你还不到十八岁吧？"

"十七了。"千夜回答。

军官绕着千夜转了几圈儿，说："十七岁就点燃了原力节点，这个天赋可是相当不错啊！你本来可以有大好的前途，却躲到这个小地方，看来并不简单呢！"

千夜沉默着，没有回答。

军官取出一块儿印着远征军徽章的金属铭牌，扔到千夜的餐盘里，说："我叫刘江，我不关心你是谁，做过什么。如果你愿意，可以拿着这块铭牌到远征军要塞，去找楚雄中校。最近他那里正缺人手，只要加入帝国远征军，不管你过去干过什么，哪怕是在上层大陆杀了贵族，都不算是大事儿，明白了吗？"

千夜微微欠身，说："谢谢！"

面对这个许多人都求之不得的招募机会，他却没有多大反应。

刘江看出他对加入远征军兴趣不大，也没有勉强的意思，回到座位上坐下了。

千夜将一大杯烈酒和一碟土豆熏肉放在他面前，他端起酒杯闻了闻，双眼一亮，说："好酒！真没想到在这个小地方还能有这么好的酒，楚雄要是知道了你的手艺，肯定非收下你不可。"

不过，他随即放下酒杯，说："好了，去给我换杯水，出任务的时候我从不喝酒。"

千夜于是收走酒杯，为他换了清水。

这就是帝国驻扎在永夜大陆的远征军。他们一方面残忍暴虐，杀人如麻；另一方面，在整个永夜大陆，人数高达数百万的远征军团就是对抗黑暗种族的中流砥柱。有他们在，如灯塔镇这样的人族聚集地才不会受到大量黑暗种族的攻击。

千夜将一盘盘食物端了出来，帝国战士们埋头大嚼，没有一个人说话。酒吧中突然安静下来，所有人都觉得压抑，但是没有一个人敢乱动，更没有人敢离开。

帝国战士们才吃到一半，酒吧的门忽然无声无息地打开了，走进来两名穿着黑色风衣的男人。他们全身上下一尘不染，干净整洁得和荒野格格不入。

一进入酒吧，他们就四下扫视着，每看到一样东西，双眉就会皱得更紧一些，好像没有什么能够让他们满意，包括帝国军在内。

刘江看到他们风衣衣角上的标志，脸色一变，立刻站了起来。他刚想说什么，一名黑衣男人就冷冷地说："让你站起来了吗？"

刘江大怒，但是和这个男人的目光一触，仿佛受到重击，当下闷哼一声，跌坐回原位，脸色一下子变得无比苍白，显然受创不轻。

那个男人"哼"了一声，轻蔑地说："一群废物，难怪只能守在这个鬼地方，要是真靠你们对付黑暗种族，帝国早就灭亡了。"

刘江嘴角抽动，抹去渗出的鲜血，抬手示意自己的战士不要动，哑着嗓子问道："两位大人到这遗弃之地有何贵干？"

另一个人冷冷地说："你不配知道！再啰唆一句，我就把你们全都杀了！"

刘江脖子上的青筋不停地跳动，手刚刚向背后的原力枪挪了挪，便明智地停了下来。

看到这一幕，两个包裹在黑色风衣内的男人更加不屑了。

这时门外响起一个苍老的声音："小姐，这里不干净，里面不光有血奴，还有一些远征军的渣滓。您还是不要进去了吧？"

"远征军啊……不要紧，我只是进去看一眼而已。"一个干净清澈的声音响起，说不出的柔和悦耳，仿佛夏日午后的一阵微风吹动了水晶风铃。

"请给老奴一点儿时间，我把里面的远征军和血奴都清理干净，您再进去吧。"

"不要！我只是看看，没必要杀那么多人！"

"……好吧。"

酒吧的大门无声无息地化灰湮灭了，厅内的温度突然降了十几度，所有人发现自己突然失去了行动能力，只有眼珠能够转动。

一个少女走进酒吧，她的身材纤弱娇小，黑色修身的大衣将那张绝色小脸映衬得泛起一层柔和的光芒，宛若最上等的瓷器。她有着一双大大的眼睛，清丽而且纯净。那是一双根本不属于这个混乱、血腥和肮脏世界的眼睛。

当她走进来时，曼殊沙华突然变成了人间净土，不再寒冷，不再肮脏。所有的变化，都来自这个神秘的少女，她似乎有着洗涤灵魂的强大力量。

她好像异常强大，却又无比柔弱，仿佛只要荒原上的一阵风掠过，就能把她吹走。在看到她的瞬间，许多人居然莫名的心痛，就像这个精致纯净的女孩儿随时都会陨落一样。

她的目光缓缓扫过酒吧中的每一个人，每一个角落，任何细节都没有放过。在看到千夜时，她的目光微微一亮，透出一丝惊喜，但随即又暗淡下去，轻轻叹了口气。

她轻声说："我以为叫曼殊沙华的地方，会有些不同……唉！也许是我多心了。走吧，王伯。"

随着少女的呼唤，一个满头银发的老人悄然出现在她身边。他其实一直站在少女身边，只是所有人都下意识地忽略了他的存在。

老人向千夜看了一眼，对少女说："这里不过是间普通的酒吧，和所有酒吧一样藏污纳垢。也许他只是凑巧知道了这个词,根本不清楚它的真正含义。"

少女裹了裹大衣,轻叹道:"也许吧!不过,能够在遗弃之地看到这个词,总是一个小小的惊喜。"

王伯露出微笑:"难得小姐喜欢,那就让他分享一点儿您的喜悦好了。一个幸运的小子,呵呵。"

"是啊,是一个幸运的家伙呢!"少女轻声说。

少女离开了酒吧,老人则拿出一个黑丝绒的小袋子,放到吧台上,意味深长地对千夜说:"既然你让小姐心情愉悦,那么不管你身上有什么,都值得奖赏。这是你的了!"

老人离开之后,酒吧里的人才恢复行动能力,可人们却像是石化了。刚才那种不能动,也不能说话的经历,宛如梦魇,而少女则是梦魇世界中唯一闪烁的光亮。

千夜脸色苍白,他的手按在老人留下的黑丝绒袋子上,过了很久才打开,往里面看了一眼。

里面竟是满满一袋帝国金币!几十枚帝国金币,在荒原上可是一笔会让人疯狂的巨大财富。

在这片无法无天的土地上,三枚银币就可以买下一条人命,而一枚帝国金币能够兑换整整一百枚银币。单纯的帝国金币是花不出去的,没有任何东西值一枚帝国金币。

金币并没有让千夜感到目眩神迷,他的目光死死盯在金币中露出的一个水晶盒上。水晶盒只有三指宽,表面镂刻着一朵好似蔷薇的花朵,做工极其精美。透过盒盖,可以看到里面放着三颗银制子弹。弹头用透明的水晶制成,里面流动着银白色的液体,银制弹壳上同样镌刻着一朵类似蔷薇的花朵。

这种非制式的银弹一看就是帝国豪门世家私制的原力弹,对黑暗种族有着特殊的杀伤效果,对血族的杀伤力尤其恐怖。

看到这三颗银弹,千夜的面容刹那间变得惨白如纸,猛然出了一身冷汗,湿透了全身的衣衫。

许多人都对黑丝袋中的东西感到好奇,探头探脑的,甚至有不少人露出了贪婪的神色,可是却不敢凑到前面去。好奇心和贪欲虽然会让人们变得大胆而疯狂,但是在清楚力量上有着绝对的差距时,他们又会很好地将其收敛起来。

那些帝国军战士们放下只吃了一半的食物,默默整队,押送着血奴们离开酒吧。

一名士兵走到吧台前,冷冷地说:"小子,你运气不错,不过刚才那老……"

他的话没说完，就被刘江打断了，刘江竟然直接将一个帝国金币放在吧台上，沉声说："这是饭钱。你的运气真是不错，讨得了大人物的欢心。从今以后，远征军这边绝不会有人打扰你的生意。不过如果你改了主意，随时都可以到远征军的要塞来。记住我的名字，我叫刘江。你可以去找楚雄，也可以来找我。"

千夜思索着什么，慢慢地说："谢谢，我……会考虑的。"

刘江点了点头，招呼一声"走了"，就带着远征军战士离开了酒吧。

城门处，秃头警长已经从废墟中爬了出来。他满脸血污，却没有将其擦拭干净，只是坐在一块儿大石头上，仰头看着天空，喃喃地说："我就知道最近不太平，我就知道……"

此刻已经入夜，天空中那轮巨大的圆月越发显眼了，月色绯红如血！

千夜提前关了酒吧，并且免了今晚所有人的酒钱。人们受了惊吓，也想早点儿回去休息。

他们交头接耳，有人在问那个小袋子里究竟有多少钱，也有人在讨论曼殊沙华究竟是什么。但是识字的人没有几个，无论他们怎么想象，都不会有任何结果。

千夜看着水晶盒上的花，久久不动。那朵花不是蔷薇，而是传说中的曼殊沙华。

曼殊沙华又名彼岸之花，据说它只生长在冥河之中，以引导灵魂归于彼岸。

夜渐渐深了，小镇逐渐安静下来，人们次第进入梦乡。秃头警长也回到自己的家，用半斤劣质烈酒将自己放翻，然后鼾声大作起来。

小镇的大门还处在损毁状态，要修好可不是几天的事。实际上，小镇那还不到五米高的城墙只能阻挡普通的野兽和血奴。不过今晚不用担心，远征军显然在附近进行了大扫荡，希望能太平个十天半个月。

至于在拾荒人、开拓者和冒险家的眼中，就算是完好的灯塔镇，与不设防也没有什么区别，远征军和黑暗种族的正规战士们可以轻而易举地将小镇夷为平地。不过这就不是秃头警长要考虑的了，对于超出自己能力范围的事情，警长一向很看得开。他就是看不开，也无能为力。

千夜也睡下了，蒙胧之中，他发现自己出现在一个寂静无人的街区。

这里没有灯火，也没有人，只有他孤独的脚步声在空旷的街道上回荡着。

一轮巨大的血月占据了小半边夜空，他本能地感觉到巨大的危险正在逼近，可是身上和周围却找不到任何武器。焦急之中，他冲向路边，试图拔起一根插在地上的铁管。然而他的手刚刚握上铁管，突然跃出无数血奴，号叫着向他扑来！

他只觉得自己的身体无比沉重，每一个动作都比平时缓慢了数倍。他根本来不及阻挡，就被一个血奴扑倒在地！

他腾地坐了起来，喘息很久，才看清此刻是在自己的房间里，刚刚不过是个噩梦而已。

可是这个梦实在太逼真了，吸血獠牙刺入脖子的感觉就和真的一样。以至于明知道不过是梦，还是忍不住去摸了摸自己的脖子。

那里十分光滑，只有手指按上去，才会觉察到有两个若有若无的凸起。那是血族给他留下的伤痕。

他的胸膛剧烈起伏着，全身大汗淋漓。他没有躺在床上，而是裹着被子蜷缩在墙角。这是他在永夜大陆养成的习惯，可以避免在睡梦中被敌人突袭，还能出其不意地击毙措手不及的偷袭者。

他站了起来，只觉得一阵眩晕，险些摔在地上。他定了定神，来到墙边的柜架前，又拿起那个黑丝口袋，从里面取出水晶盒，犹豫了一下，终于把盒子打开了。

微弱的光线下，三颗银色子弹的弹头都散发着蒙蒙的光芒，十分瑰丽。水晶盒一被打开，就有浓郁的原力气息扑面而来。

他轻声自语道："果然……都是原力弹。"

他伸手去触摸原力银弹，指尖刚刚触碰到子弹，就发出"哧"的一声轻响，指尖立刻被烧焦了一小块。而弹头内原力凝结成的液体也剧烈动荡起来，仿佛随时都有可能炸开。

他立刻把手收回，原力银弹的反应也渐渐平息了。他知道这不是普通的原力银弹，而是专门针对血族特制的破魔秘银弹，从原力共鸣和激荡程度来看，制作这三发破魔秘银弹的人是非同一般的强者。

他看着自己的双手，他的左手上泛着蒙蒙的灵光，右手上则缠绕着浓郁的血气。

那名少女的双眼中有着能够看破虚妄的可怕力量，而她身边那位王伯更是极为可怕的高手，一身原力波动含而不发，是他生平所见的强者之一。

王伯在帝国金币中留下这么一盒特制的破魔秘银弹，显然已经看破了自己的秘密，只不过看在他的酒吧名叫曼殊沙华的分儿上，才没有揭穿罢了。

然而曼殊沙华除了是帝国第一把名枪，还有什么特别的地方，能让这个之前想要净化掉酒吧里所有人的老者，就这样轻飘飘地放过了可能是黑血污染者的自己？

除此之外，千夜还有一个疑惑，他从那个少女身上感觉不到丝毫的原力波动，要么就是少女没有修炼出原力，要么就是她已经强大到让自己根本感觉不到原力波动的地步。

后者显然没有可能，就连王伯这种级别的高手也难以隐藏自己的原力，一个如此年轻的少女怎么会有更为强大的力量。

不过若是说她没有修炼出原力，也非常奇怪。帝国真正的世家绝不会缺乏资源，他们的子弟哪怕只有一点儿天赋，也会被全部发掘出来。据说有些世家还拥有几乎可以称得上是逆天而行的秘法，就算没有天赋，只要肯堆积资源，就能造出不凡的天赋来。

这个少女显然不可能没有天赋，所以她没有原力就显得异常奇怪了，这当中肯定另有隐情。

另外，他还从少女身上隐隐感觉到一丝熟悉的味道。

千夜忽然自嘲地笑了，那个少女怎么样与他何干？就算她确实遇到什么困难，她身后庞大的家族势力都解决不了的问题，他这样一个在垃圾和凶兽中挣扎求生的低贱血奴，又能帮得了她什么？她的一个家仆随手扔出来的一袋赏钱，就够他在荒野过上几辈子的了。而且余威竟然能镇压住无法无天的远征军，使得他们不但不敢抢夺，反而向自己示好。

不过这一切都没有意义，也许不久之后，他身上的黑暗之血就会彻底发作，然后变成垃圾场中的一具尸体，成为野狗的晚餐。

他将水晶盒重新盖好，阻断了破魔秘银弹的原力气息。如果任由三颗珍贵至极的破魔秘银弹裸露在外，那么其中蕴含的原力就会不断散溢，用不了几天就会消散干净，变成普通的秘银弹，所以完成灌注的实体原力弹都需要用特殊的容器装起来。

这个水晶盒就是顶级的容器，几乎可以隔绝所有散溢的原力，放置其中的原力弹可以保存一年！光是这个水晶盒，价值就是数百帝国金币。以往红蝎军团配发的原力弹盒，只能让里面的原力弹保存一个月而已。而且在这一个月内，原力弹的威力还会不断下降。

原力实体弹都是由至少达到三级的修炼者用自身原力灌注而成的，同样需要用原力枪发射。但是因为灌注原力弹会在相当程度上拖慢修炼进度，同时保存不易，所以一般红蝎战士只会在战前开始动手灌注原力弹，市面上也几乎没有此类弹药交易。

千夜将破魔秘银弹装入黑丝袋内，重新放回到货架上。由于体内有黑暗之血，他本能地想要远离这三颗银弹。此刻梦魇所带来的虚弱感渐渐消退，他的感知重新变得敏锐起来。

夜深人静，千夜实在睡不着，于是定了定神，上床坐定，心神渐渐沉入自己的身体，开始修炼兵伐诀。

第十一章　酒吧生涯

在意识的调动下，体内原力如同潮汐般冲击着右手的原力节点。这些原力棱角分明，每一下冲击都会给他带来撕裂般的痛苦。

当他承受了整整二十轮原力潮汐的冲击后，就徐徐收束原力，引领着它们回归胸腹两处的节点。他一下子瘫倒在床上，许久才恢复一点儿元气。

他挣扎着爬下床，全身上下每一块儿肌肉和每一条经络都像被火烧过一样疼痛。他看了看闹钟，已经修炼了三个小时，都凌晨三点了。

他脱去被汗水浸透的衣服，用冷水沾湿毛巾，擦拭着自己的身体。

他的个头儿又长高了几厘米，穿着外套的时候看上去身形偏瘦，但是脱去衣服后，却可以发现全身上下都是匀称且充满力量的肌肉，线条如钢丝般粗硬，没有一丝赘肉。胸口那条伤疤已经有近半米长，就像盘踞着一条巨大的蜈蚣。

在点燃气海节点后，他就发现这处节点中修炼出来的原力格外暴烈凌厉，难以控制。如果说他现在修炼出的原力是一把锋利的战刀，那么与之相比其他战士的原力根本就没有开锋。

特殊的原力让他的杀伤力格外强悍，然而相应的修炼时产生的痛苦和对身体的伤害也比其他人要强烈得多。兵伐诀虽然可以修炼到九级，但是照他现在的情况，只怕撑到六级时就会爆体而亡。

他抚摸着自己的左臂，这里也有一块儿疤痕。它有手掌大小，呈方形。这是他自己烧出的伤疤，因为原本在这个位置上有一个文身，那是一只有着赤红尾针的蝎子，也是红蝎军团的军徽。

帝国有数千万大军，而红蝎人数满编时也不过一万人。千夜虽然以最低标准挤进了红蝎，但在外人看来他就是一个幸运的小子。然而实际上，因为胸口的伤，他修炼出的原力比正常的兵伐诀修炼出的要暴烈得多。他在第十四轮原力潮汐时所承受的痛苦和冲击，已经相当于其他战士第二十轮原力潮汐了。

在红蝎以及其他几支精英军团中还有一个兵王的称号，只有能够承受住三十轮原力潮汐的人才能获得这一称号。放眼整个帝国军，有时一年也出不了一个新兵王。一般来说，红蝎的正副军团长历来都只有兵王才能担任。

千夜曾经想过，如果他的原力不是如此暴烈，是不是也有机会成为一名兵王？

只可惜如果就是如果，它永远也变不成现实。帝国军中等级森严，或许残酷但也最为公平。军中只看结果，不问过程。三十轮就是三十轮，一轮都不能打折扣。不管原力是暴烈似火还是温柔如水，都要承受三十轮原力潮汐，才能算是兵王。

黑暗之中，千夜忽然深深地叹了口气。一切都已经过去了，红蝎已经永远变成了历史。就像那个被烙铁烧掉的文身一样，所有和红蝎相关的荣耀、武力、地位，以及战友同僚，都被掩埋了。在他心中，留下的只有一块儿伤疤。

在那宿命的一夜之后，他便知道，自己再也过不了普通人的生活。

或许唯一牵挂的就是林熙棠的命运，但是下层大陆对于中上层大陆来说，完全是另一个世界，根本得不到任何消息。偶尔他只能安慰自己，像林帅这样的人，如果真出了大事儿，即使是这么偏僻的小地方，消息也总有一天会传过来的吧？那么没有消息就是最好的消息。

来到永夜大陆后，起初他只是漫无目的地流浪着，直到走进灯塔镇。他莫名地就喜欢上了这里，于是决定定居下来，并用口袋里仅有的几个银币开了这间名叫曼殊沙华的酒吧。

镇上的原住民们既狡猾又纯朴，他们很快就接受了千夜，因为他的酒的确不错。只要他的酒味道不变，那么就没有人在乎他的身份，哪怕他是正宗的血族，人们也会视而不见。

千夜走到墙壁前，这里镶着一块儿擦得闪亮的钢板，这就是镜子了。

镜中的人让他觉得有些陌生。这一年来，他的肤色渐渐变得苍白，面容也有些变化，眉眼和脸部轮廓变得更加精致柔和了。虽然身体的力量一直在显著地增强，但是原本强壮得有些夸张的肌肉却收敛起来，如原能合金丝般，十分纤细却异常强韧。

就在这时，外面突然响起"砰砰砰"的声音，秃头警长特有的大嗓门儿隔着重重门户传了进来："千夜，过来帮我修镇门！还有你独眼儿，我知道你在这儿，快来帮我搬钢管！"

隔壁传来独眼儿不情不愿的嚷嚷声。

千夜迅速穿上衣服，走到大堂。他看了一眼酒吧的大门，那里光秃秃的连门框都没有留下，不过装扇铁门比修好机械驱动的镇门要容易多了。

独眼儿嘟囔着从后面的长廊走了过来，他赤裸着上身，前胸后背上有几十道抓痕，有几条深得已经见了血！

千夜看到他身上的血珠，喉结突然上下滚动了一下，骤然涌起的强烈饥渴差点儿让他呻吟出来。

第十一章 酒吧生涯

秃头警长催促道:"快过来帮忙!我可不希望在暗季开始的时候,我们要住在没有大门的镇子里。修好了大门,你们两个幸运的家伙这个月就不用交税了。"

警长姓张,总是剃着闪亮的秃头,巨大的肚腩则可以装得下一只牛犊。他能够在灯塔镇坐稳警长的位置,除了处事还算公正,最主要还是靠自己一级战兵的实力,以及那管威力巨大的霰弹枪。

独眼儿和千夜跟着警长走向仓库,片刻后两人合力抬着一捆钢管来到城门处。这时警长已经清理好废墟,招呼了一声,三个人就来到被炸倒的镇门前。

第十二章　格斗赌局

　　警长独自负责一端，千夜和独眼儿则负责另一端。三人吐气开声，一齐用力，就将重达一吨的大门抬了起来，推向城楼。

　　独眼儿虽然没有激活原力节点，但是也一直在修炼，距离激活第一个原力节点不远了，而且他的天赋就是力量强化。千夜则稳定地展示着一级战兵的实力，不多也不少。

　　十七岁的一级战兵顶多让人羡慕一下，但十七岁的二级战兵就不一样了。一个够资格加入帝国特种军团的人，怎么可能跑到这种不毛之地开个小酒吧？

　　早上八点时，三人都累得筋疲力尽。但是城门的修复才完成一小半儿，要把散了半边儿的动力锅炉也装配起来，得从大城市里订购零件。

　　新的零件最快也要一周才能送来，所以尽管秃头警长忧心忡忡，也只能再过上一周提心吊胆的日子。

　　这个时候，上层大陆天早就亮了。但是在暗季，数块上层大陆正好在永夜大陆上空交汇，它们挡住了阳光。一天之中，永夜大陆只有上午十点到下午三点时天是亮的，其余时间都是黑夜。

　　那轮绯色圆月依旧挂在夜空中，传说中，只要绯色之月出现，就会有灾难发生。当血月悬空的时候，黑暗种族的力量会有所增强，野外的原生猛兽也会变得更加暴躁凶猛。

　　看到空中的血月，千夜突然觉得全身血气涌动，感知变得极为敏锐，嗅觉更是千百倍地提升了。他几乎可以闻到镇里所有人的味道，那灼热的鲜血的味道，让他发狂！

　　他告别警长迅速回到酒吧，把门紧紧关上，然后一头栽倒在地，如野兽般狂号着，满地翻滚。

对鲜血的饥渴是无法忍受的折磨，这种极致的痛苦和空虚比毒瘾发作更加强烈。要不是他在修炼兵伐诀时练就了堪比红蝎兵王的意志，早就被嗜血的饥渴征服，变成真正的血奴了。

他伏在冰冷的地上，嘴里咬着一条毛巾，不让自己叫出声来。他一手抓住焊进墙壁里的钢条，另一只手用力地一下一下砸着地面！

"嘭嘭嘭"，一声声沉闷的响声从酒吧传出，整个曼殊沙华都随着声音在微微颤动。这个时候酒吧没有客人，响声在空荡荡的大堂里穿梭着。

几个拾荒者正好从酒吧路过，他们听到这奇异、沉闷的响声，个个脸色大变，纷纷改变路线，远离曼殊沙华，就像里面关着某个魔裔一样。

一个小时过去，千夜才挣扎着爬了起来。他跟跄着走到壁柜前，从里面取出一个血包，小心翼翼地挤了几滴鲜血到嘴里，然后立刻将血包封好，以极大的意志把它放回原处。

几滴鲜血入口，他立刻如虚脱般出了一身大汗，靠在墙上不断喘息着。

现在他必须喝上几滴鲜血才能平抑身体内的嗜血本能。然而在最初的时候，他可以不靠任何东西就扛过去。

动物的血已逐渐失去效果，人类鲜血的诱惑力则开始成倍增长。按照这个趋势，他估计自己最多还能坚持一年。虽然他这些日子顽强抵抗着，已经堪称奇迹，但是前路依然黑暗，不见一丝光亮。

他的目光又落在柜子里，这一次看的不是血包，而是血包下面压着的军刀。那是红蝎的制式多用途军刀，上面的镀银已经严重磨损了。他把它放在这里，以便有朝一日压制不住嗜血的本能时，好用它来结束自己的生命。

血包旁放着那个黑丝袋。他自嘲地笑了笑，现在他至少多了一种自杀的选择。破魔秘银弹对有爵位的血族都会产生必杀的效果，更何况像他这样的半个血奴。他只要吞下一颗破魔秘银弹，身体内部的所有脏器都会被烧成焦炭，而外表上却看不出任何伤痕。

至少可以死得漂亮些，他这样想着。这是被黑暗之血污染后，身上发生的又一个变化，他开始本能地喜欢漂亮的东西。不过只要没到最后时刻，他就绝不会放弃自己。

他走到酒吧后的动力屋，向那有半个酒吧大的金属大家伙中又添了几铲黑石。这样蒸汽炉又可以燃烧一整天，不仅可以提供酒吧所需的必要动力，还能保持酒窖的温度。他酿造的酒，要在六十度的室温下发酵十天，才会有最佳的味道。

小镇上有公共黑石蒸汽塔，但是却支持不了这么奢侈的用度，曼殊沙华和镇上有限的几户人家都有自己的独立动力装置。

上午十点，天刚刚亮的时候，酒吧的大门被推开，一个满身刺青的大汉走了进来。

他看到千夜，上前热情地拍了拍千夜的肩膀，说："兄弟，又有赌局了！赵公子让我来找你，这次路有点儿远，得提前出发。老规矩，我帮你看着店，你这就过去吧！"

千夜点了点头，从酒柜上取下一瓶烈酒，塞到那壮汉怀里，说："老规矩，这是你的了。"

大汉咧开大嘴笑着，在千夜胸膛上重重捶了一拳。

片刻之后，千夜来到小镇东北角的一片高大的工业厂房里。在黎明战争之后，这里曾经是一座颇具规模的机械零件制造厂，据说也生产军工品。但是随着帝国上等公民们迁往生存环境更好的中上层大陆，这个工厂也就废弃了。现在，厂房已经变成赵公子和他的手下们盘踞的地方。

赵公子很年轻，还不到三十岁。他生得十分英俊，并且有着荒原土著们所没有的整洁与优雅。据说他是帝国一个大家族的私生子，因为某种原因流落到永夜大陆。镇民们都叫他赵公子，至于他的本名则无人知晓。

在帝国中，"赵"是一个特殊的姓氏。赵家是传承千年的世家望族，赵家先祖曾经参加过黎明战争，是帝国立国时的七大开国元帅之一。到了今天，赵家的权势不减反增，和张、白、宋并列帝国四大门阀，排名仅在张阀之下。

由此可见传闻不可信，这位赵公子哪怕和赵家分支沾上一点边儿，也不至于沦落到在永夜大陆的一个破落小镇收保护费度日的地步。

赵公子确实有些实力，作为一级战兵，压制手下那十几个混混绰绰有余。不过他的野心似乎不仅仅局限于灯塔镇，近来时常和周边小镇上的势力有来往。

有来往就有纠纷，而以赌战解决纠纷的方式在各个势力间十分流行，并且属于较为温和的一种。毕竟两个势力一旦正式开战，必然损伤惨重，败的一方自然会灭亡，但胜利的一方若是付出太大的代价，迟早也会被其他势力吞掉。

看到千夜到来，赵公子脸上立刻洋溢着笑容，一把搂住千夜的肩膀，亲热地说："总算等到你了！兄弟，我们这次可要赌把大的，你千万不能输啊！打赢了，我身边的女人，除了阿云你随便挑！"

"还是虚拟格斗？"千夜问。

"当然，你可是擂台上的王者！"

"好，女人我就不要了。这次的酬劳，我还是想要那几种药。"

"没问题！不过下一支商队要在十天后才会到黑流城，估计你得半个月后才能拿到那些药。这次打赢的话，我给你买双份儿！"

"一瓶就够了。"

赵公子拍了拍千夜的肩，哈哈一笑，说："我赵公子答应的事儿，绝对不会改口。双份儿，就这么说定了！这次的赌战对我来说非常重要，你只要赢下来就好。"

这时外面传来发动机的沉重轰鸣，两辆载重越野卡车停在了厂房外。赵公子拉着千夜，以及另外两名满身杀气、一脸阴狠的家伙上了一辆车，二十名打手则挤到另一辆车上。

这是两辆蒸汽驱动的老式卡车，因为坚固耐用，容易维修，在永夜大陆上比原能模拟动力的机车更受欢迎。它的缺点是速度慢，噪音和气味使得上流人士根本无法忍受。

两辆卡车以三十千米的龟速颠簸了整整四个小时，居然没有发生故障，也算是小小的奇迹。这时前方已经出现一座大城市的轮廓，这可不是灯塔镇那种才几千人的小地方，而是超过十万人口的黑流城。

远远望去，黑流城高达十米的城墙比灯塔镇要恢宏得多，裸露的青石中狰狞地现出金属骨架。城墙上每隔几百米，就架着一门火炮和两架床弩。

在对付黑暗种族和一些体形庞大的凶兽时，这些老式床弩的威力比火炮要大得多，因此在永夜大陆上颇受欢迎。以蒸汽驱动、齿轮铰链牵引的机械装置也让床弩的复位上弹变得更加容易，实用性大大提高了。

黑流城中又有数根高达百米的巨型烟筒，不断喷吐着团团黑烟，那是城市的核心能源设施：永动塔。

最醒目的自然还是火焰终年不灭的灯塔。它可不是灯塔镇那种才二十米高的小玩意儿，而是高达一百五十米的庞然大物，除了作为方圆千里的坐标，还要防止往来黑流城的浮空艇误入能源区，一头撞上那些烟筒。

和灯塔镇相比，黑流城就是一头武装到了牙齿的巨兽。

两辆卡车沉重地喘息着，开进黑流城。赵公子确实在周围一带小有名气，连入城费都不用交。

卡车入城后直奔东边街区，那里有一大片废弃的厂房，是做见不得光的事情的绝佳场所，也是黑流城地下格斗场的所在地，周围十几个村镇势力解决纠纷的赌斗大都在这里举行。

据说这座地下格斗场的幕后拥有者是远征军中的一位大人物。在永夜大陆帝国势力范围内，远征军就是无可匹敌的远古巨兽，是这片土地上的皇帝，所以没有谁敢在这里乱来。

黑流城的废弃厂房每座都高达十余米，面积有数千平方米。五座高大的厂房整齐地排列在一起，气势十分恢宏。这些用合金钢和混凝土搭建的庞然大物经历了无数次战火，依然屹立不倒。从厂房的规模，就可以看出昔日帝国大工业的辉煌。

只是随着人们研究原力，开发出从黑石中提取黑晶的衍生技术后，以黑石和蒸汽为代表的第一代动力渐渐止步不前，再也没有跨越性的技术发明出现。

以释放黑晶能量模拟原力能源的第二代能源技术，被称为原能动力。但是这种技术在很多环境下都会受到限制，特别是在远离太阳和行星带的原力薄弱的下层大陆更是如此。而作为目前帝国最高等级的驱动能源，理所当然被列入战略物资，管控极为严格。

当然，真正阻碍黑晶技术使用的还是价格。

原能动力驱动装置太贵了，一套战车发动机就可以买下整个灯塔镇，虽然永夜大陆无论是土地还是人命都不值钱，但一个小镇怎么说都是一笔不小的财富。而这种东西基本都是走私品，一离开中上层大陆，价格就翻了几番。

千夜裹紧风衣，跟随着赵公子一行人进入地下赌斗场。他负责的虚拟格斗较量的是战斗技艺，无须见血。若是平时的纠纷，光是虚拟格斗也就够了，但这场既然是大赌，就要额外加上两场血腥格斗。

赵公子一身正装，径自走到格斗场左侧，在一张沙发上坐下，然后点燃一根雪茄，双眼微眯，看着另一侧的对手。

他对面坐着一个中年男人，面容阴狠，裸露的双臂上全是密密麻麻的刺青。他敞着衣襟，胸膛上到处都是伤疤。

格斗场大约有几百个座位，现在基本坐满了。

上方还有几个包厢，可以更清晰地看到格斗场景。包厢装着单向玻璃，里面可以看到外面，外面却看不到里面。这种包厢只供真正的大人物使用，据说这座地下格斗场的主人偶尔也会到场观战。不过只有真正的高手对决才会吸引他，像今天这种村镇级别的打斗,当然不可能吸引他这种大人物。

时间一到,地下格斗场的钟声就响了,三名裁判默默入场。他们面无表情,杀气凝而不散,赫然都是二级战兵!

裁判也是秩序的维护者。中央一人佩带着一把特殊的手枪,枪身上的原力纹路清晰可见。有原力枪在手,裁判的权威就能够得到保证。

千夜的目光在三名裁判身上一掠而过,就垂下头,默默站在赵公子身后。在他看来,这三个裁判完全可以把双方的人手杀个精光。前提是,他不出手。

这时一名裁判高声宣布:"格斗开始!"

赵公子吐出一口烟圈儿,露出带着邪气的笑,说:"严老虎,既然你敢赌这么大,我们就先来见点儿血怎么样?"

严老虎忽然哈哈大笑,声音震耳欲聋,他用力一拍大腿,说:"见血?好啊,我最喜欢了!姓赵的,到时候你别吓得尿裤子就好!敢和我严老虎斗,老子早晚砍了你的手脚,把你浸到粪坑里,让你号叫几天!"

赵公子又吐了一口烟,悠然地说:"想我死的人多了,可现在我还活得好好的,那些家伙却都不知道到哪里去了。哦,或许用不了多久,你也会莫名其妙地消失,谁知道呢!"

严老虎狞笑着,胸口所有的伤疤都在颤抖,许久才说:"好,我就看看你能不能让我消失!你们谁先下去,把那姓赵的小子的两只爪子给我剁下来?!"

严老虎身后的两名大汉缓缓起身,走进格斗场。他们面无表情,脚步沉稳,双手指节上布满老茧,一看就是杀人如麻、心如铁石的狠人。

看到这两个人,千夜心中微微一沉。他们身上明显有军人的铁血气息,恐怕在帝国远征军中算是精锐老兵了。千夜的目光随即在严白虎身后那人身上一扫,然后又垂下头去。

那是一个容貌普通的男人,三十多岁年纪,剃着刚硬的短发。除了锐利如刀的目光,他没有任何特别的地方。但是他坐在凳子上,腰部挺直,双腿微分,双手扶膝,稳如磐石,看坐姿分明是军中高手。

他好像也感觉到了千夜的注视,抬眼向千夜望了一眼,但是并没有发现什么。在黑暗之血的折磨下,千夜从外貌到气质都有相当大的改变。现在他看上去就是一个清秀的大男孩,再也找不出一点儿红蝎精英军团成员那种带着战场血气的冷酷、狠辣。

赵公子看到下场的两个大汉，眼角微微抽动。手在空中停了停，然后往场中一指，说："把他们给我剁了！"

两个格斗手立刻站起来进入场子，各自挑了一名对手，开始对峙。

钟声响过三声之后，四人同时拔出武器，扑向对手！

血腥格斗允许使用匕首、拳套等短刃兵器。赵公子一方的两个人一人使用锯齿匕首，另一人则反握双匕。而严老虎一方的两个大汉用的都是三棱军用刺刀。

四人都是一级战兵，无论是力量还是速度都远远超过普通人，刚一交战就血光四溅！

使双匕的格斗手挥刀如风，瞬间就在对手身上划开了十余道伤口。但那大汉只护住要害，竟硬撞上来，军用刺刀狠狠刺向对手，将其一击格杀！

这明显是军中风格。千夜的心跳稍稍快了一拍，但随即又平静下来。

好在赵公子另一个手下是真正的高手，他利用对手悍勇扑击的空隙，突然扔掉匕首，一记擒拿绞断了大汉的手臂。然后他下手如风，三两下就将大汉击翻在地，赢回了这一场。

这人实际上是徒手搏击高手，却拎了把匕首上场，让对手判断失误，竟然扑过去和他近身格斗，于是吃了大亏。可见此人狠辣之余，也颇见狡猾。

严老虎和赵公子都眼角抽动。战兵级的高手可不好找，每招揽一个都要付出不菲的代价。现在双方都已战死一个，自然无比肉痛。

严老虎"哼"了一声，说："姓赵的，算你运气好！现在是一比一，那就虚拟格斗决胜负了！"

赵公子的表情明显轻松不少，微笑着说："你明知道我这里有好手，还敢用虚拟格斗决胜负？我看你已经老糊涂了，还是把地盘交出来吧！"

严老虎向千夜看了一眼，狞笑道："你以为只有你才有虚拟格斗高手？刘教官，去给那小毛孩子上一课吧！"

那面容普通的男人站了起来，走向格斗场一端。他步伐沉稳，动作简练，每次步距都与肩齐，又是典型的军中风格。

"难道真是军中的格斗教官？不知道是远征军哪个军团的。"千夜默默想着。

他脱下长外套，走到格斗场另一端，站到一座圆台上。

两名工作人员启动了开关，一瞬间巨大的动力需求让整个格斗场的灯光忽然一暗，良久才逐渐恢复正常。

千夜脚下的圆台逐渐升起碧绿色光幕，将他包围在内。当光幕升起时，格斗场中出现了一个由绿色光芒组成的战士。刘教官也站上圆台,于是格斗场中又出现一个虚拟战士。

这套虚拟格斗系统是帝国利用原能驱动技术制造出来的产物。它能够完整地捕捉圆台上选手的动作,并且同步到虚拟战士身上。格斗双方的虚拟战士所有的数据都一模一样。

虚拟格斗系统最早的设计初衷是为了研究一些杀伤力格外强大的战技。这种战技如果在实战中使用,一旦击中对方则非死即伤。另外,由于虚拟战士的数据完全一致,又可以为双方创造绝对公平的环境,以便切磋、磨炼战技。

虚拟格斗系统已经出现了五百多年,为帝国训练出不计其数的格斗高手。到了现在,它已经扩散到人族领地的每一个角落,就连黑流城中也弄到了一套,虽然只是最基础的版本。据说真正高级的虚拟格斗系统甚至可以模拟战将级别的格斗。

因为虚拟格斗系统的巨大作用,黑暗种族在四百年前付出沉重的代价,抢到了系统的设计原图,也开始建造适合自己的虚拟格斗系统。双方自此又站到同一个起跑线上。

千夜握拳,场中的虚拟战士也同时握拳。两个虚拟战士相互走近,然后对击一拳。

千夜感受到原力力场反馈回来的力量,心中微微一凛。刘教官看上去十分严肃,向千夜望了一眼。

对拳是启动虚拟格斗系统前的例行测试。千夜向裁判比了个手势,示意系统一切正常,可以开始了。

两个虚拟战士开始缓缓转圈儿,就像真的在格斗一样。千夜在红蝎军团时就对虚拟格斗系统熟悉到了骨子里,而对手如果真的是远征军中的教官,哪怕是退役下来的最基层教官,也不会缺乏使用经验。

双方相互试探了几圈儿,突然同时动了起来,狠狠扑向对手!

刘教官的动作简洁直接,大开大阖,无论挥拳踢腿都是直奔要害,完全是以速度和力量取胜,极少有花招。

这又是军中战斗风格,看似简单,然而极难对付。这位刘教官的风格沉稳如山,战斗经验十分丰富,进退间破绽极少。就算有极细微的破绽,由于虚拟格斗系统的反馈稍有延迟,也很难被利用。

在场的观众大多都懂一些格斗战技,当下就有人看出门道,大声喝彩起来。

包厢中也有人在认真关注着这场战斗。

在这个混乱的时代，混乱的地方，上位者大都是靠一身本事硬生生从尸山血海中杀出来的。在这块被遗弃的大陆上，那些庸碌无能的纨绔子弟根本没有生存的余地。

刘教官一出手，观战的大人物们就被吸引了。和他相比，前两场血腥战斗完全是混混在打架，有勇无谋，完全没有看头。

千夜十分灵动，绕着刘教官不断移动，让人眼花缭乱，但是十招里面倒有七八记虚招。加上他形体优美，让人不由得怀疑那是从哪个世家流传出来的表演拳法。不要说大人物，就连许多观众的脑海里都不由自主地浮现出"花拳绣腿"这个形容词。

按理来说，刘教官的格斗风格最是克制千夜这种华而不实的打法，可是让众人意想不到的是，双方竟然斗了个旗鼓相当，战局一时陷入僵持。

虽然是虚拟格斗系统，但是力场反馈的却是真实的一级战兵的力量。刘教官打着打着，额头已经微微见汗了。

千夜破绽百出，但是每次刘教官都会因为某些原因无法抓住这些破绽。一次两次还可以说是偶然，次数多了，要是他还不明白战局不正常，那么就配不上教官这个称呼了。

他脸色阴沉，已然明了千夜是值得全力以赴的高手。他忽然长啸一声，心中如同古井无波，呼吸绵长深沉，一副打算打持久战的样子。

他的郑重让许多观众为之一怔，这才开始仔细打量千夜。

在一间包厢中，某个大人物缓缓地说："这个千夜很不简单。"

另一间包厢中坐着一个年轻人，闻言转头笑道："难道您认为刘子凡会输？他可是远征军的现役格斗教官。"

"身份并不能说明什么。"

年轻人玩味地看了看千夜，说："我倒是看好刘子凡，要不我们打个赌？"

那位面容隐没在阴影中的大人物想了想，点头道："也好。"

年轻人浅笑着，说："赌小了没意思！这样吧，一百帝国金币如何？"

"就像你说的，赌小了没意思。除了一百金币，我还要你手上那把'黑牙'，如何？"

年轻人眼中杀机骤现，然后徐徐敛去，淡淡地说："如果你肯拿'燃火'来赌，我没问题。"

"那就这么说定了。"

两个包厢都沉静下来，双方不再说话，而是专心观看战局。

格斗已经进行了十五分钟，还没有任何分出胜负的迹象。双方都是额头见汗，但是动作丝毫没有走样，看来再这样打上一两个小时都没有问题。

激发原力节点后，身体素质会大幅度提升，体力也远超常人。在一场漫长的战斗中，一级战兵往往可以连续斩杀数十名普通士兵，仍然有余力继续战斗。

刘子凡保持着洗练的军中风格，千夜的招数依然花哨，只是少了许多跳跃翻滚的动作。

观众们忘了喝彩，都专注地盯着二人。

这简直就是一场格斗教学比赛，许多人都在暗中揣摩、学习双方的战技，且颇有所得。就连千夜使用的一些小花招，在实战中也非常有价值。

严老虎有些坐立不安了。他忽然转头对一名手下说了些什么，那人立刻离开，片刻后又返回，不过手里却抓着一个女人。

女人年轻美丽，身上有着难以驯服的野性，即使放在黑流城里，也算是美女了。她脸色苍白，被硬拖进格斗场，拉到严老虎身边。

严老虎忽然提高声音叫道："小子，你叫千夜是吧？给我好好看看这个女人，她好像和你有点儿关系！"

千夜转头一望，顿时一怔。严老虎身边的正是敏儿，她平时都不出灯塔镇的，怎么会出现在这里？

这么一分神，千夜的动作稍稍慢了一拍，立刻被刘子凡抓住机会，一记鞭脚扫中他的大腿外侧。

见他一个踉跄，刘子凡立刻发出一阵狂风暴雨般的疾攻。他又连中数拳，双方这才分开。

千夜的虚拟战士身上已经出现了几块微红的区域，那是受伤的判定。如果伤势转为红色就代表着不能再使用那个部位，若是脑袋、胸口等要害红了，那就输了。

赵公子脸色一下子变得极为难看，腾地站起来，喝道："严老虎，你还要不要脸！想跟我玩阴的吗？"

严老虎哈哈一笑，摊手说："我可没让那小子故意输给我！千夜，你听到没有，给我狠狠打，往死里打！打啊，哈哈！"

长笑声中，严老虎站了起来，"啪"地给了敏儿一记耳光。

敏儿脸色苍白，半边脸迅速肿了起来，嘴角更是不断流出鲜血。

格斗场上传来几声沉闷的交击，千夜的虚拟战士身上又有两块区域红了起来。千夜

的嘴角也肿了起来，开始流血。

看到这一幕，严老虎顿时狂笑不已。

赵公子脸色铁青，狠狠盯了敏儿一眼，然后对严老虎说："好，很好，算你狠！你给我等着！"

严老虎向赵公子狠狠比了个中指，狂笑道："输了这一场，你还有什么资格和我叫板儿？老子不灭了你已经算是仁慈了！"

包厢中，年轻人微笑道："严老虎够无耻！怎么样，您要是觉得不公平，我就让人把那个女人带走，让他们重新打一场如何？"

那人淡淡地说："不必了，要是一个女人都能让他分心，也不值得我为他下重注。"

"是吗？那我们就继续看下去吧。"年轻人安然坐下了。

格斗场上，千夜轻盈地避过刘教官的一次扑击，乘双方换位的时候，他忽然向严老虎看了一眼，说："听说你赌得很大。"

他的声音极为平静，穿透喧嚣的人群传入严老虎耳中。

严老虎心中莫名一寒，旋即跳了起来，叫道："那又怎样？老子输得起！"

千夜嘴角一牵，说："是吗？那你就认输吧！"

说完他骤然一退，由极快变为极静！

刘子凡心中升起强烈的警兆，那是被狼盯上的感觉！他再也压不住自己的战意，狂吼一声，猛地向千夜扑去！

千夜同样低吼一声，沉腰发力，首次不闪不避，正面迎战！

两个人毫无花巧地撞在一起，攻势随即如狂风暴雨般砸向对手！

"轰"的一声，观众席上的人全都站了起来，就连包厢里的年轻人也失声惊呼起来，他不由自主地站起，冲到窗前俯身观战。

此时此刻，千夜和刘子凡几乎紧贴在一起，双方的招数一模一样，风格也完全相同。拳打、膝撞、肘击，每一下都直奔要害，招招致命！

千夜用的是和刘子凡一样的军中格斗术，但招招后发先至，几下就击溃刘子凡的架势，撞入他怀中，左肘随即闪电般在他胸口连砸三记！

"嘭嘭嘭"，三记沉闷的声音几乎完全连在一起，成为一声略长的轰鸣。

千夜第一下肘击就已经把刘子凡击得胸前全红了，第二下则让他整个躯干都红了，而第三下则直接轰散了他的虚拟战士！

第十二章 格斗赌局

包厢中的年轻人双手用力地拍打窗框，失声道："好厉害的军中格斗术，这小子是高手！"

观众席上一时鸦雀无声，沉寂片刻后，才"轰"的一声引爆全场，惊呼声此起彼伏！

刘子凡脸上一阵潮红，猛然吐出一大口鲜血！虽然他有二级战兵的实力，但是反馈的力量也相当于一级战兵的全力一击，连遭三次轰击，他体魄再强横也承受不了。

千夜依然平静，心中没有一丝波动，只是在看到格斗场中的鲜血时，眼瞳深处竟有微不可察的血光在涌动。

他垂下双手，双腿仍然微分站立，和对面的刘子凡一样保持着军姿。然后，他转头望向严老虎，淡淡地说："输得愉快吗？"

严老虎一时失神，根本说不出话来。

这次失败，对他来说损失实在是太惨重了，光是请动刘子凡下场，付出的费用和动用的人情就让人咋舌了。

他输掉了整整五年的收益！这次失败后，他已经无法再在自己的老巢东兴镇立足。不早谋退路，用不了多久赵公子的人就会打上门来。就是赵公子不来，也自然会有其他虎视眈眈的势力出手。

两个相邻的包厢中，那个始终隐藏在阴影中的男人呵呵一笑，说："看来我的眼光还不错！"

年轻人咬牙说道："放心，这点儿东西我还不至于输不起！'黑牙'明天就送到你那儿，还附送五颗特制原力弹！"

"那就多谢了。"男人说完就起身悄然离去了。

年轻人站在窗前，看着千夜，目光越来越冷。

刘子凡擦干嘴边的血迹，走到千夜面前，毫不掩饰眼中的杀机，冷冷地说："好厉害的军中格斗术，没想到你居然是个真正的高手。像你这样的人，居然会为一个地痞卖命，真是让人感到意外。不过小子，今天这事儿还没完，要不要来场血腥格斗玩玩？"

千夜眉毛微微一扬，说："输不起了？"

刘子凡怒意上涌，沉声说道："虚拟格斗不过是小孩子的游戏，和真正的生死搏杀可不一样！怎么，不敢吗？难道你只是一个见不得血的小白脸？"

面对赤裸裸的挑衅，千夜忽然笑了，说："我确实见不得血。"

说完，他走到赵公子身后，双眼微垂，再也不理会其他。

赵公子向敏儿招了招手，说："过来吧。"

敏儿咬着嘴唇，有些迟疑："我……"

"你是灯塔镇的人，也就是我的人。过来吧！"赵公子淡淡地说。

敏儿刚要走，脖子上突然被架了一把刀，出手的是严老虎的一个打手。

赵公子向那打手横了一眼，冷冷地说："我数到三，你要是不把刀放下，就别想活着出去！"

打手脸上青一阵白一阵，哆嗦了一会儿，最终颤抖着收了刀。严老虎明显大势已去，再跟着他就只有死路一条。

赵公子笑了笑，说："不错，你很聪明，也很听话。我喜欢聪明、听话的人，过来，今后你就跟着我混吧！"

那打手立刻一路小跑着冲了过来，连连鞠躬："谢赵公子！"

敏儿犹豫了一下，也走了过来。

赵公子说："我这人做事儿有始有终。即使我的人犯了错，只要愿意回来，那就还是我的人。我赵某绝不会放弃任何一个兄弟，走了，我们回家！"

刘子凡却走了过来，一把拦住千夜，沉声说道："想走？没那么容易！把你的来历说清楚，没有人敢这样耍我！"

赵公子皱眉，道："刘教官……"

谁知话没说完，就被刘子凡毫不客气地打断了："滚一边儿去！这是远征军的事儿，你算什么东西，也想掺和一脚？"

赵公子脸色大变，不过他也就是小镇上的头目，放在黑流城也只是二流角色，哪儿能和远征军相抗衡？即使刘子凡只是一个没有实权的教官，也不是他能够得罪的。

这倒不是说刘子凡本人面子有多大，而是牵涉远征军的脸面。每个远征军的军官，在外面都是横着走的。如果不是因为千夜的格斗术十分高明，明显和帝国军方有关，刘子凡都想直接开枪杀了他。

千夜看着刘子凡，突然笑了笑，说："你真打算把事情搞大？"

刘子凡脸一沉，冷道："什么意思？"

"意思就是，这件事儿如果真闹到远征军长官那里，我们当然没有什么好结果。但是你觉得，你的下场能比我好到哪里去？"

刘子凡双眼一眯，冷笑道："我不明白你在说什么！"

"那我就再说清楚一点儿！你明明打输了，却说虚拟格斗不过是小孩子的游戏！如此输不起，远征军的脸面就算没被你丢光，可军中那么多从虚拟格斗中成名的大人物岂会放过你？帝国军方素来最看重荣誉，你说这种事儿传到长官的耳朵里，会给你什么样的处分？依我看，你恐怕会被直接丢进炮灰营吧！"

刘子凡脸色变幻不定，"哼"了一声，缓缓地说："你确实很了解远征军，所以我现在对你更好奇了。"

千夜淡淡地说："看来你实在是太闲了，难怪格斗术练得这么糟糕。好奇心太重，会死人的。"

说完，他不再理会刘子凡，推了一下赵公子，一起向外走去。

"千夜，不要紧吧？"赵公子关切地问。

"没事儿。"

他们刚刚走出地下格斗场，忽然旁边走过来一个年轻人，淡淡地问："你叫千夜，姓什么？"

"我没有姓。"千夜答道。

他的身体在对方距离自己十米时本能地绷紧了，这是面对劲敌时的反应。这个年轻人的实力出乎意料强大，可不是简单的二级战兵。

年轻人微笑道："我叫齐岳。你很不错，连我都看走了眼，为此输掉了一大笔钱，这让我很不开心。在黑流城的地盘上，我齐岳如果不开心，那么就会有人要倒霉了。不过，你不一样！你可以跟着我，这样我就会开心了。"

千夜皱了皱眉，说："我……考虑一下。"

"可以，但是别太久，我可没什么耐心。"齐岳也不纠缠，直接转身离开了。

赵公子脸色阴暗，忽然叹了口气，说："对不起，是我连累了你。你应该认真考虑一下他的提议，我听说……他虽然不太容易相处，但对手下还是相当不错的。你到了他那里，就有可能拿到一把原力枪。"

"以后再说，先回去吧，我可不想走一百多千米。"千夜说。

赵公子拍了拍千夜的肩，率先登车，随后两辆卡车轰鸣着驶上归程。

当千夜回到曼殊沙华时，已经是晚上九点了。一回到酒吧，他立刻冲入卧室，拿出药瓶倒出一粒药片，直接吞了下去，然后脸上开始泛起异样的嫣红。

这是一种神经舒缓剂，可以对抗各种因毒品上瘾而产生的痛苦。千夜用它来缓解黑暗之血发作时的痛苦，也有一些效果。只不过只能缓解，并不能根治，黑暗之血发作时的症状一次比一次厉害。而且这种药很难搞到，赵公子靠着自己的人脉才弄到了一些。

等饥渴的感觉稍稍缓解后，千夜晃了晃药瓶，略为空旷的撞击声显示里面就剩下几粒了。这意味着在赵公子拿到新的药之前，有一周左右的时间他要完全靠自己对抗黑暗之血。

他长出了一口气，盘膝坐下，开始修炼兵伐诀。修炼时原力潮汐带来的痛苦，也能让他暂时忘却嗜血的饥渴。

夜幕下的荒原并不平静，血色圆月依然高挂于天空，为整个荒原涂上一层浓浓的暗红色。这次绯色之月持续的时间格外长，不过人们已经麻木了。无论黑暗之门是否打开，在死亡的枯指掐到脖子上之前，生活还是一样要过。

荒原上，几只游荡的夜狼仿佛感觉到了什么，竖起耳朵，不安地低声咆哮着。它们突然转身，飞速逃向远方。

夜幕下，一个黑影正如疾风般从荒原上掠过。

那是一个窈窕的身影，在她身后，还有十几条黑影正紧追不舍。他们一边飞驰一边分散开来，呈扇形包抄，显然打着合围的主意。

在血月的光芒照耀之下，如果战将级别的强者在场，可以看到有一道道暗红色的波纹将双方连在一起。

突然前方的身影一个急停，然后翻身扑击！

妖异的月光映出一个极美的少女，苍白的脸色为她平添了几分神秘。她的双瞳突然变得如红宝石般璀璨，里面分别映出一个追击者的身影！

两个追击者定在原地，完全动弹不得！

少女如同闪电般从他们面前掠过，双手一挥，轻而易举就解决了他们。

她又望向另外两名追击者。当他们的影像映在她的双瞳中时，同样全身一僵，定在原地，被她解决掉了。

"糟糕！现在是血月之夜，她的力量太强大了！"

"我们不是她的对手！"

"先撤退吧，反正她也逃不掉。"

追击者们放缓了脚步,其中一个首领模样的人喝道:"夜瞳!你已经中了我们的血之枷锁,怎么都逃不掉的!放弃吧,跟我们回去,这样你还有在长老们面前辩解的机会!"

那个叫夜瞳的少女冷笑道:"想让我束手就擒?做梦吧!就算我要去长老会为自己辩解,也会先杀掉你们再说!"

那名首领并不恼怒,而是说:"有血之枷锁在,你和我们的实力都被压制到了五级以下。这里已经是人类的控制范围,你若是继续向前,后果如何自己应该清楚!明天一早王尔德大人就会赶到,到时候你一样没有机会。"

夜瞳"哼"了一声,冷冷地说:"那也要等王尔德来了再说。"

首领似乎下定了决心,沉声说:"夜瞳,追捕你的不只是我们,还有……其他圣血种族。"

夜瞳目光一凝,杀气升腾,寒声说道:"你们居然勾结了那些肮脏的野狼?"

首领并没有否认,叹息一声,说:"您应该知道一旦被他们发现会是什么后果。那些狼人并不受我们控制,您还是跟我们回去吧。"

夜瞳冷笑道:"我绝不会向和狼人走到一起的家伙妥协!你们再不走,我就不客气了!"

首领一咬牙,挥手说:"我们走!"

十几名幸存的追击者面向夜瞳徐徐后退,转眼便隐没在黑暗中。

夜瞳又站了一会儿,这才转身离开。她开始全速奔跑,宛若黑色闪电一般掠过大地,奔向远方。

茫茫夜色中,忽然出现一点灯火。

第十三章　不速之客

虽然相隔数十千米,但是夜瞳的双眼中也映出了这点灯火。她犹豫了一下,转而奔向灯火的方位。

十几分钟后,夜瞳出现在灯塔镇外。

小镇的大门还没有修好,当然就算修好了,那区区五米高的城墙在她面前也形同虚设。她轻轻一跃,就无声无息地站到城楼上。

秃头警长坐在数米外,正抱着自己的酒壶和猎枪在打盹儿。他身上酒气冲天,显然喝了不少,对夜瞳毫无所觉。不过就算他滴酒未沾,并且全神戒备,也绝不可能发现夜瞳的存在。

夜瞳扫视着小镇,双眼光芒流动。在她的视野中,小镇内所有人的血气都一一展现了。这些人的鲜血对她来说都是补品,可以让伤势快速恢复。然而却没有什么高品质的血,让她大失所望。不过她随即展开紧皱的双眉,幸好这里没有气血强横的高手,现在的她可打不过那些真正的强者。

她忽然看到千夜的酒吧,招牌上只有一个"沙"字还发着微光。

"曼殊沙华?这么一个荒凉的地方,居然也有人知道曼殊沙华?"夜瞳有点儿惊讶。

她一跃而起,轻盈如燕般掠过数十米,这才开始下落。一个起落之后,她已经站在酒吧门口。

门是虚掩的,千夜回来时黑暗之血刚好发作。他急于找药,就忘了锁上大门。

夜瞳对这个酒吧充满好奇,她轻轻推开房门,走入大厅,扫视着周围的环境。在她那深不见底的双瞳面前，没有任何秘密。她甚至看到大厅中央的地砖下，有一个方形的空洞，里面藏着一个长长的手提箱。

她对箱子里的东西没有什么兴趣，在这种见鬼的地方，也不可能出现什么奇珍异宝。她反而对酒吧的主人有着不小的兴趣，并不是每个人都知道曼殊沙华，知道这个词的特殊含义。

她向酒吧后面走去，刚走出几步，竟眼前一黑，一阵无可抵挡的眩晕感骤然出现！

"好厉害的血之枷锁！糟糕……"她还没来得及做些什么，就晃了晃，一头栽倒在地，失去了意识。

此时千夜正在卧房中修炼。他再一次经受住了二十道原力潮汐的考验，正在犹豫要不要尝试冲击第二十一次，忽然听到外面大厅中传来"扑通"一声闷响，好像有重物坠地的声音。

"小偷？"他觉得有些奇怪。

镇上的小偷都是赵公子的手下，有哪个敢这么不开眼，来偷自己的东西？外来的流浪者更不可能了，他们只会去民居，而不是来酒吧、旅馆这种特殊的地方。在永夜大陆，特殊的地方往往意味着危险。

千夜不动声色地站了起来，伸手摸出一把军刀，缓缓向外走去。他动作轻柔，足下无声，呼吸放得非常缓慢，就连心跳都随之减缓，以降低被发现的概率。

他见修好没多久的大门开了一条缝儿，地板上竟多了一个少女。他并不急于靠近她，而是先沿着门窗走了一圈儿，确认外面没有人埋伏之后，这才如幽灵般从打开的大门间闪过。他没有把门合拢，而是把一根细细的丝线搭在门后两个凸出的铆钉上，同时挂上一颗小巧的手雷。如果再有人冲进来，那么就会弄断这根丝线，尝到被几百粒细小的钢珠喷射的滋味。

布置好一切之后，他才绕着地上的少女转了一圈儿，然后轻轻碰了碰她的小腿。

她毫无反应。

他又轻轻地在她的小腿上刺了一刀，她的身体本能地抽动了一下，低声呻吟了一声，就又没有反应了。他这才稍稍放下心来，她的反应十分正常，说明确实是昏迷过去，而不是在装死。

当然也不排除她是个真正的老手，能够欺骗千夜这样经验丰富的猎人。不过千夜见多了装死的黑暗种族，黑暗种族的智慧和实力基本都成正比。一般有这种程度演技的也不用和千夜玩什么花样，直接扑上来掐死他就是了。

红蝎确实是帝国军中的王牌之一，但也不代表着无所不能。大多数黑暗种族个体的实力都比黑蝎级别的战士要强横，更不用说像千夜这种在红蝎垫底儿的菜鸟了。一对一正面对决的话，人类先天较弱的体格就会吃大亏。

试探过后，千夜开始仔细打量这个少女。

她有一头略短的黑发，即使蜷缩在地上，也能看出个头很高，腿很长。她身材匀称，没有一丝多余的赘肉。

这样的身体看上去并不十分强壮，然而爆发力却十分可怕，再配合柔韧性、协调性和高速度，在战场上就是最难对付的战士。红蝎的正副军团长便全都是这类体形，千夜也不例外。

她身上裹着一套深黑色的野战军服，是普通野战军团的式样，脚上是一直到膝上的军靴。她身上的武器很少，没有携带任何枪械，只在腰间插着一把短刀，另外还挂了一个皮包。

千夜小心翼翼地拔出她腰间的短刀，然后迅速退后数米，见她毫无反应，这才开始低头查看。

这是一把很普通的多用途短刀，刀背是锯齿，只是材质十分特殊，似乎是用什么生物的骨骼制成的，通体没有使用一点儿金属材料。短刀十分沉重，足有十公斤，堪比一把小型战斧。

千夜试了试刀锋，极为锐利，不比红蝎的配刀差。因为是骨刃，可以躲避许多安全系统的检测。不过这把短刀如此沉重，多少会影响其灵活性。好在短兵相接时，或许会让对手判断失误，算是一点儿有利之处。

千夜将它插到身边的地板上，结果短刀上的血色光芒微微一闪，立刻没柄了！

千夜顿时一惊！大厅的地板全是坚硬的青石，而且下面没有民居常用的格栅，也就是说并非空心，而是与地基连为一体的。他并没有用力，短刀就能没柄，难道说它竟然是原力武器？但是接下来，无论他如何用原力试探、催动，它都毫无反应。

千夜又取下她腰间的皮包，打开看了看。皮包里整齐地排放着七根棱刺，明显是用来抛掷的武器。棱刺同样是由不知名的骨骼制成的，三条凸起的棱刃微微旋转了一个角度。如果高速掷出的话，它应该会自行旋转，提高精确度。

棱刺上传来一股轻微的苦杏仁的味道，让千夜感到有些凛然，动作更加轻柔小心了。

第十三章 不速之客

这种味道很可能意味着上面涂有可怕的剧毒，要是不小心破皮见血，后果不堪设想，兵伐诀可没有任何抗毒和治疗功能。

皮包里还有一个夹层，插着几块切割得整整齐齐的血色晶体，里面像是有鲜血在流动，并且散发出淡淡的血腥气。

千夜拿出一块儿晶体，仔细看了一会儿，也没辨别出这是什么东西，找遍记忆似乎也没有听说过。看到晶体内流动的鲜红色，他体内的黑暗之血竟然蠢蠢欲动起来。

他微微一惊，赶紧将血晶放回原处，扣好皮包。看来这皮包用的也不是普通材质，它一合上，就将所有的血腥味儿全部隔绝了。

千夜在她身边蹲下，轻柔地在她全身上下搜索过一遍，确认没有任何隐藏的武器，这才松了口气，将她翻了过来。

看清她的容貌时，千夜忽然觉得心脏一紧，像是漏跳了一拍。

这是一张已经达到人类想象极致的完美面容，任何赞美的语言似乎都很多余。它一出现，便占据了千夜全部的视野和思维，仿佛天地间就只剩下那无以形容的容颜。

黑暗种族中不乏绝色之人，不要说血族，神秘且强大的魔裔中也有许多让人惊艳的存在。黑暗种族的知名强者中，无论男女，拥有倾城之貌的并不少。

有人类学者试图解释这一现象，他们认为在同一个世界中，强大的智慧种族的审美总是趋于一致，根源还是基于世界的原力本质。

不管这种理论是否真有依据，这一现象造成的事实就是人类和黑暗种族都倾向于抓捕对方当作奴隶。特别是那些外表美丽、力量强悍的更是可以卖出天价，能够极大地满足征服欲。

千夜试图冷静下来，可是再次看向她时，心神却为之一颤。她并没有睁开眼睛，但是千夜却觉得自己已经看到她深邃的双瞳，整个灵魂似乎都要被那双黑瞳吸进去，在黑暗中永远堕落、沉沦！

他遽然一惊，下意识闪退，后背重重地撞在墙上，像是差点儿溺水的人一样，大口喘息着，出了一身冷汗。

这个少女昏迷的时候，就能牵引他的意识，醒来时又会如何？

千夜强迫自己冷静下来，仔细回想刚刚的感觉，忽然发现其中好像有一种本能的吸引。她的容貌如同千夜梦想中那样完美，不，甚至超出了他的梦想，所以才会给他如此强烈的冲击，让他一时之间本心失守。然而超出梦想的美丽又是什么？它真的存在吗？

精神魅惑！千夜又想到一个可能。

无论是让千夜从孩童成长为少年的黄泉训练营，还是后来的红蝎，有一门常设的课程就是抵抗魅惑。

这种训练极为残酷，是从生理到心理的双重训练，其目的就是务求培养出心灵没有死角的杀戮机器。而越是具有潜力的天才，要求就越是严格，训练强度也越大。

千夜一直渴望尽快拥有强大的力量，所以在红蝎的各项训练都申请了自己承受能力的最高限度，抵抗魅惑这门课程也不例外。他虽然不能算是变态，但在后期也曾经濒于崩溃的边缘，还是南霸天直接用权限把他后面的课程给取消了。

他从不为自己在训练中付出的巨大代价感到后悔，精神魅惑是很多黑暗种族的杀招，意志不够强大的人，面对黑暗种族中精通精神力量的强者唯有死路一条。而他所渴望的，是像林熙棠这样的强者的境界，绝不愿意半途止步。

在红蝎的最后一次测试中，他已经能够在短时间内抵抗战将级别的精神控制和魅惑。这个女人怎么看都不可能达到战将级别，也就是说，她应该魅惑不了自己。然而自己却被魅惑了，而且程度相当之深。像这种深层次的魅惑，往往会留下一些让人难以察觉的隐患。

这究竟是怎么回事儿？

千夜心情很乱，这个陌生的少女让他变得异常烦躁不安。他甚至不敢再看她一眼，生怕再一次被她魅惑。对的，就是魅惑，否则应该如何解释？眼下心中这种烦乱和对鲜血的饥渴发作了并不同，就像整个世界都在无规则地旋转着，急待抓住点儿什么来稳住自己。

镇定！在进行抵抗精神魅惑的训练时，红蝎教官教给他的第一件事儿，就是镇定。无论看到什么，感觉到什么，都要镇定。实在无法靠自身的力量保持镇定，那么就借助外力。

千夜开始思索自己手上有什么，面对这样可怕的女人，不准备点儿什么可不行。

烟，还是酒？好像都不行，就是加了兴奋剂的那些特殊货色也不行。

混乱之中，他本能地感到极度危险。或许正是这点儿警觉，让他没有彻底陷入迷乱。越是弄不清楚，就越说明那个少女危险。

他一发狠，忽然从吧台后面一处隐蔽的夹层里摸出一支针剂，插入手臂，将里面的药全部推进去，然后静静等了三分钟，让药效全面发作。

第十三章 不速之客

这是红蝎标配的一种镇静剂，作用简单粗暴，能够让人在短时间内彻底冷静下来，变成心如铁石的屠夫。这种镇静剂还可以有效抵抗一系列源自精神力量的影响和攻击，并且用来治疗杀戮过多而产生的心理问题。这已经是他最后一支存货了。

镇静剂生效后，他的心就像加了一道屏障，再也不惧外来的影响。他又走到女人面前，静静看着她的面容。这一次果然好了很多，虽然她紧闭的双瞳依然有着致命的吸引力，但是他已经没了那种行将坠入深渊的感觉。

可他没想到，在最冷静的情况下，他依然觉得这就是梦想中的容颜。自己好像在哪里见过她，却又完全记不起来了，难道真的是在梦里？

不过他终于可以抵抗住双瞳的影响，长时间地把审视的目光停留在她的脸上。她有些凌乱的短发，再配上轮廓分明的绝色容貌，呈现出天然的冰冷和高傲，而在冰层之下，却隐藏着致命的诱惑。

她的脸色透着病态的苍白，肌肤晶莹得如同最细腻的美玉。然而脖颈上却泛起一层不正常的嫣红，千夜伸手碰了碰，立刻感觉到惊人的高热，居然有些烫手。他的手只停留了一会儿，指尖便又传来冰块般的冷意。

他吃了一惊，根据他的判断，这正是成为血奴的初期特征！他用力一嗅，果然闻到了一点儿极淡的血腥味儿。他立刻检视她的全身，结果看到手臂部位的野战服上有两处小小的破损，还带着一点儿血污。

他用力撕开她的野战服，只见她的上臂上果然有两个深深的圆形孔洞，那是被獠牙咬出的齿印！他的心莫名地抽动起来，竟然有一种窒息般的无力感。

这样美丽的女人，已经是血奴了？她还能坚持多久？七天、三天，还是……一天？

与黑暗种族接触多了之后，他已经知道，普通人只要接触血奴就有危险，因为他们没有原力，格外容易受到黑暗力量的侵蚀。对于强者来说，一些见血的伤口并不见得会致命。但也再无可能摆脱成为血奴的命运，除非能得到更高等级的血族初拥，正式变为血族。像他这种能够在黑暗之血的侵蚀下挺到现在的人，可谓少之又少。

或许传说中门阀世家的一些秘法可以阻止这种情况发生，可就算有人能够坚持下来，也无法幸免于难。帝国对待血奴的政策一向是发现一个杀一个，自从当年一个被黑暗之血污染的帝国皇子被斩杀后，这个政策就一直延续了下来。

若是在半年前，千夜会毫不犹豫地把她杀掉，哪怕再受她的异能吸引也是如此。死亡对于血奴来说是一种解脱，就算没有冷酷如冰的心肠，千夜也不想看着她生生变成没有理智的嗜血怪物。但是现在，他的想法却不同了。他自己就是很好的例子，他相信只要坚持，奇迹就有可能发生。

他想了想，划开自己的手腕，将伤口凑到她嘴边。她果然对涌动的鲜血有了反应，用力嗅了嗅，本能地把流到嘴边的鲜血喝掉了。

鲜血是血族的灵丹妙药，再沉重的伤势，只要喝足鲜血，就能恢复。她不停地吞咽着鲜血，呼吸越来越急促。

千夜见状，有个不成熟的猜想，自己能够压制住黑暗之血，或许是因为血液中多了抗体之类的东西。给她多喂些鲜血，说不定就可以延迟她体内黑暗之血发作的时间。

当伤口第二次干涸时，千夜感觉全身发冷，脸色惨白，视线也变得有些模糊，这是失血过多的迹象。好在她终于不再痛苦了，表情轻松了许多。

她脸上有了血色，竟散发出难以抵挡的致命吸引力，就算千夜注射了镇静剂，也觉得心脏随着她微小的动作颤动起来。

终于，她缓缓睁开眼睛，坐了起来。

她并没有过激的反应，而是很平静地转头看着周围，就像在自己家里一样。她大大的眼睛中带着天真和茫然，可千夜知道，这绝对是假象。

"你醒了？"

她没有回答，低头看了看裸露的上臂，伸手在唇边一抹，又在舌尖上试了试鲜血的味道，然后才望着千夜，问道："是你救了我？"

她的声音柔和中带着一点儿低沉，配上有些茫然的眼神，又给人一种截然不同的感觉。

"算是吧，不过这不重要。你现在的情况很麻烦……"千夜斟酌着字句，不知道该怎么向她说明一切。

变成血奴这个事实太过残忍，她如此年轻，很可能比自己还小，能不能承受住这么残酷的打击呢？

"麻烦？你的意思是……我变成了血奴？"她比千夜想象中要平静。

"……是的。"

她的脸上终于有了表情，看着千夜，很认真地问："那你应该立刻杀了我，而不是救我吧？"

千夜苦笑一下，说："也不是毫无希望……你可以向……西方走。那里是黑暗种族的地域。如果你足够幸运，在完全失去神智前能够遇到一个上位血族，并且得到初拥的话，你就可以活下去……以血族的身份。"

少女的表情一下子变得有些奇怪，饶有兴趣地问："你是人类吧？居然建议我去找血族，这样一来，岂不是又给人类增加了一个敌人？"

"你现在这个样子，我当然会救你。至于以后……如果，我是说如果，我们有机会在战场上相见，我会亲手杀了你的！"千夜的语气很平静。

少女有意无意地向千夜的手腕看了一眼，说："你真是一个奇怪的家伙！救了我难道就是为了将来杀掉我？而且你还知道用自己的血救我……你对血奴很了解啊。"

千夜拿出绷带，一边包扎手腕上的伤口，一边说："在这个该死的鬼地方，每个人都对血奴很了解！因为几乎每个人都有亲人或者朋友变成血奴。"

她沉默片刻，站了起来，向千夜伸出手，说："我明白了，我叫……夜瞳。"

她起身时，气势油然而生。

千夜握了握她的手，说："你的名字很奇怪，但是很好听。我叫千夜，至于姓什么……我忘记了。"

"姓也能忘记，呵呵。"夜瞳笑了笑，没有追问下去。

这算是两人之间正式的自我介绍。

夜瞳向周围看了看，视线在门口的丝线手雷陷阱上停留了一瞬，然后说："如你所见，有人在追杀我。可以的话，麻烦给我些吃的，最好有药物，兴奋剂什么的都可以。另外，我还需要武器。"

"我这里恰好什么都有。"千夜觉得有些古怪。

夜瞳的态度落落大方，好像对他手上有什么东西都了如指掌，这种被看穿了的感觉让他很不舒服。

片刻之后，夜瞳和他一起坐在酒吧的后厨中，努力消灭着满桌食物。

在贫瘠的永夜大陆，高热量的食物很珍贵。桌上摆着的几盆牛肉，就是千夜两个月的食物储备。

虽然那个神秘的少女和老人给他留下了几十个帝国金币，但是在秩序缺失的遗弃之地，这东西却不容易花出去，又不能直接交易，只能寻找地下管道兑换。

由于银对血族有攻击的特效，因此也是帝国的战略物资之一。所谓银币很大程度上只是个称谓，里面含银并不多，主要成分是一种被称为镍的金属。帝国在建立货币体系的最初时期选择用银铸币，可以检验人们是否为黑暗之血污染。但越到后来，银币中的含银量就越少。

千夜只要稍稍用些技巧，就能让接触银币的时间变得极短，从而不受影响。如果可以的话，他宁可只拿几百个银币，还能少很多麻烦。

除了吃的，桌上还有两大杯烈酒。他拿出贴身的小钢壶，小心翼翼地向酒杯里倾倒不知名的液体。这次不是一滴，而是一口气在每个酒杯中倒了小半壶。

夜瞳目光闪动，拿起酒杯，在鼻下闻了闻，说："帝国精英军团专用的战斗兴奋剂？哦，并不是纯正的兴奋剂，但是主要成分都包含在内了。听说这东西能够让人在短时间内力量大增，变成杀戮的机器。这是你做的？你怎么知道它的配方？"

千夜暗自惊讶于夜瞳的博学，他当然不可能告诉她自己过去的经历，只是含糊地说："干我这一行的总有许多自己的渠道。弄到这样一张配方并不难，只需要花几个银币而已。不过想要集齐药材却很不容易，恰好这附近能够找到其中几味主药，所以我就配了一些。虽然效果没有原先那样强烈，但是药效更加持久，可以保持几个小时。另外它还有一个特殊的作用，就是可以压制黑暗之血造成的饥渴。"

夜瞳双眼一亮，抓住钢壶，说："好东西！剩下的能都给我吗？"

千夜不动声色地从她手中拿回钢壶，说："我也需要它，而且只有这些储备了。哦，对了，究竟是什么人在追杀你？"

夜瞳一边切着牛肉，一边若无其事地说："我是某个组织的猎人，就是专门猎杀黑暗种族，然后去向帝国领赏金的那种人。现在追杀我的是一批血族。"

一开始千夜只是挑了挑眉，在这片遗弃之地上，赏金猎人的身份比拾荒者稍稍高一些。然而听到最后一个词，他却忍不住开口问道："血族？"

"他们不是血奴，是正式的血族战士。其中还有一个有爵位的家伙！"

千夜忽然沉默了，他吃完面前餐盘里的食物，又站起来把灶台上大锅里剩余的肉食全部盛到盘子里，继续埋头大吃。

夜瞳目光微转，问道："我马上要逃亡和战斗，需要大量的能量。你为什么吃得这么着急？这远远超出你正常的饭量了吧？"

千夜淡淡地说："一会儿我和你一起战斗，我会送你去西边黑暗种族的控制地域。"

夜瞳脸上多了不加掩饰的惊讶："你要和我一起战斗？别开玩笑了，追杀我的可都是正式的血族。你的战斗力这么弱，想去送死吗？让我看看……你连三级战兵都不是

第十三章 不速之客

吧？"

千夜心头一跳，在她面前，自己什么秘密都保不住。不过他还是坚持说："我有办法对付血族。"

夜瞳皱眉说："和你一起我会被拖累的，我没兴趣和弱者一起行动！你好好留在这里吧，如果我能逃出去，自然会把报酬给你送来！"

千夜很不喜欢夜瞳的口气，那是一种刻在骨子里的，上位者对于弱者的蔑视和轻忽。就算她是出于好意，但是这种态度却让人异常不舒服。而且千夜另有打算，于是直接无视夜瞳的态度和否定意见。

"我们沿着路线前进，保持距离，各自行动，互不干涉。"他说道。

夜瞳又道："这么做，你岂不是成了我的诱饵？"

千夜笑了笑，说："就算是诱饵，那些血族战士也要吞得下去才行！"

夜瞳深深看了千夜一眼，双瞳中的茫然终于退去，露出藏于其后的高傲和冰冷，说："看来你对自己很有信心，但是在我眼中，这种自信和愚蠢没有区别！区区一个二级战兵，在上位血族眼中完全是可以随手戳死的蚂蚁。我只能告诉你，跟着我就是死路一条。"

"很早之前就有人预言我会死，可我不光活到现在，还活得很好。"千夜的声音也越来越冷。

夜瞳说："如果你是为了在我面前找回尊严，并且想用这种方式泡我，那确实不必如此。因为弱者根本没有任何尊严，我也绝不会对一个弱者动心。别死得毫无价值，这是我给你的忠告，看在你救了我的分儿上。"

千夜敲了敲桌子，说："我对你完全没有兴趣，只是想干掉那些该死的血族而已！"

"随便你。"

一场对话就这样不愉快地结束了，两个人默默扫光了桌上的食物。然后千夜就在桌上铺开一张纸质地图，用笔画出了向西的路线。

这是一条曲折蜿蜒的道路，沿途要经过两个山谷，翻过一座山峰，穿过大片树林，还要从一个废弃的工业区以及一座星际战舰残骸边路过。

"这就是通向西边的路线。"

"怎么这么复杂？"夜瞳忍不住问道。

"复杂的路线有助于收拾掉跟在你屁股后面的那些见鬼的血族。"千夜回答，然后用笔在其中一个小山岭上一点，说，"我们的目的地在这儿，这里应该有血族的秘密据点，并且曾经有高级血族出没。从他们的徽章和行事风格来看，应该是被称为'新党'的那一派。他们行事风格相对温和，也许你有机会得到初拥，成为其中一员。"

夜瞳终于有了一点儿兴趣，说："你连'新党'都知道，看来你的过去挺不简单啊！应该不会只是个酒吧小老板吧？"

"这些又不是秘密，帝国很多人都知道。"

"但是能找到血族的秘密据点，又不被发觉的人却没有多少，像你这种二级战兵我更是从未见过。"

"这不重要，重要的是你或许可以得到初拥，能够继续活下去。你要是成为'新党'中的一员，将来我们在战场上见面的机会也会少一些。"千夜在地图上用力点了点，看了看时间，说，"记住路线，这张地图我一会儿就烧掉了。我们二十分钟后出发！"

恍然间，他仿佛又回到在红蝎军中杀伐果决的时候。

夜瞳看到他拿出的地图，以及他对行进路线的选择，还有最后标出的血族秘密据点，终于开始对他有了一点点好奇。这个弱得有些可笑的小家伙儿，难道真能做出点儿什么？

时间过得很快，半夜三点的钟声响起时，酒吧的后门悄悄打开了。夜瞳独自离开，很快就消失在夜色中。

夜瞳先走十分钟，然后千夜再悄悄地跟上她。至于谁是谁的诱饵，就看到时候如何发挥了。

夜瞳逐渐显露出高傲的本性，完全不愿意和千夜一起行动。而千夜也正好有许多秘密不想让她看到，于是就出现了这种一前一后的孤狼猎人模式。

在野外，这是红蝎的一种经典战术。两个配合默契的高手，可以在持续几天几夜的运动战中干掉一打实力相当的黑暗种族。

等夜瞳离开后，千夜挖开大厅中央的地板，露出下方一块儿带着拉环的石板。他将石板拉开后，从下面的深坑中提出一个约有一米长的暗红色手提箱。

他将手提箱放在地上，然后小心翼翼地拨动密码锁，听到"嗒"的一声轻响，这才脸色一松，打开箱盖。

手提箱内赫然摆放着一支原力步枪的主机件和各种附加套件！

步枪枪身厚重，略显笨拙，上面布满微微凹陷的原力纹路，纹路上则用特殊的黑漆覆盖着。这种特制黑漆可以挡住纹路激活时所发出的光芒，又不会影响原力纹路汲取空间游离的原力。光是这一层薄薄的涂装，就比一支传统的高精度狙击枪还要昂贵。

第十三章 不速之客

千夜取出枪身,异常熟练地组装出一支快有他大半个身体长的步枪。这支步枪全部是深黑色涂装,各式附件一应俱全,做工极为精良。它就是安静地放在那里,也隐隐透着杀气。

千夜一直想为命运之夜的红蝎战友复仇,可是现在黑暗之血已经变得难以压制,他知道自己没有多少时间了。一年太乐观了,最多只有几个月。所以,他希望在自己永归黑暗之时,能够多拉几个血族垫背。

第十四章　联手制敌

千夜掂了掂装配好的步枪，迅速找到手感。这不是普通的原力枪，而是红蝎军团定制的蝎针特别版，也是红蝎战士的制式装备。

枪的原型出自帝国火鸟集团，其特色是高精度和大威力，原力转换率可达五成，属于制式原力枪中的上品。而红蝎军团定制的蝎针特别版的关键部位则经过重新设计和调校，再度提升了精度和威力，代价则是射速变得相对缓慢了。

这亦是红蝎一向的风格，不动则已，一击必杀。

千夜轻轻握上枪把儿，触手那熟悉的感觉一如老友重逢。在他逃亡途中最窘迫的时候，也没有卖过一个附件。在灯塔镇安顿下来之后，他就把它深埋在酒吧大厅的地板下面，已经许久没有拿出来了。现在，又到了动用蝎针的时候。

作为曾经的红蝎战士，他的目标不是普通的血族，而是那个有爵位的上位血族。

他把蝎针背在身后，又拿出那把柯尔手枪，装上一个消声器。然后就离开酒吧，按照预定的路线追着夜瞳而去。

没过多久，灯塔镇外突然出现了几个全身裹在黑袍里的血族战士。

其中一个用力在空中嗅了嗅，用沙哑的声音说："夜瞳已经离开这里，向西行去，快通知王尔德大人。"

旁边一个血族战士说："西边？我记得那里是一个新党的秘密聚居地。她不会是想到新党的地盘去吧？倘若这样，议会上可又多了一个攻击我们的话题了。"

"这种事儿不需要我们去管，自然有那些大人物们操心！我们要做的就是把夜瞳制服并且带回去，要是跟丢了，那就是我们的责任了。"

血族战士们开始向西方快速移动，他们渐次分散开来，呈一个巨大的扇形，组成疏而不漏的大网，向着夜瞳离开的方向撒去。

他们奔行的速度极快，比荒原上的狼还要迅速，并且这样的奔跑可以持续一天一夜不用休息。这就是血族战士，他们有着强大的种族天赋，天然的力量使他们成为人类与生俱来的大敌。

远方一棵大树顶上，千夜正拿着瞄准镜，遥遥眺望着夜幕笼罩下的荒原。瞄准镜内是奇异的淡红色，可以看到一个个如火焰般耀眼的身影正在迅速移动。

这就是红蝎配备的多用途战术瞄准镜，其中有针对血族和狼族的特殊模式。现在千夜打开了专门针对血族的夜光模式，这种模式下，可以探测出血族特有的鲜血之力，然后在视界上形成千夜所看到的一个个红色身影。

他默默数着敌人的数量："一、二……一共九个！好啊，倒是挺下血本的，这个自称夜瞳的女人身份不像她自己说的那么简单吧！猎人？哼！"

他又扫视了一遍荒野，但没有找到其他可疑的目标。

在那九个血族战士中，并没有发现爵位血族的踪迹，说明这些战士只是先头部队，主力还在后面。他们并不急于追上夜瞳，而是分散开来缓缓推进、包抄，但始终保持在追踪范围以内。

这正合千夜的心意，他准备好好招待一下他们。他收起瞄准镜，一个翻身下了大树，消失在茫茫夜色中。

夜幕下，一名血族战士小心翼翼地走进一个山谷。山谷不大，但地形复杂。里面到处长着荆棘和灌木，还有不少洞窟，不少拾荒者把这里当成临时的栖息地。

拾荒者们宿营的时候，会习惯性地在周围设置一些小陷阱。而他们离开时，往往不会把陷阱撤除。久而久之，这个山谷就满是荆棘，十分难走。

拾荒者们都有属于自己这一行的默契，他们能够看出其他人留下的陷阱标记。但是这位血族战士可没有这种本事，所以没走多远就被洒上一身臭水酸液，小腿也被捕兽夹夹伤了。

他十分愤怒，这点儿小伤对血族强韧的身体来说根本不算什么，但是那身酸液和臭水却真的恶心到他了，要知道血族都有天生的洁癖！可是这个山谷却必须仔细检查，因为这里是藏人的好地方，要是夜瞳躲在这里，而他没有发现，那么等待他的将是族内最严厉的惩罚。

所以他只能一边抱怨，一边继续探查。

找到一个拾荒者就好了，血族战士如此想着。他当然看不上那些流淌着垃圾的脏血，但是肯定会花点儿时间好好折磨一下这些狡猾的人类！

走着走着，他突然踢到一根漆成黑色的细线。还不及收脚，线就崩断了！

他皱了皱眉，警觉地看着周围，等待陷阱启动。只要他注意到了，拾荒者设置的那些小陷阱就根本奈何不了他。

就在他睁大双眼扫视周围时，数米外突然燃起一团银色火焰，刹那间放出极为刺眼的光芒！在漆黑的夜里骤见如此强光，就是天然拥有强大夜视能力的他也只能惨叫一声，捂住自己的眼睛！

他战斗经验十分丰富，想也不想，立刻就向旁边翻滚，离开自己原本所在的地方。他刚刚站起，准备强行睁眼看看周围的环境时，后背突然一凉，一把利刃狠狠刺入，深深刺穿了他的心脏！

利刃入体后，他觉得整个胸腔都是烧灼般的痛苦，他甚至从自己呼出的空气中闻到了烧焦的味道！他心中骤然闪过一道电光："刀上涂了银！"

他徒劳地挣扎着，然而却连最微弱的呻吟都发不出来，因为一只强劲有力的手扣死了他的咽喉。

他终于明白自己遇上了强大的对手，也许是最令人讨厌的猎人。只有对血族有深入的了解，才能准确地一刀致命，并且以卡喉的方式阻止他们呼救。许多没有经验的人类都会捂嘴，稍不注意就会被他们咬伤，就算最终杀死了他们，自己也会沦为血奴。

血族战士挣扎了几下，就软倒在地，再也不动了。

千夜如幽灵般从他背后出现，默默地拔出军刀，在他身上补了几刀，这才将他翻了过来，撬开他的嘴唇看了看，有两颗完整的獠牙，这是血族正式成员的标志。而任何一个成年血族，都至少有二级战兵的实力。

千夜用军刀将两根獠牙撬下，扔到背包里。帝国许多机构都会高价收购獠牙，作为对斩杀血族的奖励。一个正式的血族战士，足以换到一个帝国金币。

千夜又搜了一遍，将一些有价值的小玩意儿装入皮包，其他东西都没动。血族所使用的武器上往往设有血气牵引的特别追踪装置，没有适合的方法和工具，很难彻底将其消除。如果一时贪心拿走它，就相当于给同系的血族战士设了个明靶。

第十四章 联手制敌

花了几分钟把自己存在的痕迹抹干净后,千夜又在山谷中疾走一圈儿,把几个没有使用的锡纸小包取了下来。这些小包能够产生强烈的闪光,是对付夜视能力出众的黑暗种族的利器。

做完这些,千夜就离开了山谷。半小时后他已经跑出二十千米,找了个隐蔽的山洞躲了进去。

他带上战术手套,小心翼翼地从背包中拿出一袋银液,强忍住气血翻腾,将军刀在里面浸了一会儿,然后晾干,重新归鞘,就这样完成了下一次战斗的准备。

他闭上眼睛开始休息,刚才那几个简单的动作,让他出了满头冷汗。

远方,疾行中的夜瞳忽然停了下来。她左瞳转为血色,竟看到自己身上一共有十七条淡淡的血气组成的锁链通向远方。

这是血链枷锁,一种只掌握在纯血血族手中的强大秘法。通过血链枷锁可以与目标连接,并且依靠多个血族战士合力压制双方的等级。

血链枷锁越多,压制效果就越好。虽然双方的等级都会下降,每个被连接的人受压制的力量也相差无几,但是对于施放血链枷锁的一方而言,却可以依靠牺牲大量的炮灰来压制住真正的强者。而且中了血链枷锁之后,也无法真正逃脱。血链枷锁会随时随地为连接的双方指示彼此的方向,除非把枷锁另一端的连接者全部干掉,否则永远也别想脱身。

夜瞳觉得全身一轻,一条血气锁链渐渐消散,显然另一端的战士被人干掉了。

夜瞳向来处望了一眼:"居然真被他干掉了一个!这算是运气好吗?"

在她心目中,千夜的力量实在弱小,也就和血族刚刚脱离新生儿位阶的战士相当。

人类就是这么脆弱,只不过人类相当狡猾,而且繁殖能力实在太强了。据说黎明战争时,黑暗种族中不知有多少威震一方的英雄人物,就是在人族的人海战术下饮恨而亡的。

血链枷锁另一头的那些血族拥有相当于人族五六级战兵的实力,六级战兵已经是帝国军中的中校团长了,可以统领近千名战士。只是加入血链枷锁后,他们的实力都被压制到了二级战兵的等级。

在夜瞳看来,这些高级战士败在仅仅是二级战兵的千夜手下,恐怕会死不瞑目。不过她的思绪到此为止,那些战士的命运根本不值得她花时间去考虑。

她继续在夜色中疾行,迅速远去。

另一处山谷中，千夜伏在草丛里，透过草叶间的缝隙看着不远处正在搜索前进的血族战士。那名血族战士一脚踢断了丝线，启动了机关，锡纸包蓦然爆开，一团亮银色火焰随即燃起。

他反应更快，火光刚刚亮起，就转头闭眼躲避，眼睛受创并不严重。他迅速后退一段距离，才睁开双眼，开始寻找隐藏在暗处的敌人。

千夜却没有给他缓冲的机会，在他后退的时候一跃而起，挥手抛出一个锡纸包。当他张开双眼时，看到的就是面前数米远的锡纸包。然后千夜一扯手中丝线，一团火光又在他面前点亮了！他终于中招，惨叫一声后，本能地捂住了双眼。

千夜则掏出柯尔手枪，双手紧握，在强大的后坐力中稳稳地保持了每一次的及时复位，一口气将弹匣中的七颗子弹全部射光了。

所有子弹全部射在血族战士的双手和脸上，打在下巴上的两颗子弹嵌在颌骨上，居然没能穿透骨头。千夜心中一凛：这么强悍的身体！

像这种高级血族战士的体质，只有黑蝎老兵才能与之抗衡！若是遇到高级血族战士，与之正面对决，千夜根本没有一点儿胜算。但是从黑暗原力的强度和临战反应的速度来看，这个血族确实只是二级战兵。难道他拥有某些特殊的强大天赋？千夜心念电转，毫不迟疑地扣下了扳机。

血族战士被轰得不断惨叫，连续后退。那些弹头全部涂了银，一射入身体便立刻腐蚀血肉。千夜知道自己那些子弹只是廉价的镀银弹，真正的纯银子弹是军控物资，他没法得到。镀银弹只能让血族战士伤势加重，并不能致命。

千夜和身扑上，在血族战士面前一晃，又如幽灵般绕到他身后，将涂了银液的军刀狠狠插入他的后心，然后迅速后退。

血族战士发出凄厉的长号，挣扎了一会儿，终于还是一头栽倒了。

千夜终于松了口气，然后感觉到深深的疲惫向自己袭来。这场战斗持续时间很短，但是却消耗了他接近一半的原力。他已经倾尽所有技巧和手段，连续暗算之下，才得了这个战果。然而这名血族战士的几声惨叫已经远远传开，其他血族势必会提高警惕，再想偷袭就没那么容易了。

千夜继续检视尸体，在这名血族战士的贴身口袋中，找到了一枚黄金制成的徽章，上面刻印着新月和权杖。千夜从来没有见过这个标记，或许它是哪个古老家族的徽章。

他将徽章收了起来，又翻出一些在黑暗种族中通行的水晶货币，最后又撬下那对獠

第十四章 联手制敌

牙。

这一次他仔细观察了一下，这对獠牙比他以往从低级血族战士身上找到的要长一些，而且质地晶莹，可以吸血和注射毒液的孔洞也要宽一些。这些区别让他更加确认这并不是普通的血族，而是一名高级战士。但是为什么一名高级战士会突然实力大降，从六级变成两级，想必另有原因，或许和夜瞳被追杀有关。

千夜想了想，没有清除自己的痕迹，只对其中一两处做了调整，然后悄然离开了。

接连被干掉了两名高级战士，那个有爵位的血族必然不会轻易放过猎杀者。这些痕迹可以给那位血族大人物留下线索，从而误导他的判断。他可以凭借气味追踪千夜，而他，却也是千夜的真正目标。

远方的夜瞳微觉惊讶，血链枷锁又断了一根。她现在觉得，或许应该稍稍高看一眼这个名叫千夜的小家伙儿了。他虽然实力很弱，但足够狡猾。连续干掉了两个精锐血族战士，简直可以和老练的血族猎人相媲美了。

千夜离开后大约半个小时，一个英俊的年轻男人就站到了山谷中，皱眉看着那个血族战士的尸体。在他身后，还站着四名血族战士，此刻都有些战战兢兢。

这个男人穿着晚礼服，燕尾、领结和带花边儿的亚麻衬衫，每一个细节一丝不苟，仿佛是要去参加酒会。在血月的光芒下，他的马靴显得格外亮眼。

他转头看了看身后一个中年血族战士，冷笑着说："这就是你们培养出来的精锐战士？没追到夜瞳不说，反而被一个弱小的人类干掉了两个，我看家族的脸都快被你们丢尽了！"

那名血族战士低声说："王尔德大人，他们是被血链枷锁压制了力量。"

王尔德向尸体后心的伤口一指，冷笑着说："看到这个伤口没有，那个人类也只有两级的力量。别告诉我，你们培养了几十年的精锐战士，连个同级的人类都打不过！你们是打算告诉我，那个躲在小镇里开酒吧的小毛孩子，其实是折翼天使的战士吗？又或者是另外几个精英军团里出来的？比如闪耀之剑、红蝎和烈焰兵锋？"

在连番质问下，几名血族战士都说不出话来。

王尔德冷笑一阵，又说："这个家伙必须死，但是靠你们我没什么信心。我会亲自动手解决他！"

队长吃了一惊，连忙劝道："大人，您还得应对夜瞳！"

王尔德傲然说道："没事儿，她跑不了。就算她和那个家伙一起等着我，难道你们认为，一个实力只有二级的人类能够影响我和她的战局吗？"

王尔德扫了一眼四个血族战士，刚想说什么，突然望向西方，露出有些扭曲的笑容："啊，看那美妙的圣血气息为我们带来了怎样的讯息！真是让人难以相信，那位高贵傲慢的夜瞳小姐居然在向这边靠拢。她是想和那个实力只有二级的小子联手吗？"

王尔德特别加重了"二级"这个词的语气。

队长硬着头皮说："大人，请您务必小心！"

"小心？"王尔德的笑容渐渐狰狞，"就算我没抓到夜瞳，她也跑不掉。那些不那么让人喜欢的大狗就快到了，这块区域可是它们的乐土！"

"狼族？那夜瞳小姐……"

王尔德冷冷打断了队长的话："我接到的命令是把她带回去，上面可没有说是带活的还是死的！"

王尔德并不打算和这四名战士一起行动，在他看来，这些实力被压制到二级的家伙只会拖自己的后腿。他虽然也是血链枷锁中的一环，但依然有五级实力，和夜瞳旗鼓相当。

他和夜瞳之间的战斗，根本没有二级"小虫子"参与的余地。不过他并不介意在和夜瞳决战之前，先把那只"小虫子"给灭掉，这会让他心情愉快，而且也有可能让夜瞳的心情不那么愉快。只要一想到那只"小虫子"倒在血泊中呻吟的景象，他就会有压抑不住的快感。然而很快，他就发现这次追捕并不愉快，非常不愉快。

他循着气味一路追踪，来到一座巨大战舰的残骸面前，脸色突然变得极为难看。

眼前的巨舰残骸高达百米，长度超过千米，是黎明战争之后人族的夸父型主力战舰。现在它坠毁在这里，完全就是一座小型城市的废墟。

那只"小虫子"显然非常狡猾，否则不会将这里作为藏身之所。

看着肮脏的环境，闻着金属和其他材料经过悠久年代都没有消散的刺鼻气味，他摸了摸自己饱受折磨的鼻子，苦笑着钻进一根动力管道。

夸父型战舰丝毫无愧于它的名字，光是动力管道就可以让人弯腰前进。

他弯着腰在巨大的动力管道里行进了很久，一直到达出口，才发现牵引他过来的线索不过是一块儿碎布料而已。并且这里的味道还很新鲜，看来那个小家伙儿离开不会超过二十分钟。

他立刻疾追下去，速度快到让人看不清，宛若一道虚影穿过荒原。

片刻之后，他忽然停下脚步，脸色更加难看了。他可以感觉到，那个小家伙儿就躲在前方。看来这里就是小家伙儿选定的决战战场，不，应该说是对方为自己选择的墓地。

此时夜瞳也到了，她和王尔德都能感知到对方的存在，但是现在，她的脸色也好看不到哪里去。

千夜选择的决战之地，是灯塔镇附近最大的一座垃圾场。这里臭气熏天，除了各种垃圾，还有好几座废弃的工厂，巨大的战舰残骸亦洒落得到处都是。这片区域曾经是帝国撤离之前的浮空艇墓场，经过了几百年，已逐渐累积成一片成分复杂的垃圾山脉。

这种地方对于天生有洁癖，并且嗅觉极为敏锐的上位血族来说，简直比地狱还糟糕。

王尔德的脸色十分难看，但让他放弃追杀千夜也绝无可能。两个高级血族战士已经死在千夜手下，身为他们的上司，他有责任洗刷耻辱。

"'小虫子'，你最好把自己藏得严实一点儿，千万别让我把你找出来！"他喃喃自语着，终于踏进了垃圾场。

千夜此刻正躲在一座废弃的浮空艇里，主舱只剩下半截，撕裂的边缘是一个个锋锐无比的金属刃口。各种各样的废弃物挂在上面，随风飘起，像一面面凌乱的旗帜，也遮挡了他的视线。

他拿着瞄准镜，透过原本是舷窗的空洞向外望着，很谨慎地把自己完全藏在金属壁后。

视野中，王尔德的身影透着淡淡的红色，说明他身上外溢的黑暗原力并不多。这是上位血族的标志，血族中真正的强者可以收敛血气和原力，根本不会被区区一个战术瞄准镜侦测出来。

看来这就是夜瞳所说的那个有爵位的血族了。他仔细观察着王尔德，连最细微的动作都不放过。

在他的认知中，上位血族和血族战士是两种不同的生物。有爵位的血族，哪怕是最低等的血骑士也都在七级以上，绝不是他能够抗衡的。虽然对手因为傲慢轻敌被引到了垃圾场内，但是他深知自己只有一次机会。

必须一击命中！

他的机会，就在于对手不会想到一个二级实力的人类手里会有蝎针和破魔秘银弹这种大杀器！

他看到王尔德正盲目搜索着，有几次甚至背对着自己，但是他始终没有动手。上位血族反应极快，而此时的王尔德刚进入垃圾场不久，还处于最警觉的状态，眼下并非最佳狙击时间。

早在黄泉训练营的时候，他就学会了什么是耐心，而对于已经没有未来的他来说，此刻生命中最有意义的事就是杀死这个上位血族。

在垃圾场中，王尔德引以为傲的嗅觉反而变成了负担。线索到这里就断了，他只能依靠对血液和生命力的共鸣，以及眼睛和经验去搜寻对手。然而举目望去，乱七八糟、形状各异的物件比比皆是，用种种匪夷所思的方式堆叠在一起，要找一个刻意隐藏起来的人，又谈何容易？

他走着走着，突然停下，抬头望向对面一架战舰残骸的顶端。只见在高高翘至半空的舷梯上，出现了一个窈窕的身影。

"夜瞳？你居然会进来！"王尔德极为惊讶。

他知道夜瞳身份特殊，像她这样的人是绝对不会踏入如此污秽的地方的。没想到她不但来了，而且还有意与自己在这里一战。

"我为什么不能来？"夜瞳冷冷地说。

王尔德忽然脱下笔挺的礼服，随手扔到地上，然后笑着说："既然你都不怕脏，我还怕什么！不过，这个人类小虫子对你来说就这么重要？"

说完，他抽出一把软剑，抖得笔直，整个人拔地而起，迎向夜瞳。夜瞳则拔出短刀，从数十米的高处一跃而下，在半空中时，她忽然用力在飞艇艇壁上一踏，诡异地变了方向，瞬间扑向王尔德一侧！

两人化作两道虚影，如闪电般腾挪缠斗，每一秒不知道向对方递出多少记攻击，但是却罕有兵刃交击之声。

千夜观察了一会儿双方的战斗，将瞄准镜对准夜瞳。

在血族的视线中，夜瞳几乎没有一点红光，和隐形相去无几。千夜皱了皱眉，按理说这已经能够确认她人类的身份了，可不知为何，他总觉得有什么地方不对劲儿。

他和血族战斗过不下数十场，对他们的战斗风格早已烂熟于胸。血族的战斗兼顾力量、速度与格斗技艺，特别是他们那非人的速度以及和体形不符的巨大力量，是与人族同级战士最本质的区别。只看战斗场面，这分明就是两个上位血族在搏杀，可夜瞳身上却毫无应有的黑暗原力反应。

第十四章 联手制敌

认定了夜瞳是人类，却看到她以纯正上位血族的方式在战斗，这一幕总让千夜有种说不出的别扭。

他悄悄退入飞艇的机械室，那个空间基本完好，希望屏蔽效果也能留下一点儿。他取出蝎针，极为小心地把水晶弹盒卡上补弹仓，将一发破魔秘银弹压入枪膛。

他稍等了几秒，一切正常，破魔秘银弹并没有受到他身上黑暗之血的影响而产生波动。蝎针的制作工艺果然是顶尖的，全部位密闭，没有丝毫泄漏。

他露出一个淡得几乎看不见的微笑，还能正常使用破魔武器，真是一个好消息。接着他手握枪把，缓缓注入原力。

枪身上亮起一条条暗红色纹路，原力所到之处，他的感知也随之延伸过去。此刻他的原力沿着纹路一点点激活了蝎针内置的原力阵列部件，形成一层特殊的能量膜，把破魔秘银弹包裹起来。这是他成为二级战兵时得到的能力：重型弹头。

重型弹头是射手中很常见的能力，也很实用。那层能量膜将在弹头发射出去并爆裂之时大幅提升伤害值，他的原力原本就极为坚凝、狂烈，因此重型弹头的加成便更为可观了。和破魔秘银弹叠加起来，绝对能够重创子爵以下的血族，命中要害的话则能秒杀对手！

这，就是他给王尔德准备的礼物！

他仔细地检查了一下全身，确认没有阻碍行动的地方，然后在飞艇内悄悄移动起来，很快就从另一个开口处钻出。他直接顶开一层垃圾，缓缓把头探了出来。

在他下方，王尔德和夜瞳正在死战。

这是一个非常好的位置，他一进入垃圾场，就看中了这里。这里最大的好处就是有一层厚厚的正在腐烂的有机垃圾，它对于血族来说简直就是天然的屏障。就算是伯爵，也无法感知到垃圾下面还藏着一个人。

至于腐臭和肮脏，他毫不在乎。因为从记事时起，他就是在这样的垃圾场中长大的。如果没有这些巨大的垃圾场，没有上层大陆定期倾倒的废弃物，他也不可能找到足够的食物，让自己活下来。

在垃圾的掩护下，蝎针的枪管缓缓探出，但刚刚露了一点儿头就不动了，然后缓缓下压，指向一片空地。

他紧盯着那里，耐心地等待着。

王尔德和夜瞳忽然分开，盯着对方。两人同时受了伤，一根棱刺深深刺入，直钉到王尔德的大腿骨上。而夜瞳的左臂也现出一条大口子，深可见骨。

王尔德忽然笑了起来，表情十分夸张："你跑不掉了！有了这些血的味道，无论你逃到哪里，都会被黑暗部落的战士抓住！"

夜瞳冷冷地说："你居然真的勾结了那些恶臭的大狗，氏族的荣耀都被你给丢尽了！"

"你懂什么？等我们把你的父亲从那个位置上拉下来，我看你还能目中无人多久！"

夜瞳正想说什么，忽然脸色一变。从垃圾场外围传来阵阵拉长的狼嚎，随后几头黑色战狼就出现在一座飞艇残骸顶端。

千夜远在数百米外，听不到夜瞳和王尔德在说什么。当他看见王尔德竟然彬彬有礼地向那些黑狼挥手致意时，不禁脸色一变！

狼人！

这是黑暗种族中的另一个大族，实力仅比血族略差一些。但是从古至今，狼族和血族世代为敌，双方的仇恨甚至比与人族之间的还要强烈。所以看到血族和狼人站在同一立场的场景，自然会觉得十分怪异。不过这也更加说明了夜瞳的身份不简单，以至于狼人和血族都要联手对付她。

这几头黑狼体形巨大，都是狼族中的正式战士，同样有着二级战兵的实力。其中一头黑狼格外大，长达四米，高近两米，已和雄狮差不了多少。这是狼族的精英战士，拥有相当于五级战兵的实力。

这个时候，十余名血族战士终于追了上来，出现在垃圾场外围。他们的实力虽然仅有两级，但是胜在数量多。他们的站位填补了狼人战士的空白区域，封堵了夜瞳所有的退路。

局势一下子变得无比恶劣，夜瞳的速度再快，也难以逃出包围圈。更何况她还受了伤，淋漓的鲜血就是狼人追踪的路标。在荒原上，狼族是最好的猎手，比血族还要难缠。

千夜完全没有想到会是这种场面，看样子附近地带隐藏的高级黑暗种族全都冒了出来。要知道这里还算是帝国远征军的势力范围！一下子出现这么多的高级黑暗种族战士，肯定会引起远征军的强硬扑击，多半会出动大军对这里进行彻底清洗。

远征军大军所过之处，用"生灵涂炭"来形容也不为过。

凡是黑暗种族活跃过的区域，远征军往往会在当地居民中大肆搜捕血奴。被捕的血奴中，真正被污染的或许还不到一半，余下的都是有可能受到感染，或者是窝藏血奴的，甚至还有不少仅仅是因为远征军军官看他们不顺眼，把他当成血奴给顺手抓了的。

第十四章 联手制敌

一旦远征军大军出动，那么灯塔镇就算毁了一半。不过灯塔镇的未来却不是千夜所能关心的。随着黑暗之血发作得越来越频繁，越来越难控制，千夜早已做好了准备。当他抵抗不住嗜血的饥渴，行将大肆杀戮的时候，就是他终结自己生命的时候。

这也是听说有爵位的血族在此处出没时，千夜执意要跟夜瞳一起行动的原因。在他心目中，如果能用不知什么时候就戛然而止的生命换来一个上位血族的毁灭，那确实是再划算不过的生意。

用二级战兵去换一个起码达到七级的上位血族，任何一名指挥官都会毫不犹豫地去做。

千夜轻轻挪动着枪口，耐心地把王尔德锁定了。

千夜觉得王尔德也有些奇怪，虽然表现出来的只有四五级的力量，但是战技和反应却远超高级血族战士。

联想到之前死在自己手上的那两名血族战士，千夜隐隐感觉到，王尔德可能是同样的情况，不知出于什么原因被压制了实力。他应该是一名血骑士，甚至有可能是有八级实力的爵士。

不过千夜还在等，等王尔德松懈的那一刻。

眼看大局已定，王尔德终于松了口气，微笑着说："夜瞳小姐，你逃不掉了！如果你肯束手就擒，劝你父亲放弃抵抗的话，子爵阁下会非常高兴，并且愿意给你一个相当不错的位置，也许子爵夫人很适合你？但是……"

他的脸忽然沉了下来，阴冷地说："但是，如果你不配合，我们就会把你的尸体送给你的父亲。而且那个时候，我可不敢保证你会变成什么样。你知道，那些黑毛的朋友非常痛恨血族，他们什么事情都干得出来。或许你可以试试等待援兵，比如那个只有二级实力的小家伙儿……"

夜瞳的指尖在微微颤抖，显然已极为愤怒，她转开目光，脸上满是轻蔑的神色，根本不愿意和王尔德再多说一句话。

她看了看四周，寻找着可能实现的逃跑机会。但是那些黑色巨狼和血族战士封堵了所有通道，在被血链枷锁锁定的情况下，她根本跑不过这些四条腿的凶恶家伙。

王尔德满意地看着夜瞳，目光开始肆无忌惮地在她全身游走。即使以血族的标准，夜瞳也有倾城的魅力。她具有天然的魅惑的异能，难怪连子爵那种冰冷嗜血、野心勃勃的大人物也对她动了心，不计后果地想要把她收入私房。

"她最好是抵抗到底……"王尔德抚摸着下颌，出神地想着。

就在这时，一声尖厉的狼嚎惊醒了他的美梦！他突然感觉头皮发麻，濒临死亡的危险直觉萦绕在他心头，让他几近发狂！

他本能地转头望向危险袭来的方向，身体则开始做出规避动作。眼角余光中一点刺眼的银色光芒正在不断放大！

血族最痛恨的就是银色，他一扫到银色，就本能地向前一扑，根本来不及去想这袭击从何而来。一瞬间，他只觉得仿佛有一柄大锤狠狠地砸在腿上，把自己整个人都砸飞出去，而右腿则立刻失去了知觉。

埋在垃圾层中的千夜透过瞄准镜，看着一团银光炸开，然后王尔德便凌空飞了起来，他的右腿"嘶嘶"作响，迅速弥漫上一层黑气。而他本人则在空中翻滚着，被强大的冲击力炸上天空。

这一枪没有射偏，只是王尔德的反应实在太快了，居然瞬间就能做出最正确的闪避动作，躲开了致命的要害。光是从战技等级来看，他起码是个爵士。而破魔秘银弹的威力远远超出千夜的想象，有"重型弹头"威力加成的这一枪要是击中身体，立刻就能要了王尔德的命。

千夜顾不上遗憾，迅速压入第二发破魔秘银弹。他的眼睛始终没有离开瞄准镜，当装填完成时，准星已经指向王尔德落地的位置。这种极限装弹、极限瞄准和极限射击的技巧，是他经过无数次苦练才磨砺出来的。

当王尔德摔落在地上的时候，第二发破魔秘银弹已经呼啸而出，化为一团银光，轰在他的胸口！

王尔德惨呼一声，再也没有余力闪躲，迸发的银光照在他脸上，就像泼了浓酸一样，迅速地腐蚀着他的血肉。他垂死挣扎着，凄厉的声音划破夜空，远远传开。

千夜冷静地观察了一秒钟，确定就算浸泡在传说中的始祖血池里，也救不了王尔德的命之后，才挪动枪口，将其指向另一个方向的狼人。

在观察和移枪的过程中，他又把第三发破魔秘银弹压入枪膛，然后开始疯狂地催动原力潮汐，不顾剧痛强行席卷过胸口区域，向蝎针中注入最后的原力。

兵伐诀之所以能压倒其他功法，成为帝国军中下层主流的修炼法诀，除了能够在初期迅速提升实力，还在于它能够更快地向原力枪充能。眼下这种生死存亡之际，浪费时间就等于浪费生命！

虽然变故突如其来，但连开两枪之后，千夜也暴露了自己的位置。血族战士迅速向他的藏身之处扑来，一时之间夜瞳的包围圈出现了漏洞。

夜瞳并没有趁机逃跑，反而一咬牙，如幽灵一般追在一个血族战士身后，短刀狠狠插入他的心脏。同时两根棱刺从她手中飞出，射入一个想过来捡便宜的狼人体内。棱刺上的剧毒立刻发作，狼人冲出十余米，就悲鸣一声，栽倒在地。

狼人首领极度愤怒地长嚎一声，所有狼人都掉头扑向夜瞳，而他自己则向千夜冲去。在他心目中，千夜的威胁比夜瞳要大得多。

破魔秘银弹的威力，让每个黑暗种族都会胆战心惊！

千夜眼看着狼人首领飞速接近，却没有射击。狼人以狼的形态奔行时的本能反应比血族更为迅捷，完全可以在他扣动扳机的瞬间就变向闪避开来。而且他们身体的恢复能力也不比血族差，这一枪要是没有打中要害，那么过段时间他们就能恢复过来。

"来吧！该死的家伙！一命换一命，还有得赚！"千夜在心中默念着，盯着狼人首领运动轨迹的目光冰冷而平静。

干掉王尔德，他已经找到了活着的意义，要是再多一个五级狼人，这辈子就值了！

这就是军人的算法！

狼人首领已经冲进十米左右的距离，他一跃而起，凌空化出人形向千夜扑去！

就是现在！千夜等的就是狼人的战斗扑击！

他上身忽然后仰，枪口抬高，同时扣动扳机！时机、角度精准得仿佛事先预演过一般。

破魔秘银弹在夜空中划出一道美丽耀眼的银色光芒，瞬间射入狼人首领胸口！随即一大片银光从狼人首领的后背飞出，留下一个海碗大小的恐怖伤口！银光如喷泉般洒向空中，点点滴液折射出光怪陆离的颜色。

狼人首领落到预定的位置，狠狠一爪挥下，蝎针脱手飞出，那记重击毫无阻碍地轰向千夜的胸膛！不过这一击并没有如预想中那样把那个脆弱的人类灭掉，只是将他远远击飞了！

狼人首领发出一声愤怒的咆哮，再次跃起，向千夜追去。然而他只跑出几米，就哀鸣一声，扑倒在地。破魔秘银弹透体而过时，已经把他的内脏全部烧焦了。他的生命力再顽强，也无法抵抗人族真正强者的破坏性力量。

千夜摔到了数十米之外，喷出一口鲜血，随即失去了知觉。

夜瞳的情况也不太好，她终于击杀了全部的血族战士，解除掉自己身上的血链枷锁。

然而她身上也多了数十道伤口，左小腿更是不自然地扭曲着，腿骨已被狼人咬断了。可是周围还有四个狼人！

她咬着牙，剧烈的疼痛让她的额头上全是冷汗。她的棱刺已经用光，唯一的武器就是那把材质特殊的短刀。她向千夜所在的方向望了一眼，终于一咬牙，转身向外逃去。

千夜的实力只有两级，被狼人首领击中，必死无疑。

这批狼人的力量出乎意料的强，即使夜瞳解除了血链枷锁，恢复力量也还需要时间。但是狼人们显然不会给她任何机会。她本来想带走千夜的尸体，因为把他留在这里，就会变成充满仇恨的狼人们的晚餐。可是现在，她已经顾不上他了。

四个狼人不紧不慢地跟在夜瞳身后，他们并不担心她拖延时间。在重伤的情况下，夜瞳恢复等级之前就会消耗掉全部的体力。

夜瞳刚刚出了垃圾场，突然一道若有若无的黑影从旁边扑来，将她狠狠扑倒在地！

影狼！这是狼人中最凶残、狡猾的杀手，他早就到了，却一直埋伏到现在。

夜瞳脸上闪过绝望，然后突然变得凶狠起来。她双瞳深处涌出浓浓的血色，一股无形的冲击力从她眼中射出，狠狠撞向影狼的脑袋！

影狼哀鸣一声，动作顿时僵滞了一下。夜瞳抓住机会，用力将短刀刺入影狼下腹！

影狼怒吼起来，一爪打飞了夜瞳的短刀，然后咬在她的手臂上，"咔咔"几声将她的臂骨咬断了！等夜瞳失去反抗能力，并且意识陷入昏迷后，他才逐渐改变形态，变成一个充满野性的青年男人。他看了看腹部的创口，显得极为愤怒，狠狠踢了夜瞳几脚。

"够了！把她弄死了，价值可就没有那么大了。"从黑暗中走出一个老人，他身后跟着十余个狼人。

影狼向夜瞳一指，怒道："这个冷血的女人根本不可能屈服，而且她杀了我们这么多的族人！"

"那是杜克子爵需要考虑的事情，和我们无关。我们得交给他一个活着的夜瞳，而且不能缺少任何重要部位，否则就不算完成交易。"老人缓缓地说。

影狼胸口起伏不定，怒视夜瞳一眼，向她吐了一口口水。然而诡异的是，这口口水竟悬浮在空中，开始缓缓旋转起来。

这诡异的一幕使得所有狼人都警惕地看着周围，保持狼形态的几个在巨大危险的笼罩之下，干脆竖起了颈毛！

四周突然之间没了风，夜也显得格外寂静，黑暗如同有了重量，狠狠地压在狼人们身上。

全世界都仿佛坠入寂静之中，此时响起的脚步声，每一记竟像是碾压在所有生命的心脏和灵魂上。

从黑夜中走出了两个人。

一个是身材高瘦的老人，他有着一头雪白的头发，脸格外长，眼角深深下垂。这是一张带着浓郁亚平宁大陆风格的面容，能够让人一眼就记住。他的白发没有一根杂色，从脸颊两边垂下，末端形成了一个个极富装饰意味的花卷儿。

另一个则是身材娇小的少女，她有着一张异常甜美的小脸，苍白的肤色映得如血一样的红唇格外刺眼。她束着长长的马尾，黑色披风的领口高高立起，露出边角上缀着的血色纹饰，娇艳而又诡异。

白发老人柔声说道："真没想到，一个小小的地方居然聚集了这么多野狗，难怪隔很远就能闻到浓浓的臭味。"

"这里似乎发生了有趣的事情，是一些低等的族人在内讧？"少女说。

白发老人抬起头，深深地吸了口气，说："猜猜我闻到了什么？那是最上等的秘银的味道，哦，危险……却带着死亡的娇美，而且炼制它的还是一位值得尊敬的对手。呵呵，这个小地方居然这么热闹，真是让人意想不到啊！难道这就是命运的召唤吗？"

少女一脸嫌恶地扫了一眼狼人们，说："如果不是这些野狗身上的味道太大，我也能闻出秘银的味道。"

听到少女毫不留情的侮辱，狼人们纷纷发出愤怒的低吼，但是对危险极强烈的直觉却让他们止步不前。

狼人老者手握木杖，向前走了两步，沉声喝问道："你们来自何方？这里是黑魔部落的领地！"

白发老人微笑着说："黑魔是什么东西？你不需要知道我们来自哪里，一头快要死了的老狼，不要有那么强烈的好奇心。好奇心，应该只属于年轻人和上等种族。"

少女的目光则落到夜瞳身上，忽然"咦"了一声，说："那是什么？多么美丽的血！"

白发老人一怔，缓缓走向夜瞳。他每前进一步，狼人们就会呜咽着后退几步。巨大的位阶差异造成的恐惧，让他们根本无法萌生反抗的念头。

白发老人来到夜瞳身边，伸手沾了一点儿她的血，放到嘴里尝了尝，脸色变幻不定。

他忽然退了几步，夸张地笑了起来，用力挥动双手表达自己的喜悦："这是……始祖之血的味道！她居然觉醒了始祖血脉，她是一个……原生种！"

"王会对她感兴趣的。"少女说。

白发老人苦思道："没错！她血液的味道我有些熟悉，让我想一想这附近是谁的领地……年纪大了，总是忘东忘西……啊！我想起来了，距离这里最近的是卡奥斯伯爵。她的血里有卡奥斯的味道，应该是他的纯血后裔！"

"卡奥斯？"少女眼中带着疑惑。

白发老人摊手说道："一个老家伙，听说有古老的传承。他成天醉心于寻找黑君王宝藏的秘密，却连自己那块小小的领地都搞不定。他手下几个子爵都在密谋推翻他，看来这就是内讧的原因。"

"听起来是个没用的家伙，我对他不感兴趣，这些野狗的味道快把我熏死了。"

"那就清理了吧，还是你来。"老人微笑着说。

"为什么总是我！"

少女抱怨着，但是并没有拒绝。她的双瞳忽然变得通红，如两颗闪亮的红宝石。双唇不断开合，像是在念诵着什么，却没有发出任何声音。

事实上，她发出的是人耳根本听不见的高频声音，宛若歌咏般的音调，在狼人耳中却如同死神的召唤！

所有狼人突然痛苦地哀号，纷纷倒地，拼命翻滚！实力较低的几个还没有撑过十秒钟，就一动也不动了。随后等级高一些的狼人也是如此，场面极为诡异、恐怖！

少女依旧不停地念诵着，精致如人偶般的面孔上现出兴奋且残忍的笑容。在这一刻，她就像散播死亡的使者，凡是听见她的声音的，都在劫难逃！

影狼坚持了三十秒钟，最终也倒了下去。他双手捧头，滚来滚去，痛苦得用脑袋去撞击飞艇的一块儿舱壁。钢板焊成的舱壁被砸出一个个凹陷的深坑，他的脑袋却没事儿。但是随着少女的音调陡然拔高，他终于发出长长的惨号，然后"砰"的一声，倒地不起！

狼人长老还在坚持着，靠着手杖支撑住身体，惊骇欲绝地指着少女，颤声说："你……你是娜娜……"

"答对了！"少女露出甜美的笑容，伸手打了个响指，狼人长老应声而倒。

白发老人拿出一块儿雪白的手绢，掩住鼻子，说："你不觉得这样会让野狗的臭味四处弥漫吗？"

"这样会让你的动作更快一点儿。"少女举起秀气的小手，掩住了鼻子。

白发老人检视着夜瞳的伤势，皱眉道："她伤得很厉害，我需要一些鲜血来缓解她的伤势，这样我们才能及时赶回去。"

"这附近好像只有一个人族小镇，但是有些距离。"

"不，来不及了。这里有一个人类，我已经闻到他的味道了。"

说着，白发老人站了起来，仅迈出两步，就消失在垃圾场深处。下一刻，他又从黑暗中走出，手里提着千夜。

"真是个强悍、狡猾的人类，好在还没死，否则血液就不新鲜了。"他微笑着说。

他从千夜胸口抽出一块儿厚重的金属板，金属板已经完全扭曲，上面有几道深深的爪痕。

原来千夜竟然预先在衣服内垫了这块足有三厘米厚的原能合金板，否则早就被开膛了。仅仅是狼人首领的力量冲击，就能让他胸前的肋骨全断，用不了多久就会死去。

老人把他扔在夜瞳身边，撕开他的上衣，然后伸手在他颈侧一刺，鲜血立刻涌了出来。

夜瞳忽然有了反应，她翻身坐起，睁开双眼，瞳孔里全是茫然的血色，却凭着本能扑到千夜身上。滚热的鲜血不光抚慰了她的饥渴，还快速缓解了她全身的伤痛。

此刻在白发老人眼中，就连她吸血的姿态都是如此完美，忍不住赞道："真不愧是觉醒了始祖血脉的原生种！除了双瞳的强大异能，居然还可以完美隐藏血族的特征，这可是当年十三氏族先祖之一的独有能力。究竟是哪位先祖来着，我得好好想想……"

娜娜在旁边看着，胸脯不断起伏，呼吸越来越急促，根本就没有听清他在说什么。她忽然抓起千夜的右手，一口咬了上去！

白发老人的赞叹声戛然而止，愕然看着娜娜。

娜娜狠狠地吸了几大口血，这才尖叫一声，用力后退了几步，表情复杂地看着千夜。

"怎么样？"老人凝重地问，他很少看到娜娜这个样子。

娜娜神色有些茫然："他的血很甜美，不知为什么，一闻到这种味道，我就会有抑制不住自己的冲动。我要……给他初拥！"

"什么？"白发老人这一次是真的震惊了，他确认娜娜是认真的之后，叹息着摇了摇头，说，"来不及了，他的血已经被这个孩子圣化了，她可是原生种，虽然等级很低，但是你和我都无法压制住她的鲜血之力。除了她，谁也不能把这个人类变成血族了，不过就算现在她能醒过来，她的状态也不可能完成初拥。"

娜娜感到有些惋惜，不停舔着唇边残留的鲜血。

白发老人把夜瞳抱了起来，说："该走了，再迟的话，就赶不及让她浸泡血池了。"

娜娜跟着老人离去，偶尔还会回头，看一眼一动也不动的千夜。虽然她有些不甘心，但最终还是放弃了。

血奴是一条不归路，人族对它们束手无策，血族也同样没有办法。

四周终于安静了，好像什么都没有发生过。然而若是让知情人看到白发老人和少女出现在这里，势必会激起轩然大波。

实力侯爵朱利奥和娜娜，即使在上层大陆的血族中也堪称杀神。

不知过了多久，蒙眬之中，千夜感觉有人在拖着自己，并且听到一些模糊的声音。

"这小子终于死了。"

"是啊，快点儿扔到燃烧峡谷去，我可不想在那个地方多待。"

"我也是。"

第十四章 联手制敌

第十五章　朋友走好

燃烧峡谷，这个地名好像很熟悉……

千夜回想了许久，才终于记起在哪里听过这个地方。

燃烧峡谷距离黄泉训练营不远，里面生活着大量的晶石蜥蜴。这种生着六只脚的爬行怪物身长可达五米，是名副其实的庞然大物，它们身上的晶石是制造原力枪的重要原料之一。

黄泉训练营的毕业标准，就是能够独自猎杀一头晶石蜥蜴，并且把晶石采收回来。对于只拿着标配匕首的学员来说，想要击杀一头二级实力的巨蜥谈何容易！毕业考试也是造成黄泉训练营成员高损耗率的一个原因。

另一方面，晶石蜥蜴喜欢肉食，所以也是训练营处理各种尸体的最佳场地。

一想起燃烧峡谷，千夜邃然一惊，立刻本能地大叫："不，我没有死，我还活着！放我下来！"

他突然坐起，这才发现居然是一个梦。这一年多，他每晚都会在噩梦中醒来，以至于有时候竟会分不清到底是真实的还是幻境。

他向周围望去，见眼下仍然是深夜，自己正身处于垃圾场之中。一只瘦骨嶙峋的野狗咬着自己的脚，并且用力拖拽着。

他随手抓起一块儿坚硬的金属零件，使劲抛出，正中野狗的鼻子，砸得那只畜生哀鸣一声，夹着尾巴逃了。

他动了动，只觉得全身上下无一处不疼，胸口更是稍有动作就会撕裂般产生剧痛。

他先检视了一下身上的伤势，发现左臂断了，胸前有几根肋骨也断了，身上还有许多大大小小的伤口。

不过让他感到意外的是，伤势比想象中轻太多了。断裂的骨头都自动对接在一起，而且有了重新生长的迹象。外伤也不再流血，许多小的切割伤口则已经收了口，体内似乎还有一股雄浑的生命力正滚滚流动着。除了骨头还没有完全长好，他的身体状态居然非常好，而且嗜血的饥渴似乎也消失了。

这时，他忽然在颈侧摸到两个深深的伤口，表情一下就凝固了。怎么又被血族给咬了？不过随即他就释然了，咬一次和咬两次又有什么区别？反正早就被污染了！然而指尖传来的味道却让他的心一沉！

那是一种带着淡淡清香的味道，他十分熟悉，这是夜瞳的味道！

一切疑点都有了答案，夜瞳不光是血族，还是非同一般的上位血族。她的特殊能力，居然可以把所有属于血族的特征都隐藏起来，看上去就和人类没什么区别，连体温都十分正常。

无论是千夜直接接触她的身体，还是在战术瞄准镜的视野中，都看不出一个正常血族应有的反应。这真是一种令人匪夷所思的能力。

自己竟然和一名上位血族联手，杀了一个爵位血族和一个精英狼人？千夜此时的心情异常复杂，不知道是该高兴，还是感到遗憾。

夜瞳是他来到永夜大陆后，第一个联手作战的伙伴。之前夜瞳折返，进入垃圾场，他的心脏确实用力跳动了一下，那时他甚至有过强烈的感动。在他被击飞前，看到的是夜瞳正被狼族和血族联手包围，形势危急。

就算现在已经确认了夜瞳是血族，他发现自己对她还是恨不起来。不为别的，就为了她毅然返身和自己共同面对强大到不可战胜的敌人。

既然她吸了自己的血，那么就能继续活下去吧？他想着。

冰冷的夜风吹过，带着一成不变的腐朽气息。他甩了甩头，抛开那些凌乱无用的思绪。忽然，他感觉到手腕有些异样，抬起来一看，那里居然还有两个齿孔！

他皱了皱眉，伸手抹了抹，指尖传来一股诡异的甜香。不管味道多么好闻，都改变不了这是另一个血族留下的吸血痕迹的事实。

竟然是血宴？千夜心头浮起这个词。

血宴是血族的一种相当正式的仪式。其实真正的血族并不是随时随地都喜欢咬人，

第十五章 朋友走好

战时对鲜血的渴求更多的是为了补充力量和恢复伤势，就像人类用各种军方兴奋剂提振战力一样。

血族把进食鲜血视为很神圣的事情，那是他们与始祖沟通，以便承继更多鲜血之力的私人时间。因此除了血宴，他们从不与其他族人共同享用猎物。

血宴相当于人类的沙龙，代表着参与方之间亲密的关系、友好的立场和互相的信任等等。至于作为血宴主食的那个人类，多半是因为鲜血的味道特别好，或者身份特殊，并且足够强大。

千夜抬头望着血色圆月，笑了起来，自语道："我居然有资格做血宴的主菜了！"

成为主菜不算奇怪，奇怪的是他居然还活着。

他静静站了一刻，然后开始小心探查周围的环境。这是多年以来形成的本能，这个本能让他无数次躲过偷袭，从危险中活了下来。

不远处有很多狼人的尸体，其中一个手脚颀长，竟然是影狼！

这些狼人明显比他最开始见到的那些还要强大，但他们都死在了这里，而且没有一个身体是完好的。有几个甚至呈现出干尸的状态，显然被吸光了血。这可并不常见，谁都知道血族从来不喝狼人的血，不是因为味道，而是因为信仰。

他觉得残留的血腥味儿有些熟悉，便走到狼人的尸体边，蹲下来仔细查看。狼人的动脉被咬开了，但是留下的却是人类咬过的痕迹。他立刻知道，是自己吸干了他们的血。

难怪这么久都没有出现嗜血的饥渴，原来在昏迷的时候已经发作了。在救生艇坠落之后，他第一次吸了这么多血，或许黑暗之血就快压抑不住了吧？也许下一次饥渴发作之时，一切就该结束了。

一想到这里，他不禁下意识地去摸红蝎军刀，可是却摸了个空。他这时才记起被精英狼人击飞的时候，身上的装备已经全部散落了。

他打算站起来，去找一找自己的军刀。在准备终结自己生命的神圣时刻，他还是希望能够使用那把源自红蝎的军刀。

他的目光忽然落在一具狼人尸体紧抓的手杖上，只见顶端是一个恒光罟。他自动转换了刻盘日历的时间，然后一怔：三天？才昏迷了三天，难怪血月仍未消退。

他感觉身体有些异常，伸手过去拨了一下恒光罟，确定那玩意儿没有坏掉，然后用简易的内视法查看了一下身体。

果然，什么都不对劲儿。

血月并没有结束，但是他却不再像之前那样出现持续很久的难以忍受的灼热感。如果说，这是因为他吸了足够的血，那么自动对接了的骨头，半愈合的内脏，以及快好了的外伤，都表明他拥有了十分强大的恢复速度，这绝不正常。

刹那间，他几乎以为自己已经变成了血奴，可是他分明神志清楚，思维正常。

他立刻找了个隐蔽的地方，盘坐后开始驱动原力，完整地运行军中疗伤心法来检视身体内部情况。

他体内原力涌动，已经触到三级的边缘，右手处的原力节点则现出清晰的轮廓，屏障随时都有可能被突破。只要突破了这层屏障，右手的原力节点就可以被点燃，真正迈入三级战兵的行列。但是此刻他体内伴随着原力运行的，竟然还有一缕浓郁的暗红色能量，这是黑暗之血产生的血气。

他体内的黑暗之血原本根本不受控制，在经络中四处游走，不断侵蚀着周边的血肉。所过之处带着阵阵灼热，当热量累积到一定程度，就会烧得他神志不清，从而无比渴求新鲜的血肉。他与之搏斗了近一年的时间，对这缕能量的破坏力再清楚不过了。

现在血气依然在运行，却感觉不到任何不适，他几乎以为这是自身拥有的能量。此外暗红色血气中还多了两道特殊的颜色，一道在深红中透着紫意，另一道则是淡淡的金色。

他意识微动，停止运行兵伐诀，于是原力潮汐慢慢降落，黑暗之血竟然也随之平息了。他觉得不可思议，尝试着去控制和推动那股血气，片刻后全身一震，血气疯狂地涌入心脏，然后又漫溢出来，最后竟然凝结出两个神秘的符文，一段信息立即刻入他的意识之中。

血族体质和瞳术"黑暗视觉"。

这两个符文竟然是属于血族的两种能力。

血族体质会自行引导血气不断改造本体，提升身体复原的速度。而在大量吸血的情况下，身体的恢复速度还会再次提升，这也是血族独有的种族优势。

黑暗视觉则是很多血族与生俱来的一个能力，能够在黑夜中自如地视物，效果比人族的夜视仪还要强大。

千夜看着自己身体的变化，继续运转内视之术，却没有新的发现了。如今他的血脉中有两道泾渭分明的能量平行流淌着，乳白色的是黎明原力，三色交织而成的暗红色则是鲜血之力，这是黑暗原力的一种。两种属性极端对立的原力，却相安无事地共处着，

第十五章 朋友走好

仿佛是天然存在的一般。

不过他也知道，如果黑血不再灼热和侵蚀血肉，那么应该不会有饥渴感。这是否意味着他将始终保持清醒的理智呢？另外对于两个新增加的能力，他也充满了期待。

命运似乎终于对他露出一丝善意的微笑！

他在垃圾场中走了一圈儿，发现蝎针已经变成一堆零件，彻底损毁了。他将这些零件分开，小心地埋到垃圾场各个角落。

蝎针是红蝎的制式武器，独此一家，所以哪怕是一个零件也不能随意曝光，否则就会引来无穷无尽的麻烦。

接下来他得处理狼人的尸体，尤其是身上带着人类咬痕的那些。

但他觉得有些奇怪，狼人是很看重群体的种族，他们不会轻易让族人的尸体暴露于荒野之中。现在这么多狼人死在这里，却始终没有看到他们来善后，说明他们的部落多半出了什么事儿。

他找到两根夜瞳用过的棱刺，清洗了一把血族战士的匕首，这是他全部的防身武器。至于他带出来的一些零碎的小东西，连同红蝎军刀一起，都不知道掉到哪里去了。

深夜尚未过去，荒原上的风仍旧冰冷。久悬头顶的利剑终于有了消失的可能，他抬头看着那轮占据着小半个天空的血月，不觉得有丝毫嗜血的躁动，甚至感到殷红的颜色有点儿淡了，或许再过两天绯月之夜就会过去，黎明终将到来。

不过虽然暂时解除了黑暗之血的威胁，他依然需要谨慎，并且要尽量避开帝国军方和门阀世家所在的地方。那里强者如云，天知道谁会发现他身上流淌着一半的黑暗之血。

他决定先回灯塔镇，算一算，他已经五天没露面了。幸好在永夜大陆这种混乱之地，一个人的失踪不会引起多大的骚动。

奔行数小时之后，灯塔小镇出现在千夜眼前。小镇看起来没什么变化，但是他却觉得有些过于安静了。

天快亮了，接近地平线的地方还是一片漆黑，但是天穹上方开始发白，天边亮起些许微光。这个时候，至少拾荒者们应该起来了，开始准备外出的行装。

千夜没有直接走向尚未修好的大门，而是绕到侧面，缓缓接近城墙。

从他站立的位置看过去，秃头警长坐在城楼上，帽子倒扣在脸上，好像正打着瞌睡。显然镇门修好之前，警长只能每天值夜了。虽然警长无时无刻不是一副昏昏欲睡的样子，但是他知道那是假象。任何东西在夜间靠近，都会引起警长的警觉。

他选了个离警长稍远一些的位置，轻轻一跃，无声无息地上了城墙。这一跳，他明显感觉到自己的跳跃能力增强了不少，差点儿没控制好，直接越过这堵不到五米的墙。他正想向镇里看去，忽然觉得警长的姿势有点儿不自然。

他伏低身体，几乎贴在城墙上，慢慢靠近城楼。相距很远，他就闻到一阵浓浓的血腥味儿。夜视能力让他清楚地看到警长胸口的那团儿血渍，血迹早已干涸，都有些发黑了。

警长已经死了，坐在城楼上的不过是具尸体。他心里"咯噔"了一下，又伏低了一些，把自己藏在阴影里。

虽然警长只是个小官，但是他却代表着帝国的秩序。有他在，就意味着这块土地依然是帝国的版图。所以哪怕外来者的实力比他更强，也不敢轻易杀掉他，因为杀了他就相当于在挑战帝国的尊严，帝国远征军的驻地离这里可不远。

千夜做了一个深呼吸，随即发现自己对生人鲜血气息的感知更加敏锐了。好消息是，血肉气息果然不再引发饥渴感。可他却并不高兴，因为镇内的血气竟然少了一大半儿！

他跳下城墙，先在附近几户熟悉的普通居民的屋外绕了几圈儿，确认睡在里面的还是原住民，然后才向曼殊沙华酒吧潜行。

酒吧里一片狼藉，刚装好没几天的大门歪在一侧，没有一扇窗户是完好的，陈设尽毁不说，地上还有几摊触目惊心的血渍。

从卧室的方向传来阵阵响亮的呼噜声，穿过走廊，在大堂中回荡。

他没有直接走过去，而是绕到后门进入酒吧，无声无息地来到居住区。两侧的客房里都没有动静，声音是从他的卧室传来的。

一个年轻男人怀抱着一支猎枪，正靠在沙发上，睡得十分熟。这个家伙明显是被指派留守在这里，等待千夜出现的。不过几天都不见千夜回来，他也就失去了警惕，开始偷起懒来。

千夜用匕首轻轻拍了拍他的脸，他立刻就被弄醒了，极为不爽，还没看清眼前是谁，就喷出一连串的脏话。

千夜一拳砸在他的肚子上，他弓得像个虾米，后面的粗口全部被堵在了嗓子眼儿。随后千夜将他脸朝下按死在沙发里，用膝盖狠狠撞击他的肋部，直到听见"咔嚓"的骨裂声，才算罢休。

千夜一放手，他就想尖叫，可是咽喉上那把短刀散发的寒意却让他清醒了。

"这里发生了什么？是谁派你来的？如果你的回答不能让我满意，我就把你的手指一根根切下来。"千夜冷冷地说。

年轻男人看清是千夜后，立刻畏缩起来，急忙说："我是严老虎的人。前天远征军派了两个连过来搜捕血奴，我们就跟着一起过来了……"

"继续说。"千夜把短刀压了压，在他的脖子上切出一道血痕。

年轻人感觉到千夜平静的眼神中暗藏的杀意，立刻打了个寒战，迅速说道："黑流城的齐公子对你和赵公子很不满意，他因为你们输了一大笔钱，还有一把高级原力枪。所以就想办法让远征军出动了两个连，以搜捕血奴的名义过来，实际上是……是为了杀掉你和赵公子。"

千夜心中一紧，他很清楚搜捕血奴对于灯塔镇上的人来说意味着什么。

"那些消失的人呢？"

"大部分就地处决了，有些则被远征军带走了。"

"严老虎呢？他在哪里？"

"他在赵公子那里。"

千夜点了点头，缓缓收回短刀，说："你很老实，我给你一个活命的机会。立刻离开这里，有多远就滚多远！"

"是，是！谢谢您！"年轻男人的头点得像小鸡啄米一样。

千夜转身向外走去，刚跨出门口，忽然反手甩出一根棱刺。棱刺飞射如电，瞬间刺穿了年轻男人的身体！他愕然看着千夜，手中的猎枪已经瞄准了千夜的后背，但可惜的是，他再也没有力量扣下扳机了。

千夜又走了回来，拎起他的猎枪看了看。

这是一把燧发长枪，可以使用土制霰弹。由于做工粗糙，十米之外就不能保证威力和精度了。但是在近距离上还算是一把威力不错的杀人利器，至少比短刀好用。

千夜从他身上翻出十发霰弹，最后看了一眼自己的酒吧。

酒吧的青石地板被一一撬开了，任何有价值的东西都被洗劫一空。在生命最黑暗的阶段陪伴着他的曼殊沙华，就这样化为乌有。不过他并不感到愤怒，反而异常平静，还有一点儿兴奋。在红蝎的训练中，这是出战前最好的状态。

千夜直奔赵公子的废弃厂房，据说严老虎接管了灯塔镇后，这几天一直待在那里。

天光仍然没有降临到地平线上，前方那一栋栋高大厂房的剪影分外阴森，就像随时都会扑过来吞噬人的怪兽。里面只有一座厂房被赵公子改造过，可以住人，其他的全是废墟。

厂房外面明显有战斗过的痕迹，弹壳洒得到处都是。千夜捡起一枚弹壳看了看，心立刻微微一沉。

这颗子弹是帝国远征军制式的突击步枪弹，这种枪虽然是几十年前就退役了的古董，可是也比普通土制武器的威力大多了。既然对方能够动用大量军用制式武器，那么赵公子多半已经凶多吉少。

厂房的大门开着，不过千夜没有从正面进入，而是小跑几步，然后飞跃到外墙上，借助冲势一路攀缘而上，转眼间就翻到厂房顶上。严老虎并没有在这里布置岗哨，所以他很顺利地通过楼顶的出口，进入厂房内部。

厂房一侧贴着墙壁搭起了三层建筑，空旷的大厅内放着一个巨大的动力主机，但是现在已经变成一堆废铁。

千夜记得最上层是赵公子的居处，中间那层是帮派元老和护卫的房间，最下面一层则住着一般成员。他无声无息地走到赵公子的卧房外，立刻就闻到了浓浓的血腥味儿，而且已经不新鲜了。

他停了片刻，才轻轻推开门，向里面看去。

赵公子倒在地上，满身是伤，地板上留有一道触目惊心的血痕，看样子临死前他正挣扎着爬向壁柜。他的眉心处有一个弹孔，不过脸上却露出心满意足的微笑。

千夜无悲无喜，进入房间，在赵公子身边蹲下。

他慢慢握住赵公子向前伸出的手，赵公子紧攥的掌心里似乎抓着一样东西，两根手指都被人扳断了，却依然没有松开。从断间可以看到那是一个通用规格的药瓶，标签上注明了它是一种很普通的神经舒缓剂。

在有门路的人眼中，这瓶药根本值不了几个银币，或许这也是凶手放弃夺走它的原因。

千夜却知道它的用途，这是赵公子替他买的药，用于缓解黑暗之血发作时的症状。因为对方发货迟了，所以直到现在也没能亲自交到他手里。

他没有想到，赵公子在临死之前，还没有忘记这瓶药。他仿佛看到赵公子又站了起来，把药瓶递过来，豪气冲天地说："我赵某人答应过的事儿，从来没有不算数的！"

药已经到手,只不过现在他已经用不上它了。

他为赵公子出战已经有一段时间,每参加一次,所获得的酬劳是一个银币,三场战斗就可以换回一瓶药。因为虚拟格斗是技术活儿,所以报酬反而比血腥格斗还要高。

在遗弃之地,不怕死的人到处都是,真正懂格斗的却没有多少。这就是现实,人们不断拿自己的身体和性命去赌搏,但就算他们赢了,所得到的也没有中上层大陆那些门阀世家丢掉的一块儿面包值钱。

在毫无秩序和公正可言的永夜大陆上,言出必行的赵公子完全是一个异类。千夜表面上与赵公子只是临时的雇佣关系,实际上,私下里赵公子一直拿他当兄弟看待。这也是千夜愿意一直与他合作,并且几次暗中出手保护他的原因。有赵公子在,其他区域的势力就进不了灯塔镇,人们的生活起码还能有一点儿秩序。

赵公子、警长以及千夜,他们分别在黑白两道和灰色地带维持着灯塔镇的秩序。在黑流城的势力范围内,灯塔镇就是一块儿小小的乐土,所以来这里生活的人越来越多。即便是拾荒者们,只要时间允许,都会尽量赶到这里过夜。

然而他们所有的努力在远征军这个庞然大物面前毫无用处,它只是稍微动了动最小的尾指,就碾碎了一切。

千夜深深地吸了口气,只觉得胸中有一股血气正在缓缓沸腾!他无力和远征军抗衡,但是他可以给那些帮凶和狗腿子们一个深刻的教训!

千夜轻声说:"赵公子,把它给我吧,我的酬劳已经拿到了。"

仿佛出现奇迹一般,赵公子一直紧握的手竟然松开了。千夜把药瓶装进口袋,向房间里扫了一眼。

这里也被洗劫一空,武器柜的两扇钢门不翼而飞,里面空空如也。这早在千夜的意料之中,他也并不在意这些普通的火药武器。

他离开赵公子的房间,沿着廊道无声地走着。经过一个房间的门口时,他忽然停步,然后摘下背后的猎枪。

房间里传出了说话声,其中一个正是严老虎。

"这次多亏了齐公子帮忙,我才能坐到这个位置上。今后齐公子有什么吩咐,我严老虎一定风里火里,在所不辞!"

一个有些阴柔的声音回道:"这个姓赵的和那个叫千夜的小子太不识抬举,给脸不要脸!他们当我们公子的话是随便说说的吗?哼!什么赵公子,不过是个地痞头子而已,也敢自称公子。"

同样是地痞头子的严老虎赔着笑，笑声有些尴尬。

那个刻薄的声音继续说道："你们这些人能够靠上我们家公子，给公子当条狗，是多少人修也修不来的福气！公子随便扔根骨头，就够你们啃上几年了！不过，你们要是有了其他不该有的想法，呵呵，可别怪我丑话说在前头，这个姓赵的今天，就是你们的明天！"

严老虎连连说道："不敢，不敢！我一定尽心为公子办事！王大人，时间不早了，是不是该休息了？您看上镇里哪个女人了，我这就带人去给您抓过来！"

王大人叹了口气，说："这里就只有那个敏儿有味道，只可惜……"

"谁让她咬伤了公子呢！公子吩咐过要让她受满七天的罪才能死，今天已经是第五天了。您还是换一个吧。"

那人犹豫了一下，说："也好。"

这时房门外忽然传来千夜冰冷的声音："不用换人了。"

"什么人？"

"谁在外面？"

房间里呼喝一片。

千夜被血族体质大幅提升过的感知发挥了作用，光是听着杂乱的脚步声，他就在心中勾勒出了房间内的情况，仿佛亲眼所见一般。

一名护卫直接扑向门口，这是近乎愚蠢的勇猛。

千夜将猎枪抵在房门上，直接开了一枪！

单薄的木门被轰出一个大洞，那名护卫也被巨大的冲击力袭得向后飞出。

千夜一脚踹倒房门，看都不看，就又向内轰出一枪。密集的铁砂瞬间覆盖了大半个房间，里面顿时传来一片惨叫。

从王大人身后跃出一名粗壮的大汉，他的身高足足有两米二，浑身肌肉发达。在他面前，净身高超过一米八五的千夜就像个孩子。

他的脸上、身上有数十个血点，都是被铁砂打出来的，显然这把土制双管猎枪对他没有什么效果。他怒吼一声，大步冲来，抡起跟千夜的脑袋差不多大的拳头，狠狠砸向千夜的脸。

千夜毫不躲闪，同样一拳挥出，和他狠狠对了一拳！

"咔嚓咔嚓"的骨裂声传来，大汉的拳头明显变形了。如此简单粗暴的对拳，千夜竟然完全碾压了对手！

千夜飞起一脚，略显单薄的身体中迸发出惊人的力量，直接把大汉踹飞了。大汉"咚咚咚"撞穿了两层墙壁，才摔在地上，再也爬不起来。

千夜拍了拍手，微笑着说："严老虎，我们又见面了。至于这位先生，是姓王吗？"

严老虎口中的王大人是一个中年男人，头发已经秃了一大半儿，硕大的肚腩显得非常累赘。但是如果因为外表轻视他，那就错了，这个家伙其实也有一级战兵的实力。

"千夜！你还没死？"严老虎惊呼，下意识地向墙边靠去。

那位王先生倒是很镇定，刚才他把桌子举起来挡住了纷飞的铁砂，全身上下并未受伤。

他缓缓地说："你就是千夜？我们家齐公子对你很感兴趣！我以为你已经死了，所以才把这里'清理'了一下，去掉了几个碍眼的货色。既然你回来了，那么我可以做主，再给你一次机会，跟我回去为公子办事儿，怎么样？你很年轻，是个人才，只有在齐公子手下才能发挥出真正的用处。否则，你早晚会像荒原上的那些渣滓一样，为了一口吃的什么事儿都干得出来。这样的生活，真的是你想要的吗？"

"可是我很不喜欢你手下的一些人，比如这个家伙。"千夜向严老虎一指。

听到千夜这么说，王先生松了一口气："如果你肯为我们做事儿，那么他自然就没什么用了。你可以随意处置他，他现在的地盘也都交给你管理，怎么样？"

"不，不！王大人，这可不行！"严老虎完全没想到会是这个结果，惊得跳了起来。

看似处于极度惊恐之中的他突然掏出手枪，对着千夜恶狠狠地扣下扳机，狞笑着叫道："臭小子，去死吧！"

枪声和硝烟掩盖了一切，当他打完手枪中的子弹时，才看到千夜完好无损地站在原地。

王先生眼角不断抽动，他看得很清楚，每当严老虎扣下扳机的时候，千夜的身体就会诡异地扭动，恰好避开子弹。这样的身手，他也只是在军中高手身上见过，这也是火药枪奈何不了原力高手的重要原因。

弹夹已经空了，严老虎还在拼命地扣着扳机。枪机"咔嗒咔嗒"地空撞着，就像是在为他敲着丧钟。

连续不断的巨大动静终于惊动了驻扎在更远处的人们，急促的脚步声由远及近地传来。

千夜伸脚一挑，地上那支原本属于护卫的手枪就到了掌中，他对着走廊那边的墙壁连射数枪。

这些房间都是用木板和铁皮隔断的，在手枪面前显得有点儿单薄。子弹就像长了眼睛一样穿过薄薄的墙壁，射在外面的人身上。中枪的人惨叫一阵儿，从栏杆上重重摔落。

千夜连续射倒了五个人，手枪里还剩一发子弹。他头也不回，枪口甩过左肩，子弹准确无误地射入王先生的手臂，痛得王先生大叫一声，手一松，一把特别厚重的手枪落在了地上。

刚才趁着混乱，王先生以平生最快的速度出枪，但是当千夜射倒外面的五个人，又一枪击中他的手臂时，他的枪还没有抬到能够瞄准的位置！

这是绝不应该出现的情况！先不说出枪的速度，单凭他有一级战兵的实力，火药武器便不足以让他失去行动能力，偏偏千夜的射点正中关节要害，他整条手臂都无法抬起。

他又惊又惧，捂着手臂，失声问道："你绝不是普通人！你……你究竟是谁？"

千夜出枪之快之准，是他平生仅见。而且千夜从破门而入到现在，哪怕是在说话的时候，都没有做过任何多余的动作。这是最地道的军中风范，并且绝不是普通的特种部队能够训练出来的。

虽然资料上说千夜只是一级战兵，但是他此时已经知道其中有问题了。以千夜目前展示出来的速度、力量，还有可怕的判断力和精准度，真到了战场上，即使是三级实力的高手，多半也要死在他手里。

这样一个高手，怎么会躲到灯塔镇这种乡下小地方，开一个破烂的小酒吧？

千夜像是没看到严老虎和王先生正准备破墙而出，他捡起一个弹夹，重新装弹，然后枪口骤然喷出火花。

只见两枪分别打在严老虎的膝弯，让已经跑到楼梯口的他惨叫一声，摔倒在地。

千夜从栏杆边探出身去，又连射四枪。王先生已翻过栏杆跳到一楼，眼看着就要跑出大门了，不料双手双腿分别中枪，只能大叫一声，仰天摔倒在地。

千夜看了看手里这把粗制滥造的枪，无奈地摇了摇头。四枪下去，每一枪都未能打断王先生的骨头，最多也就是皮肉伤而已。作为一级战兵，王先生绝对还有反抗之力。

当第一个原力节点被激活时，修炼者的各项身体素质就会大幅提升，比未修炼前要强一半儿左右。其后每升一级，身体素质还会继续提升。在面对高级战兵时，火药类枪

第十五章 朋友走好

械就会显得威力不足，逐渐退出舞台。

千夜从三楼轻松跃下，又捡起一个弹夹，不急不忙地换上，然后走到王先生面前说："我刚才忘记说了，我也很不喜欢你。"

千夜抬起手枪，对准王先生的额头，王先生眼中闪过一丝狡黠，脸上却是惊恐的表情。然而千夜忽然笑了笑，枪口微微动了动。

王先生立刻脸色大变，这次是真的惊恐失措了，失声叫道："不，不要杀我！我们可以谈，什么都可以谈！"

王先生一边叫，一边抬手护住头脸，再也顾不上伪装。以一级战兵的身体强度，千夜那一枪根本打不穿头骨，他还有装死的可能。但是千夜动了动枪口，却直接瞄准了他的眼睛！

他立刻知道自己的小花招儿根本瞒不过千夜。

千夜淡淡地说："可惜，我刚才听到了一些不该听到的东西。"

"砰"，枪声响了，王先生惨叫着蹲了下去，惊叫道："你不能杀我！我是齐岳的舅舅，你要是杀了我，齐家绝对跟你没完！你再厉害，也逃不过帝国远征军的追杀！"

"齐家吗……"千夜沉吟着，忽然反手挥枪，"砰砰"数声，又隔着墙壁将外面几个潜行过来的家伙放倒了。

枪里还剩下最后一颗子弹，他再次抬起枪，指向王先生，淡淡地说："齐岳嘛，我也会找他算账的。你只是先走一步，放心，他随后就到。"

王先生这下真的怔住了："你，你想杀我们公子？你疯了，绝对是疯了！你知道他是谁吗？你以为他只是齐家的公子？他……"

"砰"，枪声响起，王先生表情呆滞，慢慢向后倒下。

千夜转头向半个身体挂在三楼台阶上的严老虎望去。

严老虎已经吓傻了，缩在角落里，汗如雨下。一半是因为害怕，一半是因为剧痛。他可没有王先生的实力，所以骨头不够硬，千夜那两枪已经打碎了他的膝盖。

他绝望地看着千夜，知道对方不可能放过自己。此刻他不知道有多么懊悔，如果时光能够倒流，打死他也不会来抢夺灯塔镇，就不会招惹千夜这个杀神了。

他自问也是刀头舐血过来的，却从没见过像千夜这样可怕的人。千夜的实力并不是他所见过的最强的，但是杀人时的那种冷静和从容，却让人从心底泛起寒意。他听说只有帝国军中那几支最神秘的精英军团，才会有这种只为杀戮而生的怪物。

请见二维码
更多精彩内容

他并不知道自己的猜测已经接近真相了。帝国军上百只特种部队中，红蝎始终位列前三甲之中。

看到严老虎这个样子，千夜也没了折磨他的兴趣。

"敏儿在哪儿？"

"她被关在一楼，最靠里面的房间就是了。"严老虎战战兢兢地回答。

千夜点了点头，用匕首在严老虎的脖子上一抹，结束了他的生命。然后回到之前的房间，拾起王先生掉落的手枪，检查了一遍。

这是黎明之光第一型原力手枪，是黎明战争之前设计出来的古董，原力转化率只有10%。它的枪身超过半米，单就尺寸而言，与其说是手枪，倒不如说是便携版的突击步枪。

黎明之光系列原力手枪之所以到现在还在流传，是因为结构简单，容易维护，而且足够便宜。买一把蝎针定制版的钱，可以买到几万支黎明之光。

黎明之光第一型原力手枪再老旧，转化率再低，毕竟也是原力枪，近距离的威力堪比大口径步枪。

这把黎明之光保养得很好，看得出王先生十分爱惜它。千夜又捡起一把双管霰弹枪，然后走出房间。

一跨出房门，迎面就是一阵弹雨！他连忙一个空翻，让过弹幕，接着直接越过栏杆落到地上。

伏在大厅西北侧那巨大的报废机器顶部的两个枪手看傻了眼儿，这个家伙可是直接从三楼跳下来的，居然一点事儿都没有，而且稳稳落地后，毫不停歇地举枪瞄准他们！

他们急忙缩了回去，借着一块儿废钢板掩护自己。他们的反应可谓迅捷了，然而千夜扣动的是黎明之光的扳机！

一颗散发着橘黄色光芒，使用了重型弹头威力加强的原力弹从枪口射出，直接轰开厚达两厘米的钢板，只见漫天金属飞舞着洒落，两个枪手已经不见踪影。

这个结果在千夜的预料之中，要是原力枪连这点儿威力都没有，人族凭什么靠它与黑暗种族相抗衡？而且千夜的原力属性格外暴烈，射出的原力弹威力也比一般人的大得多。

千夜不断将原力注入黎明之光，慢慢地，一颗新的原力能量弹在枪膛中生成。以千夜目前的原力水准，可以用这把黎明之光射出三枪，而王先生这样的一级战兵就只能开一枪而已。

新的原力弹形成之后，千夜就向大厅尽头的房间走去。严老虎的手下数量不多，被千夜杀了十几个后，其余的见势不妙，全都逃之夭夭了。

房门没有锁，千夜推门而入时，扑面而来的是浓浓的血腥气和腐臭味儿。

墙壁上锁着一个女人，她身上全是大大小小的伤口，一看到那些伤口，千夜就知道她已经没救了。

千夜的手突然有些颤抖，要是早一步看到眼前的景象，他绝不会让严老虎和王先生死得如此痛快！在红蝎，他学到了不下五十种残忍的用刑手法，那种痛苦就连黑暗种族也无法忍受。

"是谁？"敏儿好像意识到了什么，一边侧耳倾听，一边问着，她已经瞎了。

"……是我，千夜。"

敏儿露出喜悦的笑容，说："你来了！外面那些人……"

"严老虎和王先生都死了，下一个就是齐岳，他跑不掉的。"千夜很平静地回答。

敏儿笑了，说："他们杀了赵公子后，齐岳让我陪他。我表面上答应了，然后趁着他没有防备，狠狠咬了他一口！"

她大笑了一阵儿，然后放低声音说道："可惜，你们这些修炼了原力的家伙都是怪物，咬都咬不动。"

千夜默然听着，然后叹了口气，说："你没必要拼命，你应该好好儿活着，报仇的事儿，有我就行了。"

敏儿轻叹了一声，说："这不一样！我知道很多人都看不起我，可那天赵公子却对我说，我是自己人……"

她忽然绽放出如阳光般灿烂的笑容，说："既然是自己人，那么就要有自己人的样子，不是吗？"

"当然！"

"千夜，帮我个忙好吗？我想洗一洗脸，死得干净一点儿。"

她看上去很平静，千夜没有想到，这个靠出卖身体生活的小女人居然还有如此坚强的一面。

千夜拉断锁链，把她平放在地上，接着去找了几桶水，倒在她身上，冲走了污秽和脓血。最后又在旁边的隔间里找到一条毛毯，裹在她身上，将她抱进怀里。

敏儿轻叹一声，说："千夜，有一个问题我一直想问你。"

"说吧。"

"你为什么不肯碰我，哪怕我不要你的钱也不行？"

"因为……我怕控制不住自己，会吸你的血，把你变成血奴。"

"你是血族？！"

"不……全是吧。"

"虽然不太明白，不过只要不是因为讨厌我，我心里就好过多了。这算是我们之间的秘密吗……"敏儿很欣喜，但是她的声音却越来越小了。

"是的，这是只有我们两个才知道的秘密。"千夜说。

可是他的回答，敏儿再也听不到了。

千夜来到厂房后面那片废弃的空地，将赵公子和敏儿的尸体并排放在堆好的黑石上。他点燃黑石，看着火焰将他们的身体渐渐吞没。然后借着冲天的火光转身离去了，很快便消失在天色已经大亮的荒原中。

从这一刻起，他在灯塔镇再也没有朋友了。

一天之后，千夜到了黑流城。

他没有急于进城，而是在城外的飞艇坟场中住了下来。黑流城不比灯塔镇，这里有远征军常年驻守，而且齐岳本人也是二级战兵，他的身边甚至还有四级护卫。想刺杀他，并不是简单的事情。

千夜需要耐心等待，等着对手因为松懈露出破绽。他没有留下什么痕迹，他知道在齐岳眼中，自己不过是个一级战兵，实力有限。

飞艇坟场是不错的藏身之处，这些古老的飞艇残骸没有任何价值，只有拾荒者们会到这里来碰碰运气。

他布置好了藏身之处，就开始静静修炼兵伐诀。

第三个原力节点激活在即，一旦成为三阶战兵，他的实力将骤然提升。以他在黄泉训练营和红蝎军团中得到的经验，只要不遇上远征军驻守在黑流城的那名六级中校团长，面对其他人时，即使无法取胜也能轻松地逃脱。

兵伐诀形成的原力潮汐开始一波波地冲击节点处的屏障，他发现这一次原力潮汐经过胸口区域时造成的痛苦比原先小了很多。这显然是血族体质的成果，有了这个能力，血气就能不断地改造他的身体，强化他的身体素质，他忍受原力潮汐冲击的能力也会随之增长。

此刻每轮原力潮汐带来的痛苦已经下降到只比正常人略高的水准，所以他很轻松地跨越了二十轮原力潮汐的冲击，然后继续攀登以往未曾触摸过的高度。

二十一、二十二……

每一轮原力潮汐之后，新的原力潮汐的冲击力就会变得更加强烈。千夜的原力比正常人雄厚，所产生的原力潮汐的冲击力也比正常人要强大，超过二十次之后，威力简直如同海上风暴！

第三处原力节点的屏障开始不断闪亮，转眼间就摇摇欲坠。但是原力潮汐并不是积累得越多就越好，若是换作他人，此刻原力潮汐的反震力怕是早就把他的内脏给拍碎了，而千夜由血族体质增强过的身体却还能够忍受。

当第二十六轮原力潮汐到来时，千夜的内脏开始出现轻微的损伤。但是来自血族体质的恢复能力，让他觉得自己还可以承受一轮冲击。

第二十七次时，原力节点的屏障已经开始出现裂痕！此时他的内脏开始向外渗血，他强忍痛楚，小心调整着自己的状态。

"应该还能再忍受一波冲击。"他默默守护着要害部位，任由兵伐诀继续运转。

原力如潮，涌起层层巨浪，沿着他右臂的经脉不断冲向手心处的原力节点。原力撞在屏障上，又倒卷而回，震动着经脉和内脏。随后又被从小腹和胸口节点涌出的原力裹挟着，重新撞向屏障！

每一轮浪起浪消，他体内都会多出无数轻微的伤口。第二十八次原力潮汐才过了一半儿，他突然全身一震，心脏竟然也出现一道细细的裂口！

心脏是人族最重要的器官，修炼兵伐诀尤其要注意保护心脏。一旦出现损伤，就意味着修炼过头了，需要立刻停功休养。

千夜叹了口气，正准备放弃，体内血气却开始沸腾起来。那股一直静止不动，千夜几乎忘记其存在的三色黑血竟汇聚到心脏处，迅速织起一层薄薄的血膜！

此时新一波原力浪潮正好倒卷而回，但是冲向心脏的浪涛全部被血膜挡了下来。血膜扭曲了一阵儿，很快便弹回原位，看上去异常坚韧。

千夜先是一怔，随即大喜。这样一来，他就可以承受更多的原力潮汐，兵伐诀的修炼进度也将大幅提高！

他静下心来，尝试引导血气，就像调动自己的原力一样顺利。很快一层层薄膜把心脏和其他主要脏器全都包裹了起来。只是现在他的血气还很微弱，其他部位的防护比心脏要单薄得多。

第二十九次原力潮汐顺利过去，原力短暂蛰伏片刻，然后开始缓缓涌动，酝酿着新一轮的冲击。

千夜心头一凛，发现第三十次原力潮汐似乎和前面的有本质上的不同。当第一波原力浪涛涌动时，他立刻知道情况不妙！

仅仅是第一浪，冲击力就超过了前一轮潮汐的第九浪！他总算知道为什么通过三十轮潮汐的兵王称号，是如此得之不易了。

不过此刻他没有时间想那么多，体内原力如潮，一次又一次拍击着屏障，而他则如风雨中飘摇的小舟，苦苦挣扎着求生存。

第三浪袭来的时候，保护内脏的血膜开始破裂。第六浪时，除了心脏，其余部位的血膜全部破碎了。第八浪时，保护心脏的血膜终于破碎了，千夜的脏腑完全失去保护，裸露在原力浪涛之下！

他狠辣的性情骤然发作，猛一咬牙，挥手在自己胸口狠狠一击！这是一种刺激潜力的秘法，可以在短时间内大幅度提升体力，但是后果也很严重，那就是会缩短生命。

此刻为了完成第三十次原力潮汐，他已经顾不上那么多了。他对别人狠，对自己更狠。要是不够狠，他根本不可能活到现在。

临时激发的力量堪堪抵挡住最后一浪的冲击，他猛地喷出一口鲜血，心中生出无限喜悦。他终于跨过三十次原力潮汐的大关，正式迈入兵王级别！放眼整个帝国，他也是足以站在最前列的一批人！

他的实力依然低微，但是既然跨过了兵王这个大关，以后的道路就无限宽广，原力提升的速度将罕有人能够匹敌。

右手节点上的屏障已经彻底粉碎，原力不断涌入这里。在接下来的一段时间，他必须不断温养原力节点，让它渐渐壮大，直到彻底圆满，然后就可以冲击第四个节点了。

激活右手的原力节点之后，他可以自己灌注原力实体弹。

他已经准备好了材料，这是一发还没有灌注原力的空白原力弹，合金材质，水晶弹头，弹体中仅含有少量的银，主要用来对付血族之外的黑暗种族。这颗原力弹当然也价值不菲，只是和破魔秘银弹相比，无论是威力还是造价，都不在一个等级上。

这是他好不容易保存下来的一颗空白原力弹，它一直被埋藏在灯塔镇外，所以才没有被搜走。

他休息了一晚，又用了一天时间慢慢恢复原力，然后开始将原力灌注到空白原力弹内。空白原力弹仿佛是一个无底洞，直到把他过半的原力都吸干了，弹头才闪过一道光华，算是灌注完成了。

此刻它原本透明的弹头内出现了蒙蒙的雾气。兵伐诀形成的原力本应是淡黄色，但是它的原力中却有一条暗红色的血线在来回游动着，好像有生命一般。

这条血线居然是千夜身体内的血气，不知怎的，在灌注原力弹的时候竟跑了一丝进去。

千夜有些犹豫，他并不清楚这颗混入了血气的原力弹有什么特殊之处，恐怕只有使用过才能知道了。但不管怎样，它的基础威力在那里，应该不会太差。

灌注的原能实体弹威力比纯原力汇聚的原力弹更强，射击时消耗的原力却仅是正常射击的一半，所以手边每多出一颗实体弹，就相当于多了一发加强型原力弹。

这颗原力弹，就是千夜为齐岳准备的杀招儿。

灌注完原力弹之后，天已经亮了。千夜就地躺下休息，等待着夜幕再度降临。

第十六章　击杀齐岳

下午三点刚过，天就暗了下来。当仅余的阳光被一块儿遥远的上层大陆挡住时，千夜准时醒来，吃饱喝足，然后检视身体状况。他又得到一个小小的惊喜，那就是之前修炼时受损的内脏竟然大半痊愈了，看来血族体质的恢复能力确实不是一般的强悍。

如此一来，他修炼兵伐诀就没了最大的隐患，完全可以勇猛直进。三十次原力潮汐的兵王级别，显然并不是他的极限！他最后检查了一遍黎明之光，然后走出藏身之地，奔向黑流城。

此刻黑流城仍然没有关门，它还是按照中上层大陆的习惯，直到午夜才会关闭城门，清晨六点再准时打开。

黑流城并不惧怕黑暗种族偷袭，它身处这片人族聚集区的腹地，周围有十几个村镇拱卫着，城内还驻扎着数千名远征军。这里距离远征军的一个军团要塞只有几百千米，所以黑流城的城主一切都按帝国的习惯来，并没有把黑暗种族放在眼里。

此刻的千夜已经多了一把浓密的胡子，头发的颜色也变得有些枯黄，看上去就如同一个年轻的拾荒者。在交了五十个铜币后，他顺利进了城。他像个真正的拾荒者一样，找了个最便宜的小旅馆住下，然后开始观察齐岳的动向。

齐家是黑流城内的显赫大族，主要人物是齐岳的父亲，他在远征军的一个师中担任中校军需官，这是相当于团长的职位。同时，齐岳的叔叔也是黑流城的财政官。

有这双重背景在，齐家在黑流城内已经是排得进前五的家族。而且齐是大姓，在帝国中上层大陆可以跻身二流世家，当然，黑流城内的齐家只是主脉的一个远房小分支而已。

千夜收集齐全了关于齐家的情报。

齐岳本人是二级战兵，修炼家传的厚土诀，在体魄上有额外的加成，缺点是进攻时缺乏威力。他的爱好是收藏原力枪，他手上确实有数把精品，当然以他二级战兵的实力，大都无法发挥出真正的威力。王先生是他的舅舅，同时也是齐家外围生意的管事。

王先生死后，齐岳这段时间谨慎了许多，出入都至少带着两名护卫。不过千夜观察了数次，发现他身边只有一名三级护卫，那名四级护卫始终没有出现过，不知去了哪里。

千夜等了三天，都没有等到什么好机会。不过他有的是耐心，他曾经为了伏击一个目标，在一个地方连续潜伏了一周，三天对他来说根本不算什么。

第四天深夜，他忽然看到从齐府中驶出一辆卡车，向城门方向开去。这是一辆普通的补给卡车，平时用来拉一些野味儿。然而当它从自己面前驶过时，他却闻到一股浓烈的鲜血气息。

车里有人，而且那股他特意记忆下来的鲜血气息，说明齐岳就在其中。他不动声色地伏着，等卡车开远，才从藏身处走出，借着夜色的掩护，追踪卡车而去。

卡车来到城门处，城门本来已经关了，不知车上的人和守门的卫兵交涉了些什么，牵引门闸的蒸汽机再次轰鸣，厚重的钢铁城门向两边滑开一个通路。卡车随即出城，消失在夜色中。

千夜目送卡车远去，他并没有走城门，而是选了一段无人的城墙，一路攀缘而上，然后翻过去，向着卡车离开的方向追去。

卡车大约开出一百多千米，才在一座废弃的能源站旁边停了下来。

齐岳和另外两人从车厢内跳出，似乎在等待着什么。其中一人是个护卫，另外一人是个老人，但是目测只有一级实力。

千夜在千米之外隐藏起来，静静观察着。

虽然是在深夜，但是他看得很清楚，效果甚至比用了四倍的夜视瞄准镜还要好。新生成的黑暗视觉比预想中还要强大，如今在五百米内，他已经完全用不着瞄准镜了。

过了近一个小时，才有三个身影从夜色中出现，如幽灵般向他们走来。

齐岳做了个手势，身边的老人走到卡车边，从上面拿出一个箱子，站到他身后。护卫则毫不客气地端起原力枪，指着迎面走来的那三个人。

千夜突然从三人身上感觉到一股隐晦的血气波动，他们是血族！

千夜吃了一惊，没想到齐岳半夜悄悄出城，居然是和血族私下里碰头！齐岳是齐家的少主，据王先生说还有另外一个隐藏的身份，他本人亲自出现在这里，恐怕事情没那么简单。

千夜不再犹豫，立刻匿踪潜行，慢慢移动身体，靠近交易现场，想听听他们的谈话。

这次潜行出乎意料的顺利，借着夜幕和地形的掩护，他一直潜行到五十米处，方才停止前进。

他本来就是隐匿偷袭的专家，转化了血族体质后，又有了血族冷血的特性，体温可以降到极低，血族侦测生命的红外夜视就对他失去了作用。另一方面，他又能控制体内的血气，用原力把血气遮盖起来，不使其外溢，人类的血族视界侦察瞄准具也对他无效。

三名血族被原力枪指着，却毫不畏惧。

为首的一个血族用苍老的声音说："你不会以为靠着这把破枪，就可以威胁我们了吧？不要忘记，在原能武器的技术上，我们圣血之裔更加出色。"

齐岳笑了笑，说："只是增加一重保障而已。这把枪虽然不怎么样，但里面装的是一颗秘银弹。这是我花了很大代价才搞到手的，不到万不得已，我可舍不得把它用掉。"

三名血族全身一震，其中一人甚至向后退了一步。

为首的血族恼怒地说："居然准备了秘银弹！你这是在侮辱我吗？"

面对三名强大的血族，齐岳一点儿也不惊慌，镇定地说："不！恰恰相反，我对此次交易满怀诚意。我希望交易能够顺利进行，更希望以后的交易都能够顺利进行。如果我的举动对你们有所冒犯，那么交易带来的利益应该足够补偿你们了。"

三名血族的态度有所缓和。

为首的血族打了个手势，他身后一名同伴儿从斗篷下取出一个手提箱，走到他身边。这个手提箱是典型的血族风格，以黑色为基调，打磨出亚光纹路，青铜纹饰包角，做工极为精美奢华，光是用料和手工就极为难得。箱子里面装的东西，价值可想而知。

齐岳比了个手势，那名老人也走上前来，他抱着的箱子倒是朴实无华。不过他双手平端着箱子，每走一步都小心翼翼，生怕有一点儿倾覆。

"这个箱子里有特殊的机关装置，一旦启动，它就必须保持绝对的水平，否则就会……砰！当然，三小时之后机关会自动解除。"齐岳做了个爆炸的手势。

为首的血族看了齐岳一眼，冷冷地说："你倒是很小心。"

齐岳微笑着说："没办法，面对一位强大的四级血族时，再多的小心都不为过。我刚才说过，我的目的就是顺利完成交易。"

为首的血族"哼"了一声，但是对此也无可奈何。只要拿起这个特别调校过的箱子，就无法避开秘银弹的射击。而且为了防止在三个小时内出现意外，还要尽快离开，毕竟在荒野上，什么事情都有可能发生。

他确实做好了一不顺心就杀人劫货的准备，至于交易，随便再找一个人就行了。人类数量庞大，黑流城可不止一个齐家，齐家也不止齐岳这一个少爷。

他接过皮箱，小心翼翼地检视了一番，把它交给身后的同伴儿，然后就转身离去了。

直到三名血族的身影消失了，齐岳才长长地出了一口气，整个人仿佛虚脱了一般，骤然出了一身大汗。

面对四级血族，压力非同寻常的大。而且过往经验表明，想和黑暗种族做交易，真的要做好把脑袋别在腰带上的准备。交易来的每一个金币，都有着和价值相匹配的巨大风险。

不过将手提箱拿到手里时，齐岳眼中露出热切的光芒。他小心地打开箱子看了一眼，心满意足地合上箱盖，说："我们走吧，趁天亮之前赶回去。"

三人上了卡车，然后沿着原路返回。

夜色中，三名血族正如同幽灵一般疾行，为首的血族突然停步了！他身后捧着手提箱的血族一时收不住脚，差点儿撞到他背上。这一惊非同小可，两人都吓得不轻。

"小心！有敌人，你们守好箱子！"他又急又快地吩咐道。

就在这时，一个圆滚滚的东西向他们飞来。

为首的血族双眼中红光乍现，黑暗视觉启动，立刻发现飞来的是一颗远征军中常见的军用手雷。这种原始的武器靠金属碎片和冲击波杀人，只能勉强对付一级战兵，面对二级血族时作用就相当有限。但是眼下这颗手雷却是个大麻烦，它的冲击波很有可能震动皮箱，进而触发里面的机关，把交易的东西毁掉。

危急时刻，为首的血族大喝一声，上前一步，用自己的身体把两名手下挡在身后。他已是有四级实力的高级血族战士，这颗手雷最多给他造成点儿皮肉伤。

"可惜这套礼服了，可是大师剪裁的啊！"手雷爆炸前的一瞬，他这样想着。

然而手雷并没有爆炸，它顶部的铁盖突然弹飞，从里面射出一小团儿锡纸包，随即绽放出一蓬银光！

意外的强光顿时刺得他们睁不开双眼，手雷飞出时，千夜便从藏身处跃出，以半跪的姿势落地，双手平端黎明之光，瞄准了为首的血族。银光乍现时，千夜闭上眼睛，凭记忆中的方位射出那颗自己灌注的原力弹！

双方相距还不到三十米，这一枪已无可闪避，为首的血族痛苦地吼叫一声，胸前便有一团淡黄色的光芒炸开了。他整个人被原力弹轰得朝后飞出，撞向两名手下。

两个年轻的血族反应也不慢，一个冲上前去扶住老者，另一个则抱着箱子转身就跑。但是在移动中要保持箱子的绝对平衡，无论如何速度也快不起来。而千夜已如奔马般气势惊人地冲来，瞬间拉近到十米远的距离，随即将一根棱刺飞射向为首的血族。

年轻的血族是为首血族的后裔，危急关头立刻挺身挡在为首血族面前。只听"噗"的一声，棱刺没入他的胸膛，又从后背透出，插入为首血族的右肩。

年轻的血族一脸愕然，完全没有想到棱刺上附加的力量居然如此大，竟能一举刺穿他的身体！

千夜毫不停顿，全速冲刺，要在为首的血族恢复视力和行动力之前，干掉这个强者。

年轻的血族号叫一声，舍身扑向千夜。千夜一把握住他的手腕，双方开始进行角力。

大多数成年血族体型看上去不是十分健壮，但是却具有异乎寻常的巨大力量。普通人族的三级战兵，未必干得过二级血族。

千夜突然大吼一声，全身力量迸发，一下就击倒了年轻的血族，将右手中的匕首插进他的肩头。涂了银液的锋刃立刻烧灼着他的血肉，冒出大团儿青烟。他发出一声痛苦的嘶吼，右手一松，放开千夜的左手。

千夜哪儿会放过这大好的机会，立刻挥起巨大的黎明之光，将钢制的枪柄狠狠砸向他，打得他毫无反击之力。

千夜顺利地冲到为首血族的身前，却意外地发现这个最强悍的对手仰天倒在地上，奄奄一息，已经失去了战斗能力。短短时间内，他胸前的伤口已经扩张了一倍，而且还在以肉眼可见的速度腐烂着，不断向外渗出黑血。

看到这一幕，千夜不禁怔住了，难道这是自己刚刚那一枪的战果？

这个距离上正中要害，如果用的是破魔秘银弹，自然可以毫无悬念地将对方一枪轰杀。如果用的是差了两级的秘银弹，也足以造成短时间内无法自愈的重伤。不过他自己灌注的那颗原力弹没有附着任何特殊的破魔效果，正常情况下威力应该只有秘银弹的三分之一。就算他的原力格外凌厉，最多也只有二分之一而已。

更何况血族的等级越高，威力被削弱的比例就越大。在血族强大的自愈体质面前，任何不能致命的物理伤害都只是皮肉伤。这也是他不惜一切也要及时补刀的原因。可是看为首血族的伤势，分明比被秘银弹击中还要严重，已处于濒死的状态。

他想起自己灌注弹头时掺杂进去的那缕神秘的血气，难道是因为它的缘故？他不再理会地上这两个濒死的血族，疾冲进夜色，追向那个抱着箱子逃跑的血族。

他没有直接贴近目标，而是等追到合适的距离，才举起黎明之光，屈膝半跪，瞄准射击。

黎明之光里面已经充满了原力，凝聚出新的原力弹。随着扳机扣下，一团光芒随即从枪口喷吐而出，轰在那名年轻血族的后心！

年轻的血族惨叫一声，居然坚持着没有倒下，又踉跄着向前跑了几步。不过没走多久，他耳边就突然传来千夜的声音："你可以休息了。"

涂银的短刀深深刺入他的心脏，而那个皮箱则四平八稳地到了千夜手中。

千夜简单检查了一下箱子，发现里面的机关异常复杂，根本不是他能够拆除的，看样子只有等三个小时过去再说了。

他还有一件重要的事没完成，那就是齐公子。

他转身朝黑流城的方向疾奔，只在中途稍做停留，找了个事先探查过的隐蔽地方，把皮箱藏好。

距离黑流城七十千米的地方，一辆卡车正停在路边。齐岳和老人一脸晦气地站在路旁，那名护卫则钻入车底，几件工具在他手中不停地轮换，显然是在检查着什么。

片刻之后他从车底探出头，说："少爷，是动力传输管路出了问题！它裂了一个口子，动力蒸汽全都漏光了，难怪跑不动了。"

齐岳眉头一皱，问道："是被人蓄意破坏了吗？"

"不太像，应该是被路上的石头给划到了。"

"这帮该死的军需官，就不能少贪污一点儿！"咒骂过后，齐岳的双眉舒展了一些，又问，"多久才能修好？"

"这是小毛病，二十分钟就能修好，最多半个小时。"

齐岳决定等卡车修好再走，这个地方距离黑流城还有些远，差不多要走上两个多小时。

他有些郁闷，这次行动十分隐秘，车辆事先就经过精挑细选，这个型号素来以越野性能强、可靠性高而著称，没想到还是出了问题。

不过总的来说他的心情还是不错的，他完成了这个极为重要的交易，回头不仅在家族中的地位会大幅提升，而且肯定能讨得那位大人物的欢心。

那人可是他父亲顶头上司的顶头上司，打通了这层关系，然后再去远征军中历练一番，镀镀金，他的前途就可以超越父亲了。运气好的话，甚至有可能再向上爬几层，说不定还有机会前往中上层大陆定居。一想到美好的前景，他就不觉得时间难熬了。

护卫从卡车上搬出工具，开始"叮叮当当"地修理起来。

当千夜借着夜色的掩护靠近他们时，看到的正是自己预想中的场景。

卡车底部的动力管道是他弄坏的，红蝎出身的他动这点儿小手脚自然不在话下。他最担心的是齐岳会抛下卡车步行回去，到时就又要大费周章地跟踪追杀了。好在齐岳确实如传闻中那样喜欢享受，选择留下来等待卡车修好。

黎明之光中已经灌满原力，这是他能够使用的最后一发原力弹。他屏住呼吸，耐心地向齐岳靠近。一百米、九十米……直到距离三十米，他都没有被发现。

"少爷，车修好了！"护卫叫了一声，从车下爬了出来。

见齐岳和老人都向护卫望去，千夜立刻将早就握在手里的手雷掷了出去，然后用黎明之光瞄准护卫，扣下扳机。

看到一个黑乎乎的东西飞来，齐岳和老人都面色大变，叫了一声"手雷"，然后分别闪向两旁。

两人在飞退的时候，都紧盯着手雷的落点。战兵的身体远比普通人要强横，这种老式军用手雷拿来对付普通人还行，只要齐岳退到五米以外，最多受点儿皮肉伤，并不影响战斗。

手雷落地，上盖弹飞，然后射出一团锡纸，化作一道极为强烈的闪光。

猝不及防之下，齐岳和老人眼前白茫茫一片，什么也看不见了。对付血族有特效的闪光弹，在黑夜中对付人类效果也不错。而这种出人意料的小诡计，也让人防不胜防。

千夜看着最后一发原力弹准确无误地射向护卫，然后用力将黎明之光甩了出去。

重达十公斤的巨型老式手枪在飞旋起来之后，就变成一件颇具威力的杀器。它直接砸在还没有恢复状态的老人的脑袋上，老人立刻重重地摔倒在地，晕死过去。

随后千夜如幽灵般冲到齐岳面前，齐岳的双眼又红又肿，泪水不断流下，只能勉强睁开。千夜一拳重重地砸在他的腹部，他顿时弯起腰呕吐起来。

千夜又一拳砸在他的背上，他如同被猛犸巨象踩过，一下子趴到地上。千夜使出全力一脚踹过去，直接将他踢飞了。这连续三下重击，彻底瓦解了他的抵抗力，让这个二级战兵只有倒在泥泞里呻吟的份儿。

千夜慢慢走到他身边蹲下，拍了拍他的脸，说："齐公子，我们又见面了。"

齐岳还没有完全失去意识，他吃力地睁开肿胀的眼睛，过了一会儿，含糊不清地说："是你！"

"是我，你应该对我印象深刻，否则也不会如此大动干戈，动用远征军去灯塔镇截杀我。"

齐岳脸上露出怨毒的表情，恨恨地说："当初在地下格斗场就该把你杀掉！"

千夜笑了笑，说："确实很遗憾，不过你已经没有机会了。"

齐岳这时才清醒了一些，他看着千夜，忽然露出浓浓的恐惧，颤声说："你……你居然是三级战兵！"

"眼力不错，可惜你发现得太晚了。"

齐岳表情复杂，有羡慕、嫉恨和懊悔。千夜这么年轻就有三级实力了，即使在远征军中也是难得的人才。而他已经二十三岁了，但是想要达到三级，至少还得修炼一年以上，并且要消耗大量药物才行。

"唉，在你使出军中格斗术的时候，我就应该猜到你的实力不止一级。"齐岳深深叹息了一声，说道。

像千夜这样的人，如果能够拉拢过来再好不过了。既然他能替赵公子这种虾兵蟹将出战，那么当然不会拒绝更好的待遇。齐岳自问身份地位比赵公子高出何止十倍，能够提供的条件对方更是远远不及，只要多在招揽上下点儿功夫，千夜有什么道理不投靠自己？在永夜大陆，实力就是唯一的标准。

不过现在好像也为时不晚，他挣扎着抬起上半身，问道："你是为赵公子而来？"

"还有敏儿。"

"敏儿……你是说那个婊子？"提到敏儿的时候，齐岳情不自禁地咬着牙。

"是。"

"你难道忘了，当初她为了一点儿钱就肯陪严老虎睡觉，还差点儿让你输了虚拟格斗！"

千夜平静地说："我当然没忘，不过那是过去的事儿了。现在她和赵公子一样，都是我的朋友。"

"朋友？哈哈！"齐岳大笑起来，血水顺着嘴角流下来，看上去分外恐怖，他讥讽道，"真没想到还能听到这个词！在这个时代、这种地方，居然还会有朋友！"

此时千夜想起的却是另外一些人，卫立时上校、红蝎队长，还有那些黑蝎老兵。在那个血腥之夜，红蝎队长以一己之力换来让他突围逃生的机会。那是一个奇迹，一个用生命换来的奇迹。

他轻叹一声，说："你的字典里没有这个词，却不代表它不存在。至少我有朋友，赵公子和敏儿都是我的朋友。"

齐岳收起有点儿疯狂的笑，正色说："好，我尊重你的选择。希望将来你也能把我当成朋友，跟着我干吧，我还有一个身份，绝非齐家这点儿格局可比。我很认可你的实力，只要跟着我，你能够得到想要的一切！我齐岳对待下属的态度，在黑流城里是有口皆碑的，你可以去打听一下。"

千夜看着齐岳的脸，忽然笑了，说："确实很有说服力，换作别人有可能会动心。不过，我可不打算投靠你。"

齐岳心中一寒，仔细看了看千夜的脸，只见上面还残存着粗劣的伪装物，却仍然可以分辨出那精致的轮廓。千夜这一笑，竟然有几分邻家男孩的亲切，但是他竟本能地感到危险。

他忽然觉得完全看不透千夜。虽然千夜极为年轻，但是战斗和行事风格却老练狠辣，力求一击必杀，根本不给对手和自己留丝毫余地。不知为什么，他忽然想起在永夜大陆上随处可见却十分致命的一种小家伙儿——红蝎。

千夜向手上那个手提箱一指，说："打开它，我可以让你死得痛快点儿。否则我手上有些好东西，能让你的生命只剩下七天，在这七天里，你将品尝到各种痛苦，生不如死。"

齐岳的身体无法控制地微微颤抖起来，他知道千夜说的是哪种手段。

那是从血族体内提取出来的一种生物毒素，据说只掌握在帝国精英军团以及秘密宪兵手中。它会破坏人的大脑和神经系统，而且这种损伤是永久性的。想要修复好损伤，需要大量珍贵的药物，还得请高阶战将出手帮忙疏通全身经络，化开药力。这样的花费对于上层大陆的贵族来说都是一种负担，以黑流城齐家的实力和人脉，就算倾家荡产也

第十六章 击杀齐岳

不可能做到。

见齐岳表情复杂，千夜淡淡地说："看来不需要我多费口舌解释了。"

把齐岳送回去，让他有生存下来的希望，却又只能在极度痛苦的折磨中等待死亡到来，这才是真正的折磨。帝国在对付各地叛军和反抗组织的高层头目时，经常会采用这种手段。

齐岳全身颤抖，指着千夜说："你，你是从那些地方出来的？！"

千夜笑着说："终于猜到了，你很聪明，可惜太晚了。"

齐岳这时才真正后悔了，从那几个精英军团出来的都是怪物，绝不能用等级来衡量，招惹上他们就意味着无穷无尽的祸患。

"你，你不能杀我！我的亲生父亲是武正南爵士，他可是帝国远征军的现役师长！你要是杀了我，他一定会为我报仇的！"

千夜依旧微笑着说："这种话我不知听过多少次了，就不能说些新鲜的吗？"

"我可以给你钱，给你女人！只要是我有的，你要什么我就给什么！不要杀我……"齐岳语无伦次起来，他的精神终于崩溃了，开始伏地大哭。

他突然爬到手提箱前，飞快地输入密码，只听"咔嚓"一声，箱盖弹开了。

"你看，我把箱子打开了！不要杀我，求求……"

他的话突然中断了，视线模糊，全身的气力都在迅速流失，千夜手中的棱刺已经洞穿了他的咽喉。

千夜从口袋里取出一枚戒指和胸针，放在他的胸口，它们是赵公子和敏儿的遗物。这是一个小小的仪式，千夜希望他们在星路彼端的冥河之畔能够看到真正的凶手已经伏诛了。至于当天那些共同行动的远征军，不过是奉命行事而已，他们只是上位者手中的杀人工具，千夜并不打算对付他们。

千夜看着手提箱，双瞳立刻一缩！

手提箱中是一把黑色手枪，放置在一边的加长辅助枪管足有半米长，如果装配起来和黎明之光相当，但是做工却有着天壤之别。这把枪整体设计十分流畅，枪身上还文着一朵金色玫瑰。

这是典型的血族风格的原力枪！当年原力枪制造技术流入黑暗种族后，其中有智慧的人物很快就开发出了以黑暗原力为驱动能源的新版本。

人族并非不能使用黑暗种族制造的原力枪，只不过驱动效率会打折扣，从而影响威力，有些则无法激活种族特效。

　　说来也奇怪，虽然血族和人族是不能调和的仇敌，但是在各个黑暗种族的作品中，血族制造的原力枪和人类的原力最为契合，稍做调整就能把效率损耗降低。而且做工精良，造型华丽，很受帝国上层社会的喜爱。许多贵族的贴身佩枪都首选血族出品，手提箱中的这把原力枪就是少见的高级货，光看那些琳琅满目的战术配件就知道其价值了。

　　千夜拿起这把原力枪，轻轻注入一些原力，结果枪身中的原力迅速汇聚，一颗原力弹眨眼间就已成形！

　　他惊喜万分，这是一把速射型的武器，原本不太适合自己纯粹追求威力的风格。但是他驱动枪中的原力法阵时格外轻松，一点儿也没有过去使用永夜原力武器时的生涩感。他立刻想到这应该是自己原力中那股三色交织的鲜血之力起了作用。

　　测试了一会儿，他便得到了这把枪的基本数据。它的黑暗原力转化率是四成，黎明原力转化率是三成，射速一秒一发，以自己三级的原力和血气量，一共可以开五枪，每一枪的威力都是黎明之光的四倍。

　　这把原力枪若是在其他人手里，威力会比蝎针定制版差两个等级。但是千夜拥有鲜血之力，能够完全发挥它的威力，使用起来并不比蝎针定制版差太多。

　　枪柄上镌刻着一行小字——流金玫瑰，应该是这把原力枪的名称。字体不但是花哨的圆体，还在花瓣高亮的部分装饰了金粉，果然是浓郁的奢靡风格。

　　血族出产的精品原力武器价值不仅体现在威力上，如果是选择战斗武器，即使鲜血之力毫无损耗，千夜也肯定会选蝎针定制版。但是这把原力枪的市价却是蝎针定制版的两倍，因为没有哪个上流人物会背着一把步枪出席晚会，而血族原力枪却是很好的装点身份的物品。

　　千夜虽然喜欢美丽的东西，但也只是把玩了一会儿就把它收回箱子里。他还有很多事情要做，首先他得打扫战场，然后才能继续后面的计划。

第十七章　极限逃亡

千夜跳上卡车，里里外外仔细搜寻一遍，确定消除了自己所有的痕迹，然后从护卫和齐岳身上分别搜出一支原力枪。

齐岳佩带的是手枪型原力枪，名为黄蜂，品质上佳，原力转换率达到30%，已经算是二级枪械了。护卫那支则是突击型步枪，这种从远征军团退役下来的二手货是上个世纪的产品，虽然老旧，但是勉强还能列入一级。

帝国和黑暗种族划分原力枪械等级的标准是一样的，核心指标为原力转换率。20%是最低起步线，达到20%的就是一级枪械，然后每增加10%转换率就升一级。如红蝎的蝎针特别版就是四级，千夜拿到的那把流金玫瑰应该算是三级。至于老古董黎明之光第一型则根本不入流，连一级都算不上。

千夜还从护卫身上搜出一颗秘银弹，这个小家伙儿可是对付黑暗种族的利器。他打开密封盒看了看，浓郁的秘银气息让他的气血翻腾了一阵儿，感觉不太舒服。

不过之前那场和血族的战斗，却让他看到了一种新的可能，如果能够控制体内的鲜血之力去灌注原力弹，或许他今后对付血族时就不用依赖银毒了。启用重型弹头，再加上血气对血族的额外伤害，基本可以一枪秒杀同级战力的血族战士。面对高一两级的血族战士时，如果一枪命中要害，应该也能重创对方。

此时他还不能理解自己身上的异常，但是他有着军人最朴素务实的作风，那就是用一切手段去打击敌人，只看战绩，不问因果。

除了这些装备，他还找到十几个帝国金币。他从护卫身上扯下战术背包，将里面用不上的杂物清空，只留下一套枪械保养的精密工具，然后就把那支流金玫瑰以及所有战术附件都放了进去。护卫的突击步枪则被拆解，也装进了背包。

他身上带着黎明之光和黄蜂，开始折返。很快他找到了自己藏好的箱子，坐在旁边修炼了一会儿，就听到皮箱的定时锁发出清脆的铃声，三个小时的警戒时间已经到了。

他轻轻一按开关，箱盖自动弹开，露出用厚厚的绒布盖着的货物，上面固定着一个小小的原力水平仪，蓝色引线一头是定时装置，红色引线则一直延伸到箱盖。

翻起的箱盖内部竟然填满了塑能炸药，他小心地拆掉水平仪、定时装置和自动引爆器，然后掀开绒布，立刻倒吸了一口冷气，脸上渐渐泛起怒意。

皮箱内整整齐齐地放着四块黑色晶体，每块都有手掌大小，约一厘米厚。他完全没想到齐岳和血族的交易竟然是用黑晶换取原力枪！

箱中的黑晶是标准切割单位，刻印标号为中等纯度，这还不是普通的燃烧驱动能源，而是制造级黑晶！千夜所知道的重要用途之一就是制作原力枪械的能量压缩弹仓。

这批标号的黑晶如果用于三级原力枪械，每块可以制造两支，四级原力枪械则是两块制造一支。看来齐岳身后的势力有渠道获得稳定的黑晶，才会萌生和血族长期做交易的想法。

那把配置齐全的流金玫瑰兼具艺术价值，如果拿到中上层大陆去拍卖，可以换回二十块标准单位的黑晶。整整五倍的利润，难怪他们敢冒这么大的风险和血族交易。这条渠道一旦打通，金币自然滚滚而来。

然而让千夜感到愤怒的是，这些黑晶落到血族手里，就会变成整整八支流金玫瑰！如果是不那么考究的普通三级原力枪，则可以造出十支！在黑暗种族中，血族一直是人族最大的敌人，因为至今人类还是他们食谱上的主菜之一。在永夜大陆深处以及被黑暗种族控制的大陆上，还有无数人类像牲畜一样被圈养着，给血族提供食物。千万年来的仇恨已经无法化解，唯有不死不休的份儿。

在这样的背景下，齐家居然偷偷把黑晶这种战略物资交易给血族。这种行为完全就是资敌！帝国律法中，和黑暗种族有任何联系都是重罪，一旦被发现，最轻也会落个终身监禁的下场，而齐家现在的行为怕是得诛灭全族。

在红蝎短暂服役的经历告诉千夜，事情没有这么简单。在远离帝国本土的永夜大陆，帝国远征军就是主宰者。而齐家的背景就是帝国远征军，如果齐岳所言不虚，他还是远征军一位现役师长的私生子。

无论这次被千夜搅局的交易背后是否有更大的黑手，仅是上面这两重关系，便不能将齐家绳之以法，并且还有可能面对以远征军名义发出的通缉。

千夜考虑了一会儿，决定改变原定计划。他收好黑晶，带着箱子返回与血族厮杀的战场，幸运的是现场没有丝毫外人进入过的痕迹。

他迅速清扫了周边，把三具血族的尸体排放在一起，然后重新设置了皮箱盖上的延时引爆器，就转身离开了。

几分钟后，他听到身后传来一声轰鸣，爆炸的烈焰直冲了数十米。这些炸药的威力确实足够强劲，如此一来，便再难找出血族的死因。

他辨别了一下方向，没有回黑流城，而是向北方走去。从那个方向可以抵达磐石领，那里是远征军第三师的驻守区域。

和相对平静的黑流城不同，磐石领地处与黑暗种族冲突不断的第一线，诸多势力鱼龙混杂。到处都是佣兵、猎人和大大小小的帮派组织，局势要复杂得多，远征军的统治力也远远不如黑流城。到了那里，他将重新谋划今后的道路。

在距离黑流城不到两百千米的云帆城内，武正南准将在五点准时起床。当大自鸣钟六点叩响的时候，他已走进自己的办公室。在他从军的三十多个年头中，这个习惯从来没有变过。

此刻天依然是黑的，再过五个小时阳光才能从中上层大陆的边缘洒下来。但是上百盏熊熊燃烧的汽灯将校场照耀得有如白昼，一队队战士已经出早操了，口号声此起彼伏，杀气腾腾。

武正南准将个子不高，身体却有如钢铁般结实。一双浓眉宛如出鞘的利刃，眼睛虽小，却精光四溢。

他站在窗前，看着校场上一个个如虎狼般精神的战士，满意地点了点头，就回到办公桌前，拿起最新的帝国驿报，看了起来。

这时房门突然敲响了，武正南有些不悦，脸色一沉，沉声喝道："进来！"

早上六点到七点是他阅读最新资讯以及思考帝国政局的时间，没有重要事情则严禁打扰。

房门被轻轻推开，一个颇有姿色的女副官走了进来，说："将军，齐主任有要事找您。"

齐思成是第七师的后勤主任，办事儿还算得力，贪钱的手段也还说得过去，从来没有给武正南惹过什么麻烦。重要的是他有一个相当娇媚的老婆，一直让武正南念念不忘。那个女人悄悄给武正南生了个儿子，而这件事儿齐思成却只当什么都不知道。

武正南声音缓和了一些，说："让他进来吧。"

齐思成虽然年近六十，但看上去只有四十出头的样子，而且高大英俊，充满了中年男人的魅力。然而在中等身材的武正南面前，他却像是见到老虎的绵羊，不光弯腰赔笑，还始终给人一种畏畏缩缩的感觉。

武正南很喜欢他这种态度，堆起温和的笑容，说："老齐啊，来坐，现在这里又没有外人。"

齐思成却把腰板挺得笔直，正色说："将军，军中上下分明，秩序千万不能乱了！"

武正南叹了口气，说："老齐啊，你总是这样古板！我都说过你多少次了，没有外人在场，可以随意点儿！唉，好了，这个时候你来找我，一定是有什么事儿，说说吧！"

齐思成放低了声音，说："昨晚的交易出事儿了，齐岳和随从都死在城外。"

"什么！"武正南腾地站了起来，脸色瞬间铁青，"这是怎么回事儿？不是一切都安排妥当了吗？难道是那些血族出尔反尔？"

"不是那些冷血怪物。我的人在附近找到了他们的尸体残骸和箱子残片，但是双方交易的东西都不见了。"

武正南的怒火迅速消退，冷静下来，说："这么说，是有人盯上了我们的交易？"

齐思成缓缓地说："我觉得可能性也不大，这是初次交易，目的只是探探路，打通渠道而已。交易的价值并不大，消息又严格保密，经手的只有几人，并且也不知道全部环节。我已经一一排查过，他们没什么问题。我觉得最大的可能，是恰好有人路过交易地点，然后动手劫了这批东西。"

武正南面沉如水，冷冷地问："那找到什么线索没有？"

"没有，现场十分干净，没留下任何线索，出手的人一定是个行家。"

武正南在房间里来回走了两圈儿，杀气不断溢出，办公室里的气温迅速下降了。

他突然在窗前站定，望着下方仍然在操练的战士们，森寒地说："你的人查不出来，不代表就没有线索。你不用管了，我会让暗刃的人接手！"

听到"暗刃"，齐思成的脸颊抽动了一下，这可绝不是一个让人愉快的词。

武正南又想了想，说："你去查一查，最近齐岳有没有做过什么事儿，或得罪了什么人。也有可能是有人盯上了他，顺便发现了这次交易。"

"是！"齐思成暗自佩服，武正南表面粗莽，实际上性格阴狠，办事滴水不漏，所以才能屹立多年不倒。

等齐思成离开，武正南按下办公桌一角的召唤铃。片刻后，一个长相妖异的人走了进来。

那人近两米高，十分瘦弱，手脚都格外长。他肌肤惨白，眉毛和头发都是淡淡的黄色，颜色浅得几乎看不见。并且有一双诡异的琥珀色眼睛和竖立的瞳孔，看上去就像某类爬行动物的眼瞳。他一进门就问："将军，这次要杀谁？"

"齐岳死了，你去查一下，看看是谁杀了他，然后把那个人带回来。如果不方便，直接干掉他也行。我的要求只有一点，不能让他死得太痛快！"武正南恶狠狠地说。

那个怪人一怔，说："原来是小公子死了！好，您可以给我多少人？"

武正南大手一挥："暗刃随你调动！"

怪人伸出猩红的长长的舌头，舔了一下自己的鼻子，狞笑着说："您放心，不管他是谁，都别想在我余仁彦手下逃掉。"

"去吧！我等你的好消息。"

余仁彦退出武正南的办公室，在经过那个女副官身边的时候，上身忽然扭成一个诡异的角度，长长的舌头在她白嫩的脖子上重重舔了一下！

女副官猝不及防，小脸瞬间毫无血色，笔直站着，既不敢叫出声，也不敢闪避。

余仁彦发出一阵尖细的笑声，眼角斜斜瞥了她一眼，扬长而去。

半日之后，余仁彦带着十几个人来到齐岳被杀的地方仔细勘查。那里已经被齐思成的手下反复翻寻过好几遍，并没有什么额外的收获。

随后，他们又前往那些血族残骸的所在之处。

余仁彦忽然蹲下，捡起一块儿尸块，翻来覆去地检查着，然后挑起手指，从里面捡出一根断发。

他忽然伸出舌头，把断发卷进嘴里，细细品味许久，说："这是那个人的头发，我已经记住他的味道了。"

他露出残忍的笑，他最喜欢猎杀活物了。那人留下的痕迹出人意料得少，显然是个好手。只有这样的对手，杀起来才有味道。

他的脸色越来越怪异,突然嘴一张,把已经入口的东西全都吐了出来。这一下便越发不可收拾,他索性趴在地上,吐了个昏天黑地!

那些全身都裹在黑袍里的暗刃虽然见惯了他各种怪异的举动,可是这个样子却从来没有过。看上去他像是吃坏了东西,众人不由得面面相觑。谁曾见他吃坏过肚子?他简直就像秃鹫一样,完全以吞食腐肉为生。不过他既然不发话,也没人敢上前去问一问。

他不停地吐着,直到连胆汁和酸水都吐了个干净,才瘫倒在地上喘息着。

他突然神经质地笑了起来,自语道:"有意思,真有意思!居然有专门针对黑血之力的毒质,我却不知道是什么!有点儿本事,这样玩起来才有意思!你们跟我来!"

他忽然从地上弹起,空中做出一个翻身,四肢着地,像一只大虫子一般迅速贴地移动。他的脸几乎贴到地面上,鼻端翼动,不断嗅着,一路向北方追去。

暗刃战士知道他已经找到了线索,都默不作声地跟了上去。

这些人在远征军中也都算是少见的精英,而余仁彦则是他们的首领。他曾有机会进入排位前十的特种军团,但是最终却选择了远征军,只因为在这里他可以为所欲为,尽情放纵自己。

远方的千夜还不知道,自己身后已经缀上一群真正凶残狡诈的恶狼。

他一直以每小时四十千米的匀速奔行,已经连续跑了快十个小时。这是一种摆脱追踪的方法,通过接近极限的长时间奔跑迅速远离,来甩掉追兵。这种方法没有任何取巧之处,就是比拼双方的追踪与反追踪能力,以及体力和意志的高下。

以往千夜连续跑出四个小时,就可以达到转移区域的目的。红蝎极限奔跑的最低标准是三个小时,或者跑出一百二十千米以上。而现在千夜的原力晋升到三级,又有了血族的强悍体质,续航能力成倍提升,索性把自己的耐力发挥到极限。十个小时之后,他正式踏进了磐石领的领地。

他在边界上稍做停留,休息了一个小时,然后又继续前行。

高空中有一只白头鹰飞过,锐利的目光盯住下方那孤单的身影。茫茫荒原上,有人不断向前奔跑着,速度始终不变。

这只鹰犹豫了一会儿,终于觉得这个人的行为过于诡异,让它有种莫名战栗的感觉。于是它长鸣一声,掉头飞走,放弃了这个明显的猎物。

第十七章 极限逃亡

一天后，余仁彦也出现在磐石领的边界。

此时他的脸色更加苍白了，脸上、身上都是灰尘，头发脏得不成样子，显然累得不轻。他误食沾了千夜血气的东西，结果隔段时间就会上吐下泻，导致元气大伤。

随即他在追踪的过程中又发现对方居然用了极限奔跑这种逃离方式，不由得焦躁起来。他是真正的野外追踪大师，深知自己的出发时间本就迟了大半天，一旦被甩开过远，就有可能彻底失去对方的行踪。

这是完全不能接受的失败。

他只能用最笨也是最有效的办法，全速追击。然而事情从一开始就不顺利，对方竟然一直在奔跑，体力仿佛无穷无尽！

第五个小时，他终于支撑不住，就地休息了整整三个小时，然后才继续追击。

当到达磐石领边界时，最初一起出发的暗刃战士只剩下三个，其余的全部掉队了。

他终于发现对方也在这里休息过，这个发现让他又喜又忧。喜的是那些极细微的痕迹证明了自己没有追错方向，忧的是这家伙在极限逃亡时的表现实在和正常人不一样，就是那些精英军团的怪物也不过如此。

他索性不再向前，而是选择在千夜休息过的地方扎营休整。

他发现距离越拉越大，自己绝对追不上对方的速度。而那人明显也是行家里手，留下的痕迹十分少，现在气味变得极为单薄，再这样下去，用不了多久就会完全断了线索。况且对方只要进了磐石领四大城的任何一座，立刻会像水滴入海一般消失得无影无踪。与其徒劳无功地浪费体力，不如恢复体力，谋定而后动。

这也并不意味着他想要放弃，恰恰相反，这种困难刺激得他无比兴奋，甚至忍不住想呻吟出声。他决心追杀到底！在这块破破烂烂的大陆上，值得他这个六级的追踪与暗杀专家全力出手的对象确实不多。

千夜走进一个小镇时，看起来就是一名年轻的雇佣军。

他在镇上最热闹的饭馆里饱餐一顿，又到最拥挤的酒吧喝了一杯，接着钻进厕所，片刻之后从酒吧侧门悄悄离开了。

此时他已变成一个短须的中年大叔，在小镇中这么一转，他相信就算有人跟在自己身后，到了这里也会断了线索。他一路毫不停留地继续前行，三天三夜后，终于来到磐石领边境处的暗血城。

这座城市规模宏大，四角街区分别有四座巨大的永动塔，基座下趴伏着庞大如山丘的蒸汽轮机组。整体设计感极差的巨大架空管线在人们头顶四处蔓延，如蛛网般伸展到城市的每个角落，为遍布全城的防御设施提供动力和热能。

这种凌乱到极致的城市基础能源布局，简直连搞破坏都无从入手，除非把整个城市推平。或许这才是建筑师的初衷？

暗血城位于和黑暗种族冲突激烈的第一线，是远征军、猎人和拾荒者最重要的补给基地。

这座城市秩序的混乱程度和它的空中管道如出一辙，就是远征军也只能维持名义上的最高管辖权。这里每时每刻都有形形色色的罪恶发生，有许多人死去，却根本没有人注意。这里是冒险家的乐土，是亡命之徒的天国，也是弱者的地狱。

千年前人族和血族曾经在这里发生过一场大战，那场战争持续了整整八个月，双方动员了数百万兵力。最终人族以战死一百一十万人为代价，杀掉了六十多万血族战士，赢得了胜利。

此战之后，人族在这里建了一座要塞城市。双方战士的鲜血渗进泥土，千里殷红，百年不褪，所以这座城市就得名为暗血城。

这里也是千夜选定的栖身之地，他还是第一次来暗血城，当看到那高达三十米的宏伟城墙以及有十几层楼高的巨大城楼时，不禁深深被震撼了！

能够在旧时代筑就如此坚城，帝国之昌盛可见一斑，也难怪人族最终在众多被奴役的种族中脱颖而出，击败黑暗之裔，生生在永夜大陆上杀出一方天地。

帝国立国千余年中英雄辈出，无数惊才绝艳的大能之士如长虹般夺目，他们撕破了缠绕着人族历史的无尽黑幕，开拓出一片片新的生存空间。

帝国第二十三任皇帝曾有一句豪气冲天的名言：如果我们的世界没有阳光，那么就为自己造一个太阳！他也是迄今为止唯一深入过黑暗种族最上层大陆的强者，虽然他最后随着虚谷星的脱轨陨落，一起消失在了历史的长河之中。

即使今时今日，帝国已横跨四块大陆，渐渐变得守成有余，进取不足，但依然人才鼎盛。

庙堂之上，帝国双璧林熙棠和张伯谦一内一外，一文一武，镇守大局。军伍之中，八大元帅分别镇守四方。身为人族顶级强者的四位天王更是不世出的强者，与黑暗种族众大君遥相对峙，他们是如同定海神针一般的存在，是让人仰望的传奇！

此刻已是后半夜，古老的门楼下依然行人如梭。微凉的风吹来，随风飘散的不是荒原上的腐败气息，而是鲜活、蓬勃的血气。

千夜的胸膛间像是有什么在跳跃着，那不是对血肉的焦躁和饥渴，而是一种久违了的热血沸腾。眼前占据了全部视野的就是传说中的永恒之门！

除非适逢与黑暗种族的大决战，否则这座城市的城门是永远不关闭的。无论是谁，只要拿得出一枚银币的入城税，就可以随意进城。哪怕城卫军明知道对方是黑暗种族，只要交了税，就会放他进去。至于喊打喊杀，也要等进城后再说。

这个霸气的传统来自七百年前暗血城的城主彭怀远，这位草莽出身的帝国准将一生戎马，身经大小战事无数。当时暗血城被魔裔和狼人的联军进攻，城中诸将都主张闭门坚守，但是他却拍桌大骂，喝道："老子今日就是要四门大开，看看谁敢来此一战！"

他大开城门，亲率三百死士出关，直冲黑暗联军的中军，亲手斩下主将首级，又一刀砍倒了中军大旗！二十万黑暗联军就此溃败，退兵千里。

此战之后他伤重不治，七日后死于城主府，帝国再折一员猛将。当时的帝国皇帝知悉此事后，曾亲笔题下一联，予以嘉奖。

自此彭怀远之名流传天下，军旅之人无人不知，千夜自然也对他的事迹十分熟悉。彭怀远实力并不强，在军中称不上顶级，但是他那敢之所在虽万千人吾往矣的勇烈之风，让每一个军人都为之折服。

暗血城在历史上曾经陷落过三次，但很快又被帝国收复。每次大反攻时，不光帝国远征军会出动，那些平时不服管束的猎人、独行者和冒险家，甚至几百年来阴魂不散的叛军，都会出一把力。

千夜自从在红蝎的军史课上听说了"永恒之门"后，就一直很想找机会去亲眼看一看。据说垒起城楼的每一块儿青石上都镌刻着许多名字，那是近千年来，为这座城市的建立、繁荣、存续而牺牲的英灵。不过他没想到，自己会以黑血污染者和逃亡者的身份站在这里。

死亡的阴影渐渐淡去，在之前阻杀严老虎和齐岳的两场战斗中，他几乎感觉不到嗜血的饥渴了。垃圾场之战后隐隐透出的黎明微光似乎正在慢慢扩大成希望之光，于是曾一度被他压进心底的那股属于军人的执着和悍勇又开始跃动，直到被齐岳和血族的交易内容彻底引发。

他放弃了找个偏僻的小镇安静生活的想法，曾经他失去了一切，包括那个让他引以为豪的"林"姓，并且背负着红蝎队长最后下达的几乎无法完成的命令。现在他有了重新开始的机会，又怎能不放手一搏！

在这座充满了混乱与罪恶的城市里，有着最宝贵的东西，那就是自由和机会。

这里没有权贵，缺乏秩序；这里力量至上，有着另类的公平。只要有天分，够努力，再加上一点儿小小的运气，就有可能闯出一片广阔的天地。

或许他现在还不是很清楚，要怎样才能揭开那个遥远的中上层大陆的阴谋，但是他知道首先应该回去，回到曾经让他畏惧的人群中。

他简单收拾了一下，变成一个普通的拾荒者，混在人流中进了暗血城。

在城门口的税箱中投下一枚银币时，原本他还担心拾荒者拿出银币会不会太引人注意，结果却发现一队乞丐走了过来，人人都若无其事地往税箱里投了银币，然后蜂拥入城了。

他顿时目瞪口呆，在灯塔镇，乞丐就是乞丐，他们手上连铜子儿都没有几个。哪儿像这里的乞丐，口袋里甚至有金光闪耀。看来出城办事的猛人们化妆成各种样子的都有，难怪守卫们见怪不怪了。

进了暗血城，他到处打听一番，就在邻接着贫民窟的南塘区内找了家小旅馆住下了。

周围鱼龙混杂，酒吧、佣兵公会以及两个较大的帮派都分布在这里。再往城中心走上两个街区，就是著名的玄铜街，即武器装备一条街。

他在自己的房间里研究了一会儿城市地图，决定先把手上的黑货处理掉。

黄蜂是齐岳的配枪，最好不要留在手上。黎明之光和那支一级原力步枪太差，他不大看得上。而流金玫瑰确实是好东西，但是它奢华过头的装饰更适合卖掉换钱。如果在战斗中刮花了上面的装饰，枪的价值就会立刻缩水，实在是毫无意义的浪费。

至于黑晶却不能贸然拿出去脱手，照理说和血族做黑交易的货物绝对不会留下任何标记，但是整个帝国能够流通这种制造级黑晶的渠道其实是有数的，千夜不清楚，不代表别人看不出来，只怕会惊动幕后之人。

出门之前，千夜决定再改变一下自己的容貌。在这种鱼龙混杂、人口众多的大城市活动，不时改动一下面容上的细节是很实用的小技巧。也不用做多大的修饰，稍微动动眉型，加上胡须或者改动头发，就会让一个人的整体风貌发生很大的变化。

千夜取出易容的小包，站在镜子前，开始用心修改自己的面容。首先要对付的是眉毛和眼睛。他觉得自己的眉毛不够浓，于是小心地勾了几笔，整张脸的风格立刻为之一变。

现在他的双眉宛若长剑，平添了许多英气，变成英姿飒爽的……漂亮。

他对"漂亮"这个词很不满意，于是把眉毛洗了，重新勾了几笔，线条顿时变得柔和许多。整个人显得十分妩媚，而且非常的……漂亮。

他又试了几次，脸色越来越黑。

他发现想靠修饰脸部细节来影响其他人的视觉判断，结果竟不尽如人意，居然让他看上去比女人还美。

他气不打一处来，一拳砸倒镜子，怒道："见鬼！怎么会变成这样！"

他几乎想回去重修伪装课了。他的模样确实变了许多，和刚进入灯塔镇时简直判若两人。他的容貌原本十分清秀，以往在军中传承了红蝎的阳刚风格，算是个英俊少年。但是被黑血污染后，虽然体质越来越强，体型却反而变得单薄起来。现在就算他站在昔日红蝎的同僚面前，恐怕也没几个人能认出他。

"算了，这样也好，应该不会有人认得出我了！大不了老子扮成女人！"他一边自我安慰着，一边认命地拿出假须假发之类的装饰物，决定不再偷懒，来个全套易容。

此时余仁彦和几名暗刃战士也出现在暗血城门口。既然不用再追踪气味和痕迹，这位专家自然不会亏待自己，他带着同伴儿搭上一辆顺风车，这才缩短了与千夜之间的差距。

他穿着单身冒险者常见的罩帽和斗篷，只露出两只眼睛。

他看了看熙熙攘攘的人群，忽然冷笑几声，恶狠狠地说："不管你变成什么样，我都能把你抓出来。老子找人，从不看脸！"

他手一挥，化身为普通猎人和冒险者的暗刃战士们就分散到城市各处，潜伏下来，等候着他的召集。而他自己则不慌不忙地向中心城区走去，寻找落脚的地方。

这次的猎物非同一般的狡猾，他已经做好了长期周旋的准备。这么好玩的一场游戏，可不能随意错过了。在猎人和猎物之间，真正决定胜负的并不是力量，而是耐心。

他选择暗血城纯粹是出于直觉，再加上他搭乘的那辆顺风车也是来这个城市送货的，更让他觉得这是命运的指引。

第十八章　猎人之家

千夜走出小旅馆,并不知道追踪他的可怕猎人已经如此接近自己了。

此刻他是标准的冒险者的打扮,脸上多了一层浓密的短须,束着的马尾末梢处染成了棕色。他肩上甩着破旧的背包,不急不忙地走进玄铜街,一家一家看过去。

他走到一家不怎么起眼儿的小店面前,停下脚步,抬头看了看招牌——阿一枪械。

他记得帝国有家连锁武器店就叫阿一枪械,以专做高级的精品原力枪生意而闻名。不过眼前这家阿一枪械除了店名,从招牌到店内陈设显然和帝国的军火连锁店没有一点儿关系。或许是店主不知从哪里听到了这个名字,就依样画葫芦地写到了招牌上。

千夜走了进去。

店面不大,两边墙壁上挂满了各式各样的枪械,外形倒是油光锃亮,看上去十分生猛。

千夜是行家,只看了一眼,就认出墙上挂着的绝大多数是土制枪械,虽然也使用原力,但只能起到辅助效果,连原力弹都不一定能凝聚出来,就是黎明之光也甩了它们无数条街。

不过他没有失望,这才是暗血城这种小店应有的水准。想要更好的货色,就得去帝国官方发放执照的武器店,或者是拍卖行。

然而持照的武器店都有远征军背景,他可不想轻易露面。至于拍卖行,如果没有足够的实力,就算拍到好东西,有没有命拿回去也是个问题。

柜台里面倒是放了两把真正的原力枪,可惜仍然比不上黎明之光。也就是说,它们连一级枪械都算不上。

柜台后面坐了一个头发半秃的干瘦老人，戴着老花眼镜，正在专注地擦拭着枪械零件，一副爱理不理的样子。

千夜走到柜台前，敲了敲柜面。

老人头也不抬地说："东西都摆在那儿了，自己看！"

"拿点儿真正的好东西出来瞧瞧，别拿这些破烂糊弄我。"千夜懒洋洋地说。

老人终于从眼镜上方看了千夜一眼，刹那间浑浊的双眼中似乎冒出闪亮的精光。千夜顿时吃了一惊，可是他仔细看去时，却发现老人的双眼浑浊如初，刚才像是一个错觉。

老人语气淡定地说："想要什么类型，狙击、手枪、突击步枪还是其他的什么？"

千夜有点儿小惊喜，早就听说暗血城中藏龙卧虎，在最不起眼儿的店面里或许有着最好的黑市货，没想到走进来的第一家小店，就有如此丰富的货源。这运气也未免太好了吧？他忍不住试探道："几级？"

如果能够配齐一套一级的也不错，这是他的最低期望。

没想到老人眼皮一翻，狠狠白了他一眼，以轻微的声音不屑地说："当然是二级！想要更好的也有，不过要等些时候。"

二级！千夜欣喜若狂，以他三级战兵的实力，二到三级的枪械都很合适，而四级的蝎针用起来会有些吃力，如果不是他的原力特别浑厚，还真顶不住。

"好！拿出来看看！先来一支突击步枪，外加一把短管霰弹枪，或者是手枪也行，但是要威力大的，射速和射程不是很重要。"千夜说出了自己的要求。

老人没有动，只是推了一下自己的老花镜，扫了一眼千夜，然后说："简单、直接、粗暴，有军中风格。不简单啊，小子！"

千夜心中一凛，虽然他的外观已经改变了，但是一些刻印在骨子里的东西是不会变的。只要见过他出手，无论是远程还是近战，得出这样的结论并不奇怪。可是这老人仅凭武器选择就做出判断，意味着他对原力及原力枪械的理解堪称大师水准，就是红蝎军团自己的装备师也不过如此。

千夜顿时肃然起敬。

老人露出了然的笑容，说："去把店门关了吧。"

千夜依言关上店门，期待又增添了几分。

老人慢慢站了起来，走进里间，片刻后拿了个洗得有些发白的帆布包走了出来，往柜台上一放。看帆布包的大小，这应该是一把步枪类型的原力枪。

千夜打开帆布包，从里面抽出已经拆下枪托的原力枪，一眼就认出这是"突击手"系列步枪。

这个型号是帝国远征军前线军官的标准配备，属于二级原力枪械。由于是制式步枪，它有军用原力枪的通用特点，稳定、威力大，容易维修，不易损坏。相对而言，千夜还是更喜欢各类军用制式枪械。

这把突击手看上去保养得不错，有六成新，能碰上这样的货，虽然称不上太惊喜，但也算是个好选择。在暗血城的管辖范围内使用远征军制式武器的人不少，军队中的军需官时时会以报废的名义将大量半新的枪械偷偷卖出去，这已经是司空见惯的事情了。

"这东西我要了！有手枪，或者霰弹枪吗？"千夜问。

"你有钱吗？"老人反问。

千夜一怔，问："这把突击手多少钱？"

"一百帝国金币。"老人不带丝毫情感地回答。

老实说，千夜确实被这个价格惊到了。

在军队里，一把全新的二级原力枪报价也不过一百金币。突击手在二级枪械中算是很一般的，基本版也就九十金币左右。像这种六成新的货色，最多值五十金币，没想到老人直接报出一把新枪的价格。

看到千夜的表情，老人也没有嘲讽他，只是淡淡地说："小家伙儿，你没怎么来过玄铜街吧？在这里想要拿到这种货，当然不可能是常规渠道的价格。或者你也可以去其他店问问看，没有关系的。"

千夜仔细一想，老人说的确实有道理。他曾经在出任务时接触过一些地下交易黑枪的门店，价格确实不一样。只是现在看来，他原本的配置方案是办不到了。他一咬牙，问道："你这里收不收枪？"

片刻之后，这笔交易完成了。

千夜卖掉了黄蜂、一级步枪和黎明之光，外加十枚金币，终于换回了这把突击者。而作为添头，老人送了他三枚可以灌注原力的空白原力弹。

千夜收好东西，装突击手的帆布背包倒是相当令人满意，这东西半新不旧，最重要的是衬里用了半硬的材质，因此显不出里面东西的轮廓，很为冒险者着想。

关闭的店门重新打开，千夜看到外面站着一个眉宇间还有些青涩的少年，正在打量着这家店的招牌。他年纪很轻，一身猎人装扮，居然有一级战兵的实力。

见千夜出来，少年举步跨进门槛。

千夜才走出几步，忽然听到身后隐隐传来老人的声音："简单、粗暴、直接，有军中风格！不错啊，小子！"

不知怎的，他突然心中微微一沉。连忙快步回到旅馆，将帆布包打开，拿出那支突击手，一一拆开，仔细检查。看到内部时，他差点儿骂出声来。只见内部许多小零件都磨损得不轻，从外面看到的部分经过特别的抛光修整，所以整体看上去就新了许多。事实上它根本不是六成新，而是四成新！有几个小零件损耗严重，必须更换了。

唯一让他稍微安心的是和原力阵列相关的部件保养得还算好，有个五成新的样子。而且一些核心机件还有重新调校、优化的迹象，综合性能应该比原本的版本略强。测试之后，他发现原力转化率在三成左右，还算不错。但是再怎么说，它也绝对不值一百金币，能够卖出六十金币就不错了。

那个老人不是枪械大师，而是演技大师。从一开始就给千夜造成一个深藏不露的高人的假象，并且一句"军中风格"彻底把他给唬住了。

他恰好是军中出身，震惊之下，就对老人说的话深信不疑。要不是他听力好，走的时候听到老人对那个少年说的话，还不知道这"军中风格"原来是逢人便用的。

暗血城确实藏龙卧虎，不知道有多少大师，但显然骗子更多。居然还真有那么一刻，他怀疑这家店和帝国上层大陆的阿一枪械有几分扯不清的关系。此刻想来，也唯有苦笑了。

至于再去阿一枪械找回场子，却不是他会考虑的事。别看老人的店小，但是每个能在玄铜街上扎根的骗子都不简单。像他这种外来的独行者，根本斗不过这些地头蛇，只能自叹倒霉了。

他扫了一眼满桌散放的零件，无奈地摇了摇头。这些零件翻新的手法其实相当考究，就算他当场打开枪身查看，也只能看到颇新的内部。除非他把每个零件都彻底拆出来查看，才会发现问题。

这种手法已经算是高手级别了，如果拿这种劲头去造一把新枪，估计赚的钱也少不到哪里去，所以此刻他又好气又好笑，觉得被骗得也不算太冤枉。这年头干什么都不容易，人家毕竟也是下了苦功的。

他慢慢把突击手重新组装起来，然后出门找到一家零件店，买了一些小工具和基材。回到房间后，他重新对突击手进行涂装，并且处理了一下表面。一个小时之后，原本卖相不错的突击手就变成一把锈迹斑斑的旧货，属于早就该扔进垃圾堆里的那种玩意儿。

随即他又把那些有问题的小零件拿出来，架好修理工具，用了整整两个小时才把能够修的部件修好。另外还有两个修不好的零件，他又出去一次买回了替代品。

等他忙完这些，已经过了晚饭时间。但是这把突击手经过加工后，全面恢复了性能，至少有五成新，可以用上一段时间。他颇为满意，然后拿出空白原力弹开始研究。

这时房门忽然敲响了，旅馆侍女的声音在门外响起："小帅哥，需要服务吗？"

千夜打开房门，拿出一枚银币递了过去："要一份晚餐，多出来的是你的。"

片刻后，侍女把满满一托盘食物送了过来，打扫干净食物，千夜就开始修炼兵伐诀了。有血族体质作为后盾，兵伐诀原力潮汐威力过大会损伤身体的瓶颈就此消失。他甚至有些期待，如果单凭兵伐诀突破九级，又会是怎样一番情景。

随着兵伐诀的运行，原力开始从三处节点中涌出，在体内渐渐形成潮汐。在第三处节点没有完全温养好之前，原力潮汐会不断填充这个全新的节点。

在内视中，可以看到这个新生成的原力节点非常暗淡，刚刚有了一点儿形状。而胸腹两处节点则光芒灿烂，特别是气海部位简直就如同一轮小小的太阳，明暗之间不断向外喷涌着丝丝缕缕的原力。

千夜突然发现这一次原力潮汐的冲击力比平时弱了不少，原本九浪叠加的强度削弱了三分之一左右。难道是修炼功法出了问题？

他凝神一点一点地检查原力潮汐生成、涌动、奔腾的全过程，终于发现，当新生的潮汐从三个节点中涌出时，并没能完全融入体内的原力大潮。有一部分被静止在体内的那道三色交织的血气缠绕住，然后慢慢与之融为一体。

这个发现让他有些愕然，难道黑血会吞噬原力？

体内的黑血已经很久没给他带来什么麻烦了，即使在三天三夜的极限奔跑之后，突然进入血气旺盛的大城市，嗜血的饥渴也不曾复发，现在是怎么回事儿？

他沉默了一会儿，还是决定把今天的功课做完。

二十轮原力潮汐过去了，他站起来活动了一下身体，然后原地练了一小时的军中格斗术。几个基本动作可以有效锻炼力量、平衡感和柔韧性，格斗术练完，今天的修炼才算结束。如果是在红蝎军团的基地里，后续还要去肌体修复液里泡一泡，或者到医生那里做个观察型检测，以免修炼过度留下伤患。

千夜收敛心神,开始思索发现的问题。

黑血仍然静静流淌在血脉中,表面波澜不兴,但是每一次原力潮汐奔腾而过,都会有一丝原力被吸入,这个过程丝毫不受他控制。被拦截一些原力后,每次原力潮汐的冲击力就会大幅减弱,已经降到比普通修炼者强不了多少的地步。等到二十轮潮汐完毕,他发现血气竟然壮大了一些。目前可见的影响是修炼速度被拖慢,暂时没有发现其他异常,然而他却有些担忧,随着黑血逐渐增强,自己会不会真的变成血族。

一直到天色发白,他也没有得到结论。这个令人不快的插曲并没有对他的新生活造成太大的影响,他秉承一贯务实的作风,既然修炼速度变慢了,那么就加大强度。

接下来的数日,他一直埋头苦修,足不出户,一日三餐全部叫侍女送到房间。这也是到了一个新地方后,摆脱可能会有的追踪者最简单有效的办法。

七天转眼过去,千夜终于掌握了在灌注原力弹时控制血气注入的技巧。阿一枪械那个老人赠送的三枚空白原力弹倒是真货,但是封装盒十分符合老人的风格,要拿在手里才会发现重量不对,是个假货。

千夜拿出一颗空白原力弹,开始慢慢灌注原力。十几分钟后,弹头内布满氤氲的原力,里面同样可以看到一缕血气正在缓缓游动。现在他已经能很熟练地做到在灌注时是否加入血气了。

他打开盒子把原力弹放进去,没有封闭效果,这颗原力弹会在三天后失去大部效果。他突然想起那个王伯留下的水晶盒,好像在"曼殊沙华"被破坏后就不见了。

他收拾好所有的东西,准备出去走一走,打听一下周边的情况。既然打算在这个城市长期居住,就需要想办法赚钱。暗血城的物价和黑流城比起来要高多了,如果说黑流城的计量单位是铜币的话,暗血城的计量单位就是银币。

出门之前,他照例把自己的面容改了改,经过多次令人恼火的失败后,他终于摸索到一点儿诀窍,那就是把肤色尽量弄得暗淡一些。他并不知道,躲在旅馆里专心修炼的这几天,余仁彦曾经有两次从门前路过。

七天过去了,余仁彦把整个暗血城都翻遍了,但是丝毫没有找到千夜的踪迹。

他回到住处闭门思索了一番,然后出去转了一圈儿,弄了一大堆东西回来。

一个小时后,他把自己变成了一个瘦高的金发男人,眼睛也变了颜色。这位暗刃大首领在城里买下一座带有独立院落的小房子,然后到佣兵公会用假名注册了一个自由佣兵的身份，又去猎人之家注册了一个猎人资格，居然就这样出城打猎去了。

这次任务，显然被他顺便当成了假期。

余仁彦离开暗血城的时候，千夜刚好从旅馆走出来。

他先是随便找了家防具店，买了一身猎装皮甲。这种皮甲轻便灵活，非常适合野外猎杀，还有说得过去的防御力。当他换上这身皮甲，终于稍稍显出了一些野性和属于男人的强悍。

中午时，他随便进了一家饭店，上二楼找了个临窗的位置坐下。

他一边吃东西，一边观察来来往往的路人，以便熟悉这座城市居民的一些生活习惯。等饭菜吃完，他拿出几页宣传材料翻看起来。

这些是佣兵公会、冒险者联盟和猎人之家的宣传册，最终他的目光停留在猎人之家上面。

以黑暗种族为猎物的猎人才是适合他的职业。他不想再去做哪个权贵的打手，有了太过清晰的立场就意味着接踵而来的麻烦。而当冒险者往往需要某些专业技能，比如机械维修，虽然他的机械课成绩一向挺好，不过他可没兴趣天天站在工作台前打磨零件。

离开饭店后，他按图索骥，七弯八绕，最终走进一个黑沉沉的小巷，站到一座三层小楼面前。看到横匾上书写的"猎人之家"后，他终于确定这就是自己要找的地方。

这座小楼实在太破旧了，看上去像是要倒塌。管理者似乎也没有心情修缮它，前墙上赫然有一条大大的裂纹，露出材质不怎么纯的金属支架。

大门是开着的，千夜犹豫了一下，还是走了进去。上次在阿一枪械的经历实在给他留下了心理阴影。猎人之家应该是分支遍布永夜大陆的著名猎杀组织，但是眼前这个，看上去好像又是借用了这个名字。

进门后是一间不大的客厅，里面放着两张桌子和几把椅子，三个大汉正懒洋洋地围坐在一起，桌上放着几大杯啤酒。

大厅尽头是个柜台，一个干瘦的老头戴着一副老花镜，正坐在后面专心地看着什么，半秃的头在汽灯的光芒下显得格外闪亮。

千夜顿时心头一跳：这不正是阿一枪械里的那个老头吗！他怎么跑到猎人之家来了？

一瞬间，他心中如同有一群猛犸巨象奔腾而过，不知道说什么好。他当即决定离开，至于讨回公道，他想都没有想过。

不过他刚刚转身，柜台后的老头忽然抬头，目光落在他身上。

他全身一震，立刻僵硬不动，迈出的一步就此停在空中，再也落不下去！

他的行动自然不曾受限，但是此刻背后那道锋利如刀的气机已经完全锁定了他，只要稍有动作，就有可能招来暴风骤雨般的致命攻击。而凝神静气，等待对方先出手，在气机牵引下寻觅缝隙，或许还能有一线生机。这是他从七岁开始，无数次出生入死方才得来的战斗本能。

就这样僵持了数秒，那道锐利的气机突然消失了，他这才一脚落地，然后缓缓转身。

厅中三名大汉都望向他，眼中露出赞赏之意。老头则站了起来，说："小家伙儿，看你刚刚的表情，想必去过阿一枪械。"

千夜看着老人，终于发现一点儿细微的不同。

枪械店的老头一副世外高人的模样，但是脸上的皱纹似乎要多一些。眼前的老人脸上则多了一道小小的伤疤，尽管非常不起眼儿，但是在千夜眼中，这点儿区别异常鲜明。

老头又说："阿一枪械的老板是我的孪生哥哥，他叫阿一，我叫阿二。这里的人都叫我二爷。"

千夜觉得自己脸上的表情一定很精彩，因为他实在不知道该说什么。

"你想当猎人？"二爷问。

"……是的。"千夜答道。

他觉得这个二爷似乎不像是骗子，但是阿一枪械的经历却不停地在脑海中回想着，没有哪个骗子看起来像是骗子。

二爷低头在柜台里摸了几下，拿出一个六芒星形状的铜牌扔了过来，说："你通过了考验，现在已经是一个一星猎人了。"

千夜下意识地接过铜牌，有些茫然地问："考验？"

"刚才我看了你一眼，你表现得很不错，所以现在已经是猎人之家的一员了。收好这块铜牌，它是你的信物，也是猎人资格的证明。"二爷淡淡地说。

千夜看了看自己手里的铜牌，这东西被摩擦得发亮，显然已经很有些年头了。尽管如此，仍然掩盖不了它粗糙的工艺。中心处那颗星星铸造得高低不平不说，就连形状都是扭曲的。

"好吧，我这个……一星猎人，能够干些什么？"千夜终于接受现实，只要不先交什么入会费，那么他也不介意加入这猎人之家。

然而二爷却说："先交一个季度的会费，每月一个金币。"

二爷说得漫不经心，千夜心里却是一跳。

"那么我的权利是什么？"

二爷指了指墙壁上挂着的一个破烂的本子，说："都在那上面写着。"

千夜打开本子，里面是手写的一条条规定。本子虽然破烂，但是字迹却十分隽秀，每个字都透着难以言喻的力量，看得千夜心神动荡，不得不暗暗流转原力才能站稳。

规定其实很简单，猎人交纳的会费是晋升星级的主要凭据。星级不同，权限也不同。

猎人的主要权利是向猎人之家出售击杀黑暗种族的证明，以换取赏金。另外可以从猎人之家购买一些特殊的武器、盔甲以及材料。如果对猎人之家提供的东西不满意，也可以由猎人之家代为联系相关的匠师进行定制。

光是猎杀黑暗种族得来的赏金，就足够缴纳会费了。当然，前提是能够猎杀到足够的黑暗种族。猎人的星级不同，获得赏金的上限也不同。比如一星猎人每个月可以拿到十个金币的总赏金，二星猎人可以拿二十个，每升一星上限就会翻一倍，以此类推。

此刻千夜眼中却全是那字迹中隐藏的惊人力量，好不容易他才平静下来，问道："我可以看看能够换什么样的武器和盔甲吗？"

"当然可以。小米，带他去一星仓库看看。"

一个机灵的少年不知从哪儿钻了出来，对千夜打了个响指，说："跟我来。"

千夜跟着少年走到地下室，进了一间库房。

这里虽然是一星猎人的仓库，但是装备却非常丰富，千夜甚至还看到了帝国上层大陆主力军团的常规武器——地狱火原力机枪！这可是三级枪械，而且都是全新的家伙！

不过这把枪上贴着四颗星，也就是说四星猎人才能购买，不知怎么会混进这个库房。除此之外，全套的战术盔甲、多功能军刀、全地形瞄准具等应有尽有，简直就是一个小型的军火库。

看到这个仓库，千夜终于打消了疑虑，跟随那个少年回到大厅，老实地交了会费。

办完手续后，千夜忍不住问："如果交不起会费怎么办？"

"可以先欠着，但是每个月要加一个金币的利息。"二爷轻描淡写地说。

千夜又一惊，三个金币的季度会费，每个月要交一个金币的利息，这个利率可是够狠的。

一个大汉似乎看出千夜的想法，插嘴道："要是连会费都赚不到，还当什么猎人，痛快地回家抱孩子去吧！"

这大汉的话倒也在理，不过千夜却不想就这么简单地被收了会费。他拿出一个小口袋，从里面倒出六根吸血獠牙，这是和齐岳交易的那三个血族留下来的。

他把吸血獠牙推到二爷面前，说："这些东西应该可以换赏金吧？"

按照猎人之家的兑换公式，一个普通血族战士的吸血獠牙可以兑换一个金币。其实也就意味着，每个猎人每月至少要击杀一名最低等的血族才算合格。

看到这个规定，他就明白猎人之家为何看起来如此冷清了。想要击杀血族战士，至少也得是二级战兵，这个门槛其实相当高，几乎和红蝎招新人的要求一样了。当然一级战兵也不是不能成为猎人，但是就要辛苦得多。

这六根獠牙应该足够赚回会费了，千夜这么想着。

二爷忽然"咦"了一声，伸手拿起一根獠牙，反复端详了一会儿，说："如果我没有看错的话，这根獠牙应该取自尼德柴尔氏族的一个正式成员。这个氏族出过伯爵，如果让他们发展出足够多的后裔会很麻烦。所以他们比普通的四级血族威胁更大，光是这对獠牙就值十个金币。"

千夜倒没有想到自己击杀的这个血族居然还有不小的来头，听二爷的意思，赏金竟多了不止一倍。

二爷又在柜台里翻了翻，拿出十个金币和一把手斧，递给千夜，说："这个月你的赏金已经到达上限，不能给你更多了。不过我觉得这把斧子挺适合你的，算是我个人的馈赠好了。"

千夜拿过手斧掂了掂，然后仔细打量着它。

斧子十分小巧，不过半米长，斧面只有手掌大小。入手沉甸甸的，不知是用什么材质制成的，但肯定不是金属。他用了好几种办法感知探测，都无法引起什么反应。在野外战斗时，这把不会被各种仪器和能力探测出底细的斧子，无疑会有更大的价值。

他轻轻挥了挥，感觉十分顺手。他用力虚劈了几下，斧刃划破空气，居然发出隐隐的尖啸！

他面露喜色，这把手斧比匕首、短刀用起来顺手多了。这才是真正适合他的武器，看来他的战斗风格依然倾向于简单、直接。

他把手斧放进专门的皮包，对二爷说："这东西不错，我很喜欢，我先出去狩猎了。"

二爷微眯着眼睛，仿佛马上就要打盹儿了，闻言略略点头，算是和他告别。先前看到手斧的运行轨迹时，眼底一闪而过的凌厉锋芒早已消失不见。

千夜离开后，一名大汉说："小家伙儿不错，有潜力。"

另一个却冷冷地说："我讨厌他，他身上有一股帝国狗腿的味道。"

第三个人耸耸肩，说："狗腿也分高下，这个小家伙儿显然是从顶级狗腿里出来的。"

"顶级狗腿也是狗腿！"前一个人说。

二爷不知从哪里摸出一个老式怀表，看了看时间，缓缓地说："这小家伙儿倒是很适合那个任务。"

"哪个任务？"

"有关琪琪小姐的任务。"

三个大汉忽然打了个寒战，望向千夜背影的目光中已经多了一丝同情。

第十九章　组队出击

离开猎人之家时,天色已经昏暗了。

千夜随便找了家酒馆,喝了两杯后,从侍女那里打听到附近哪家房子正在出售。一个小时后,他搞定了自己在暗血城的第一个住所。

这栋带有院子的二层小楼,售价居然只要五个金币。它如此便宜,是因为一墙之隔就是贫民区,那里是一切混乱、肮脏与罪恶的根源。可想而知,几乎每个夜晚,都会有小偷光顾这里。没有人愿意在这种地方常住,只要有可能,都会尽快搬离。

千夜倒是不怕麻烦,他出去采购了不少零件,然后在院子墙角的落点,主楼门窗内外布下了不少陷阱。这些看似简单的小玩意儿其实相当好用,不会轻易取人性命,但是皮肉之苦绝对少不了。布置完之后,他在外墙上涂了一行大字:内有陷阱,后果自负。然后把院门一锁,准备前往荒野狩猎。

从这里到城门,最近的路线就是直接穿过贫民窟。他不去理会那些无所事事的闲汉们充满敌意的目光,直接走进一条狭窄得几乎要侧身才能通过的巷子。

这条巷子弯弯曲曲,本就狭窄的通道上还堆满了杂物,显得更加拥挤不堪。地面上到处都是垃圾和流淌的脏水,几乎让人无法下脚。两旁都是低矮的窝棚,哪怕是中等身材的男人,进出都要弯腰低头。脸上脏得看不出本来面目的小孩子们追逐打闹着,从一条巷子跑进另一条巷子。

这一幕幕景象并没有让千夜感到嫌恶,反而让他无比怀念。他成长的地方比这里的环境更加恶劣,飞艇坟场是没有道路的,每一脚下去都是各种金属碎片或条块,人们则蜗居在大大小小的废弃艇仓甚至是管道里。小孩子们从不追逐嬉戏，由于缺少吃的，平时大家都要保存体力，打架的唯一理由就是争夺食物。所以在他眼里，这些狭窄幽深的巷子至少有着最起码的秩序，跑来跑去的小孩子们则代表着活力。

千夜走完这条幽长的窄巷，尽头是一块儿小小的空地，七八条道路同时汇聚到这里。他稍稍辨别了一下方向，朝着地势最高、最宽阔的那条街道走去。几乎每个巷口都聚集了两三个虎视眈眈的原住民，看到陌生人经过，便一起把不怀好意的目光投射过来。

千夜目不斜视，也并没有刻意回避什么。他那一身皮甲，以及背上的突击步枪和腰间的短斧，都清晰地表明自己不好惹。

经过一个巷口时，突然冲出一个瘦小的男孩，如出膛的炮弹一般笔直向他撞来。他连忙轻轻一个侧身让了过去。

男孩扑了个空，当即面朝下，唇齿撞到泥地上。他挣扎着爬起来，用力吸了吸格外大的鼻子，尖叫道："血族的原力枪！我闻到了，我闻到了！"

一刹那间，整个贫民窟都沸腾了！血族原力枪可是一笔天大的财富，无论谁得了，都可以改变命运！

千夜有些意外，这个小男孩的鼻子太灵了，居然闻得出被他重重包裹放在背包里的流金玫瑰。看来即使在贫民窟，也有不少具有天赋的人，只不过他们中的绝大多数都注定要被埋没一生。

许多衣衫褴褛的人缓缓围住千夜，并且手里都持着木棍、菜刀等原始武器。

千夜很无奈，这种局面一旦形成，往往不见血就不会罢休。他摘下肩上的突击步枪，重重地拉开枪栓，黑洞洞的枪口对准了人群。

"谁敢过来就是死！快让开！"他喝道。

然而他的话毫无威慑力，围上来的暴民们并没有退缩，反而在对望一阵儿之后，把包围圈儿收得更紧了。他们呼吸粗重，双眼中布满血丝，盯着他背包的眼睛闪烁着贪婪的光芒。

一个骨瘦如柴的男人忽然作势要扑向千夜，他刚一动，千夜背后好像能视物一般，蓦然转身，枪口对准了他的额头。

他一下子呆住了，见千夜并没有开枪，就如野狗般伏低了身子，对千夜发出低沉的咆哮。

千夜知道事情坏了，或许是空气中弥漫的带着金属臭味的腐败气息太过熟悉，他的手指一点点压紧扳机，却始终没有扣到尽头。突击手的威力非同小可，扩散的余波足以掀翻这群人。

那个男人见千夜一直没有开枪，胆子骤然大了，毫不迟疑地腾空扑起，狠狠咬向千夜的咽喉！

千夜犹豫了一下，松开扳机，掉转枪身，准备用枪柄把这个男人砸晕。凭他三级战兵的实力，应该能从这个地方冲出去。

就在这时，只听"砰"的一声，面前的男人倒地了！

千夜骤然转头，看到旁边的屋顶上不知何时出现了一个劲装女人，她单手提着一支明显改装过的火药步枪，格外粗大的枪口正冒着淡淡的白烟。她的枪口微动，又对准鼻子特别大的那个小男孩，冷笑道："去死吧，小坏种！"

"等一下！"千夜拦阻道。

暴民们顿时一片惊慌，有人转身逃跑，大多数人却反而被激发凶性，"嗬嗬"叫着扑了上来。混乱中，有两把用废钢片打磨的短刃正悄悄捅向千夜的后腰。

这些暴民弱得不堪一击，可是下手却绝对阴狠毒辣，而且他们根本就不把自己的命当回事儿。

千夜叹了口气，反手一撩，两把刃背就被他准确无误地抓在手里。

然而紧接着空中突然飞过来一个冒着青烟的东西。

是手雷！

千夜心中大骂，无可奈何之下一跃而起，翻过两层窝棚，落到另一侧的街道上，然后立刻伏地。

"轰"的一声手雷炸响，冲击波摧毁了周围的窝棚，无数杂物从千夜背上飞过，划得他肌肤发痛。

这是军用的大威力进攻手雷！他从强得出乎意料的爆炸余波中瞬间得出结论。这可是用来对付低等黑暗种族的厉害玩意儿，就算正式的血族战士被波及到了也会受伤！如果他没有全力闪避的话，定然伤得不轻。他暗骂那个女人出手狠辣，这种野战中才能使用的武器居然直接在城市里用上了！

暴民们一下被炸翻了十几人，其他人终于被吓到，连滚带爬地逃走了。

远方的街区出现骚动，很快几名全副武装的远征军士兵就冲了过来。他们看到站在屋顶上的女人，顿时一怔，态度马上变得恭敬起来，问道："英男小姐，这是怎么回事儿？您好像使用了不应该在城区使用的武器。"

英男冷笑一声，说："没什么大事儿，这些家伙想要打劫我们猎人之家的成员。我顺手干掉了几个，好让他们长长记性。至于那颗进攻手雷，是它自己不小心掉下去的，和我无关。"

戴着下士肩章的那人居然点了点头，转身对同伴儿说："已经弄清楚了，有人在这里藏了颗手雷，不小心爆炸了。好了，我们收队！"

这几名远征军士兵居然掉头就走，地上那十几具尸体，他们好像根本没有看到。

见到这一幕，千夜只是沉默着。眼前这种情况，他经常听一些在常规军团中服役过的老兵们说起，但亲身经历却是第一次。

这时英男从房顶上跳下，落在他面前，把他从上到下打量了一番，然后亮出手掌中的一个东西，说："跟我走，我们找个地方喝一杯！"

片刻之后，二人在一家酒吧里坐下。

千夜之所以跟着她过来，是因为她出示了一颗四星的猎人徽章。除了需要积累相应的功绩，至少得有四级实力才能拿到。

直到现在，千夜才有机会仔细观察她。

她是一个相当年轻的女孩儿，大约二十岁左右，全身穿着深棕色的盔甲，看材质应该是某种凶兽的兽皮，重点部位则是由金属打造而成的。这身盔甲当然比千夜那身要强得多，而且穿在她身上异常贴合，显然不是定制品就是专门调整过的。

她长得十分美丽，看上去英气勃勃，又带着一点儿野性。额头上有一道细小的伤疤，不但没有损及容貌，反而为她平添了几分不羁的韵味。

她很高，比千夜矮不了多少，身材异常火爆，像是蕴藏了随时都会四溢的活力。她的头发是深棕色的，束成了马尾。

她以一种见多识广的资深老兵才有的豪迈敲了敲桌子，对千夜说："我叫余英男，你可以叫我英男或者男姐……不过，小子，你就准备喝这种淡得和白水没两样的玩意儿？"

千夜要的是一大杯淡啤酒，而余英男面前则放了整整两大瓷瓶自酿谷酒。这种酒味道一般，可是酒性极烈。不容千夜分说，她直接倒上满满一大杯谷酒，推到千夜面前。

"我不喝烈酒。"千夜老老实实地说。

"男人哪儿有不会喝酒的!"她怫然不悦。

"我找不出和你喝酒的理由。"

余英男一怔,问道:"为什么……"

随即她看了看千夜几乎没什么表情的脸,恍然道:"你不会觉得不该杀那些人渣吧?"

"进攻手雷是对付真正的敌人时才用的武器。"千夜淡淡地说。

余英男"哼"了一声,冷笑起来:"对那群渣滓来说,有区别吗?你是觉得自己有能力从那里走出去,但是换个人呢?你有没有想过会是什么下场!就在昨天,两个外来女人不小心进了那里,你知道她们遭遇了什么吗?!那些家伙杀上十次也不过分!反正都是杀人,还分什么武器!"

"但是里面有孩子……"

"那个小坏种是最核心的角色!他会负责找出有价值的东西,然后决定是否要冒险杀人!"

千夜张了张嘴,发现自己竟无话可说。

"来,先喝一杯!真弄不明白你的脑袋里装的都是什么,这可一点儿都不像猎人!像你这样的菜鸟上了战场,死都不知道是怎么死的。先干了,别扭扭捏捏的,像个娘们儿!"

"我……就是在这种地方长大的。"千夜突然想解释一下。

余英男有些诧异地看了他一眼,随即说:"我明白了。看来你不是个软蛋,来,干了这杯,算我道歉!"

两个酒杯重重碰在一起,千夜看着手里的杯子,有些发怔。余英男一仰头,一大杯烈酒涓滴不剩。

千夜脸色有些发苦,皱着眉,一小口一小口地,花了不少时间才慢慢把整杯酒喝下去。喝完之后,他吐出一口浓浓的酒气,脸上立刻泛起一层红晕。

又一个装得满满的酒杯从桌面上滑了过来,稳稳停在他面前。他连话都说不出来了,刚刚端起酒杯,就被余英男重重碰了一下。

"干了!"余英男一仰头,又是一整杯酒下肚。

千夜这次仍然分成好几口,才把酒给喝完,脸上已经一片通红。

两轮过去,一瓶谷酒已经空了。余英男喝酒的架势如同在喝水,转眼第二瓶谷酒也见了底儿。

余英男看着千夜的目光终于柔和了一些，说："虽然有些扭扭捏捏的，但酒量还算是个男人。老板，再来两瓶漱漱口！"

"漱口？！"千夜听到这个可怕的词，立刻咳嗽起来。

余英男右手一摆，说："才两瓶，不是漱口又是什么？哦，或者是润个喉？"

无论是漱口还是润喉，都没什么区别。酒吧老板端了两瓶谷酒，一路小跑着送了过来。

漱完口还要润喉，润完喉继续漱口。就这样，两人脚边堆着的酒瓶越来越多。

余英男越看越觉得千夜顺眼，已经开始称兄道弟，他除了易容技术差了点儿，皮肤白了些，长得不够健壮，等级不够高，行事不够狠……再没有其他缺点了。

千夜自然哭笑不得，不知道把她说的这些都去掉之后，自己还有什么优点。既然插不上话，他只有捧着酒杯，慢慢地，一口一口地把烈酒全都喝下去。

每当他喝完一杯，余英男就立刻给他满上一杯。从第一杯开始他就摇摇欲坠，看上去随时有可能会栽倒。一直喝了大半夜，十多瓶酒过去，他还是这副模样。

他慢慢干掉一杯酒，然后把酒杯重重地放在桌上，等着余英男再给他满上，但是过了一会儿，酒杯却还是空的。他抬起头，这才看到余英男已经倒在了桌子下面。

酒吧老板一路小跑过来，看了看余英男，向他竖了个大拇指，低声说道："厉害！你是第一个把她放翻的。不好意思，小店就要关门了，能不能先把账给结了？"

千夜看到账单上的数字，才知道他们一共喝了多少酒。

他无奈地掏出三个金币付了账，把余英男扶了起来。她实在太重了，光是那身盔甲大概就不下五十公斤。

酒吧老板殷勤地告诉他余英男住的地方，他扛着余英男，按着老板给的地址，慢慢走到一座小楼前。

大门根本没锁，里面设置的几个简单的陷阱也难不住他。他小心翼翼地避开从大门到走廊的警戒机关，来到三楼的卧室，一把将余英男扔在床上，这才松了口气。

他打量了一下房间，这里的布置充分说明了余英男根本就是一个暴力狂。一面墙上挂满了枪械，另一面则是各类刀具。看着像书橱的一排柜子里，则有不少黑暗种族身上奇奇怪怪的部件，这些都是她的战绩。一般男人估计看了这些，会立刻对她敬而远之。

千夜有些口干舌燥，在桌上找到冷水，连喝了几大杯，才算好过了一些。他把自己扔到沙发里，酒意慢慢上涌，不一会儿就睡了过去。

迷迷糊糊之中，他突然感觉到一丝莫名的危险，他又出现在那空旷无人的街区。这一次从黑暗的小巷中走出的不是血奴，而是余英男！她面容冷峻，抬起手枪，指向自己的额头。

他大惊，想叫她住手，可是无论如何也发不出声音！

余英男一脸冷漠，食指压下，扣动扳机。

千夜忽然从地上弹起，撞入她怀中，抱住她的手臂，一个过肩摔把她扔了出去！

余英男的双脚刚要离地，忽然翻身扭动，以压倒性的力量把千夜甩了出去！

天旋地转之中，千夜醒了过来，发现自己正撞向墙壁。多年来形成的战斗本能在这时发挥了作用，他四肢伸张，同时抵在墙壁上，轻巧地化去了冲力，然后整个人一缩，挂在墙壁与天花板的夹角处，回头望去。

余英男站在房间里，还保持着抛掷的姿势，正一脸愕然地看着他。

这不是梦，而是真实的情景。

余英男收了姿势，有些尴尬地说："那个……我不是有意的，我只是想给你盖点儿东西。没想到你忽然……然后我就……还好你挺厉害的，没受伤就好。"

千夜贴着墙壁滑下，苦笑着说："不怪你，是我经常做噩梦。刚才又做了一个噩梦，所以会有本能反应。"

余英男点头说："不过你的感知真厉害，居然能够在睡眠状态下感觉到我的接近，看来够资格在野外独自活动了。"

千夜看了看时间，已经是早上五点了，这个时间正是猎人们开始出动的时候。

余英男忽然有些不好意思，抓了抓头，说："那个，昨天晚上有些失态了。真没想到你的酒量这么好！你以前是干什么的？"

"开酒吧的。"千夜的回答顿时让余英男笑容一僵。

片刻过后，两人一边吃早餐，一边谈正事儿。

余英男听说猎人之家来了个新人，而且二爷对他评价颇高。正好她手上有一个十分棘手的任务，人手还不够，于是就来找千夜，结果恰好在贫民窟看到那一幕。千夜的优柔寡断实在让她看不下去，于是用一贯的粗暴风格迅速解决了那些暴民。

她提议去喝一杯，是打算把千夜狠狠灌翻，给这位一星的小猎人一个小小的教训。没想到这次阴沟里翻船，竟然遇到个开酒吧的！酒量一向罕逢敌手的她终于也被放倒了。

不过这也让她对千夜刮目相看了，按照她的说法，酒量好的人，人品也不会太差。

虽然千夜对这个理论实在难以苟同，但是明智地没有和她争论，而是问起了此行的任务。

原来余英男得到情报,在距离暗血城三百多千米的一处山谷中,有一个狼人的秘密巢穴。那里收藏着一个古老的图腾,据说这个图腾有着提高狼人修炼速度的可怕力量。这种东西在帝国研究院的收购名单上一向具有很高的优先度,可以用于研究黑暗原力。

余英男打算把它弄到手,但是觉得光靠自己现有的力量还不够。

她已经组建了一支队伍,包括一个四星猎人和两个三星猎人,然后就再也找不到合适的人了。她看得上的人都在出任务,有空闲的她又看不上。最后实在没办法才找上千夜这个新来的,主要原因还是二爷的那句好评。

千夜没想到二爷的评价竟然如此受人重视。毕竟四星猎人可不简单,死在余英男手上的黑暗种族少说也有三四十个,而且有不少是四级的厉害角色。连她都如此信任二爷,说明二爷绝不简单。

千夜现在已经了解余英男的性格了,她有丰富的狩猎经验,习惯了不分性别的战地生活,为人处事不拘小节。他也大致了解到这个任务的基本情况。

一个完整的狼人部落包括头狼、长老和普通战士三个级别,有些部落还会出现影狼、针狼、战狼或者狂狼等特殊种类。

磐石领附近的狼人部落实力都比较均衡。头狼一般在五到六级之间,长老仅比头狼略弱,影狼之类的特殊种类则要看具体情况。不过很少会出现强得打破生态平衡的情况,因为若是如此,黑暗种族内部首先会发生异动,以重新划定世代传承的势力范围。一个传统的狼人部落中大约有一百名左右的成年战士,再多的话掠食区域就不太够用了。

以余英男这个小队的实力,想要正面撼动狼人部落根本就不可能。不过反正她此行的目的也不是全歼狼人部落,而是突袭夺宝。她通过某些渠道花重金搞到了一种原力药剂,可以重创狼人的嗅觉,让他们在短时间内战力大幅下降。

在她的计划中,这种药剂用在狼巢那种封闭的环境里再适合不过了,预计效果可以持续半小时左右。猎人们只要抓紧不到半小时的时间突袭狼巢,抢夺图腾,然后全速逃离,就算成功了。

然而整个作战计划竟让千夜有一种很不安心的感觉,在他看来每个环节都充满了变数。特别是最后一个阶段,想要在荒野上逃脱几十名恢复力量的狼人的全力追杀,难度大得超乎想象。

他说出自己的疑虑,余英男却毫不在意地回答:"好了!哪一次行动不都会有点儿意外？只要准备充分一些就可以了。放心吧，这次我拉来了杨天，他是对付那些灰皮大狗的专家。我们下午碰个头，敲定最后的准备工作以及分工。你跟我一起去吧，顺便见见其他伙伴，也好有个了解。"

千夜一怔，从始至终，他好像都没有说过愿意加入，可是余英男理所当然地认为他同意了。两人之间的关系认真说起来，也不过就是昨天一起喝了一顿酒而已。

吃过午饭后，余英男带着千夜来到玄铜街上的一家武器店，推门走了进去。

老板是个满脸络腮胡子的中年男人，看到余英男和千夜，他向后间指了指，说："都在里面等着了。"

门后便是楼道，有一架螺旋楼梯一路向下，通向地下室。里面的空间意外的宽敞，汽灯相当亮堂，有许多隔间，形形色色的钢轨和机器，竟然是个小型工坊。

余英男带着千夜走进最靠近楼梯的一个房间，看陈设是一间武器加工工作室。

室内沿墙壁并排放着四张工作台，上面摆满了零件以及一些半成品。其中一个工作台上还放着一盆水晶颗粒，这些颗粒打磨完成后，就是空白原力弹最核心的弹头部分。

角落里是顶到天花板的货架，上面堆满未经处理的钢条。灰泥大片脱落的墙壁上挂满了各式枪械，还钉着两张设计图。

千夜看了一眼设计图，几个用黑笔特意圈出来的参数跳入眼帘，他惊讶地发现那竟是二级原力枪械的标准值。

他不由得停住目光，把图纸整体看了一遍。果然是自行设计的原力枪械，已经勉强达到二级标准，居然超过远征军的普配制式武器。不过作坊式的枪械往往在数量和可靠性上有不少问题，所以他还是喜欢军队的制式武器。

里面有三个人，两个坐着，一个皮肤黝黑的年轻人则在工作台前忙着加工部件。当余英男和千夜进来时，他们的目光全都落在千夜身上，有好奇，有赞赏，但是也有敌意。

余英男简单介绍了一下双方。

杨天和她一样是四星猎人，今年四十余岁，看上去像个敦厚的大叔。他伸手和千夜一握，笑着说："能在酒桌上把英男放倒的人，我还是第一次见到，欢迎加入！"

另外两人一个叫扎西，一个叫李伦哲。

扎西一直没有离开工作台，除了千夜进来时看了他一眼，之后就埋头摆弄手上的零件。即便在和千夜打招呼以及回答余英男的问话时，视线也没有从手中的部件上挪开，看得出这是一个技术狂人。

李伦哲很年轻，大约二十四五岁的样子，但是他的实力居然也达到了四级。他带着隐隐的倨傲，没有和千夜打招呼，只勉强伸手与千夜握了握，然后回头对余英男说："男姐，这个小子看上去很嫩啊，有战斗经验吗？要不要测试一下？"

杨天在一旁说："不必了，英男看中的人不会差，他也是二爷认可的人。"

李伦哲嘟囔了两句，不再说什么，但是他对千夜的敌意依然很明显，并且完全不加掩饰。

接下来众人讨论了各自的分工和行动方案的细节。

猎人们将分散行动，到山谷外的预定地点会合，以防被狼人们提前察觉到袭击的意图。扎西将负责逃亡路线，千夜跟随英男行动，一抢到图腾他就负责把它带走，其他人则断后，继续狙击狼人。没有给千夜安排硬性的战斗任务，只要发挥速度优势，成功把图腾带回来就可以了。

商议完方案，余英男敲了敲桌子，说："接下来是老规矩，物资分配和上交行动押金，千夜那份算在我头上！"

千夜原本想自己交押金，但是看到其他三人拿出的都是五枚金币，就只能不作声了。昨晚付完酒账后，他身上只剩下一枚金币和若干银币。

自他来到暗血城，唯一的进项就是在猎人之家换到的十枚金币，安家、购买装备和辅助物资的开销比他预想中还要大。这也是虽然他觉得不太安心，却没有拒绝参加这次任务的原因。

对于余英男的决定，杨天和扎西都没有提出反对意见，只有李伦哲对千夜的敌意更浓了。

众人很快分散开来，各自行动，并约定三天后在预定的地点集合。

走出店门的时候，余英男一拍千夜的肩膀，说："你跟我一起走，我们晚上再出发。"

两人刚刚走过两个街区，余英男就忽然停下脚步。

这是一条不宽不窄的街道，还算干净。两边的建筑大多是平房，偶尔有两层小楼，除了民居一半以上是各种杂货店。

下午三四点钟，天色开始暗下来，汽灯陆续亮起，正是狩猎者们回城的高峰期。这里原本也应该是人流最大的时候，但此刻却寂静无声，街前巷后一个人影都没有。

第十九章　组队出击

所有的房门和窗户都紧闭着,好像大家都不约而同地打了烊。汽灯昏黄的光亮照在孤零零的招牌上,在尚未完全黑透的天光里,显得更加模糊不清。

余英男向周围望了望,忽然冷笑道:"来都来了,还躲躲藏藏的干什么?"

一个阴阳怪气的声音从两人后方飘出:"当然是担心你看到我们害怕,会落荒而逃啊!"

随着老旧的门轴发出"吱呀"一声响,一个干瘦的男人从他们身后的房子中走出。街道两侧很多房门一一打开,从中走出十几个人,将二人包围起来。其中有过半的人拥有一级战兵的实力,那个阴阳怪气的男人则赫然是三级战兵。

千夜目光扫过,发现这些人裸露在外的手臂上全都有一条毒蛇刺青,看来他们应该是那个名叫天蛇帮的帮会成员。

天蛇帮算是暗血城中的第三大帮,势力不小,这个街区恰好是他们的地盘。

千夜飞快地打量了一下周边环境,这条街道上的建筑物其实构不成障碍。就算屋内还有伏兵,如果和这些人实力差不多的话,完全不可能拦住余英男和自己。但是他担心的是,天蛇帮的人会阴魂不散。

余英男挑了挑眉说:"花蛇,你不用跟我玩这种小把戏。直说吧,这次又有什么事儿?如果摆明是陷阱,那么我立刻走人,再慢慢和你们算账。"

花蛇悠然说道:"走人?你在城中的生意难道不要了?"

余英男也不生气:"不要了。不过你们天蛇帮的成员,尤其是你,今后别想单独出城。要出门,先给自己准备好后事再说!"

花蛇脸色一变,气焰立消。他们确实人多势众,个个都有几分战力,在城里遇到谁也不会怯场。但荒原是另一个世界,除非他们次次都结队而行,否则绝不是余英男这种身经百战的猎人的对手。如果余英男下定决心死磕,天天守在城外,那么天蛇帮的人还真没有几个敢出去了。

千夜顿时对余英男刮目相看,他原本以为这是个脑袋里塞满了暴力念头的女人。不过想想也是,不管四星猎人的性格和行事风格如何,恐怕没有一个是省油的灯。

花蛇收起笑容,说:"好,余英男,你狠!你欠大哥的那笔钱怎么说?你拖着不还也没关系,我们大哥说了,到时候去找二爷说道说道,利息和罚金一个铜子儿也别想少!"

余英男脸色十分难看,说:"等我出完这次任务就还钱!"

花蛇一脸讥笑:"出完任务?谁知道你出完任务会是什么时候?何况前两次你也是

请见二维码 更多精彩内容

这么说的，结果呢？非但没还钱，反而欠得更多了。英男小姐，就以你出任务的这种成功率，能还得上钱吗？"

余英男脸上越来越难看，右手握起，似乎忍不住要出手打人了。

花蛇没有畏惧，反而把脸凑了上来，指着自己，说："打，用力打！往这儿打，千万别留手！"

"砰"的一声，余英男脚下的地面忽然龟裂，这是原力外溢的结果。可是面对决心无赖到底的花蛇，她却怎么都打不下去。

她深深呼吸，胸脯起伏不定，勉强压抑自己的情绪，喝道："那你们想怎么样？"

花蛇做了个请的手势，说："怎么办，那得老大说了算！跟我来吧。"

片刻之后，余英男和千夜走进隔壁街区的一座大宅院。

一楼的客厅装饰得金碧辉煌，两侧的墙壁上各有一幅字画，居中则挂着一排重火力武器，三种风格集于一堂，显得颇为奇异。

大厅中忽然涌入数十名凶狠的大汉，靠墙站好，一个个瞪圆了眼睛，怒视着余英男和千夜，气势颇为惊人。千夜扫了一眼，就不再看这些最多只有一级战兵实力的打手，注意力集中到左侧一架美人醉卧湖石的屏风处。

等大厅中的阵势摆完，才从屏风后走出一个赤裸着上身的大汉。

他比千夜高了整整一个头，文着一条生有双翅的巨蟒，缠绕着整个上半身，蟒头在胸口正中央。

这就是天蛇帮的老大，绰号叫作天蛇的家伙。至于他的本名是什么，反而没人记得了。

天蛇直接把庞大的身躯扔到中央的沙发里，哈哈一笑，说："英男，想找你可真不容易啊！"

余英男冷冷地说："少废话，有事儿直说！别浪费我的时间！"

天蛇重重拍了一下大腿，向余英男一指，说："好，痛快！那我就不客气了。你知道自己欠了我多少钱吗？我想你根本没有好好算过吧，青蛇，把账单拿给她看看！"

一个身着短裙的长卷发女人扭动着丰满的臀部走了过来，把一张账单递给余英男。

余英男扫了一眼账单，立刻惊呼起来："怎么会这么多！"

看到余英男的反应，天蛇笑得十分开怀，悠然说道："账单上可是一笔笔都列出了明细，我天蛇做事儿向来公正，绝不会坑蒙拐骗！你要是不信，大可找个人帮你好好算算！"

余英男面有难色，千夜在一旁看了，知道性格非常爷们儿的她对算账不是很精通，于是说："给我看看。"

余英男犹豫了一下，把账单递给千夜。

千夜的生活技能课程中包括基础算术，而眼前的账单其实也不复杂，他一条一条细看过去，只过了一小半儿，就知道这个账单应该没有什么大问题。

欠账的总金额虽然达到惊人的五百金币，但其中只有三分之一是利息和罚金。余英男已经欠了半年，在这样混乱的城市，一年的利息只要没有比本金高出一倍，就还算合理。

千夜犹豫了一下，说："这个账单没什么问题，假如你确实是陆续借了三百多金币的话。"

余英男盯着天蛇，沉声问道："说吧，你想怎么样？"

天蛇笑着说："你看我们都认识这么久了，你要是真还不上钱，我也不会强逼你是不是？要不这样，我去找二爷……"

不等天蛇说完，余英男就厉声喝道："想都别想！"

"那我就没办法了，不过……"天蛇靠在沙发上，玩味地看着余英男，打了个响指，花蛇一路小跑过来，把另一张纸递给她。

天蛇大手一挥，慷慨激昂地说："很简单！你签了这张合约，债就一笔勾销了！"

余英男扫了一眼，双眉立刻锁到一起，寒声说道："死亡擂台？"

"对，就是死亡擂台！你替我们去打死亡擂台，只要赢下五场，或是打满十场，你欠的钱就一笔勾销，怎么样？"天蛇盯着余英男，两眼放光，仿佛面前有成堆的金币在向他招手。

"这出场费好像高了点儿！"余英男冷笑道。

天蛇大笑起来，说："不高，一点儿也不高！对其他四级战士来说，这个价码起码高了三倍，但是英男你可不一样！只要你肯出场，保证场场爆满。"

他顿了顿，那张凶神恶煞的脸上努力做出诚恳的表情，继续劝道："如果你还不放心，我可以要求对方签保底条款。也就是说，即便他们的人赢了，不能杀你也不许让你残疾，否则就要赔一大笔钱。你看怎么样？"

这个条件听上去好得不可思议，但实际上却并非如此。千夜对死亡擂台略有耳闻，知道它是暗血城的血腥格斗，并且是公开举行的。格斗不仅限于人族之间，还包括异族和凶兽。

像余英男这样名气很大，又长得相当不错的美女格斗者格外受观众欢迎。为了保持热度，每隔一段时间，主办方就会投放几个美女格斗者，把擂台的气氛推向更热烈的高潮。若是余英男登场，观众必然蜂拥而来，票价翻个四五倍都很寻常。

余英男脸色阵青阵白，忽然一咬牙，说："好，我签！"

就在天蛇大喜过望之际，千夜却扬了扬手中的账单，说："等一等！这些账还有七天才到期吧？"

天蛇不屑地说："是又怎么样！难道她能凑出这么一大笔钱吗？我已经打听过了，你们最新的任务总酬劳才一百多个金币。还是说，你想替她还钱？"

千夜说："卖点儿东西应该够了。"

说着，他打开背包，从里面拿出那把流金玫瑰，缓缓放在天蛇面前。

"这把枪足够抵债了，现在它归你了。"他淡淡地说。

天蛇脸色大变，拿起流金玫瑰左看右看，然后又谨慎地测试了一下原力转换率，这才长出了一口气，说："居然是三级原力枪，还是血族手制的精品！"

"果然识货，我刚才的提议怎么样？"

余英男一把抓住千夜的手臂，急道："千夜！你不能……"

千夜拍拍她的手，示意她安静，又望向天蛇。

这把流金玫瑰卖到帝国中上层大陆，售价有可能达到一千金币。就算在暗血城里，也值六百金币以上，抵付余英男的债务绰绰有余。

天蛇沉吟了片刻，露出有点儿狰狞的笑容，说："这把枪有点儿意思……但它真的属于你吗？我的一个朋友最近好像丢了一把类似的……"

千夜毫不客气地回了一句："你的朋友是血族吗？"

听到天蛇不怀好意的话，千夜倒没觉得愤怒，他早知道流金玫瑰拿出来必定会有麻烦，但是也别无选择。余英男是个出色的猎人，但不代表她会是一个出色的角斗士，更何况死亡擂台的顶尖守擂者都有五级水准。

天蛇用力一拍桌子，怒喝道："你这是什么意思？想诬陷老子，你还嫩了点儿！"

"这把枪是我从一个血族手里抢过来的，所以我才会这么问。"千夜看着天蛇的眼睛，语气云淡风轻，仿佛并不知道若是坐实了和血族勾结的罪名，天蛇帮立刻就会被远征军连根拔起。

第十九章　组队出击

天蛇"哼"了一声，冷笑道："我看你这把枪就是偷的！这样吧，枪先留在这里，等我确定了它不是从我朋友那儿偷的，再来说抵债的事儿！"

天蛇说着，俯身向前，大手伸出正想去拿流金玫瑰，心中突然一凛，忽然感觉两道森森的杀气压在身上，动作连忙停下了。

他缓缓抬头，望向千夜的目光有些惊讶。余英男杀气重是很正常的事，她毕竟是四级战兵，又有着多年的猎人生涯。可是让他感到意外的是，千夜这个几乎被他忽略掉的大男孩，杀气居然比余英男还要重！

"天蛇帮就是这种信誉？"千夜冷冷地问。

"信誉？"听到这个词，天蛇想要大笑，可是在千夜冷静得近乎认真的目光注视下，居然笑不出来了。

他毕竟是五级强者，当下脸一沉，冷冷说道："我天蛇的名号就是信誉！至于你，毛都没长全的小家伙儿，区区一个一星猎人，也敢跟我谈信誉！"

余英男已经取下背后的突击步枪，怒道："天蛇，你不要太过分！"

千夜心中暗叹了一口气，知道余英男这句话反而把事情给搞砸了。

果然天蛇笑了，他稳稳地坐着，神态放松，摊开双手，把整个胸膛都毫无防护地袒露出来，说："开枪，开枪啊！打死了我，你的那些小东西们该怎么办？"

余英男下唇咬得都发白了，手指却僵在半空中，再也按不下去。她清楚地知道一旦扣下扳机，后果会极为严重，况且区区火药枪械根本无法一枪打死天蛇。

一只手伸过来，稳定而有力地拦下了余英男的枪。

千夜好像根本没看到天蛇帮众人已经刀枪并出，直视着天蛇，说："你不会不让我们走吧？"

天蛇眯着眼睛与千夜对视了一会儿，哈哈大笑道："怎么会！我最好客了，你们想来就来，想走就走！欢迎随时再来！"

千夜点了点头，对余英男说："走吧，我们离开这里。"

"可是……"余英男还想说什么，却被千夜抓住持枪的右臂，向外面走去。

余英男觉得一股无可抗拒的大力钳在右臂上，只能身不由己地跟着千夜离开了，根本没有意识到为什么身为三级战兵的千夜会对她有着压制性的力量。而天蛇帮众人见余英男如此顺从，都感觉有些说不出的怪异，他们还从没听说过谁能劝得动这个脾气火暴的女猎人。

"等一下。"天蛇叫住他们。

余英男蓦然回头死盯着天蛇,眼中几乎要喷火。千夜则半转过身体,露出询问的表情。

天蛇略带思索地看着千夜,沉吟一下,说:"这样吧,我就当给二爷一个面子。她的债务利息我就不要了,期限可以再宽限两个月,在两个月内把本金还上就可以了。"

"你……"余英男怒不可遏,但是千夜却冲天蛇点了点头,然后一路把她拉了出去。

来到街上,余英男忽然郁闷地号叫一声,一拳重重地砸在道旁的一棵大树上!

"为什么拦着我?"她冲千夜吼道。

"因为你根本没有死战的决心,而且我们也打不过他们。"千夜平静地说。

"你怎么知道我没有死战的决心?"

千夜没有回答,只是静静地看着她。在他的注视下,余英男的气势越来越低,最终叹了口气,说:"如果只有我自己……"

"也许我们应该先找个地方坐下来,再听听你的故事。"千夜说。

片刻之后,二人已回到余英男家里。

余英男找出几瓶私藏的烈酒,连杯子都不用,直接对着瓶口往嘴里灌。等到两瓶酒都涓滴不剩后,她激动的情绪才渐渐平复。

余英男直勾勾地盯着拎在手中的酒瓶,说:"你一定想知道,我为什么会欠了这么多债吧……"

这是一个并不复杂的故事。

在一年前的一次任务中,她遭遇了重大失利,整个小队全军覆没,只有她活了下来。她认为是自己的责任才导致了这样惨烈的后果,于是在接下来的半年时间,她一一找到了战死队员的家人,把他们送去后方比较安全的城市,并给他们留下了足够度日的钱。

这些队员的适龄的孩子以及余英男年幼的弟弟,则生活在暗血城里,正在接受一些基础的战技训练。

就这样,余英男不仅花光了多年来出生入死攒下的积蓄,还欠了天蛇一大笔钱。如果与天蛇彻底翻脸,她担心天蛇会对昔日战友的家人不利,说不定还会对这些小孩子下手。

这点儿钱在门阀世家眼中根本不算什么,但是在暗血城这种地方,却能把一个四星猎人逼上绝路。如果天蛇帮一定要把她往绝路上逼,她当然不会畏惧,与之决一死战就是了。但是一想到身后要保护的人,她便没有勇气主动和天蛇开战,唯有百般忍耐。

说到这里,她把头埋在双手里,带着一丝呜咽说:"抱歉,我……连累了你。你放心,那支枪的钱我一定想办法还给你!"

"这个不重要。你为什么不愿让二爷知道这件事儿?"

"因为二爷已经帮过我好多次了,我欠了他很多……如果这件事儿让他知道了,他一定会先替我把账还上的。其实二爷大部分的积蓄都用在我们身上了……"余英男说不下去了,只是用力抓着自己的头发。

这是属于猎人的尊严,虽然听起来有些可笑,但是她现在宁可上死亡擂台,也不愿意再麻烦二爷。

千夜也倒了一杯酒,他看着微黄的酒液,思索着问:"猎人之家应该不会畏惧天蛇帮才对,你是四星猎人,为什么还会被欺负成这样?"

余英男长长地吐了口气,说:"猎人和佣兵不同,我们有更多的自由,但是相应的,猎人之家在这种冲突上也会保持完全中立的立场。实际上,有不少猎人都希望我死得难看一点儿。何况我确实欠了天蛇的钱,所以二爷也没有办法用猎人之家的势力去压制天蛇。天蛇过去办事儿挺讲规矩,没想到今天……"

千夜笑了笑,说:"我知道他为什么会这样。"

道理其实很简单,当利益和实力不成正比时,规矩就会崩坏。

余英男吃了一惊:"那……那你还把原力枪拿出来。"

"他最终免了你的利息,并且宽限了两个月。说起来这把枪也算是卖了两百金币,不算亏得特别厉害。"千夜说。

"这还不算亏得厉害?"

千夜摇了摇头,说:"以我现在的背景和资历,这东西想要平稳出手确实有点儿困难。所以这件事儿就到此为止。"

"不行!"余英男重重一拍桌子。

"我现在没有实力,就保不住流金玫瑰,这不正是暗血城的规矩吗?"千夜平静地说,在这方面,他其实看得比余英男更透彻。如果当时不拿出流金玫瑰,他们根本就走不出天蛇帮的地盘。

接着他语气一转,寒意森森地说:"不过这个规矩我很喜欢,等我的实力够了,自然会让天蛇把吞下去的东西十倍百倍地吐出来!"

余英男抬起头，怔怔地凝视着千夜，好像第一次认识他。

千夜长得十分精致、秀气，说话的表情虽然有点儿漫不经心，却带着一种必将击碎所有障碍的坚定。余英男忽然觉得眼前这个大男孩格外陌生，那个面对一群暴民都不愿意开枪的青涩的一星小猎人，似乎从来不曾存在过。

"现在，我们应该先完成那个任务。"千夜看了她一眼，提议道。

余英男打起精神，默默地整理装备，然后塞给千夜一个弹盒。千夜打开看了看，里面并排放着三颗原力弹，其中有她的气息。他也不推辞，直接把它们收进背包。

午夜三点，余英男和千夜一先一后出了暗血城，沿着不同的路线向预定地点奔去。

进入荒原，千夜就把突击手拿在手里，一路匀速奔向目的地。他依然选择了时速四十千米的极限奔跑模式，一路向西北方行去。

先后有数只狼人盯上了千夜，但是连续追踪了一个小时后，他们纷纷选择放弃。千夜的速度和耐力让他们感到惊讶，他像永不疲倦的奔马一样越过荒原，想要追上他不是易事。

奔跑中的千夜突然全身一震，不知从何而来的警兆渐渐升起。

脚下是一片坡度平缓的丘陵地带，带着尖刺儿的藤状灌木是这里的主要风景，除此之外就是一片全部淹没在杂木里的废墟，可能数百年前此处是一个人族小镇，现在只剩下残垣断壁了。

千夜飞速跳跃，向废墟接近，同时极为警惕地不断搜寻四周的异状。忽然，他看到远方天际处，正飘浮着一个小小的黑影。他并不高大，全身都裹在黑袍里，连身形都辨认不出。

此时相隔数千米，千夜只能勉强看清他的轮廓应该是类人的生物。但是当千夜的目光一触到他的时候，他几乎立刻有所察觉，转头向千夜所在的方向望来！

千夜骇然不已，本能地闭上眼睛，全身蜷缩成一团儿，向地上滚去，摔进了废墟边缘两块石板底下的一个天然浅穴。同时运起军中秘法屏住呼吸，逼停心脏，就此陷入假死状态。

他刚刚伪装完毕，一道庞大无匹的意识就掠过这方天地，从他身上滑过！那道意识说不出的冰寒阴冷，刹那之间，他只觉得眼前有一轮黑日冉冉升起！他甚至已经感觉不到什么叫害怕了，只觉得那轮黑日拖曳着暗黑色的尾焰，从整个世界慢慢划过。

第十九章　组队出击

他拼命地想要保持清醒，他有种不祥的预感，仿佛只要心神一松，就会被黑日卷入永恒的暗夜之中。

不知过了多久，那道冰寒的意识才如潮水般退去，黑日的尾焰也缓缓离开他的世界。然而此刻他体内沉寂已久的黑血突然动了起来，几乎瞬间达到沸腾！

他心神大震，但是心脏已不再跳动了。军中龟息术可以在危急关头帮助他潜伏或是假死，不过一旦启用，半个小时内就会完全失去行动能力和自保能力。

看到黑袍人的一瞬，他便知自己无法与之抗衡，于是连忙凭多年战斗的本能果断启动秘法。果然那人仅凭意念搜索就差点儿摧毁了他在刀山血海中锤炼出来的坚定意志，如此威能堪比传说中的黑暗大君！

不料刚刚躲过一劫，体内的黑血竟然在这个时候异动起来，可是他已无能为力。

他意识清醒，却只能冷眼旁观，任由黑血翻滚。他突然发现滚滚黑流中，无数道细如发丝的血气正在互相追逐，狠狠厮杀着！其中暗红色血气在数量上明显占优势，淡金和诡紫色血气醒目但数量稀少。然而片刻之后，战局竟然颠覆了。暗红色血气不断被绞碎，渐渐削弱，最后只剩下数道。淡金色血气毫无变化，诡紫色血气却在绞杀了数道暗红色血气之后，膨胀了整整一圈儿。

等他回过神儿来，一切都结束了。他的手脚已经可以活动，全身汗出如浆，从里衣到头发全部湿透，仿佛浸泡在水池里。

体内的黑血已经变淡，里面有数道血气在缓缓游动着，没有激起一丝波澜。原力则从三个节点中喷涌而出，重新铺满四肢百骸。

他检查了一下身体是否留下隐患，目前看来一切正常。接着，他开始思索刚才的遭遇。

那个黑袍人的威能简直可以用摧枯拉朽来形容，只是这样的强者足以影响整个大陆的局势，怎么会突然出现在这小小的暗血城？附近一定有什么东西吸引了这位黑暗种族的大人物。不过无论出于什么原因，都不是他有资格参与的。

体内的黑血依然无法控制，他清空一枚原力弹，重新进行灌注，又有一缕血气随着原力注入，给这枚实体弹打上了他的独家标记。

他盯着透明的弹头看了一会儿，把这颗小东西扔回弹盒。最近黑血的异变多得让他都有点儿麻木了，他决定只要不妨碍自己的战斗，就不去管它。

此刻的荒原已经变得极度危险，完全恢复后的他更加小心了，再也不敢随意使用极限奔跑，一路谨慎前行，终于勉强在最后时限到来前抵达预定的集结地点。

第二十章　狼穴得手

余英男、杨天等人全都到了，大家都在等千夜。

看到千夜，李伦哲重重地"哼"了一声，冷笑道："这么点儿路也能跑上三天，你这速度可真够快的！"

千夜双眉一皱，脸色立刻一沉。

还没等他发作，余英男冷冷的声音便响起了："千夜是在约定的时间赶到的，有什么问题吗？"

李伦哲心中一窒，随即露出委屈巴巴的表情，说道："男姐！你这是什么意思？我们早就到了，在这里等了他大半天！没有意外的情况下，大家都得尽可能地早点儿到达，这可是猎人之间不成文的规矩。我说他一下有错吗？还是……还是你看上这个小白脸了？"

"唰"的一声，余英男突然拔出手枪，直接抵着李伦哲的额头，一字一顿地说："我看上谁那是我的事儿！"

众人一时呆住了，没想到她的反应竟然这么激烈，而且丝毫不像在开玩笑。

杨天见状，立刻伸手把她的枪管推到一边，劝道："英男！我们是队友，没必要这样。"

然后又对李伦哲说："千夜刚刚成为猎人，想必对很多规矩不是很清楚，没必要那么计较。"

杨天是老资格的猎人，素来很有人脉和威望，既然出来打圆场，李伦哲便不再多说什么。他举起双手,后退了两步,但是看他那桀骜不驯的眼神和脸上愤恨的笑容,就知道这事儿并没有翻篇儿。

余英男"哼"了一声,不理会他,率先向前走去,杨天和扎西紧接着跟上了。

李伦哲故意落后一步,等千夜走过来,低声说:"小子,这事儿没完。你以后出城的时候最好小心点儿,别让我碰上!"

千夜看了他一眼,淡淡地说:"这么急着送死?"

李伦哲骤然停步,眼中漫出杀气,怒道:"送死?就凭你这个一星猎人?"

"白痴。"千夜骂道,不再理他,急忙追上余英男。

余英男伏在悬崖边,向山谷中眺望,杨天则已经潜入山谷。谷底有一处洞穴,洞口趴着几只灰狼,像是在打盹儿。

杨天不愧是对付狼人的专家,已经潜入距离洞穴不到三十米处,那几只灰狼依然毫无反应。他突然站起,将数颗手雷连续投进山洞,然后闪电般拔出手枪点射。轰鸣声中,守卫的几只灰狼来不及站起来,就全部中枪,呜咽着倒下了。

他投进山洞的是掺杂了原力药剂的烟幕弹,转眼就有淡黄色的烟雾从洞口喷出。

"上!"余英男断喝一声,纵身从悬崖上跃了下去。

她落到半途,反手掷出一根锁链钉入峭壁,然后借力一荡,就此落在谷底。她大步冲向洞穴,边奔行边开火,把一个突然出现的狼人射倒了。

李伦哲也直接跃下,像余英男一样将锁链钉入悬崖缓解坠势,不过他连续三次才下到谷底。并且下到一半时,忽然看到一个身影轻飘飘地越过他,没想到千夜居然比他还快!他顿时怔住了,抬头一看,并没有发现攀缘工具。千夜是怎么下来的,他竟然没用任何工具!

千夜已经紧跟着余英男的身影冲向洞穴,李伦哲终于回过神儿来,迅速跟了上去。扎西落在最后面,他需要拉着滑轮绳索才能进入山谷,等他落地时,其他人已经冲进狼穴。他没有跟进去,而是开始在山谷中布置各种诡异的机关。

经过弯弯曲曲的甬道后,前方突然出现分岔道。

从其中一个洞口中奔出几个凶狠的狼人,余英男一个跨步,直接堵住那条通道,然后向另一个方向一指,叫道:"千夜!你向那里冲,想办法去找图腾,我尽量帮你牵制狼人!"

杨天直接对着余英男指的岔道投去一颗手雷,立刻爆出一大片淡黄色烟雾,他自己则冲进旁边的一个洞穴。

狼人们纷纷发出痛苦的呜咽,弱小一些的甚至开始在地上打滚儿。烟雾中有种极刺鼻的味道,对嗅觉敏锐的狼人来说简直就是剧毒。

千夜冲进余英男指定的洞穴,一路疾行,等到脱离他们的视线后,他的步法忽然一变,速度骤然提升一倍!在部分有些坡度却没有尖利的石头凸出的拐角,他甚至毫不减速,直接踏上洞壁奔行!

越过一个洞口时,两个狼人突然冲了出来。千夜骤然加速,让他们扑了个空。狼人紧追不舍,可是和千夜的距离却越拉越远。他们瞪大了眼睛,难以置信地看着千夜远去,没想到在自己的洞穴里居然跑不过千夜!

千夜疾行如风,越奔越快,但是前方突然冲出一头巨狼,庞大的身躯几乎占满大半个甬道。它四肢伏地,昂着头,凶狠地对千夜发出咆哮。

千夜脸上闪过狠色,低吼一声,竟和身撞了上去!

"砰"的一声闷响传来,那头巨狼竟然被撞飞了!它呜咽一声,还没落地,就被千夜一把揪住两条后腿,反手抡起来掷向身后紧追不舍的狼人。

两个狼人愤怒咆哮着,避过巨狼,分别从左右扑向千夜。

千夜手中的突击手步枪已经对准左边的狼人,"袭"的一声,得到重型弹头威力加成的原力弹把它击飞了。随后千夜扔下突击手,一把抓住另一个狼人的两只爪子。狼人冲着千夜咆哮一声,张开大口,正准备咬向千夜,突然仰天惨嚎起来!

千夜双手发力,骨碎声中,狼人的双爪已被生生折断了!狼人的体型至少比千夜大一倍,他们又以力量著称,可是在这次角力中却被千夜正面击溃!他倒在地上,四肢不断抽搐着。

巨狼挣扎着站起来,看到这一幕,眼中露出深深的恐惧,呜咽一声,竟然掉头就逃!

千夜骤然加速,直接扑上狼背,双手向前一伸,抱住狼头用力一拧!"咔嚓"声中,巨狼的颈骨被生生折断了。

千夜一个轻盈地翻身,落到十米之外,冷冷看着自己的战果。

他慢慢走回去,捡起突击手,继续向洞穴深处走去。只走出几步,就陡然停住了。他赫然想起,刚才根本不是自己常有的战斗风格,这分明是血族强者屠戮狼人时惯用的手法!

他忽然颤抖起来,这是发自灵魂深处的战栗。在这一刻,他心头涌起从未有过的惶恐，有些分不清自己究竟是人类还是血族。哪怕在刚被黑血污染，生命危在旦夕的时候，他都不曾如此恐惧过。如果真的变成了血族，他只能结束自己的生命。这无关利益，只是一种信仰。

片刻之后，他继续向洞穴深处走去。无论是否已变成真正的血族，他都得先把这个任务完成。

岔路越来越多，宛若迷宫。但是他的冲势依然不减，在红蝎时他曾参加过近十次狼人围剿行动，对这类洞穴的布局再熟悉不过了。只凭一点儿蛛丝马迹，他就能找到正确的道路。

一路上又干掉了几个狼人。

看到这些人形生物伏地现出满身皮毛的战斗形态，他忍不住冲上去，直接徒手与之搏斗。他不再纠结，只想用最有效率的方式速战速决。

此时他已发现，余英男得到的情报有些不准确，这个狼人部落的力量比预计中要强。稍有耽搁，便有性命之忧。

他冲进一个洞穴，这里比之前经过的所有洞穴都要宽敞，大厅中央有一座祭坛，上面摆放着一个缭绕着重重黑气的木制图腾。祭坛四周则围着四个狼人长老。

大厅中弥漫着淡黄色烟雾，这是从其他甬道或者风洞中飘来的原力药剂，虽然扩散到这里已经淡薄了许多，但效果还是有的。狼人长老们不断打着喷嚏，颇为难受，却丝毫没有离开的打算。

千夜突然冲入大厅，四位狼人长老都吃惊地转过头来。反应最快的两个已经作势欲扑，可是淡黄色烟雾却干扰了他们的行动。

生死之间哪里容得下这一点点误差！千夜从容地跃起，划出一道轻盈的弧度，直接越过半个大厅。他在空中就变换姿势，着地时已是半跪的状态，平举着突击手，稳稳地扣下扳机。

一枚手制的原力弹离膛飞出，直接将一个狼人长老击倒了。

千夜疯狂催动原力，枪膛中黄光四射，几乎要透出金属枪管，这是原力阵列被极限激活的表现。随即第二发原力弹轰然喷出，一团夹杂着一缕红线的黄光重重打在另一名冲上来的狼人长老身上。

虽然枪里还有一发原力弹，但是来不及射出了，第三名狼人长老已经扑到千夜上方。千夜悍然不惧方位上的劣势，左手一按地面，整个身体倏然弹起，全力向那名狼人长老撞去，两人都倒飞出去。与此同时射出得自夜瞳的棱刺，将其钉在第四名狼人长老身上。

两个狼人长老原本不在乎这点儿小伤，其中一个还现出狼形战斗姿态，可是他们冲了几步，却突然倒在地上，不停地抽搐着，竟然爬不起来了。

千夜心中大定，看来自己手制的原力弹中的血气对狼人也有杀伤加成，这真是个好消息。而夜瞳棱刺上的剧毒本就对狼人有特效，只可惜这一次用过之后，棱刺上的毒性应该消退得差不多了。

被千夜撞飞的狼人长老晃了晃头，迅速从眩晕中清醒过来，低吼几声，亮出獠牙，又扑向千夜！

千夜抓起突击手，快速充能，然后从从容容地轰出最后一颗原力弹。

眼看狼人长老的利爪就要挥到千夜头顶，却被原力弹轰中腹部，在巨大的冲击力下倒飞了出去。这一枪虽不致命，但也让他一时之间失去了行动能力。

千夜拉动枪栓，他手制的原力弹已经全部打完，现在上膛的是余英男给他的原力弹。但他并没有向狼人长老补枪，而是直接抓住图腾就跑。

狼人长老嘶声号叫，极度悲愤。可千夜却置之不理，迅速沿着原路返回，并且在听到急促、密集的脚步声时，连忙转过一个弯道，往身后连续扔出两颗原力药剂手雷。

淡黄色烟雾立刻覆盖了他身后的通道，还是双倍效果的。数头闻讯追击的狼人一时刹不住，一头冲进烟雾中，立刻满地打滚，发出痛苦的哀鸣。这种药剂在狭窄、封闭的空间里对狼人的杀伤力实在太大了。

此时狼穴外围，离外界通道最近的一个三岔路口，余英男、杨天和李伦哲三人正背靠着背，与不断从洞穴中冲出的狼人们殊死搏杀着。

他们脚下已经堆了十几具狼人的尸体，看似战果卓著，但是三人的火药弹和原力弹全都打空了，所剩不多的原力要用来应付近战搏杀，因此全都换了近战兵器。

余英男戴上一副指尖有利刺的指套，双膝双肘的护甲上也装了尖刺，完全是刚猛的肉搏战的做派。而杨天则手握短刀，战斗风格十分细腻，但是每次扑击，都会消灭一个狼人。李伦哲只能算是中规中矩。

"烟幕弹！"余英男大吼一声，她的打法最为凶狠，牵制了大半的狼人，因此承受的压力也最大。

杨天迅速扔出一颗烟雾手雷，叫道："这是最后一颗了！"

"该死的！我们撑不了多久了，那个千夜怎么还不出来？"李伦哲忍不住吼道。

"他才刚进去，现在应该还没到祭祀大厅！据之前的情报推算，探索完狼穴再冲出来，起码也得十几分钟。我们无论如何都得再坚持十分钟，否则他就死定了！"杨天回答。

他是对付狼人的专家，但是个人战力却较弱。

"十分钟？我们能够坚持五分钟已经是奇迹了！"李伦哲大吼道。

"必须等千夜回来！哪怕我们都战死在这里，也要等他出来！"余英男斩钉截铁地终结了这场争论。

李伦哲眼中闪过一丝阴狠，他把满腔怒气都发泄到面前的狼人身上，但是眼角余光却忍不住瞄向余英男的后背。

他突然爆发，狂吼着连续数刀刺向狼人！双眼通红，心中恼怒地想着："我得不到你，其他人也别想得到你！"

他放开狼人的尸体，突然身体失去平衡，踉跄了几步，向余英男的方向摔去。

余英男感觉到他的异样，急忙后退两步，后背一靠，稳住他的身体，问道："你怎么样？"

"我……"他喘息着，一副受了伤的模样，手却握紧了斩刀！

就在这时，千夜如疾风一般奔了过来，高呼道："拿到图腾了，快走！"

杨天失声叫道："这么快！你应该还没到祭祀大厅才对……"

千夜径直扑向出口，根本不和阻拦他的狼人缠斗，而是借着奔势和蛮力，把这些灰皮大家伙们一一撞飞，转眼之间就冲出了狼穴！他在半空中转身，向着狼穴扔出最后一颗烟雾手雷。

弥漫的烟气中，几个紧追不舍的狼人翻滚着摔出洞口，千夜手中的原力步枪连续不断地轰鸣着，三颗实体原力弹外加一颗秘银弹分别放倒了四个狼人。然后他一边侧身向前跑，一边将原力注入突击手，接着又轰出两枪。

看来他的好运气用完了，两次灌注都没能催入血气，普通的原力弹自然威力大减，但也足够打倒最后一个狼人。

他将突击手背在背后，拔出手斧冲向这个狼人！

杀掉狼人之后，他一下子觉得十分疲累，只想倒在地上好好睡一觉。他知道这是体力消耗过度的迹象，立刻从口袋里摸出一支针剂，拔去套管，一下扎入自己颈侧，将里面的药剂全部推入。

一股炽热的火流迅速燃遍全身，他顿时精神一振。这是军用兴奋剂，当然是他自己私下配制的。兴奋剂的效力可以持续半个小时，足够让他脱离险境。

随即他与余英男等人会合，沿着预先设定好的标记冲向谷外。身后陆续有狼人冲出狼穴，紧追而来。

山崖顶端突然响起狂风骤雨般的枪声，扎西在那里设了一架大口径的老式重机枪，正拼命把金属弹幕泼洒到狼人身上。刚刚冲出洞穴的狼人被打得东倒西歪，身上不断绽放出血花。

但是他们皮糙肉厚，在这个距离上，重机枪很难对他们造成真正致命的伤害，最多也就是受点儿皮肉伤而已。

不过扎西要做的只是阻拦他们，以便让同伴儿们顺利逃出山谷。转眼之间扎西就打空了整整四箱子弹，重机枪的枪管也变得通红，再也不能使用了。而余英男和千夜等人已经出了山谷，向预定的集结地奔去。

扎西扔下重机枪，沿着之前预留的后路狂奔而去。

更多的狼人涌出洞穴，愤怒的狼嚎声此起彼伏。但是山谷中随即响起连绵不绝的爆炸声，扎西设置的陷阱——被触发了。

很快，猎人小队的所有成员便都在集结地会合了。狼人的嚎叫和破空飞奔的声音也瞬息而至。

扎西立刻推出一辆小型四轮越野卡车，将黑晶粉末添入燃烧室，动力表的数字迅速攀升。越野卡车开始发出轰鸣，然后颠簸着向暗血城开去。

扎西驾车，千夜等人则上了后车厢。李伦哲拿出一支二级原力枪，瞄准了车后方。余英男和杨天忙着处理伤口，而千夜则抓紧时间运转兵伐诀，迅速恢复原力。

李伦哲面无表情，眼神却十分阴沉。刚刚在狼穴的时候，他差一点儿就要动手了。如果不是千夜突如其来的一声叫喊，那一刀就会刺入余英男的后腰，然后再给同样毫无防备的杨天来一下，他就准备孤身逃离了。可是当千夜以出乎意料的速度夺得图腾后，他忍不住犹豫了一下，失去了机会。

他的视野里出现了几个黑影，那是追来的狼人。狼人迅速拉近了和越野卡车的距离，这辆时速不过四十千米的卡车在他们眼中，就等于龟爬。他静下心来，全神贯注地瞄准冲在最前面的狼人，等他距离一百米时才扣下扳机！

一团蓝色光芒从枪口飞出，打得那个狼人凌空翻了几个跟头，然后重重摔在地上。

至此，他才觉得心中的邪火平息了一些。

两支原力枪分别从他左右探出，同样瞄准了追来的狼人们。那是千夜和杨天，他们恢复了一点儿原力，还能勉强再发射一枪。

枪声响起，两个狼人应声飞出，然后重重摔落在地上。余下的狼人立刻放缓速度，不敢再靠近卡车，只是在原力枪的射击范围外奔跑着，等候大队狼人的到来。

双方一追一逃，很快就接近了之前千夜遇到神秘黑袍人的地方。

狼人们忽然骚动起来，停下脚步警觉地看着周围，不断发出畏惧的呜咽。以狼形追踪而来的那些狼人，颈毛都竖起来了。

放慢步伐的狼人越来越多，他们开始交头接耳。几头体型特别巨大的，用力在夜风中嗅了嗅，突然掉头，紧紧夹着尾巴逃跑了。其余的陆陆续续跟上他们，不一会儿就跑得干干净净。

余英男等人面面相觑，不明白发生了什么，唯有全神戒备。在荒原上，能够让狼人退缩的危险可不多。

千夜猜测或许和那个神秘的黑袍人有关，不过他并不觉得把此事宣扬出去是件好事儿。

此后四人一路无事，居然安全回到了暗血城。任务很快就交掉了，据说这个图腾得到了帝国研究院派驻远征军团专员的颇高评价，于是把原本约定的一百个金币的酬劳提高了一倍。这些赏金有三成要交给猎人之家，余下的众人再进行分配。

这个好消息让小队成员们精神一振。猎人们大多很穷，他们不像固定的佣兵有基础装备配发，收入大多要用来更新装备和武器。在荒原上若是没有足够的实力，那么早晚是个死。

千夜因为出人意料的优秀表现，分到了四十个金币，这个分配比例显然超过了平均水准。但是这一次李伦哲却没有说什么，只是脸色阴沉了一些而已。分完了酬劳，他就匆匆离去了。

杨天和扎西也先后告别，就剩余英男和千夜留在猎人之家。

"去喝一杯吗？"余英男说。

千夜摇头道："不了，我要回去休息一下。"

"过两天我再来找你。"

这一次千夜点了点头，没有拒绝。

回到自己的住处后，千夜先是内外检查了一遍，除了院墙的顶部和角落有几处血迹，并没有发现其他被侵入的迹象。看来那些偷鸡摸狗的家伙们在吃了大苦头之后，终于变聪明了，知道要避开这栋危险的小楼。

他关上房门，发疯似的冲入厨房，把所有能吃的东西都翻了出来，一顿大嚼。直到吃光所有储备的食物，胃部胀得有些难受，这才停了下来。

饱食的感觉冲淡了他对鲜血的渴望。

冲出狼穴之时，或许是因为体力透支，原力几近枯竭，当看到狼人们鲜血飞溅，他竟然生出久违的对鲜血的渴望。不过与以前烧灼理智的那种饥渴不同，整个过程他都是清醒的。

他苦笑了一下，隐约猜到是怎么回事儿了。对于血族来说，鲜血是疗伤和恢复体力的捷径。获得血族体质后，他连这个基本的种族天赋也一并继承了。当他打了军用兴奋剂之后，就能轻易地压下饥渴，并且也没有出现饥渴过后全身如同被腐蚀了一般的灼痛。

他没有在这个问题上纠结太久，洗去一身风尘后，他决定前往猎人之家，去看看有什么可以选购的装备。强大的实力是生存的保证，现在他身上的麻烦可不少。

二爷依旧坐在柜台后面看书，千夜走进大厅，他才略略抬了抬眼皮，向千夜看了一眼，然后就再次把目光转移到书页上。

今天猎人之家挺热闹，大厅里两张桌子都是满的，坐了七八个猎人，原本不大的空间显得有些拥挤。

猎人们正在闲聊最近发生的事儿，并且交换出去冒险时所得的情报。不过他们的话题有一些共同点，比如最近一段时间黑暗生物变得格外焦躁、狂暴，即便那些平时性格比较温顺的生物也屡屡攻击冒险者，因此不断有冒险者、猎人和佣兵伤亡的传闻散播。

千夜敏锐地感觉到，这些猎人都有点儿不安。他走到柜台前，问："二爷，我什么时候可以升为二星猎人？"

二爷头也不抬地说："等你积累了一百个金币的赏金，就可以晋升了。"

"我想买点儿东西。"

二爷点了点头，又叫出小米，带着千夜前往仓库挑选装备。

现在每件武器在千夜眼中完全不同了，经过狼人洞穴那场战斗，千夜发现自己忽然迷恋上血族的战斗方式。

在同级的情况下，人族和大多数黑暗种族相比，力量上都处于劣势。狼人更是以力量著称的种族，他们在面对人类时，本能的反应就是依靠力量取胜。所以当他们遇上力量更加强大的千夜时，便无计可施了。

千夜在红蝎时就以力量见长，在得到血族体质的加成后，这一长处更是进一步提升，已经可以与五级战兵相比。力量强大，在近战搏击时无疑会占尽便宜。

原本在挑选武器时，他的注意力都放在原力枪以及相关附件上，但是这一次各种近战格斗类的武器却格外吸引他的目光。他拿起一件件护甲，不停地尝试，然后又放了回去。最后拿起一件臂甲，反复把玩着。

这件金属臂甲装备于前臂上，能起到良好的防护作用，沉重的分量让它在挥舞起来时，可以变成恐怖的钝器。它的表面有一个标准的卡槽，可以装设军刀、棱刺之类的武器。另外上面还附有一个小型的原力阵列，一旦注入原力，就可以形成一层护盾，能够抵挡一级原力枪械的近距离攻击。

它唯一的缺点就是重达十公斤，不过千夜很满意，以他目前的力量来说，这点儿重量完全可以忽略不计。

臂甲上面贴着两颗星，是二星猎人才能兑换的装备。如果千夜想提前兑换，就需要额外付出两成金币。除了臂甲，千夜又挑了几块由地穴蜘蛛的外壳制成的护甲板，准备装在自己那身盔甲的重要部位，这是有效而又廉价的盔甲升级方式。

这些东西用去了三十多个金币，最贵的自然是那件原力驱动的臂甲。

从仓库走出来后，千夜又走到柜台前，说："我有一些装备，能不能请人改装一下？"

二爷终于不情不愿地放下书本，走向旁边一间独立的工作室，示意千夜进来，把门关好。

千夜拿出的是流金玫瑰的战术附件，包括一个瞄准镜，一个可以提高轰击威力的储能器和一个消声装置。

"我想把这些配件改装一下，将它们用在突击手步枪上。"

二爷拿起这些附件，仔细看了看，说："这些都是血族制作的标准部件，做工相当不错，它们原本是你那把流金玫瑰的配套附件吧？"

"您知道这事儿了？"

"当然，这座城市里很少有我不知道的事儿，特别是当它们与猎人有关的时候。"

二爷把玩着瞄准镜，又说："这些东西的价值远在它的功能之上，改装实在太可惜了。这样吧，你可以用它们和猎人公会的仓库进行装备交换，嗯，换一套突击步枪专用的战术附件怎么样？"

千夜当然同意，艺术价值对他毫无用处，他只需要能够杀人的利器。

二爷把附件收了起来，然后带着千夜来到仓库，从架子上取下一个手提箱，递给千夜。

千夜打开一看，觉得十分满意。这是一套专供帝国主力军团使用的步枪战术附件，虽然是二级枪械的配置，但由于是整体设计，综合性能并不比零散的三级附件差。这种制式战术附件最受千夜青睐，他根本不需要熟悉它们，拿来就能使用。

二爷又递过来一个弹盒，里面装有十颗空白原力弹，说："这箱东西没你那几个附件值钱，所以我再给你一些小玩意儿。"

这正好是千夜急需的，"狼人任务"把他所有的存货都消耗了。

二爷忽然问："天蛇那边你准备怎么处理？"

千夜脸色微沉，随即恢复正常，淡淡地说："等我再次晋级，到时候该怎么办就怎么办。"

二爷从他平静的语气中听出了杀气，敲了敲架子，说："天蛇不是普通的五级战兵，他不好对付。作为猎人之家的负责人，我也不能直接出面介入猎人和天蛇帮之间的纠纷。"

千夜熟练地把几个战术附件装配成一个折叠式的小握把，头也不抬地说："这个我知道。"

"今后你有什么需要，都可以来找我。比如借你一些钱，或是一些装备，当然是以我个人的名义，而且数量也不会太多。除非你能够证明你有让我下重注的资格，你也知道，猎人之家并不是由我一人说了算。"

千夜手上一顿，然后用让人眼花缭乱的速度把刚刚装配好的小握把还原成部件，这才抬起头来看着二爷，说："我听说，您好像不插手这种事儿的……"

二爷饱经风霜的脸上看不出什么端倪："这一次天蛇做得过分了，如果英男真的上了死亡擂台，那么我们猎人之家的脸可就丢光了。"

"她欠了天蛇一大笔钱，这事儿有点儿麻烦。"千夜皱眉道。

二爷摇了摇头，说："我帮不了她了，她太好强，什么事儿都不肯屈居人下。她是一个好猎人，但并不是一个好队长。你和她出过一次任务，应该很清楚这一点。我再帮她，只会让她在错误的道路上越走越远。"

千夜点了点头，没有多做评价。

虽然这次任务顺利完成了,但那是建立在有了千夜的基础上。行动之初千夜就发现余英男事先的情报收集和战术准备都不足,如果不是她临时拉来自己,恐怕又会面临一次损失惨重的失败。

直到现在余英男都不知道千夜对狼人的熟悉程度远在所谓的狼人专家杨天之上,他的实力远超一星猎人,甚至比小队中的所有人都强。当时如果换了其他人进入狼穴,都不可能一举重创四位狼人长老,夺得图腾。实际上余英男并不适合这种需要多人配合的大型任务,她更应该当一个独行的猎人。

见千夜把装备一一收好了,二爷又说:"你要小心,天蛇很有可能还会来找你的麻烦,他不喜欢让对他有威胁的人安安稳稳地活着。"

"我会小心的,不过我觉得他更应该小心。"千夜露出一个冰冷的笑容。

二爷没说什么,出了仓库,又坐到柜台后面,专心致志地看书去了。

第二十一章　无故结仇

千夜离开猎人之家，找了家出售各种药材的店铺，用余下的金币买了几种药材和一套提纯工具。这些药材将会用来配置一种特殊的药剂，稀释状态下是好闻的合成香料，但是浓缩状态下便是缩水版的强化军用兴奋剂。

他提着东西出了药店，刚转过一条街，迎面就走来一群喧闹的年轻人，本就不宽敞的小街立刻被他们占得满满的。

居中的一个年轻人神采飞扬，正在讲述自己猎杀一个血族战士的经历。见周围的人都曲意逢迎自己，他笑得更加欢畅了。

他们露在外面的肌肤上都有蛇的文身，显然都是天蛇帮的人。千夜皱了皱眉，身体一侧，让开道路。

一群人从千夜身边走过，中间那个年轻人不经意地看了千夜一眼，忽然眼睛一亮，说："等等，我认得你，你就是那天拿出流金玫瑰的小猎人！虽然你的样子跟之前相比不太一样，可这点儿小把戏就想瞒过我，门儿都没有！"

千夜的目光落在年轻人的腰上，那里有一个手工精美的枪套，从露在外面的枪柄和形状来看，应该正是那把流金玫瑰。

看来这个年轻人身份不简单，居然把流金玫瑰带出来当佩枪。就算在中上层大陆，这把枪也不会辱没那些二流世家子弟。

年轻人推开众人，走到千夜面前，伸手说："拿来！"

千夜皱眉问道:"拿什么?"

年轻人冷笑着说:"还想在我面前装傻!好,我就当你是真傻!把流金玫瑰的配件交出来,这把枪肯定有一整套战术附件,别跟我说没有!"

千夜双眉皱得更紧了,问:"你是谁?"

年轻人夸张地笑了,回头对身后的天蛇帮众人说:"我?他问我是谁?哈哈!"

众人立刻哄然大笑。

狂笑几声之后,年轻人凑近千夜,伸手用力戳着千夜的胸口,从牙缝里挤出几句话:"天蛇就是我爹!现在你知道我是谁了吧?!"

"知道了,不过我没有流金玫瑰的附件。"千夜平静地说。

"没有?"年轻人一怔,随即脸色一变,气急败坏地大叫道,"没有!你当我是傻子吗?流金玫瑰从来一出就是一套,什么时候见过光有枪没有附件的!我告诉你,老老实实把东西交出来,要是不交的话……"

听到对方威胁自己,千夜突然如春水般笑了起来,黑曜石般的眼睛弯成一个弧度,看上去十分天真无邪。

这时一个干瘦的家伙凑过来在年轻人耳边低声说了些什么,年轻人顿时眼睛一亮,上下打量着千夜,说:"听说你刚完成了一个等级很高的任务,分到了不少金币!既然没有附件,那么就交出金币吧!"

他正准备伸手去掏千夜的口袋,但是这一次没有如愿,手才伸到一半,就被千夜抓住手腕,再也不得寸进!

他用力挣了几下,竟然纹丝不动!笑容顿时僵在脸上,冲着千夜吼道:"你想干什么?还不放手!"

他向左右使了一个眼色,大喝一声:"废了他!"

两名天蛇帮帮众立刻从左右靠向千夜,两把匕首狠狠插向他的腰肋!

千夜脸色一冷,左手突然用力,年轻人的手腕即刻传出"咔嚓"的骨碎声!然后他一松手,向后退了一步,正好让过那两把出手阴狠的匕首。接着他双手齐出,准确抓住那两人的手腕,一扭一推,两把匕首即刻换了方向,刺入他们腹部!

年轻人一时呆住了,竟忘了手腕上的剧痛,失声说道:"你居然敢杀我们天蛇帮的人?!"

他猛然向后退去,同时吩咐左右:"一起上,把这个小子给我砍了!"

几名天蛇帮帮众拔出砍刀、匕首扑了上来，另外几人则掏出枪械，在外围瞄准千夜，准备伺机开枪。

千夜稳稳地拔出枪来，只是走了几步，就避开了众人的攻击。紧接着一阵枪声响起，对面八个天蛇帮帮众依次倒下，当场毙命。

千夜用的是柯尔，虽然这种老式手枪是火药武器，但是近距离的威力却值得称道，对付这些连一阶战兵都不是的家伙正合适。

年轻人骤见手下倒了一大半，不由得倒吸了一口冷气！还没等他有所反应，千夜伸脚一勾，天蛇帮帮众掉落的一支手枪就飞入他手中，然后又是一片连绵的枪声响起，年轻人身边便再无一人站着了。

千夜向他走去，扬了扬手枪，淡淡地说："还有一颗子弹。"

"你要是杀了我，我老爹一定跟你没完！有事儿我们可以商量……"年轻人惊慌失措，一步步向后退着。

突然他怪叫一声，飞起一脚，狠狠踢向千夜下腹！这一脚竟然带出"噼噼啪啪"的原力爆响，可见威力！

千夜不避不让，左脚上前一步，右腿抬膝一顶，直接对着年轻人扫来的脚撞了上去！年轻人惨叫一声，再也站立不住，仰天摔倒在地上。他瞪着千夜，这时才感觉到真正的恐惧！

千夜的表情没有太大的变化，年轻人终于明白，以自己二级战兵的实力，在这个漂亮得有点儿柔弱的小子眼中，不过是只随时都可以碾死的蝼蚁。他真正的实力，绝不止表面上看到的那样简单！

"别杀我，别杀我，我爸是天蛇！"年轻人的声音中带着哭腔，不住向后挪着身体，想要远离千夜这个恶魔。

"我知道你爸是天蛇。"千夜淡淡地说。

他从容地把最后一颗子弹推上枪膛，瞄准年轻人另一条腿，说："我不杀你，回去告诉天蛇，他如果再敢找我的麻烦，我一定奉陪到底！至于你，下次再出现在我面前，就没有今天这么好的运气了。这一下，是给你的一个小小的教训，顺便也给天蛇一个教训。"

说着，他扣下扳机，射向年轻人的膝盖。在重型弹头的加成下，虽然年轻人是二级战兵，但是也要吃不少苦头。

千夜随手把空膛的手枪扔到年轻人脸上，然后从他腰间拔出流金玫瑰，说："你不配用这把枪，天蛇也不配！"

说完，便转身离开了。

直到他的身影消失了很久，年轻人才惨叫道："来人啊，谁来救救我！"

片刻之后，在天蛇帮总部，天蛇用力一拍茶几，整张硬木制成的茶几顿时四分五裂！他脸色阴沉得几乎要滴下水来，看着大厅地板上并排摆着的十几具尸体，脸颊不断抽动。

他唯一的宝贝儿子此刻正在后面接受医生的救治，由于受了太大的刺激，人已经有点儿神志不清了，时时会发出惊叫，就好像千夜突然出现在面前一样。就算能治好外伤，恐怕今生也不可能有什么成就，更别提继承天蛇帮了。

天蛇缓缓站起，杀气腾腾地喝道："来人！我们去猎人之家！"

一小时后，数百名皮装大汉出现在猎人之家门口，每人的胳膊上都文着一条形态各异的蛇。天蛇迈开大步，带着十几名得力的手下走进猎人之家。

大厅中原本坐着的几个猎人全都惊疑不定地站了起来，看着气势汹汹走进来的天蛇。

"没你们的事儿，都给我坐下！"天蛇冷冷地说。

这几个猎人都是二级左右的战兵，当下脸色苍白，又坐了回去。天蛇是五级战兵，根本不是他们能够抗衡的。

二爷端坐在柜台后面，只是在天蛇率领手下进来时抬头看了一眼，然后又低头看书去了。

"砰"的一声，天蛇一巴掌重重拍在柜台上！但是这一掌却没有如他预料中那样把整张柜台拍碎，只有几道裂纹在台面上蔓延开来。

二爷的手搭在柜台上，一道浑厚的原力护住柜台，与天蛇的原力狠狠对击了一下。柜台裂开几条大缝，论原力深厚，显然天蛇要略胜一筹。

天蛇脸色极其难看，冷冷地说："二爷，你难道要为了那个一星猎人，和我天蛇帮开战吗？"

二爷扶了扶老花镜，透过有点儿磨花的镜片看着天蛇，认认真真地说："你是说千夜？你们之间的事儿和我无关，也和猎人之家无关。但是你一进来就想拆我的柜台，我不想打也要打！"

天蛇寒声说道："柜台还没碎，可是我的儿子已经残废了！所以如果猎人之家想要庇护那个小崽子，这一仗就非打不可！别忘了，我们天蛇帮还有十几条人命在里头！"

二爷双眉一皱，缓缓说道："天蛇，你别忘了，猎人之家可不止黑血城这一家，就连帝国上层大陆也有。你就算不给我面子，也别做蠢事。"

天蛇冷笑道："天蛇帮当然不可能和整个猎人之家相比，可我也没听说猎人之家会自坏规矩，插手这种事情。"

"规矩也会有例外，特别是在被人砸了柜台的情况下。"

天蛇连眉头都没皱一下，反问道："这么说，二爷是要把事情做绝了？"

二爷还没有说话，旁边就传来千夜的声音："做绝了又怎么样？"

天蛇霍然转身，双眼如鹰，死盯着千夜，冷笑道："好！你很好！我还没见过敢当面挑衅我们天蛇帮的！你是不是觉得老子好欺负？"

千夜同样冷笑道："是你的人想要杀我，只不过本事不够，反而被我杀了！难道我就应该等死？"

天蛇双眼微眯，冷冷地说："区区一个三级的小家伙儿，就是欺负你了又怎么样！"

千夜讽刺地一笑，说："就凭你？"

天蛇双瞳一缩，忽然笑了，说："要不试试看？"

二爷站了起来，沉声说道："天蛇，你一定要在我这里杀人吗？"

"二爷，你想怎么样？你可别忘了，猎人之家不只他一个猎人。"天蛇脸色不悦，已经语带威胁。

二爷不为所动，淡淡地说："你带这么多人过来，已经破坏规矩了。所以今天谁也不能动手，否则就是与我为敌。走出这里，不管你们之间发生了什么，都不关我的事儿。"

天蛇扬了扬眉毛，冷冷地说："二爷，今天我就给你一个面子！不过今后你手下的猎人们出任务时可要小心了，说不定我会好好'帮'他们一把。小子，你给我等着，咱们的账慢慢再算！"

说完，他便带着手下，大摇大摆地呼啸而去。

几名二星猎人的脸色都很难看，他们若是在出任务时遇到了天蛇帮的高手，连逃跑的可能都没有。猎人本就是非常危险的职业，现在又凭空多出天蛇帮这样的大敌，死亡系数立刻高了许多。因此许多猎人看向千夜的目光就有了敌意。

"一个新人，真是不知天高地厚！他想和天蛇帮死斗是他的事儿，别连累到我们！"

"就是！"

"这样的人，以后出任务时一定要小心些，太嚣张的话容易死！"

几个猎人你一言我一语，怨气越来越大，说话也越来越难听。

千夜什么都没有说，只是横了他们一眼。

他们心中一窒，打了个寒战，再也不敢说下去，嘟嘟囔囔着离去了。

千夜来到柜台前，对二爷说："有酒吗？我想喝一杯。"

二爷拿出个杯子，从柜台下摸出一个巴掌大的紫砂小酒坛，倒了小半杯酒，递给千夜。

千夜拿起酒杯一饮而尽，屏息一会儿，才说："好酒！不过比我自己酿的还是差了一点儿。"

"你是说喝军用兴奋剂吗？"二爷倒是知道得挺多。

"那个确实对身体有损害，需要控制好量。"

二爷又给千夜倒了一杯，说："看来你的麻烦不小。"

"确实！天蛇的儿子刚刚想打劫我。"

"很像那个年轻人的作风，不过他还有些小聪明，知道挑惹得起的人去惹。"

千夜吐出一团酒气，笑笑说："可他运气不好，我刚好是那种不应该惹的人。"

二爷深深看了千夜一眼，说："你很自信。"

千夜淡定地说："我只是觉得，不能让他们为所欲为。"

"需要我做什么？"

"你已经为我做得够多了。"

"也许更多的弹药枪械……"

"不用，我会从天蛇那里拿到的。"

千夜将空酒杯放到柜台上，然后向猎人大厅外面走去。

大厅门口靠着一个身材魁梧的大汉，正是千夜第一次到猎人之家时遇到的人之一。他看到千夜，忽然向地上啐了一口，说："我讨厌带着帝国狗腿味道的家伙，不过天蛇帮的那些渣滓更让人厌恶！外面整条街都是他们的眼线，你要是不小心一点儿，恐怕明天一早我就要给你收尸了。"

千夜停住脚步，说："如果你喜欢背尸人这个行业，那么恭喜你，接下来会有不少天蛇帮的人照顾你的生意。不过还是谢谢你，虽然我也不喜欢你。"

大汉点了点头，向柜台走去，对二爷说："二爷，交个任务！"

当千夜走出大门之后，他才说："那个小家伙儿说不定真能做点儿什么，也许值得培养。"

二爷只是耸耸肩，没有说话。

千夜离开猎人之家，不急不忙地转入旁边一条幽暗的小巷。几个在猎人之家周围徘徊的游民立刻不远不近地跟了上来。

千夜一进入巷口就突然加速，如飓风般冲到巷尾，一个闪身转向左边。

跟踪的人顾不上形迹暴露，拼命冲向路口。但等他们跑到十字路口时，千夜早已不知去向。

片刻之后，千夜出现在余英男家门外。还没等他抬手敲门，房门突然打开了，余英男全副武装，一手拎着一把威力巨大的双管霰弹枪，杀气腾腾地走了出来。

千夜忽然扑上去，一把将余英男推回房间，然后关上门。

"是你！"余英男看到千夜，顿时又惊又喜。

"你要干什么？"千夜看着她这身装束，问道。

余英男咬牙道："去和天蛇帮拼了！"

千夜无奈地笑了笑，说："你这是去送死。"

"我不怕死。"余英男冷冷地说。

"我们都希望你好好活着。"

听到这句话，不知为什么，余英男忽然觉得心里有些慌张，竟然不敢望着千夜，目光不由自主地偏向一旁。

千夜从她手里拿走霰弹枪，看了看，说："威力不错，是好东西。不介意的话借我用几天。"

"你要干什么？"余英男有些紧张地问。

"这是我的战争，我无牵无挂，想怎么做就怎么做。但是你不行，你那些昔日同伴儿的家人还在等你去保护、照顾他们，你死了他们怎么办，你的弟弟怎么办？"说完，千夜强硬地从她身上摘下装着霰弹的皮包，甩到自己肩上，然后转身向外走去。

"等一下！"余英男叫住千夜，掏出一个弹盒，塞到千夜手里，"这里面是三颗原力弹，我会找朋友接应你的。"

第二十二章　无故结仇

"谢谢,我喜欢一个人行动!"千夜向她挥了挥原力弹盒,转身走入夜幕之中。

看着千夜的背影,余英男第一次感觉有些不知所措。她不知道自己是应该冲出去帮他,还是听他的话待在这里,什么都不做。她也知道,即便自己没有任何行动,天蛇也会派人监视她。

千夜小跑起来,穿过街道和小巷,翻越低矮的民居,通过变向和加速,再次把天蛇帮的眼线甩脱,回到自己的住处安心大睡。或许天蛇帮的人根本没有想到他居然敢回家,所以并没有派人来他的住处查一查。

早上六点,一阵嘈杂的铃声把千夜吵醒了。他看了看时间,很惊讶自己居然能够不被打扰地睡个好觉。他现在就像养足了精神的孤狼,可以连续狩猎几天几夜。

他简单收拾了一下房间里的东西,甚至还有余暇给脸上贴一点儿胡子,然后从厨房与围墙夹道间的窗户中钻了出去。

他刚离开,前门便被人一脚踹开,一个尖锐的声音高叫道:"进去看看,别让他跑了!"

听见叫声,千夜摇了摇头,跃出围墙,消失在没有天光的清晨里。

暗血城是个庞然大物,街区围绕着四座永动塔铺展开来,街道如迷宫一样复杂,架空管线像蛛网一般凌乱。西、北两区是远征军和贵族的居所,这里还算干净整齐。当中夹着贫民窟的东、南两区则帮派林立,鱼龙混杂。

就算天蛇帮有上万帮众,控制了南区三分之一的街道,也无法在这样的环境里为所欲为。他们自昨晚退出猎人之家,便在各处城门和街区广设人手,密布眼线。猎人都精于潜行匿踪,如果一个不慎让千夜逃出城去,追捕起来就要多花几倍精力。

片刻后,千夜来到一个昏暗破旧的小酒馆,坐在角落里,脸完全隐藏在阴影下。

这种小酒馆是底层居民最爱光顾的地方,它虽然小,但是该有的东西一样都不少,最重要的一点是便宜。只要花上几十个铜币,就能拿着一大杯家酿米酒在这里坐上一整天。这里也是小道消息的集散地,许多消息都是从此处传播出去的。

空气中弥漫着劣质烟草、廉价香水、新出炉的食物等混合在一起的怪味儿,耳边则是一片喧嚣,千夜闭上双眼,缓慢地运行兵伐诀,耐心地等待着。一直到暮色降临,他才捕捉到需要的消息。

"嗨!兄弟,你知道吗,出大事儿了!天蛇帮对一个名叫千夜的一星猎人下了绝杀令！如果取了他的脑袋，就有整整一百个金币的赏金！准确提供他的行踪也有十个金币！"

"天哪，一百个金币！"

这个数字让整个酒馆沸腾起来，大家交头接耳地讨论着。人们甚至出现分歧，为了根本不曾到手的金币，乒乒乓乓地打了起来。

混乱当中，千夜不动声色地出了酒馆。他抬头看了看群星闪烁的夜空，唇边露出一抹若有若无的笑。

绝杀令？他等的就是这个。

显然失去千夜的行踪后，天蛇帮有点儿着急了。不过他们很肯定千夜并没有出城，发布高额悬赏的消息，就是为了让他在城里待不住。但是对千夜来说，绝杀令却意味着他有充分的理由放开手脚大干一场了。

天蛇帮能在暗血城的帮派中排第三，只凭一个天蛇是不行的，他背后定然另有支持者。二爷能震慑住他，却不见得能挡住他幕后的大人物。

不过，现在这只是千夜和天蛇帮之间的战争。千夜信步在迷宫般的街巷中走着，没有任何目的。

经过一条小街时，侧方刚好走来几名天蛇帮帮众。他立刻停下来，在街心等着他们。

这几人看清千夜的面容后，几乎不敢相信自己的眼睛！

"这是……那个小子？"一人试探着问。

他身边的人大叫一声："当然是他！还愣着干什么，一起上，砍死他！"

几个人拔出砍刀和匕首一拥而上，号叫着向千夜斩去！

只听"砰砰"两声枪响传来，两个混混倒飞了出去。近距离之下，霰弹枪的巨大威力几乎不可阻挡。

千夜身形一闪，从容避开他人，身形灵动得如同一只小鸟儿。两颗霰弹跳跃着落入他手中，瞬间便被填充进弹仓。枪口再次喷吐出长长的火蛇，炽热的铅砂又轰飞了两个人。

他轻松地打开枪机，退出弹壳，然后装弹、复位，瞄准最后两人。在枪口的威胁下，那两人全身颤抖，突然"扑通"一声跪在他面前，痛哭着求饶。

千夜淡淡地说："金币不那么好赚吧？"

那两人面面相觑，不知该如何回答。

千夜缓缓将霰弹枪插入枪套，说："你们带个口讯回去，今后凡是天蛇帮的人，如

第二十一章 无敌结仇

果敢出来巡街，让我看到了必定杀无赦！滚吧！"

两人听后，立刻如飞般逃走。

夜幕下的暗血城依然很有活力，那些见不得光的产业只有在这个时候才分外有生命力。在这座永不关闭城门的城市，总能找到各种各样的销金之所。

千夜信步走着，期间数次遇到天蛇帮的帮众。这些人让他知道了为了一百金币的赏金，他们可以有多么疯狂，而千夜也让他们明白了红蝎战士和普通人之间的差距究竟有多大。

枪声时时在幽暗的街道上响起，霰弹枪独有的声线就像重音鼓点，一下下敲打在人们心头。每一下敲击，都会带走一条生命。

不知不觉之中，千夜又到了玄铜街。不远处，阿一枪械招牌上的夜光粉正散发出绿幽幽的微光。

千夜推门而入，柜台后面的老人阿一仍然在擦拭枪械零件，头都不抬一下。

千夜靠在柜台上，点了一支烟，说："我又来了。"

阿一抬头，看到是千夜时，脸色立刻一变。

"卖出去的东西我是绝对不会退货的！"他恶狠狠地说。

千夜递过去一支烟，说："我应该叫你……一爷？"

一爷闻了闻千夜喷出的烟雾，略吃了一惊，说："掺了军用兴奋剂？让我看看……果然是精英军团级别的好货色！你居然能搞到这种东西！"

一爷立刻打火点烟，深深地吸了一口，屏住呼吸，许久之后，脸上掠过一片红晕，感叹道："真是好味道！已经好久没有尝过这个了。"

千夜什么都没有说，只是把整盒烟都放在柜台上，然后推到一爷面前。

一爷迟疑了一下，终于把烟盒收了起来，说："不管怎样，卖出去的东西我是绝不会退货的！"

"这把突击手我用得很顺手，没打算退货。"

一爷这才松了口气，说："听说老二那儿最近加入了一个很有潜力的小家伙儿，但是没少惹麻烦，天蛇帮还对他发出了绝杀令。那个人就是你吧。"

千夜笑了，说："麻烦吗？小小一个天蛇帮，还不配对我造成麻烦！"

一爷上下打量了千夜一眼，哂笑道："口气不小，可是实力不够，又有什么用！你打不过天蛇的，天蛇帮里还有好几个四级的高手。"

"打不过难道就不打了？"千夜反问道。

一爷叹了口气，说："我年轻的时候和你的想法一样，但是现在才知道，打不过最好就不要打，这才是聪明人的做法。"

千夜微笑着说："那我就不做聪明人好了。"

一爷摇了摇头，问："说吧，你想要什么？"

"有件东西想卖给你。"

千夜拿出流金玫瑰，放在柜台上，推了过去。

一爷立刻站了起来，失声叫道："流金玫瑰！"

他拿出一个放大镜，逐寸逐寸地细看流金玫瑰的每一个细节，许久之后才说："没错！是尼德柴尔家族手制的流金玫瑰，在这个系列的原力枪中称得上是精品中的精品。不过……听说天蛇帮也丢了一把流金玫瑰，所以这个东西现在可不好出手。"

千夜脸上露出淡淡的笑容，说："我知道你一定有渠道卖掉它。"

一爷点了点头，说："这话倒是没错，只是有些麻烦而已，不过这把流金玫瑰也值得麻烦我一次。以现在的情况，价格不会太高，说说吧，你想要什么？"

千夜沉吟了一下，说："我要一把三级的手枪或是霰弹枪，要威力大的，射速和射程可以不考虑。另外还要一些原力弹，空白或灌注的都可以。"

这个交易实际上相当于用流金玫瑰换了一把同级的普通原力枪。而在上层大陆，流金玫瑰完全可以换四把精品三级原力枪。

一爷收起流金玫瑰，进入后间，片刻后走了出来，把一个手枪袋和一个弹盒放在千夜面前。

"屠夫三型，翻新过，但是原力阵列加装了附件，杀伤力略有提升。这是一盒空白原力弹，里面有十发子弹。"

千夜拿起屠夫手枪，大致检视了一遍。这是一把左轮型手枪，但是弹轮中只能装四发实体原力弹。它的口径格外大，枪长四十厘米。枪口大得简直能塞进一个小孩儿的拳头，看上去就很有杀伤力，无愧于"屠夫"这个名字。

屠夫系列也是流传颇广的手枪型原力枪，三级屠夫打出的最高能量级相当于火药武器中的大口径机炮，简直就是一门握在手里的小钢炮。一枪轰出，可以轻易洞穿装甲车的装甲。

这把枪大约七成新，从内部修磨的痕迹判断，改装它的是个高手，让它的威力又提高了一成。

千夜十分满意,当下把它插回专用枪套,挂在腰间。

"你最好立刻离开暗血城。"一爷说。

"我这就出城。"千夜说,"不过城外城内,对我来说没什么区别。"

第二十二章　引蛇出洞

千夜离开阿一枪械，没走出多远，就看到对面街区走来几个天蛇帮帮众。这几人手中都握着枪，一副如临大敌的样子。千夜感觉到身后也有几人正在快速接近自己，看样子是打算前后包抄。他并未隐藏行踪，所以天蛇帮的人立刻发现了他。

"是那个小崽子！"

"别让他逃了！"

他们纷纷揣起枪，拔出砍刀大叫着扑了过来。

在玄铜街上不能动枪，这是一条不成文的规矩，否则会被视为与这条街上所有的店主为敌。过去敢于打破这个规矩的人，都没有什么好下场。

千夜也很清楚这个规矩，他站在原地，右手一抄，把小斧握在手里。

两拨人疯狂地冲了过来，眼看就要把他包围起来。他一个跨步前冲，迎面狠狠撞了过去，直接把两个人撞得倒飞出去。然后寒光一闪，手斧划出一个平弧，向余下三人掠去！

只听"扑通"两声，被撞飞出去的两个帮众摔在地上，拼命挣扎着，再也爬不起来了。另外三人则捂住腰间，也慢慢倒下了。

从他身后冲过来的三个人愕然止步，思忖道：五个人联手瞬间就被解决了，他们过去还不是送死？他们互相看了一眼，突然叫喊一声，掉头就跑！

千夜随手捡起一把砍刀，使劲掷出！砍刀飞旋如电，呜呜尖啸着没入一人的后心！

另外两人见状跑得更快了，转眼就消失在玄铜街的尽头。千夜懒得去追他们，快步离开玄铜街，然后借着夜色掩护，攀在空中如蛛网一般的管线上。

过了一会儿，他毫无预兆地在城门一侧出现，从天蛇帮一个定点哨卡前晃过，大摇大摆地通过雄伟的城楼，一路远去了。

这个晚上，天蛇睡得很不安稳，总觉得心神不宁，时不时会从梦中惊醒。早上醒来，他觉得非常疲惫，心情也很不好。心爱的儿子还躺在床上，不知道能不能治好。

千夜下手非常狠，一枪几乎打碎了儿子的膝盖。这种伤很难痊愈，骨头里的金属残片需要分好几次才能完全清理干净。这么细致的活儿本城的医生其实是干不好的，要想不留后遗症，就只能送到远征军总部，甚至前往上层大陆。一想到要花费巨额费用，他就觉得烦躁不安。

儿子很有天赋，年纪轻轻就摸到了三级的门槛，并且有晋升五级的潜质，所以他现在对千夜恨之入骨。在他眼中，这个不知天高地厚的小子不但不感激自己当初让他活着走出了天蛇帮，还敢用这样恶劣的手段打伤他的儿子，公然与他对抗，他又岂能容忍！

在愤怒和烦恼的双重折磨下，他几乎夜夜失眠。每当他清醒一些时，总会听到外面不断传来隐隐的脚步声和嘈杂的喧闹声。

"这群废物！什么事儿都处理不好！"他在心中大骂。

可是外面并没有如他期待的那样安静下来，反而越来越乱，声音也更大了。他终于腾地坐起来，运起原力暴吼一声："都吵什么？！"

外面一下就安静了。他阴沉着脸，披衣出屋，目光如电，扫向门口的守卫。那几个人立刻打了个寒战，脸色惨白，站得笔直。

天蛇走到环形楼梯边，俯瞰着下面的大厅，那里是天蛇帮高层议事和聚会的地方。

现在大厅里站满了人，几个今天没当值的人也出现了。他们睡眼惺忪，显然是刚刚被叫起来的。

天蛇居高临下，含怒喝道："出什么事儿了？"

厅中之人都下意识地一颤，天蛇发怒的时候，没有人不惧怕。

终于有一个人站了出来，说："帮主，今晚我们的人伤亡很多。"

"很多是多少？"天蛇几乎是在咆哮了。

"一百……一百三十人。"那人顶着压力，终于把数字报了出来。

骤然听到这个数字，天蛇也是一惊，然后立刻冷静下来，问："谁干的？"

"是那个小子，千夜。"

"砰！"天蛇一拳砸碎了楼梯的扶手！他直接从二楼跃下，震得整个大厅都晃了晃。

他看着这些得力干将，沉声喝道："我们死了这么多人，那个千夜的尸体在哪儿？"

没有人出声，他的脸更加阴沉了。

沉甸甸的数字让所有人都明白了，这次天蛇帮绝对招惹了一个真正的狠角色。千夜等级虽然不高，可是在一夜之间就杀了天蛇帮这么多帮众，这绝不是一般人的手段。就是天蛇自己，在三级的时候，也无法如此干脆利落地杀掉这么多人。这个小子绝不能留！

天蛇冷静下来，问："他现在在哪里？"

"有人看到他出城去了。"

天蛇回身走到中央的沙发那里，一屁股坐下，开始沉思。

片刻之后，他缓缓地说："黑狼、飞鸟，你们两个带上执法堂的绝杀队，到城外去把那个小子给我抓回来。"

一个皮肤黝黑的男人上前一步，什么都没说，只是点了点头。

飞鸟是个白净的年轻人，一直在把玩着一把薄如蝉翼的飞刀。听到天蛇的命令，他双眉一皱，说："那个小崽子不过是个三级的菜鸟，用得着我和黑狼一齐出动吗？"

"那个小子很狡猾，而且手段不简单。飞鸟，别太大意了！"

听到天蛇的话，飞鸟耸耸肩，不再多说什么。

"余英男那边有没有动静儿？"天蛇问。

"她去过几家武器店，买了不少弹药。"

天蛇沉吟了一下，说："多派点儿人，给我盯紧她！罗熊，你也去。如果她有插手的迹象，一定要把她拖在城里！"

对这个女猎人，天蛇也有深深的忌惮，把四大高手之一的罗熊都派了出去。

飞鸟眼中闪过热切的光芒，忽然说："还是我来盯着她吧，我喜欢这个活儿！"

天蛇脸一沉，喝道："不行！现在还不能动她，否则二爷那个老家伙非跟我们拼命不可！"

飞鸟舔了舔嘴唇，露出残忍的笑，说："那个老东西的实力也不过五级，真不明白您顾忌他什么！他坏了我们不少好事儿，要我看，早就该把他给砍了！"

天蛇脸色阴沉，缓缓地说："早晚会砍了他，不急在这一时。廖爷，猎人那边联络得怎么样？"

廖爷是一个精瘦的老人，细长的眼睛总会让人想起毒蛇。他不慌不忙地说："我找来了一个人，您一定感兴趣。"

廖爷向厅外唤了一声，一个全身包裹在斗篷里的人走进大厅，站到天蛇面前。他掀开头罩，露出一张年轻英俊的面容，毫不畏缩，从容地说："我是李伦哲，三星猎人，四级原力。"

天蛇双眼中精光一闪，当下站了起来，说："我听说过你，你是年轻一代最强的猎人之一！说吧，你想要什么？"

李伦哲从牙缝中挤出几句话："我可以帮你追杀千夜，事成之后把余英男给我！"

飞鸟重重"哼"了一声。

天蛇看着李伦哲，忽然笑了，说："这我不能答应你。"

李伦哲顿时脸色一变。

天蛇看了他一会儿，才说："不过我可以答应你，等那个小子死了以后，帮你一起去抓余英男。能不能得到她，就看你的本事了！"

李伦哲一咬牙，说："好，就这么说定了！"

"廖爷，给他配几个人。"

"不，我单独行动。"李伦哲冷冷地说。

"也好！"天蛇笑了，在野外，对付猎人的最佳人选自然还是猎人。

片刻之后，黑狼、飞鸟和李伦哲先后出发了。

天蛇在大厅里来回踱步，把自己的安排从头到尾细想了一遍，心里总觉得不安。

廖爷察言观色了许久，才说："帮主，对付这么一个小毛孩子，我们已经是杀鸡用牛刀了。"

天蛇脸色好看了一点儿，点了点头。千夜非常年轻，又只是三级战兵，为了对付这么一个小毛孩子，他连续派出了三个四级的高手，其中还有两个位列帮中四大高手。就算千夜再厉害，也绝不会比这些身经百战的老手经验丰富。确实如廖爷所说，有些小题大做了。

此时在暗血城外，千夜已经找了个背风的山洞，升起一堆篝火。他坐在篝火前，一条野猪后腿快烤熟了。火舌舔在油脂上，发出轻微的"嘶嘶"声，烟气袅袅升腾，异香扑鼻。

山洞外忽然传来一阵脚步声，随后一个身材高大的年轻人钻了进来。

"好香！"他一进来就说。

千夜不动声色地转动着猪腿，向他看了一眼。既然敢在这里点篝火，自然不会毫无防备。

但是这个年轻人一直走到洞口才听到脚步声，也就是说，自己布置的陷阱一个都没有生效，连脚步声恐怕都是对方故意发出来的。

年轻人两步跨到篝火旁，在千夜对面坐下，伸展着两条长腿，姿态十分优雅。

"我是威廉·冯。"他毫不认生地自我介绍道。

他窄额、高颧、金发，五官十分英俊，是典型的维京人的面孔。一双蓝灰色的眼睛注视着他人的时候，会给人一种十分专注、诚恳的感觉。他的脸上好像永远都带着微笑，一副短须为他增添了不少成熟的魅力。

千夜垂下眼睛，一边给猪腿刷最后一遍调料，一边说："你可以叫我千夜。你的名字有些奇怪，不是帝国的人吧？"

威廉微笑着说："我出生于帝国西方一个很小的国家，幼年时就来大秦求学定居了。我在帝国的养父姓冯，所以跟了他的姓。"

千夜眼中光芒一闪，说："你是上层大陆的人？"

威廉有些惊讶地扬了扬眉毛："你很敏锐，我的朋友。没错，我确实来自上层大陆。"

千夜没有再说什么，把已经烤好的野猪腿拿下来，用匕首切下一半，然后递给威廉。威廉大喜，也不客气，立刻接过大吃起来。

千夜看着他吃东西的样子，手指微不可察地颤抖了一下。威廉的耳朵动了动，没有抬头，依然吃得很香。

千夜不再看他，把另一条猪腿架到火上，洒上调料和酒，又烤了起来。

两人的饭量都不小，如风卷残云一般，很快就将两条野猪腿吃得干干净净。

威廉一脸满足，拍了拍肚皮，笑着说："已经好几个月没有吃这么饱了！"

"荒原上食物确实不好找。"千夜表示同意。

"食物好找，可是好吃的却不好找，不介意我在这里休息一晚吧？"威廉微笑着问。

千夜双手一摊，说："当然不介意，请自便，我也要睡了。"

威廉走到靠近洞口的外侧，把背包往地上一放，当作枕头，躺了下来，转眼就沉沉睡去。

千夜盯着跳跃的火焰发了一会儿呆，然后向后挪了挪，半靠在洞壁上，闭起眼睛，放慢呼吸，缓缓运转心法，进入假寐状态。

第二十二章 引蛇出洞

这是一种介于熟睡和清醒之间的状态，是特种部队专用的功法，适用于在战场或是危险的环境下休息，一有风吹草动可以瞬间清醒过来。

夜很静，只有篝火跳跃时偶尔发出"噼啪"声。

这是一种非同寻常的静谧。夜幕下的荒原是猛兽以及黑暗种族中低等生物的天下，敢于夜宿的旅人都要准备应付一两次突袭，但是今晚却格外平静，连号叫嘶吼的声音也不曾出现。

早上五点整，威廉忽然睁开眼睛，打了个哈欠，说："睡得真不错！"

威廉一动，千夜就醒了。

威廉站起来，伸手抬腿，活动了一下身体，然后露出阳光般灿烂明亮的笑容，说："谢谢你的招待！"

"我可没做什么。"千夜耸耸肩，说。

威廉俯身过来，拍拍千夜的肩，说："好了，我该走了，以后有机会再见！我在来的路上看到了几个人，好像都是冲着你来的，小心点儿！"

"我会的。"千夜裹着斗篷斜靠在洞壁上，微笑着说。

威廉深深看了千夜一眼，眼中露出意味深长的笑意，背起背包挥挥手，走出山洞，头也不回地离去了。

千夜坐在原地一直没有动，直到威廉的脚步声再也听不见了，他才轻出一口气，此时他已出了一身冷汗！

他伸手摸了摸被威廉拍过的地方，然后将手指放到鼻端深深地吸了口气，立刻闻到一缕微不可察的炽热气息。那是再清晰不过的黑暗原力的味道，从属性来看，应该是狼人。

这个自称威廉的年轻人实力深不可测，从走进山洞，千夜就知道他有问题，但是却看不出什么，直到他故意留下那缕气息。这意味着威廉的实力比他强太多了，两人根本不在一个层级上。

除此之外，威廉吃野猪腿的时候，千夜从他脖颈中偶然瞥到一个刺青。

那是一座巍峨陡峭的山峰，无论是形状还是角度，都与深深刻印在千夜记忆中的一个图案吻合。它不是普通的文身，而是一种代表着信仰与力量的图腾。群峰之巅，是上层大陆一个极为强大且神秘的狼人部落，其中的每一个成员据说都是高居食物链顶端的可怕的存在。

他为什么会忽然出现在暗血城？联想到那天突然出现的神秘黑袍人，千夜隐隐感觉到，在磐石领的大地上，一个巨大的风暴正在形成。若是一不小心被卷进去，恐怕会落个粉身碎骨的下场。

此时千夜才确信自己已逃过一劫，如果威廉对他稍有敌意，随手就能把他撕成碎片。在绝对的实力面前，任何技巧和花招儿都毫无用处。

威廉临走之前说有人正追踪他，他们应该是天蛇派来的人，天蛇的反应倒是在他的预料之中。

他弄熄篝火，将里面布置了一下，又把洞外的机关撤了一部分，就离开了这里。

半天之后，一队冒险者装束的人们出现在山洞口。为首的正是黑狼，他是荒原追踪的专家，居然一路追着千夜来到了这里。

他小心地靠近洞口，用力嗅了嗅，然后又观察了一下地面的痕迹，说："他已经走了，你们两个进去看一看。"

被黑狼指定的两人钻入山洞，片刻后里面传出他们的喊声："他在这里过的夜！"

话音未落，山洞里忽然发生猛烈的爆炸，气浪甚至将一个人直接冲出了山洞！

"该死！"黑狼立刻弯腰抱头，但也被气浪冲得飞出数米，落地的时候重心不稳，歪倒在地上。

他一个翻身跃起，心中无比懊恼。派进山洞的人都是野外追踪的高手，怎么还是触到了陷阱？这两个人一死，单靠他一个，追踪就会变得很不顺利。

他还没有站稳，眼角突然掠过一道光芒。他顿时吓得魂飞魄散，这是原力弹的光芒！

这一枪突如其来，射距只有百米左右，他无论如何也闪避不了，只能勉强挪开要害。

惨叫声中，他被轰得向后飞出，护胸的双臂已是血肉模糊。他竭尽全力一个空翻，向地上落去。然而双腿还没有沾地，视野中光芒闪动，一发原力弹又向他击来！

他大脑中顿时一片空白，只剩下一个念头：对方有几个人？这是什么射速？怎么可能是一人所为？

这颗原力弹又轰中了他胸前同样的部位，他护体的原力全被轰散了。在摔倒之前，他终于看清了千夜的射击位置。

千夜就躲在一百多米外的乱石丛中。那里怪石嶙峋，坡度却不高，植物疏疏落落的，稍有动静便一览无遗，本不是适合藏身之处，因此黑狼搜检周边环境时并未特别留心。而千夜把自己埋身于土层之下，一动也不动，这才瞒过黑狼，骤起突袭成功。

千夜把打空了的突击手扔下，从藏身处暴起，如猎食的孤狼，全速冲向天蛇帮帮众！奔行途中，屠夫手枪和手斧已分别落在他双手中。

"轰"，屠夫手枪在十米外就开火了，喷射的原力弹将一名天蛇帮帮众轰得倒飞了出去。千夜则闪电般冲过最后十米，扑入还在慌乱寻找敌人的帮众中，战斧寒光闪烁，瞬间就将两人砍倒了。接着屠夫手枪飞旋起来，千夜握住枪管，将镶了钢块的枪柄狠狠砸在一个人的脑门儿上！

一名一级战兵离得稍远，端起原力步枪，努力想要瞄准千夜。枪身上的纹路依次点亮，眼看就要完成充能了。

千夜忽然低吼一声，和身撞去，十多米距离眨眼即至，将这个一级战兵撞得斜飞出去！

骨裂声响起，在千夜堪比五级战兵的巨大力量下，这人已处于濒死状态。千夜一把抓过那把步枪，反手将其掷出，落点正是另一个帮众。

那个帮众也是一级战兵，刚才踉跄着扑向一边，险险躲过千夜的扑击。此时尚未完全站稳，看到原力枪回旋着飞来，下意识地伸手去接。枪身上闪烁不定的微芒刺入眼中，他突然醒悟，脸色大变！

"轰"的一声，充能被强制打断的原力枪猛然爆炸，他满脸是血，直接向后栽倒。

千夜剧烈喘息着，环视一周，发现已经没有一个还能站起来的敌人了。他缓缓走到黑狼身前，低头看着他，问："你是黑狼？"

黑狼连中两颗原力弹，连坐起来的力气都没有了，虚弱地回道："你认得我？"

"你是天蛇帮四大高手之一。既然我们之间开战了，当然要查清楚你们每个人的背景。"千夜淡淡地说。

黑狼艰难地说："你……不是普通的猎人！你究竟……是谁？"

"我是谁并不重要，你还有什么要说的吗？"

黑狼露出惨然的表情，说："如果可以，我希望……死在原力枪下。这才是我该有的归宿。"

千夜拿起屠夫手枪，缓缓运转兵伐诀，枪身中的原力阵列被一一点亮，淡淡的微芒从巨大的枪口透出。

他瞄准黑狼，扣下扳机。"轰"的一声，黄芒透体而过，黑狼再无生机！

千夜简单地打扫了战场，只拿走了黑狼的一把二级原力枪和他们身上的金币。他走到东边几百米外的一块儿坡地上，布置一番后，又渐渐与周围的环境融为一体。

半小时之后，又一队天蛇帮帮众出现，为首的是飞鸟。他远远地看到山洞前那满地的尸体，顿时脸色大变，直接冲了过来。

当他看到黑狼的尸体时，突然一个急停，同时手一抬，身后所有帮众立刻止步，然后分散开来，各自寻找战位，转眼间就进入备战状态。

飞鸟扫视着战场上的痕迹，片刻后目光准确地落在黑狼第一次被轰飞的位置。他默默观察计算了一会儿，又看向千夜最初发起狙击的位置。

他微微弓身，如灵猫般轻盈，忽快忽慢地走向千夜的狙击阵地。那里早已空无一物，藏身的土坑也被填平了，上面还压了几块石头。

他的目光落在一棵姿态有点儿别扭的小草上，又顺着千夜的狙击线路看了看，最后还扫视了一番整个乱石丛。

荒原上的风从午后开始大了起来，空旷处的植被顺着风向微微倾伏，但是这棵小草生长在两块大石的夹缝里，居然也倾斜了。虽然事后做了痕迹消除，但是由此可以判断出这里就是千夜最初的藏身之所。

飞鸟走上前两步，俯身检查千夜留下的伪装过的痕迹。一个优秀的猎手能够从这些蛛丝马迹中判断出对手的习惯，从而在下次遭遇对方时占据先机。可是他刚刚弯腰，就像被什么东西咬到了一样，一下子从地面弹了起来！然而已经晚了，他从眼角的余光看到一团光芒飞射而来，随后便有枪声轰鸣入耳！

光芒炸开，他就像破布口袋一样被抛了出去。他一个空翻勉强落地，左手软软地垂在身侧，再也提不起来，整个手臂已血肉模糊。

数百米外的一个缓坡上，千夜从隐身之处站了起来，遥遥看着他，做了个割喉的动作，然后就转身离去了。

飞鸟脸色惨白，缓缓站直身体。其他帮众想要去追，但被他制止了。

千夜的原力消耗过度，已经无力把他们灭掉，这才在击伤飞鸟后匆匆离开。若是他们追来，没有飞鸟压阵，也只会被自己各个击破。

飞鸟包扎好伤口，然后仔细察看了整个战场，这才登上山脊，望向千夜离开的方向。他眼中露出嗜血的疯狂，当然也有深深的戒备。

千夜一路奔行，不时留心着身后，见飞鸟没有追来，心中顿时一凛，知道这个对手

第二十二章 引蛇出洞

很难对付。不过飞鸟被他一枪打断了臂骨，没有一周根本好不了，如果飞鸟不肯返程，仍然追击他的话，战力会受到很大的影响。

连续奔出数十千米，他才放缓速度，开始谨慎前进。这里已经脱离了暗血城的控制范围，时常会有黑暗种族活动。人族猎杀黑暗种族，黑暗种族也同样会来捕捉人族，尤其是拥有强大原力的人类，对他们来说是难得的美味。

千夜一边前进，一边寻找藏身之处。最后他在一块长满灌木的矮崖上找到一个隐蔽的山洞，将洞口做了伪装，然后钻了进去。

他拿出一幅地图，看了一会儿，画出明天的前进路线，并且在几处要地做了标注，最后又从头到尾检查了一遍。

如果飞鸟沿着这条路线追踪他，就会深刻体会到荒原的艰苦。在双方都消耗掉大量体力之后，他会给飞鸟准备一次印象深刻的遭遇战。在荒原上，猎手和猎物之间的关系，从来都不是一成不变的。

做完准备工作，他开始修炼兵伐诀。现在他每次温养节点时所能承受的原力潮汐已经突破三十轮了，可以用兵王级的原力潮汐来进行日常修炼。在达到九级之前，他的修炼是不会存在瓶颈的。虽然温养的过程中体内的血气依然会吞噬掉少量原力，不过他的原力本就坚凝浑厚，这点儿损失只是把他拉到了普通修炼者的水准而已。

在他行功修炼期间，体内血气照样自行运转，金、紫两道血气再次活跃，分别绞杀、吞噬了一道普通的暗红色血气。它们的活动渐渐变得频繁，快成为每次温养时都会出现的小插曲，他对此视若无睹，已经把它们当作修炼的一部分。

修炼一结束，他便开始维护枪支，并灌注了一颗新的原力弹。之后就闭目假寐，静静地等待天亮。

今夜一如既往，时时会有各种野兽的嘶吼和轰鸣的枪声传来。在仿佛凝定不变的夜色下，人族、黑暗种族和凶兽都在互相杀戮，以便挣扎出一块儿生存之地。

突击手和屠夫就在手边，战斧也伸手可及，千夜的指尖随时能感觉到金属的冰冷和坚实，心情也十分宁定。只要还活着，只要还能战斗，他就绝不会放弃。

他渐渐进入梦乡。

千夜发现自己正置身于孤悬半空的高崖上，从离地千丈的高度俯瞰谷底，一排一排黑线正在蛇行。他能从蚁群般的队列中清晰地辨认出龙海、张静、阴影、申屠等教官。

高崖上还有一人，深衣广袖，那是帝国上层贵族的复古服饰。他站在向前一步就会跨入虚空的位置，衣袂猎猎飞舞，恍若下一刻就要乘风而去。

他回过头来，竟是宋子宁。他的笑容温润如玉，坦然说道："千夜，你看，那是我的大道。"

就在这时，所有的影像都扭曲了一下，随即竟出现道道裂缝，化为无数碎片。千夜惊醒过来，睡梦中的一切依然历历在目，真实得不可思议。

洞外有动静传来，十分细微，夹杂在呜呜的夜风中几乎分辨不出来。他布下的一处共振器被活物触动了，不过声音有点儿远，看来来人离这儿还有一段距离。

他悄无声息地走出洞口，爬到山坡上一架坠毁的飞艇残骸顶部，小心翼翼地向周围眺望着。荒原的夜晚颇不平静，一个不起眼儿的小点引起他的注意。那是一个缓慢移动的物体，远远望去就像一头奇异的小兽，正借助地形不断接近自己。

他立刻认出那是一个猎人，而且是个伪装手段十分出色的猎人，几乎要和周围的环境融为一体了。不过这个猎人有些心急，移动得快了一些，在他的黑暗视觉下，自然无所遁形。

荒野上遇到任何陌生人都是十分危险的，就算猎人之间也并不团结。绝大多数猎人喜欢单独行动，不光是为了自由，也是因为害怕别人背后捅刀子。如果遇到大型任务必须组队，也很少会让全然不知根底的陌生人加入，余英男那种风格的队长属于稀有生物。所以千夜更加警惕了，看着对方的前进轨迹，脸上忽然有了杀气。

他行进的路线非常熟悉，正是千夜预先设定好的。这本来是为飞鸟准备的，现在看来，他显然也是为了追踪自己而来。

千夜缓缓爬下飞艇残骸，然后向预定的阵地潜行。

片刻之后，那个猎人已经到达千夜藏身的洞口，看来他野外追踪的能力异常强悍。此刻他的行动变得更加小心了，一点点挪向洞口，没有发出任何声音。突然，他落脚处传来"啪"的一声脆响，他立刻不动了。

这是一个示警用的小陷阱，在千夜专家级别的伪装技术下，这个经验丰富的猎人也上当了。不过他输得不冤枉，如果他能看穿这里所有布置的话，会发现，一个半圆形的消息网把洞口保护在中间，每两个小陷阱之间只有三四米的距离。

"什么人？"从山洞里传来千夜的声音。

猎人身体微微一震，当机立断地站了起来，语气正常地说："是我，李伦哲，我们曾经一起出过任务。你是……千夜？"

千夜的声音放松了一些："是你啊，你怎么会来这里？"

"我正在出个任务，恰好路过，发现了你留下的一些痕迹，就过来看看。对了，千夜，我这个任务可能需要你的帮助，报酬可以商量……"李伦哲一边说着，一边把平端在手里的原力枪放下，轻松地向山洞内走去。

就在这时，他垂在身侧的左手一扬，三颗手雷飞入山洞！

山洞中突然亮起一道强烈的闪光，余光甚至喷薄出了洞口，然后一声震耳欲聋的轰鸣传来，大地摇晃了一下，紧接着一团浓浓的烟雾涌起。

闪光弹、震荡弹外加催泪烟幕弹，在出其不意的攻击下，不管山洞里有多少人埋伏着，也会被瓦解战力。

李伦哲如猎豹一般向洞内扑去，原力枪身上的纹路全部点亮了，已经充能完毕。他看也不看，就直接向洞里轰出一枪，然后手上又出现三颗手雷！

这一枪不求精准，只求压制住对手。假如千夜能够扛过前面的袭击，想要发起反击，就会迎面撞上这一枪。李伦哲的攻击环环相扣，极为狠辣，力求击溃对手，已经有那么一点儿黄泉训练营的风格。

突然，李伦哲右后侧像是被重锤狠狠砸中，身不由己地飞了出去。这是怎么回事儿？他又惊又怒，接着意识就一片黑暗了。

千夜从洞外一侧站了起来，放下枪口还有炽热余温的屠夫，把昏迷的李伦哲拖进山洞。作为三级枪械，屠夫的威力是普通一级枪械的四倍，再加上重型弹头加成，近距离威力全开，一枪就重创了身为四级战兵的李伦哲。

片刻之后，收拾好外面战斗痕迹的千夜又回到山洞，拿出铜制的小酒壶喝了一口，然后一口酒全喷在李伦哲的伤口上。李伦哲惨叫一声，醒了过来。他挣扎了一下，又发出一声惨叫。他的手腕和脚踝都被洞穿了，钉在洞壁上。这么一挣扎，立刻就是阵阵撕心裂肺的剧痛。

"看来你接的任务和我有关。"千夜悠然说道。

"你……你怎么会……"李伦哲话没说完，就看到千夜握拳的右手大拇指翘起，指向左侧的洞壁。

那里突兀地伸出来一截弯曲的铜管，管口被加工过，裂成七八片薄薄的豁口，向外翻着。另一端则深埋在洞壁中，不知通向什么地方。李伦哲恍然大悟，千夜就是利用这根铜管传声，让他以为自己身处于山洞里。

李伦哲脸色惨淡，说："我的手断了，就算接回来战力也会大减，而且我也付不起那么贵的费用。我想你也不会放过我，所以别指望从我嘴里挖出什么，痛快点儿，杀了我吧！"

　　"我确实不会放过你，不过杀你倒是不着急。我相信，过一会儿你就会把知道的都说出来。"

　　千夜从背包里取出一个小皮袋，把它打开，露出里面那一整排精密的工具。它们是弯曲的小针、钩子以及形状奇特的小刀之类的东西，材质是多种金属，显然不是工业化的标准产品，而是手工制作出来的。

　　李伦哲的脸色骤然变得惨白，他一眼就认出了它们是什么。

　　这是刑具！成套的刑具！

　　这种刑具越是精细复杂，件数越多，威力就越大。千夜拿出来的这套刑具数量多达几十件，而且看样子全部是自制的，说明他本人肯定是个刑讯方面的专家级人物！

　　千夜略有些遗憾地看着李伦哲，说："这本来是我准备用来招待天蛇帮那些人的，没想到要先用在你身上了。"

　　转眼之间，李伦哲凄厉的惨叫就在山洞中回荡不绝。李伦哲还是低估了千夜，千夜在刑讯方面的造诣已经突破了专家级别，步入大师行列！

　　黄泉训练营有专门的审讯课。一方面训练学员们对刑讯的忍受力和应对能力，一方面教他们各种刑罚和审问的技巧。其实这门课程绝大多数时间，就是教官们在学员身上使用各种酷刑。因为只有自己切身体会过，才会知道每一种刑罚的针对性和优缺点。当然，还能顺便让他们增强意志，提高对痛苦的忍耐力。

　　刚开始课堂上一片混乱，许多学员当场昏迷，然后被弄醒，再继续忍受折磨。一年之后，课堂上就变得很安静了，偶尔会有人轻微地闷哼几声，再不会有人昏迷了。甚至还有人一边承受着酷刑，一边和旁人谈笑风生。就这样，每个黄泉训练营的毕业生都算得上是刑讯方面的专家级人物。

　　进入红蝎后，千夜又开始接触到精英军团级别的审讯技术，功力更进一步。

　　李伦哲只坚持了三分钟，就把该说的不该说的全都说了出来。

　　千夜不断变换问题的角度，反复过了几遍，直到确信他说的都是实话之后，才叹了口气，说："你并不适合男姐。"

　　"要不是因为你，她早就是我的了！如果我得不到，那么谁也别想得到！"李伦哲突然有些歇斯底里，拼命号叫着。

千夜摇了摇头，用屠夫对准他的额头，说："看在你也是个战士的分儿上，我就让你死在原力枪下。"

"砰"，山洞中响起一声轰鸣。

更多精彩内容
请见二维码

图书在版编目(CIP)数据

永夜君王. 卷一, 在永夜与黎明之间 / 烟雨江南著.
—武汉：长江出版社，2019.1
ISBN 978-7-5492-6294-6

Ⅰ.①永… Ⅱ.①烟… Ⅲ.①长篇小说—中国—当代 Ⅳ.①I247.5

中国版本图书馆 CIP 数据核字(2019)第 025190 号

永夜君王. 卷一，在永夜与黎明之间 / 烟雨江南 著

出　　版	长江出版社
	（武汉市解放大道 1863 号）
选题策划	多乐图书编辑部　汤　昱　刘相儒
市场发行	长江出版社发行部
网　　址	http://www.cjpress.com.cn
责任编辑	陈　辉
特约编辑	刘　敏　张　君
封面设计	青空工作室
装帧设计	彭　微
印　　刷	中印南方印刷有限公司
版　　次	2019 年 1 月第 1 版
印　　次	2019 年 3 月第 1 次印刷
开　　本	710mm×1000mm　1/16
印　　张	18.75　4 页彩页
字　　数	333 千字
书　　号	ISBN 978-7-5492-6294-6
定　　价	39.80 元

版权所有　盗版必究（举报电话：027-82926804）
（如发现印装质量问题，请寄本社调换，电话 027-82926804）